莫泊桑

(1850 — 1893)

Guy de Maupassant

莫泊桑
诙谐小说选
健康旅行

Voyage de Santé
Contes drolatiques

〔法〕莫泊桑———— 著
张英伦———— 译

人民文学出版社
PEOPLE'S LITERATURE PUBLISHING HOUSE

Guy de Maupassant
Contes drolatiques

图书在版编目(CIP)数据

健康旅行:莫泊桑诙谐小说选/(法)莫泊桑著;张英伦译.—北京:
人民文学出版社,2022
ISBN 978-7-02-016700-5

Ⅰ.①健… Ⅱ.①莫…②张… Ⅲ.①中篇小说—小说集—法国—近代②短篇小说—小说集—法国—近代 Ⅳ.①I565.44

中国版本图书馆 CIP 数据核字(2020)第 211850 号

责任编辑　黄凌霞
装帧设计　刘　远
责任印制　王重艺

出版发行　人民文学出版社
社　　址　北京市朝内大街 166 号
邮政编码　100705

印　　刷　三河市鑫金马印装有限公司
经　　销　全国新华书店等

字　　数　300 千字
开　　本　850 毫米×1168 毫米　1/32
印　　张　14　插页 2
印　　数　1—6000
版　　次　2022 年 1 月北京第 1 版
印　　次　2022 年 1 月第 1 次印刷

书　　号　978-7-02-016700-5
定　　价　46.00 元

如有印装质量问题,请与本社图书销售中心调换。电话:010-65233595

目 录

译者前言	1
巴黎一市民的星期日	1
一桩巴黎奇遇	76
小偷	85
诺曼底人的恶作剧	93
我的舅舅索斯泰纳	101
皮埃罗	112
莫兰这猪	120
我的妻子	136
骑马	145
木屐	157
好友约瑟夫	165
花房	173
窗子	181
驴	189
泰奥迪尔·萨博的忏悔	202

在床边	*215*
获得勋章啦！	*225*
保护人	*234*
老板娘	*243*
隆多利姐妹	*252*
博尼法斯老爹揭发的罪案	*291*
一次政变	*298*
图瓦	*312*
一次挫折	*326*
我的二十五天	*337*
贝洛姆老板的虫子	*351*
健康旅行	*363*
魔鬼	*372*
坑	*384*
于松太太的贞洁少男	*395*
兔子	*421*
院长嬷嬷的二十五法郎	*432*

译者前言

这套莫泊桑中短篇小说五卷本,包括《假面具——莫泊桑世态小说选》《归来——莫泊桑情爱小说选》《米隆老爹——莫泊桑战争小说选》《健康旅行——莫泊桑诙谐小说选》和《火星人——莫泊桑奇异小说选》。它是笔者在长年研究和翻译这位杰出的法国作家的作品的基础上,对其全部三百余篇中短篇小说进行鉴赏和遴选的果实,也可以说是一套莫泊桑中短篇小说的集锦。

莫泊桑首先是一位社会风俗画家。他的世态小说恪守写实的根本原则,主要写他最熟悉的两个阶层:他度过青少年时代的诺曼底的农民和他成年后工作的巴黎的小职员。在他的笔下,小人物占据了文学的中心;他们的生活,他们的困苦和绝望,袒露无余。尤其难能可贵的是,作家对最下层苦难者的深挚的同情。

情爱小说也是世态小说,但莫泊桑以情爱为题材的中短篇小说数量之大,为它赢得独特的一席。情爱是永恒的主题,莫泊桑的情爱小说写了堪称齐全的典型,有喜乐,但更多的是泪与血,还留有一些法兰西骑士传统的余音。

莫泊桑的战争小说数量有限,却出了不少脍炙人口的名篇。他只做过短暂的后勤兵,从未真正参战,也许因此他的战争小说少有战场的硝烟;但他擅长写战争时期各个阶层人们的心态和动态,深刻揭示了面临战争的人性。反映一八七〇年普法战争的文学作品不乏鸿篇巨制,莫泊桑精悍的战争故事却能深入人心,为人们长久地记忆。

法国文学艺术具有鲜明的喜剧性特色,从中世纪的帕特兰笑剧,经过拉伯雷的《巨人传》和博马舍的喜剧,直到今日的单口相声,喜剧性传统长盛不衰。而在小说创作中,笔者以为,当推莫泊桑的诙谐小说,诙谐而不猥亵,嘲弄而又鲜少恶意,让人莞尔一笑而又耐人寻味,把这一优秀传统发挥得淋漓尽致。

注重写实的莫泊桑,在法国奇幻小说史上也有浓重的一笔。他的某些奇异小说诡谲神秘,令人叫绝;但他更多的奇异小说,虽然情节诡异,却旨在阐明超自然的虚妄,揭示现实生活的真相,也独树一帜,别具一格。

有人说莫泊桑的作品渗透着悲观主义。是的,他写照的主要是社会的丑恶,袒露的主要是人性的缺点,而且他避免直言光明在何处,指点哪里是迷津的出路。但是在他的嬉笑、嘲讽、针砭和挞伐里,聪慧的读者细加琢磨,总能获得正面的启迪。

莫泊桑善于在短篇小说的珍贵有限的篇幅里尽情施展卓越的艺术才华。他的短篇小说经常以聚会讲古的形式开场,引入的却是现实的大千世界,变幻多多。不仅内容丰富,故事的结构、人物的勾勒、景物的描绘,也笔墨凝练,精彩纷呈,兴味盎然的内涵和匠心独运的艺术表现,相得益彰。

所以法国文学家法朗士誉之为"短篇小说之王"！所以美国小说家毛姆坦承"我再也找不到更好的老师了"！所以他的小说频现于各国的文学教科书中！所以他的作品在世界范围内为广大的读者喜闻乐见！

这套选集以分类形式全面介绍莫泊桑的中短篇小说,是一个没有先例的尝试。希望它能在彰显天才作家莫泊桑在这一领域的成就丰富多姿的同时,开辟一个新的视角,有助于读者获得更多新发现和新感受。

张 英 伦

二〇二〇年六月二日于巴黎

巴黎一市民的星期日[*]

1 旅行的准备

帕蒂索先生出生在巴黎,曾经在亨利四世中学[①]读书。像许多人一样,他学习成绩不佳,后来还是靠一个姑母帮忙进到某部工作。这姑母开一家烟草专卖店,那个部里的一位司长经常来她店里买东西。

他提升得很慢;如果碰不上那偶尔让我们交好运的仁慈的机遇,也许他至死都是一名四等科员。

他今年五十二岁。到了这把年纪,他才作为旅游者,游历

---

[*] 本篇首次发表于一八八〇年五月三十一日至八月十六日的《高卢人报》,七月五日除外,每星期一见报。莫泊桑生前未曾将本篇收入任何小说集;一九〇一年收入保尔·奥朗道尔夫出版社出版的插图版莫泊桑全集《巴黎一市民的星期日》卷。

[①] 亨利四世中学:巴黎名校。一八五九年至一八六〇年间,莫泊桑本人曾在该校读书。

了城防工事①和外省②之间的那一部分法国。

他的升迁历史,也许会对许多公务员有所教益,而他的旅行故事,肯定能对许多巴黎人有所帮助:他们可以把他到过的地方作为自己旅游的路线;了解他的经历,至少可以避免他遇到过的某些不愉快的事。

一八五四年,帕蒂索先生的薪水还只有一千八百法郎③。由于天生脾气古怪,他招所有的上司讨厌。加薪是公务员的理想,他们就让他在永远无望的等待中受煎熬。

其实他工作挺努力;不过他只埋头工作而不善于显示自己的努力;另外,他自己也常说,他自尊心太强。他的自尊心就表现在,他从来都不愿向上司们低首下心地鞠躬敬礼;而据他说,他的某些同事就是这么做的,他甚至不屑于提起这些人的名字。他还说他心直口快,得罪了一些人;因为他跟所有其他人一样,反对破格提升、赏罚不公、优待办公人员以外的人。不过,他的愤怒的呼声从来都越不出他干苦差事的那个小房间的门,用他的话说:"我是在双重意义上……干这份苦差事的,先生。"

首先是作为公务员,其次是作为法国人,总之是作为一个

---

① 城防工事:指梯也尔在一八四二年至一八四五年间下令修筑的环巴黎的城防工事。
② 外省:法国人通常称巴黎以外的地方为外省。"城防工事和外省之间的那一部分法国"即指巴黎郊区。
③ 根据莫泊桑在专栏文章《公务员》中提供的年工资情况:"起初一千五百到一千八百法郎!然后每三年增加三百法郎,五十岁到五十五岁能达到四千法郎。"

遵守秩序的人。他奉公守法,无论什么政府上台他都坚决拥护,因为他狂热地崇拜权力……除了上司们的权力。

只要遇上机会,他一定会守在皇帝①要路过的地方,为的是能有幸向他脱帽致敬;直到向国家元首施礼完毕,他才扬眉吐气地离去。

由于经常瞻仰君主,最后他也跟许多人一样,模仿起君主怎样修剪胡须、怎样梳理头发、穿什么样的常礼服,模仿起他的步姿、他的手势——在每个国家里,都有许多人模仿得简直就像君王的化身!也许他跟拿破仑三世隐约有几分相像,但他的头发是黑色的——于是他就染发。这么一弄,他就像得不能再像了。要是走在街上遇见另一位先生也模仿皇帝的相貌,他会顿生妒意,投去轻蔑的一瞥。这种模仿的需求不久就变成了他的一种执念,听说土伊勒里宫②有个门卫能模仿皇帝说话的声音,他便也学会了皇帝说话的语调,还像皇帝那样故意说得慢吞吞的。

就这样,他变得和他模仿的原型惟妙惟肖,几乎让人真假难分。部里的一些人,一些高级官员,开始低声议论,觉得他这么做不得体,甚至很下作;有人向部长报告了这件事,部长于是把这个职员召了来。岂料一见他那模样,部长不禁捧腹大笑,连说了两三遍:"有趣,真有趣!"有人听到了这话,第二天,帕蒂索的顶头上司就提出给这位下属加三百法郎薪水,而

---

① 皇帝:指法国第二帝国皇帝拿破仑三世(1808—1873)。
② 土伊勒里宫:位于巴黎市中心塞纳河左岸,与卢浮宫相连,原为王宫的一部分,主要用于王室住宅,此时楼房已毁,仅存花园。

且他立刻就拿到了手。

从这时起,靠着这种猴子般的模仿本领,他终于可以按部就班地晋级了。而他的上司们呢,仿佛预感到又要有什么好运落到他的头上,隐隐约约总有一种不安之感,跟他说起话来也都毕恭毕敬。

不过,共和国①到来,对他可真是一场灾难。他感到自己就像要被大水淹没了似的,这一下要完蛋了;方寸大乱之余,他立即停止染发,刮光了胡子,剪短了头发,把自己打扮成一副不大会惹麻烦的慈善、温和的模样。

这时,长期以来总感到受其威胁的上司们向他报仇了;这些人出于自卫的本能,摇身一变都成了共和派;他们在额外报酬上刁难他,在晋升上阻挠他。他也改变了政见;但是共和国并非一个摸得着的个人,也非一个可以模仿的活人,更何况国家元首更迭频繁,这让他陷入残酷的尴尬境地,苦恼万分。在模仿他的最后一个理想人物梯也尔②先生失败之后,他放弃了一切模仿的尝试。

但他迫切需要一种表现自己个性的新的方式。他探寻良久;后来,一天早上,他到办公室的时候戴着一顶新帽子,帽子右边有个很小的三色③玫瑰花结,很像一个帽徽。同事们见

---

① 共和国:指法兰西第三共和国。一八七〇年七月普法战争爆发,九月二日拿破仑三世投降,法国爆发九月革命,推翻第二帝国,建立第三共和国。
② 梯也尔(1797—1877):一八七一年至一八七三年的法兰西第三共和国总统。
③ 三色:指蓝、白、红三种颜色,法国国旗、国徽等的颜色。

了大为惊异;人们嗤笑了一整天,第二天还在笑,笑了一个星期,甚至一个月。不过他的态度却始终一本正经,反而让他们困惑起来;上司们再一次感到不安了。这帽徽究竟隐藏着什么秘密呢?仅仅是爱国主义的宣示?或者是表达对共和国的拥戴?抑或是参加了某个强大组织的秘密标志?不管怎么说,既然他如此执拗地佩戴它,想必是凭借它可以保证得到某种隐秘而又有力的保护。无论是哪种情况,还是提防他一些为妙,而他在所有嘲弄面前安之若素的冷静,更增强了这种不安之感。人们从此对他恭敬三分。他的格里布依①式的勇敢救了他:一八八〇年一月一日,他终于升为主任科员。

他的整个生活都是深居简出。因为喜欢休息和安静,厌恶运动和嘈杂,他始终是个单身汉。他的星期日通常都用来读冒险小说;细心地画衬格纸,然后送给同事们。他这一生只休过三次假,每次一周,而且都是为了搬家。不过有时,碰到重要的节日,他也会乘一趟廉价的旅游列车去第埃普②或者勒阿弗尔③,让大海的壮阔景象振奋一下他的心灵。

他满脑子都是那种近乎愚蠢的多一事不如少一事的意识。他很久以来日子过得都平平静静;他生活简朴;他谨小慎微,不做过分的事;他性格内敛,像个贞洁少男,直到发生一件令人不安的可怕的事:一天晚上,他走在大街上,突然感到一

---

① 格里布依:法国喜剧片《格里布依》(1837)的主人公,转义为"傻瓜""笨伯"。
② 第埃普:法国西北部塞纳滨海省城市。
③ 勒阿弗尔:法国西北部城市,地处塞纳河出海口,濒临拉芒什海峡。

阵头晕目眩;他生怕发生了心脑急症,让人把他拉去看医生,结果花了一百苏①,拿到这样一张处方:

帕蒂索先生,五十二岁,未婚,职员。

多血体质,易发脑充血。

建议作冷水浴,节食,多锻炼。

巴黎医学院医学博士蒙特利埃

帕蒂索可吓坏了。在一个月的时间里,上班的时候,他整天用一条叠成带状的湿毛巾缠着脑袋,水不停地滴在抄好的文件上,害得他不得不重抄一遍。他不时地反复读那张处方,大概是希望捕捉到还没看出来的意思,参透医生隐含的想法,或者发现哪种锻炼更能保他避免中风的危险吧。

他还向朋友们咨询,把这张预告死亡的处方拿给他们看。他们中间的一个人建议他学拳击,他立刻就请了一位教练;不料第一天,鼻子上就挨了一记右手勾拳,从此再不敢问津这项健康的娱乐。棍术②累得他呼哧带喘,剑术练得他臂痛腰酸,他躺了两夜也没能入眠。后来他忽然灵机一动,决定每个星期日徒步游览巴黎郊区,以及首都那些还没有去过的角落。

为置办旅行所需的装备,他用了整整一个星期的时间筹划。五月三十日,一个星期日,准备工作正式开始。

独眼瘸腿的可怜人在街头强塞硬发的巴洛克式广告,他

---

① 苏:法国旧时辅币,五生丁等于一个苏,二十苏等于一法郎。
② 棍术:当时作为自卫手段而比较流行的一种健身活动。棍术课通常辅以拳击训练,运动量很大。

都已细心研读。他现在直奔商店,想先看看行情,以后再买。

他首先参观了一家自称是美国人开的店铺,要店家给他看看旅行穿的最牢固的皮鞋!人家向他展示了几双像战舰一样包着铜甲、像铁耙一样支棱着尖头儿的鞋,并且向他保证是用落基山脉的野牛皮制作的。他喜爱极了,恨不能立刻就买两双。然而他有一双就够了,于是便只买了一双,夹在腋下走出去。胳膊很快就累酸了。

他还给自己买了一条像木工穿的两侧绒布的劳保裤;继而又买了一副齐膝高的油帆布的护腿套。

他还需要一个装干粮的行军背包,一副挂在胸侧、可以看清远处村庄的航海望远镜;最后是一张军用地图,有了它,旅行时就用不着向田间弯腰劳作的农民问路了。

此外,为了轻松地抵御酷暑,他决定再买一件著名的拉米诺商店有售的头等质量的短外套,据其广告介绍,只卖六法郎五十生丁①。

他于是前往这家商店。一个身材高大、仪表堂堂的年轻人,理着卡普尔②的发式,染着贵妇人一样的红指甲,脸上总是堆满笑容,把他要的衣服拿给他看。这件衣服并不像广告上说的那么好看,帕蒂索有些犹豫了,问道:"先生,这衣服质量究竟好不好?"对方扭头看着别处,露出一个诚实人不愿欺骗顾客的为难的神色,以不便直说的语调压低了声音说:"天

---

① 生丁:旧时法国辅币,五生丁等于一个苏,一百生丁等于一法郎。
② 卡普尔(1839—1924):法国十九世纪最受欢迎的喜歌剧演员,其发式是中间分开,脑门上留两个小发卷。

哪,先生,您应该明白,只要六法郎五十生丁,这样的东西已经很不错了……"他又拿起另一件显然好一些的西服上装。帕蒂索审视一番以后,问卖多少钱。"十二法郎五十生丁。"这价钱很诱人。但是,在定夺之前,帕蒂索再次询问一直目不转睛观察着他的高个儿年轻人:"那么……这一件质量很好啰?您能保证吗?""哦,肯定的啦,先生,这一件又板正又柔软!不过,千万不能让雨淋湿了!啊!您问质量好不好,好;不过您一定明白,商品就是商品,一分钱一分货。对于这个价钱来说,这是再好不过的了。十二法郎五十生丁,您想想呀,这可不是个小数。当然啰,一件二十五法郎的男礼服更好。二十五法郎,您能买到各方面都更上乘的衣服,像呢绒一样结实,甚至比呢绒还耐穿。如果雨淋着了,熨斗一熨,又跟新的一样。而且永不变色,阳光底下也不泛红。同时也更暖和,更轻。"他一面摊开那件男礼服,显示布料的光泽;揉一揉,抖一抖,再绷一绷,证明它的质量是何等出色。他口若悬河地说个不停,对商品信心满满,不停地用手势和言辞打消着顾客的犹疑。

帕蒂索被说服了,他买了下来。可爱的售货员用细绳捆好包,一边不停地说着,直到走到出口旁的付款台前,他还在口若悬河地继续夸赞着这件商品的价值。不过一旦付了款,他顿时住口;说一声"再见",伴着一个高明人的微笑,拉住那扇敞开的门,目送顾客离去。帕蒂索想向他回个礼也无能为力,因为他两只手都拎满了大包小包。

帕蒂索先生回到家便仔细研究第一次出行的路线。他试了试买来的皮鞋,鞋子上扒着许多金属附件,看起来就像冰鞋。他刚在地板上迈了一步就摔了个仰八叉,提醒自己可得当心。接着,他就把买来的东西全都摊在椅子上,久久地鉴赏,蒙眬入睡的时候还在想:"真奇怪,我怎么早没有想到去乡下旅游!"

2 第一次出行

整整一个星期,帕蒂索先生在部里工作时都心不在焉。他做梦也想着计划好的下星期日的郊游,一种乡村生活的向往突上心头,那是一种在田间树下轻松轻松的需要,一种每逢春天就萦绕着巴黎人的田园理想的渴求。

星期六他很早就睡下,第二天天一亮就起床。

他的窗户开向一个狭窄而又晦暗的院子,那院子就像一个烟囱,穷苦人家的各种污烟浊气从那里不停地蹿升。他抬头看看屋顶之间的那一小方天空,一小块深蓝色的空间已经充满了阳光,燕子不停地掠过,转瞬即逝。他心想:它们从高空一定看得见遥远的村落,绿树覆盖的山坡,乃至整个辽阔的原野。

一股隐遁绿荫深处的热望让他心情激动。他很快穿好衣裳,蹬上那双威武的皮鞋;由于不习惯,费了很长时间才束紧了护腿套;最后把塞满肉、奶酪、葡萄酒(今天这次演练肯定会让他饥肠辘辘)的背包背上,便手持木棍出发。

他迈着很有节奏的步伐(轻步兵的步伐,他这么想),一边用口哨吹着一些快乐的曲调,让他的身姿显得更加洒脱。一些人回过头看看他;一条狗对他尖声叫;一个马车夫路过时向他喊:"一路顺风,杜莫莱先生!"①不过他一概不予理睬,连头也不回,只顾往前走,而且越走越快,摆出一副英雄好汉的神态,一边走还把木棍抡得团团转。

在春日的温暖和阳光中,醒来的城市一片愉悦。房屋的正面光辉闪亮,金丝雀在笼中歌唱,欢乐的气氛沿街回荡,人们个个满面春风,到处传播着欢声笑语,万物都在初升的阳光中喜气洋洋。

他前往塞纳河边,去乘开往圣克鲁②的汽船;在行人的惊愕中,他沿着当坦河堤街、林荫大道③、国王街一路朝前走,心里把自己比作流浪的犹太人④。跨上一条人行道的时候,皮鞋的金属配件又一次在花岗石上打了个滑,他重重地栽倒在地上。背包里随之传出一声巨响。几个行人上前把他扶起,他继续赶路,不过放慢了脚步,一直走到塞纳河边,等候汽船。

他看见一艘载客小船远远地从一座桥下驶来,起初较小,越驶近越大,在他的脑海里逐渐化作一艘大型邮轮。而他呢,就仿佛即将出发,漂洋过海做一次长途旅行,去见识新的人类和未知的事物。汽船靠岸,他上了船。船上已经有一些穿着

---

① 当时法国一首流行歌曲中的副歌。
② 圣克鲁:巴黎西边塞纳河畔的一个城市。
③ 林荫大道:此处系指巴黎市内从巴士底广场到玛德莱娜广场的几条连续的林荫大道,十九世纪末是巴黎最时尚和繁华的地带。
④ "流浪的犹太人"是一个传说中的人物,其起源可以追溯到中世纪的欧洲。因凌辱耶稣而被罚永世流浪。

假日盛装的人,打扮得鲜艳夺目,帽子的饰带花花绿绿,肥胖的面庞呈猩红色。帕蒂索站在船的最前头,两腿像水手一样叉开,让人相信他久经航海的历练。不过,由于他连汽船的轻微波动都害怕,他便将身体用力靠在木棍上,以便保持住平衡。

过了拂晓站,河变宽了,在灿烂的阳光下甚是安详;然后船从两个小岛①之间穿过,沿着一个转弯的小山坡前行,山坡的绿树丛中掩映着一座座白色的房屋。一个声音宣布下莫东②到了,继而是塞弗尔③,最后是圣克鲁,帕蒂索下了船。

一登岸,他就打开作战地图,以免走错路。

其实,往下走,路线很清楚。他沿这条路找到赛尔,向左拐,再稍向右转,顺着大路就能到凡尔赛④。他要在晚饭前游览凡尔赛花园。

这是一条上坡路。帕蒂索让背包压弯了腰,气喘吁吁;备受护腿套折磨的两腿,拖着比囚犯脚镣上的铁球还重的大皮鞋,在尘土中艰难地走着。突然,他做了个绝望的手势,站住了。因为出发时太匆忙,他忘记带那副航海望远镜!

总算到了树林。尽管天气炎热,汗水从额头直往下滚,装束沉重,背包颠簸,他还是跑起来,或者不如说,向绿荫处踉踉跄跄小步跑过去,就像一匹患了喘息症的老马。

---

① 两个小岛:此处指塞纳河上的圣日耳曼岛和瑟甘岛。
② 下莫东:今称莫东。
③ 塞弗尔:巴黎西南方重镇。
④ 凡尔赛:巴黎西北方重要城市,著名的凡尔赛宫曾为法国国王住地。

他走到树荫下,一片沁人心脾的清凉之中;眼前是各色各样数不清的小花,黄的,红的,蓝的,紫的,雅致的,娇艳的,有的顺着长茎攀升,有的沿着壕沟开放,他顿时有一种惬意之感。各种颜色、各种形状的昆虫,有的矮胖,有的瘦长,构造奇特;这些可怕的和微小的怪物,沿着草茎艰难地往上爬,把草茎都压弯了。帕蒂索深心地欣赏这些造物。不过他已经精疲力竭,坐了下来。

他想吃点东西。他打开背包一看,惊呆了。一瓶酒,肯定是在他跌倒的时候摔碎了,涂蜡的防雨布留下的酒跟许多食品混在一起,成了酒汁浓汤①。

不过他还是吃了一个擦干净的羊腿肉、一块火腿、几小块被葡萄酒泡软和染红的面包,一边喝着发了酵、浮着令人不快的粉红泡沫的波尔多葡萄酒解渴。

他休息了好几个钟头,又查看了一下地图,便重新上路。

不久,他来到一个完全没有预料到的十字路口。他看了看太阳,思索了片刻,试图确定方向;又用了很多时间研究地图上所有标明大路的纵横交错的细线,很快就断定自己是迷路了。

他的眼前展现出一条迷人的林荫道;透过鲜嫩的绿叶的间隙,点点阳光像落雨似的洒在地面,照亮了藏在青草丛中的白色的雏菊。林荫道无限地延伸,空荡而又静谧。只有一只

---

① 浓汤(la soupe):法国人的浓汤通常都加有洋葱、土豆、白菜、面包等实料。

孤独的嗡嗡叫的大胡蜂沿着林荫道飞舞,时而停在一缕花枝上,把它压弯;几乎立刻又飞走,落在更远的地方。它硕大的身躯就像褐色的绒布画上了黄色的线条,由小小的透明翅膀承载着。帕蒂索兴致盎然地观赏着,忽然觉得有什么东西在他脚下蠕动。他起先吃了一惊,往旁边一跳;继而倾身细瞧,原来是一只青蛙,有一个榛子那么大小,在大步大步地跳跃。

他弯下腰想抓住那只青蛙,可惜它从他手中滑脱。于是他跪下来,小心翼翼地向它靠近,一点一点地前进。这时的他,背上背包仿佛是一个巨大的甲壳,而整个人活像一个爬行的大乌龟。他接近那只青蛙停留的地方时,估量好距离,突然将两手扑向前,鼻子跌到草坪里,他抬起身,两手攥着泥土,却不见青蛙的踪影。他找呀找,怎么也找不到。

等他重新站起身时,只见很远处有两个人向他走过来,一边不断做着手势。其中一个女人挥动着阳伞;一个男人只穿着衬衫,礼服上衣搭在胳膊上。接着,那女的忽然跑起来,一边喊着:"先生!先生!"他擦擦额头,回答:"太太!""先生,我们迷路了!"他不好意思承认自己也迷路了,便煞有介事地肯定:"你们是在去凡尔赛的路上。"

"怎么,去凡尔赛的路上?而我们是要去勒依①。"他也迷糊了,不过停了片刻,他仍然壮着胆子回答:"夫人,我这就用我的作战地图指给您看,您确实是在去凡尔赛的路上。"这时丈夫也走过来,一副迷茫、绝望的样子。妻子年轻、美丽,淡褐

---

① 勒依:巴黎西郊的一个市镇。

色的头发,是个充满活力的女子。他刚走到她身边,她便发起火来:"来看看你干的好事!我们现在就在凡尔赛。喏,你看看先生的作战地图。你总认得字吧?天哪!天哪!这世界上愚蠢的人真多!我跟你说过往右走,你就是不听;你总以为自己什么都知道。"可怜的小伙子看来很委屈,回答:"可是,亲爱的,是你……"她不让他把话说完,便数落起他生活里的种种不是来,从他们结婚,直到现在。他把凄苦的眼睛转向矮树林,似乎要钻到树林深处去,并且不时发疯似的发出刺耳的喊声,像是在喊什么"蒂特";而他妻子丝毫不觉得奇怪;帕蒂索却莫名其妙。

年轻的太太突然转向公务员,面带微笑地说:"如果先生允许,我们想跟先生同路走,免得再迷路,以至有在树林里过夜的危险。"帕蒂索无法拒绝,同意了,心里却没有底,不知道该往哪儿领他们。

他们走了很久;男的一直在叫喊"蒂特";夜色降临了。黄昏时笼罩乡下的雾幕慢慢展开。临近夜晚,树林里特别凉爽宜人,仿佛一种诗意在飘荡。年轻女人挽住帕蒂索的胳膊,粉红色的嘴唇里继续喷发着对丈夫的责难。丈夫不回答她,只是不停地在喊叫"蒂特",而且喊声越来越响亮。胖公务员终于问他:"您为什么一直这么叫喊?"对方眼里含着泪水,回答:"这是我丢失的狗的名字。""怎么!您把狗弄丢了?""是呀,我们在巴黎把它从小养大;它从来也没来过乡下,它看见绿叶是那么高兴,像发了疯似的跑个不停;后来它跑进树林,我怎么喊也无济于事,它就是不回来;它会饿死在树林里的……蒂特!……"妻子耸着肩膀:"你这种蠢人,就不配养狗!"不过,丈夫突然站住了,急躁地摸着额头。她看着他:"又怎么啦?""我把礼服挂在胳膊上,没注意……把钱包丢了……我的钱在里面。"这一下,妻子气得几乎说不出话来:"喂,赶快去找呀!"他温驯地回答:"好,亲爱的;我到哪儿去找你们呢?"帕蒂索鼓起勇气回答:"当然是凡尔赛啦!"他听人说过蓄水池公馆,便说出这家公馆的名字。丈夫转过身去,弯着腰,用忧伤的眼睛四下搜索,一面喊着"蒂特",一声又一声,逐渐远去,一直走到不见踪影;越来越浓厚的暮色把他包围,悲戚的"蒂特"的喊声频频从远处传来;随着夜色的加深,他的希望越来越微弱,喊声却越来越尖锐。

在树林繁密的黑影中,在这黄昏令人萎靡不振的时刻,帕蒂索独自一人,和这个倚在他臂弯的陌生小女子在一起,美滋滋的,心情激动。有生第一次,私生活中第一次,他感受到诗意之爱的美好、放任自我的甜蜜,以及掩护我们的温柔情爱的大自然的参与。他想找几句多情的话,可惜一句也找不到。这时,一条大路出现了,路右边还有一些房屋。一个男人路过。帕蒂索颤巍巍地问他这地方叫什么名字。"布吉瓦尔①。""怎么?布吉瓦尔!您能肯定?""见鬼!我就是本地人。"

那女子像个小疯子似的纵声大笑。一想到丈夫可能迷路

---

① 布吉瓦尔:巴黎西郊的一个市镇,在塞纳河畔,是巴黎小职员荡舟休闲的胜地。

了,她快活得要命。他们在河边一家乡村饭店吃晚饭。她娇媚,活泼,讲了许多逗乐的故事,逗得帕蒂索有点晕头转向。临走时,她惊呼一声:"我想起来了,我身上一个苏也没有;您知道,我丈夫把钱包丢了。"帕蒂索连忙打开自己的钱袋,殷勤地表示愿意借给她所需的钱。他掏出一个路易①,心想不可能给得再少了。她一言不发;不过她伸出手,接过了钱,郑重地说了声"谢谢",然后莞尔一笑,便娇媚地对着镜子打帽结。她不让人陪,现在她知道怎么走了,最后像腾飞的鸟儿一样离去。而非常沮丧的帕蒂索,这时心里正计算着这一天的开支。

他头痛得厉害,第二天没有去部里上班。

3　在朋友家

整整一个星期,帕蒂索都在讲述他的奇遇,用富有诗意的言辞描绘他去过的地方;周围人的反应那么不热情,让他愤愤不平。只有一个总是沉默寡言的老拟稿科员,名叫布瓦万②,绰号布瓦娄③的,始终对他的描述很感兴趣。布瓦万本人就住在乡下,有个小花园,他精心打理,稍有收获就心满意足,据说他生活得非常幸福。现在,帕蒂索也能够理解他的情趣了;

---

① 路易:法国金币,不同时期面值不同;一八〇三年至第一次世界大战期间使用的金路易等值当时的二十法郎。
② 布瓦万是法语"喝酒"的谐音。
③ 布瓦娄是法语"喝水"的谐音。

不谋而合的向往,让他们立刻成了朋友。布瓦万大叔为了巩固这初生的友情,邀请帕蒂索下星期日到他科隆布①的小房子里来吃午饭。

帕蒂索坐的是八点钟的火车。他东奔西撞找了很久,才在城市的正中心,发现了一条晦暗的小街,在两堵高墙之间,一条肮脏泥泞小路,尽头有一扇已经糟朽的门,在两颗钉子上挂着一根细绳。他打开门,正好和一个人面对面,那人丑陋得难以形容,细看却是个女人。她的胸部仿佛用肮脏的抹布裹着,烂布片似的裙子围在腰的周围;乱糟糟的头发里,飘着鸽子毛。她用灰色的小眼睛,满脸不高兴地看着来者,哑场了一会儿才问道:

"您要干什么?"

"是布瓦万先生家吗?"

"是这里。您找布瓦万先生干什么?"

帕蒂索有些心慌意乱,犹豫着:

"是这样,他在等我。"

她的表情变得更凶恶,接着说:

"啊!要来吃饭的就是您啰?"

他吞吞吐吐地说出一个颤颤巍巍的"是"字。

于是,那女人回过头去,用刺耳的声音冲着房子的方向大喊:

"布瓦万,你的人来了!"

小老头似的布瓦万很快就出现在房门口。那房子很简

---

① 科隆布:巴黎西北郊的一个城市。

陋,只有地面一层,灰泥墙上铺着铁皮,活像个脚炉。他穿一条还留着咖啡污迹的白斜纹布裤子,戴一顶脏兮兮的巴拿马草帽。握过手,他就把帕蒂索带到他所谓的花园去。那其实是手帕点儿大的一小块地,在另一条泥泞过道的尽头,被大墙包围着;四周的房屋很高,一天只能射进两三个钟头的阳光。一些蝴蝶花、石竹、桂竹香,几棵玫瑰,在这缺乏空气而又被周围房顶的反光炽热得像烤箱似的井底苟延残喘。

"我没有树,"布瓦万说,"可是邻居们的房子就是我的树。我就像在树林里一样阴凉。"

接着,他扯着帕蒂索上衣的一个纽扣,对他说:

"请您帮我一个忙。您也见识过我那位太太了。她这人不随和,是不是?不过还没完呢,您就等着吃午饭的时候吧。您想象一下,为了不让我出门,她不给我上班的服装,只让我穿旧得进不了城的衣服。今天我倒是穿了干净衣服,因为我告诉她我们一起吃饭。她答应了。不过我不能浇花,怕弄脏了裤子;如果我弄脏了裤子,那就全完了!我只能靠你帮忙了,好吗?"

帕蒂索欣然接受。他脱掉上装,卷起衬衫袖子,两个胳膊轮换着,使劲地摇着一个不像样的唧筒,那唧筒像肺痨病人似的呼哧带喘,挤出一股股细细的流水,就像华莱士饮水喷泉[①]流出的那样,得抽上十分钟,才能灌满一个喷水壶。帕蒂索汗

[①] 华莱士饮水喷泉:设在一些公共场所的饮水点,是一种铸铁的小亭子,多见于巴黎。第一座华莱士饮水喷泉于一八七二年出现在巴黎街头,它是由法国人夏尔-奥古斯特·勒布尔(1829—1906)设计,但以捐资普及此设备的英国人理查·华莱士(1818—1890)的名字命名。

流浃背,布瓦万在一旁指挥着他:

"这儿……浇这棵;……再浇一点;……够了;……浇那棵。"

喷水壶有个破洞,漏水,漏到帕蒂索脚上的水比浇在花上的还多。他的裤脚都湿透了,沾满泥浆。他周而复始,一连浇了二十回,每一次都把脚弄得精湿,把唧筒的手柄摇得哼哼唧唧;他实在累坏了,刚要停下,布瓦万老头就拉着他的胳膊,央求他:

"再浇一壶……就一壶……马上就完了。"

为了感谢帕蒂索,他送给帕蒂索一朵玫瑰花,但是这朵花已经开得太盛,刚碰到帕蒂索的纽扣眼,花瓣就全掉了,给帕蒂索的奖赏,只剩下一个暗绿色的、梨状的小东西。他很惊讶,不过出于礼貌,他什么也没说。布瓦万则装作什么也没看见。

远远传来布瓦万太太的嚷嚷声:

"你们到底来不来?跟你们说已经准备好了!"

他们向那个脚炉走去,像两个罪人似的颤抖着。

如果说花园是在阴影里,那么相反,那座房子却阳光普照,任何地方的蒸汽浴室也没有它的屋里热。

三个盘子,旁边放着没洗干净的锡叉子,粘在一张枞木桌面的陈年油垢上;桌子当中放着一个瓦罐,盛着丝丝拉拉的剩白烧肉,是加了不知什么汤汤水水再回锅的,汤水里漂着几块带着癞疤的土豆。他们坐下,就吃起来。

一个长颈大玻璃瓶,装满了微微带点红色的水,吸引了帕

蒂索的目光。布瓦万有些不好意思,对妻子说:

"喂,我亲爱的,机会难得,你不给我们一点纯葡萄酒喝吗?"

她愤怒地盯着他看了一眼。

"好让你们俩都灌醉了,是不是?好让你们俩在我家里嚷嚷一整天?去它的吧,机会!"

他闷声不吭了。吃完荤杂烩,她又端上一道菜:加了点儿完全哈喇的猪油烧的土豆。这道新菜在始终沉默的气氛中吃光,她就宣布:

"完了。你们现在可以走啦。"

布瓦万惊讶地看着她。

"那么鸽子……你今天早上收拾的鸽子呢?"

她两手一掐腰:

"你们也许还没有吃够吧?别以为你带了人来,就有理由把家里的东西全吃光。那我,我今天晚上吃什么,先生?"

两位男士站起来,走到门外。布瓦万往帕蒂索耳朵里溜了一句:

"等我一分钟,然后我们一起走。"

说完,他就到旁边的房里,说是要去换件衣服;于是帕蒂索听到下面这段对话:

"给我二十苏,亲爱的。"

"你要二十苏干什么?"

"谁也不知道会发生什么事。身上总得带点儿钱。"

为了让外面听得到,她大吼:

"不给,先生,我就是不给你!既然这个人在你家吃了午饭,至少你今天出去花的钱,他应该替你付吧。"

布瓦万老头又回来找帕蒂索。帕蒂索想尽量表现得彬彬有礼,对女主人又是点头又是哈腰,结结巴巴地说:

"太太……感谢……盛情招待……"

她回答:

"得啦!不过别把他灌醉了给我带回来,否则我可要找您算账。您要明白!"

他们出去了。

他们走到塞纳河边,对面是一座种满杨树的小岛。布瓦万动情地望着河面,抓住同伴的胳膊,说:

"喂!再过一个星期,咱们就可以去啦,帕蒂索先生。"

"去哪儿,布瓦万先生?"

"当然是钓鱼啦,十五号就开钓了。"

帕蒂索微微战栗了一下,就像第一次邂逅摄人魂魄的女人一样。他回答:

"啊!……您喜欢钓鱼,布瓦万先生?"

"不错,我喜欢钓鱼,先生!钓鱼,是我的嗜好!"

于是帕蒂索就兴趣浓浓地向他请教起来。布瓦万向他一一说出这黑水下面嬉戏的各种鱼的名称……帕蒂索就好像亲眼看到了这些鱼似的。布瓦万还列举出钓每种鱼最适宜的钓钩、钓饵、地点、时间……帕蒂索感到自己已经变成比布瓦万还要着迷的钓鱼迷了。他们约好,下个星期日一起来开钓,让帕蒂索学习学习。帕蒂索暗自庆幸,找到一个这么有经验的启蒙者。

要吃晚饭的时候,他们在一家晦暗的低级小酒馆前面停下来。那是一家内河水手和整个郊区的下流社会常去的小酒馆。走到门前,布瓦万老头特意说明:

"这儿外表不起眼,不过里面挺舒服。"

他们在一张桌子旁边坐下。喝了第二杯阿尔让特依①土产酒,帕蒂索就明白为什么布瓦万太太只给丈夫喝大量掺水的淡酒了:这小老好人已经失去了理智;他胡言乱语,站起来,想显显武功,掺和到两个打架的酒鬼中间去拉架;要不是老板出面排解,恐怕连帕蒂索都得送命。到了喝咖啡的时候,尽管帕蒂索竭力劝阻,他还是喝得烂醉如泥,连路也走不了;帕蒂索像扶醉鬼一样架着他的胳膊,硬拖着他离开酒馆。

他们在黑夜笼罩的平原上穿行,迷失了回家的路,东奔西跑了很久,忽然来到一座齐鼻子高的木桩的森林中间。这是一块布满支撑架的葡萄园。他们在里面转了半天,踉踉跄跄,像发疯了似的,怎么也找不到头,总是又走回原地。后来,小老头布瓦万,或曰布瓦娄,撞在一根桩子上,划破了脸。他再也不愿走了,索性坐到地上,扯着嗓子,用醉酒人的固执,连声喊叫:"来——人——呀!"声音拖得很长,也很响。帕蒂索也不知所措,向四面八方呼喊:"喂,有人吗?喂,有人吗?"

一个迟归的农民赶来援助他们,把他们领上了正路。

越走近布瓦万家的房子,帕蒂索越胆战心惊。他们终于

---

① 阿尔让特依:巴黎西北郊的一个市镇,所产葡萄酒质量较差。

来到门前，门猛地打开了，布瓦万太太就像古代神话中的复仇女神似的，手拿一支蜡烛，出现在他们面前。一见丈夫那副模样，她就冲向帕蒂索，声嘶力竭地吼道：

"啊！坏蛋！我就知道您会把他灌醉！"

可怜的老好人吓得魂飞魄散，扔下他的朋友，任他瘫倒在油腻泥泞的小路上，撒腿就逃，一口气跑到火车站。

4 钓鱼

有生第一次把钓钩抛到河里的前一天，帕蒂索先生花八十生丁买了一本《钓鱼大全》。他从书中学到了无数的知识；尤其令他心动的是关于风格的阐述，下面这段话他更是牢记不忘：

> 总而言之，您想不费心思、不用资料、无须指教，就能以无坚不摧的征服者的气概，不管左边、右边还是前面，不论顺水还是逆水，成功而且大有斩获地钓鱼吗？那么好吧！您就在暴风雨来临之前，暴风雨中或者暴风雨过后，当天空似晴还暗，一道道闪电划破长空，大地在连连雷声中震颤的时候钓鱼吧：这时候，或者是由于贪食，或者是由于恐惧，所有的鱼都焦躁不安、张张皇皇，一改优哉游哉的习惯，满世界地乱窜。

> 在这片混乱中，一切有利于钓鱼的预测，您听也罢不听也罢，只管去钓鱼，准胜无疑！

此外，为了能够同时钓到各种大小不同的鱼，帕蒂索还买了三副很完善的钓竿。这些钓竿在城里可以当手杖，在河边可以垂钓，只要轻轻一摇就能延伸得老长。钓鲍鱼，他有十五号钓钩；钓欧鳊，他有十二号钓钩；满心指望着用七号钓钩能够钓得满筐的鲤鱼和小鲃鱼。他没有买做鱼饵的蚯蚓，心想哪儿都可以找到。但是他买了蛆虫，而且买了满满一大罐。晚上，他出神地瞅着这些蛆虫。丑陋的小动物散发出令人作呕的臭味；它们就像在腐肉里那样，在麸皮糊里蠕动。帕蒂索心血来潮，想先练练如何把蛆虫穿到钓钩上。他勉强地捏起一条，可是刚插到弯钩的钢尖上，蛆虫就破裂了，肚子里的东西也流了出来。他连续做了二十来次，也没有成功。若不是怕把买来的蛆虫糟蹋光，也许他会继续试验一整夜！

他赶乘头班火车。车站里已经挤满钓竿的大军。有些钓竿，跟帕蒂索的一样，看上去像是普通的竹竿；但其他的都是整根的，杵向天空，越往上越尖细。这是一片不时地碰撞、纠结的细杆子的森林；这些细杆子，像互相缠斗的利剑，也像在宽边草帽的海洋上摇晃的桅杆。

火车头启动了，只见细杆子从每一个车门里伸出来；双层列车的顶层，从头到尾也都竖立着钓竿，整个列车就像一条长长的毛毛虫，在平原上蠕动。

车到库尔布瓦①，人们下了车，向开往波宗②的公共马车

---

① 库尔布瓦：巴黎西北方重镇。
② 波宗：巴黎西北郊的一个市镇，在塞纳河畔。

冲去。一大帮钓鱼人挤在车顶层；他们个个手持钓竿，这辆老爷车顿时变成一头硕大的箭猪的模样。

一路上可以看到许多人往同一个方向走，仿佛前往一个尚不为人知的耶路撒冷，参加大型的朝圣。他们扛着细长的钓竿，让人联想起昔日从巴勒斯坦归来的信徒手持的细竿，一个马口铁盒子敲打着他们的脊背。这些人都行色匆匆。

到了波宗，河在眼前出现。沿着河的两岸，各有一排钓鱼人。男士们有的穿常礼服，有的穿亚麻布衣服，有的穿工作罩衫。钓鱼的也有些女士，儿童，甚至还有到了结婚年龄的姑娘。

帕蒂索向水坝走去，他的朋友布瓦万正在那里等他。不过后者对他的态度却比较冷淡。原来他刚刚结识了一个五十岁上下的胖先生，此人看上去身体很健壮，脸被阳光晒得黝黑。他们三人租了一条大船，划到大坝泻下的瀑布附近停下，因为瀑布下面的漩涡里能钓到的鱼最多。

布瓦万立刻就准备好了，他钩好鱼饵，把钓丝甩出去，就一动不动地坐着，非常专注地盯着浮子。不过他时不时地把浮子从水里抽出来，甩到更远的地方。而那个胖先生，把装上鱼饵的钓钩甩到河里以后，就把鱼竿搁在身旁，填满烟斗，点着了，叉起两条胳膊，看都不看一眼软木浮子，只望着流水。帕蒂索又开始穿饵虫，可是一穿就破；穿了五分钟也没成功，便问布瓦万："布瓦万先生，麻烦您了，帮我把这些小虫子装到鱼钩上好吗？我试了好多回，总是弄不好。"布瓦万抬了抬头,说:"我求求您啦,别打扰我好吗?帕蒂索先生;我们不是到这儿闹着玩的。"不过他还是做了个把鱼饵挂上钓钩的示范。帕蒂索聚精会神地模仿着朋友的每一个动作,然后把钓丝甩了出去。

他们那条船因为靠近水坝,在瀑布的冲击下疯狂地颠簸;波浪摇晃着它;尽管船的两头都用缆绳拴着,猛烈的涡流还是把它冲击得像陀螺一样旋转。专心致志钓鱼的帕蒂索,只觉得隐隐地难受,脑袋发沉,有一种奇特的眩晕的感觉。

可惜他们一条鱼也没钓到:小老头布瓦万很焦躁,频频做着不耐烦的手势,或者摇摇头深表失望。帕蒂索就像遇到一场灾难似的痛心疾首。只有胖先生,始终一动不动,静静地抽着烟斗,对他的钓丝毫不在意。伤心透顶的帕蒂索终于按捺不住,扭过头来沮丧地问:

"怎么总不上钩?"

对方不动声色地回答:

"自然啰!"

帕蒂索有些诧异,打量着他:

"您有时也钓到很多吗?"

"从来没有!"

"怎么,从来没有?"

像工厂烟囱似的喷着烟的胖先生,说出这样一番话,让邻座的帕蒂索大感不解:

"要是上钩,我反而扫兴极了。我来这儿不是为了钓鱼。

我呢,到这儿来是因为这儿很舒服,颠簸摇晃,就像在大海上一样。我带着一根钓竿,只不过是为了跟别人一样。"

帕蒂索先生却相反,他一点儿也不觉得舒服。他不舒服的感觉,起初还是模模糊糊的,后来越来越厉害,现在终于明确了:事实上,就像在大海上颠簸一样,他是在经受晕船的折磨。

第一阵晕眩稍稍平息以后,帕蒂索先生提议撤离。这让布瓦万大为恼火,差点儿扑上来揍他。不过胖先生很同情他,不容分说就把船划了回去。等帕蒂索头昏的感觉没有了,他们就忙着去吃午饭。

两家饭店出现在眼前。

一家很小,像是一家渔夫之类的下里巴人经常光顾的乡村小酒店;另一家,名叫"椴木屋",像是一座有产者的别墅,顾客多为钓鱼人中的贵族。两家饭店的老板,生下来就势不两立,隔着一块很大的场地怒目相视。在那块场地上矗立着渔管所和水坝管理员的白房子,正是这两个权力机构,一个掌握小酒店,另一个持有"椴木屋"。这三座孤立的房子的关系,活画出整个人类的历史。

布瓦万熟悉小酒店,想去那儿吃:"那儿伺候得好,而且不贵;你们看看就知道。另外,帕蒂索先生,您别指望像上星期日那样把我灌醉;您知道吗,我老婆很生气,她发誓一辈子也饶不了您!"

胖先生宣称他非要去"椴木屋"吃饭不可,因为,据他说,这家饭店好极了,做的饭菜跟巴黎最好的餐馆一样美味。"您就自便吧,"布瓦万表示,"我嘛,反正我去我熟悉的地方。"说完,他就径自走了。帕蒂索对他的朋友不满意,便跟胖先生走了。

他们面对面地坐下来吃午饭,交换各自的看法,交流各自的印象,发现他们天生就非常投合。

吃完饭,他们又去钓鱼。两个新朋友沿着河岸并肩而行,直到铁路桥边,把钓丝抛到水里,便聊起来。鱼还是不上钩;不过现在帕蒂索无所谓了。

一家人走过来。父亲留着法官的颊髯,手拿一根奇长的钓竿;三个男孩,高矮不同,根据身高,拿着长短不同的钓竿;母亲身体健壮,优雅地舞弄着一根把手上饰有窄缎带的钓竿。父亲招呼道:"先生们,这地方好吗?"帕蒂索正要说话,胖先生回答:"好极了!"全家人都露出笑容,在两位钓鱼人周围安顿下来。帕蒂索这时真想能钓到一条鱼,一条就行,不管是什么鱼,哪怕苍蝇那么点大,好赢得众人的敬佩;他开始按早上看到的布瓦万的方法摆弄钓丝:让浮子顺水漂,直到钓丝漂到头,再一使劲,把钓丝拉出河面,在空中画个大圆圈,接着再甩到更远几米的水里。他在想,要是能够优雅地做出这个动作,他简直就到了堪称潇洒的地步;就在这时,他手腕迅速一抖,从水里提出的钓丝不知挂在他背后的什么地方。他使劲一拉,只听有人响亮地大喊一声。他发现一个插满鲜花的漂亮的女帽挂在他的钓钩上,像流星一样在空中画了一个弧线,始终挂在钓丝尽头的女帽,不偏不倚,正好被他抛到河中央。

他惊讶地回头看;钓鱼竿也松开了,跟着帽子,顺水流去。他的新朋友胖先生见此情景,笑得仰翻在地。那位丢了帽子、受了惊吓的太太,愤怒得几乎喘不过气来。她丈夫则大发雷霆,要求赔偿帽子钱。帕蒂索只得赔上原价的三倍了事。

那家人这才大模大样地走了。

帕蒂索拿起另一根钓竿;直到黄昏,他只是在给蛆虫洗澡。而他旁边的胖先生,安安逸逸地睡在草地上,一直睡到将近七点才醒。

他说:"咱们走吧!"

于是帕蒂索拉起他的钓丝。他突然大呼一声,惊讶得向后倒下。钓丝尽头,一条非常小的鱼在摇晃。凑近一看,只见那条小鱼肚子中央被挂住,是钓钩拉出水的时候碰巧钩到的。

这不啻是一次胜利,一种无法估量的快乐。帕蒂索要让人把它煎了,独自享用。

吃晚饭的过程中,帕蒂索和这位新交的朋友的友情更加深一层。他得知此人住在阿尔让特依,三十年从事帆船运动坚持不懈;他接受这位朋友邀请,下星期日去他家午餐,并且答应乘他的"潜水鸟号"快速帆船出游。

谈话让他感到那么有趣,他连钓到的鱼都忘了。

喝完咖啡他才想起来①,于是让人把那条小鱼煎了拿来。那条在盘子中间的煎鱼,就像一根泛黄的弯曲的火柴。不过他还是骄傲地把它吃了。晚上,坐在慢车里,他告诉旁边的乘客,他白天钓到利弗尔②煎着吃的小鱼。

5　两位名人

帕蒂索先生曾经答应那位爱好划船的朋友,下星期日跟他去游玩一天。可是一个始料不及的情况打乱了他的计划。一天晚上,在林荫大道,他遇到一个难得见面的表兄。这个表兄是个和颜悦色的记者,在各界都颇有人缘。他提议带帕蒂索去见识一些有趣的事。

"您星期日做什么?"

"我要去阿尔让特依划船。"

"算啦,你那个划船,枯燥无味,总是那一套,永远没有变化。喏,跟我去。我带你认识两位名人,参观两个艺术家的住处。"

"不过,医生建议我多去乡下!"

"我们要去的地方正是乡下。我们顺便先去拜访梅索尼

----

① 法国人一般都是在每餐饭的最后喝咖啡。
② 利弗尔(livres):法国古斤,每利伏尔在巴黎约为半公斤。

埃①,他在普瓦西②有一座庄园;接着我们步行去梅塘③,左拉④就住在那里,报社派我去请他答应我们的报纸⑤连载他的长篇小说。"

帕蒂索非常高兴,便同意了。

为了穿着体面些,他甚至买了一件新礼服,原来的那一件有点旧了。另外,他害怕见了画家和文人自己会说蠢话;那是所有从未涉足艺术的人谈话中常犯的错误。

他把自己的担忧告诉了表兄。表兄笑了,回答他:"没什么!你只要说些恭维话就行啦,除了恭维话什么也别说,自始至终只说恭维话;这样做,就算你说了蠢话,人家也不会见怪。你看过梅索尼埃的画吗?"

"我想我看过。"

"你读过《卢贡-马卡尔家族》⑥吗?"

"从头一部到最后一部,一本不落。"

"这就得了。您就时不时地举出一幅画,隔长不短地提到一部小说,然后加一句:太棒了!!!妙极了!!!匠心独运!!!感人肺腑!!!等等。这么做,永远万无一失。我当然

---

① 梅索尼埃(1815—1891):十九世纪法国风俗题材和战争题材画家。
② 普瓦西:巴黎西北郊的一个市镇,在塞纳河畔。
③ 梅塘:巴黎西郊的一个市镇,法国作家左拉在此有一别墅,一批自然主义作家常在此聚会,并有小说集《梅塘夜话》传世。
④ 左拉(1840—1902):法国作家。主要代表作有大型系列小说《卢贡-马卡尔家族》。
⑤ 指《吉尔·布拉斯报》。这时期莫泊桑每周为该报撰写一篇专栏文章。
⑥ 《卢贡-马卡尔家族》:左拉的大型系列小说,由《萌芽》《娜娜》《小酒馆》等二十部长篇小说组成。

知道,这两个人对一切都已经餍足;不过,您很明白不是,恭维话总能让一个艺术家喜欢。"

星期日一早,他们就动身前往普瓦西。

走出车站几步远,在教堂广场的尽头,他们就看到梅索尼埃的花园住宅。穿过一个红漆的矮门,后面是一个漂亮的葡萄藤绿廊,记者停住了脚步,回过头对同伴说:

"在您的想象中,梅索尼埃是什么样子?"

帕蒂索寻思了好一会儿,终于下定决心:"小个儿,穿着讲究,脸刮得精光,举止像个军人。"记者微微一笑:"好吧。您过来。"一座很古怪的木屋式的房子,出现在左边;而在右边,几乎就在正面,稍微往下走,是主要的房屋。那是一座十分奇特的建筑,花样齐全:哥特式堡垒,小城堡,乡村别墅,茅草屋,宅邸,教堂,清真寺,金字塔,萨瓦蛋糕①,西方的和东方的。一种复杂到极致、令传统建筑师发疯的风格,某种异想天开然而又赏心悦目的产物。而这一切都是由画家本人发明,并在他的指令下建造的。

他们走进小客厅,里面堆满了箱子。走出来一位先生,身穿短工装,个子矮小。此人身上最让人吃惊的是他的胡子,那是一种先知的胡子,长得让人难以置信,仿佛一条江河,一条溪流,一条胡须的尼亚加拉大瀑布。他向记者致意:"我要请您原谅,亲爱的先生;我昨天晚上刚到,这里一切都还是乱糟

---

① 萨瓦蛋糕:萨瓦是法国东南部的一个地区。萨瓦蛋糕是一种以鸡蛋、面粉、黄油和糖为主要材料的松软的蛋糕。一三五八年,萨瓦伯爵阿美岱六世(1334—1383)为招待卢森堡的查理四世而特别制作的。

糟的。请坐。"记者谢绝了,抱歉地说:"亲爱的大师,我只是路过这里向您表示敬意。"帕蒂索诚惶诚恐,朋友每吐一个字,他就点头哈腰一次,就像一个机器人似的,同时有点结结巴巴地低声说:"多么高……高……高级的庄园啊!"画家很高兴,微笑着,表示欢迎他们参观。

他先领他们到一座古色古香的小楼里,他以前的画室就设在这里,小楼通向一个露台。然后他们又穿过一个客厅,一个餐厅,一个衣帽间,里面堆满了美妙的艺术品和令人赞叹的博维、格波兰、弗朗德勒①壁毯。不过外部装饰的怪诞奢华,在内部则变成令人咋舌的楼梯的奢华。富丽堂皇的主楼梯,隐藏在一个塔楼里的暗梯,装在另一个塔楼里的便梯,到处都是楼梯!帕蒂索偶然打开一扇门,惊愕得往后退了一步。那是一个礼拜堂,高贵的人只用英语称呼的一个地方,一座独特、可爱、趣味高雅的圣所,装饰得像一座宝塔。打造这座礼拜堂,肯定费了很多心思。

他们接着又参观了花园。那花园结构复杂,地势变幻,曲曲折折,满是古树。不过记者决意告辞了,表示感谢之后,离开了主人。他们往外走的时候,遇到一个园丁。帕蒂索问他:"梅索尼埃先生拥有这所产业已经很久了吗?"那人回答:"哦,先生,这就要细说了。他的确在一八四六年就买下这块地皮,但是房子嘛!!他把它拆了又建,建了又拆,自那以后已经重建了五六回……我敢肯定在这上面花了足有两百万,

---

① 博维、格波兰、弗朗德勒:法国城市,均以生产艺术挂毯而著称。

先生!"

帕蒂索一边往外走,一边对庄园的主人生出莫大的敬意,倒不一定是因为他获得的巨大成功、他的光荣和他的才华,而是因为他为实现一个奇想投入了那么多金钱,而那些庸碌的有产者却为了积累金钱而废弃了一切想象!

穿过了普瓦西,他们徒步走上通往梅塘的大路。这条路先是沿着塞纳河前行,这里的河上分布着好几个小岛;然后往高处走,穿过美丽的维莱纳村;再下行,走了不多远,最后进入《卢贡-马卡尔家族》的作者住的乡村。

他们首先看到的是路左边的一个古老而又小巧的教堂,教堂两侧是两个小塔楼。他们又走了几步,一个过路的农夫告诉他们,那边就是小说家的门。

进门以前,他们先把整个住宅仔细观察了一下。那是一座很大的方形新楼房,很高,犹如寓言里的大山一样;还有一个很小的白房子,蜷缩在它的脚下。这小白房子是原始的住宅,是从前的业主建的;塔楼是左拉建的。

他们拉响门铃。一条硕大的狗,山区狗和纽芬兰犬的杂种,气势汹汹地嚎叫起来。帕蒂索刚有要转身往回走的隐约的念头,一个家丁跑过来喝住贝特朗,打开门,接过记者的名片,去送给主人。

"但愿他接见我们!"帕蒂索嘀咕道,"如果跑老远到了这里见不到他,那才倒霉呢。"

他的伙伴微微一笑:

"别怕;我有办法,准能进去。"

这时家丁回来了,直截了当请他们跟他走。

他们走进一座新建筑,帕蒂索很激动,气喘吁吁地爬上通向三楼的老式的楼梯。

他同时在竭力想象,这个声名煊赫的人物,他的大名,在一些人的刻骨仇恨中、上流社会亦真亦假的愤怒中、某些嫉妒的同行的轻蔑中、众多读者的尊敬和广大民众的狂爱中,已经响彻世界每一个角落,他究竟是什么模样呢?他料想会看到一个留着大胡子的伟人,外表威严、声音洪亮、初看上去不怎么让人感到亲切。

门开了,里面是一个又大又高的房间,一排和房间同样宽的玻璃窗,朝向平原,把房间映照得十分明亮。古老的织毯挂满墙壁。左边有一个巨大的壁炉,壁炉两侧各有一尊石头人像。这壁炉一天能烧掉一株百年橡树。一张巨大的桌子上堆满书籍、文件和报纸。这桌子占据了屋子的中央,而这房屋又是那么宽阔和宏伟,它一下子就垄断了人们的视线,然后人们才把注意力转移到人身上。他们进来时,这人正仰在一张足可睡下二十人的东方式的长沙发上。

这人向他们走了几步,表示欢迎,然后用手指着两个座位请他们坐下,而他自己又坐在长沙发上,一条腿盘在身子底下。一本书搁在他身边;他右手摆弄着一把象牙裁书刀。因为近视,他时不时闭上一只眼,用另一只眼费力地打量一下刀尖。

记者说明来意。作家听着,但并不回答,只时而凝视他一下。趁此机会,越来越紧张的帕蒂索自己打量这位名人。

他刚刚四十岁的样子,中等身材,比较胖,面相和善。他的头(很像我们在许多十六世纪意大利绘画中所见),从造型意义上说虽然算不上美,却也表现出富有力量和智慧的伟大性格。短短的头发在饱满的额头上边耸立着。笔直的鼻子仿佛突然中断,一刀切似的停止在浓密的胡子掩盖着的嘴唇上方。整个下巴颏儿都覆盖着修剪到贴近皮肤的短须。黑色的眼睛,经常含着嘲讽的意味;能感觉到在这双眼睛后面,有个总是活跃的思想在工作,在透视人的思想,领会人的语言,分析人的动作,揭露人的内心。这个圆乎乎的结实的脑袋,就像他的名字,快而短,两个音节在两个响亮的元音之间跳跃①。

记者结束他的恭维话。作家回答说他不愿做任何保证;不过他以后会看情况再说;他的计划甚至都还没有十分确定呢。说完他就沉默不语。这其实就是一种辞客的方式。两个人,有点尴尬,便站起来。可是帕蒂索忽然心血来潮,想请这位鼎鼎大名的人物跟他说一句话,不管什么话,他好向同事们学学舌。于是他壮起胆子低声说:"啊!先生,您要是知道我多么喜爱您的作品,该多好!"对方点了点头,不过一言未发。帕蒂索变得简直有些冒失了,又说:"今天能够跟您说话,真是莫大的荣幸。"作家又点了点头,不过这次的态度冷淡而且不耐烦了。帕蒂索看出来,一边后撤一边说:"多……多……多么漂亮的房子啊!"

---

① 左拉的法文名 Zola 由 o、a(为元音)两个音节构成。

这一说,沉睡在大文豪无动于衷的心里的房产主突然醒过来。他微笑着走过去打开玻璃窗,让客人欣赏窗外广阔的景色。无边的视野向各个方向伸展,那儿是特里艾尔、皮斯-封台纳、尚特鲁普、欧特里①的所有高地,以及塞纳河,一望无边。两个客人看得心醉,大加称赞。整座房屋都向他们敞开。他们全看了,直到优雅的厨房,那里的墙壁甚至天花板都贴着蓝色绘画瓷砖,让当地的老乡惊叹不已。

"您是怎么买到这座房子的?"记者问。小说家叙述道,他本想找一处旧屋租来过一个夏天,后来找到紧靠这座新房子的那个小房子。那家人希望几千法郎卖掉它,这实在是区区小事,几乎等于白送。他便立刻买下。

"可是您后来增加的,一定花了很多钱吧?"

小说家微微一笑:"是呀,不少!"

两个人就告辞了。

记者挽着帕蒂索的胳膊,慢吞吞地抒发起他的哲学:"每一个将军都有他的滑铁卢②,"他说,"每一个巴尔扎克都有他的雅尔迪③,每一个住在乡下的艺术家都有一颗产业主的心。"

他们在维莱纳火车站上了车。帕蒂索在车厢里大声称呼

---

① 特里艾尔、皮斯-封台纳、尚特鲁普、欧特里均为梅塘附近的市镇。
② 滑铁卢:比利时南部小镇;一八一五年六月十八日,英国统帅威灵顿(1769—1852)指挥英普联军在此附近大败拿破仑军队。
③ 雅尔迪:法国作家巴尔扎克(1799—1850)一八三七年在巴黎西南郊塞弗尔镇购置的产业。

那位杰出画家和那位伟大小说家的名字,仿佛跟他们是老朋友似的。他甚至还试图让人相信,他在前者家吃的午饭,在后者家进的晚餐。

6　节日之前①

节日快到了,兴奋的情绪已经在街道上洋溢,就像暴风雨来临前河面上皱起的涟漪。旗帜招展的店铺,门面布置得色彩鲜艳、喜气洋洋;服饰用品商在三色布料②上耍花招;食品杂货商在蜡烛上作弊。人们的心情越来越激动,吃完晚饭就在人行道上议论纷纷,各抒己见。

"这个节日一定很热闹,朋友们,一定很热闹!"

"您还不知道吧?各国的君主都将隐姓埋名,穿着平民的衣服,来看热闹。"

"好像俄国皇帝③已经到了;他还打算和威尔士亲王④到各处去逛一逛。"

"是啊!节日就得像个节日!"

这将是一次盛典,巴黎市民帕蒂索所称的盛典——无数嘈杂的人群,在十五个钟头里,从城市的一头走到另一头,滚

---

① 本节发表于一八八〇年七月十二日。这年七月六日,一条法律宣布攻克巴士底狱的周年纪念日七月十四日为法国国庆日。这则故事就是以即将到来的第一个国庆日的准备活动为背景。
② 法国国旗为蓝、白、红三色。
③ 指俄国沙皇亚历山大二世。
④ 指未来的爱德华七世。

动着用各种浮华的饰物装点起来的人体的丑陋、汗水浸湿的身体的洪流:在柜台后养得肥肥的、扎着三色缎带、拖着沉重身体、气喘吁吁的大妈,在她们旁边是拉扯着老婆孩子的佝偻的职员,让孩子骑在脖子上的工人,一脸傻相、目瞪口呆的外省人,胡子刮得草草率率还带着马厩味的马夫。还有穿得像猢狲的外国人,长颈鹿似的英国女人,脸洗得干干净净的运水工,以及数不清的小市民和什么都喜欢、对谁都无害的靠年金生活者的方阵。啊,推搡,疲乏,汗水和尘土,大喊大叫,人肉骚动,踩痛鸡眼,思想迷茫,难闻的气味,毫无意义的移动,人群的气息,飘浮的蒜味,让帕蒂索心里感到乐和的东西应有尽有!

他在他那个区政府的墙上读到过区长的告示,已经做好了准备。

告示里说:"我特别要请你们做好各家的节日准备。你们的住家要插上国旗,你们的窗户要悬挂彩灯。请你们齐心协力,分摊费用,把你们的家、你们的街道打扮得比邻近的街道和房屋更美观、更有艺术气息。"

从那时起,帕蒂索先生就煞费苦心地研究,怎样才能让自己住处装饰得富有艺术性。

一个严重的障碍出现了。他的唯一的窗户开向天井,一个黑暗、狭窄、深深的天井,只有老鼠能看见他的三个威尼斯灯笼①。

---

① 威尼斯灯笼:一种彩色折纸灯笼。

他需要一个公众看得见的窗口。有志者事竟成。在他这座楼房的二层住着一个有钱人,是个贵族和保王派。此人的马车夫也是个反动分子,住在七层的一间朝着大街的顶楼。帕蒂索想,只要出个价钱,什么信仰都是可以买来的;于是他提出给这个拿马鞭子的公民一百苏,让他把那个房间租给他,节日那天从中午到半夜使用一下。他这个提议马上被接受。

帕蒂索便策划起那个窗户的装饰来。

三面国旗,四盏灯笼,能否足以把窗户打扮得富有艺术性?……能不能充分表达出他的满腔热情?……不,肯定不能。可是,尽管绞尽脑汁,整夜整夜地苦思冥想,帕蒂索先生再也想不出任何别的花样来了。他向邻居们请教,人家对他的问题都觉得奇怪;他又向同事们打听……大家买的也无非是灯笼、旗子,白天再加上一点三色装饰。

他开始寻找一个与众不同的主意。他去了一家又一家咖啡馆,和顾客们攀谈,无奈他们都缺乏想象力。后来,一天早上,他登上公共马车的顶层。一位外表可敬的先生坐在他旁边抽着雪茄;稍远一点,一个工人歪叼着烟斗;靠近马车夫,两个无业游民在说笑;还有几个不同行业的职员,花三个苏乘车赶去上班。

各家商铺前面,一束束旗子在朝阳照射下鲜艳夺目。帕蒂索扭过头去对邻座的那位先生说:

"这个节日一定很精彩。"

那位先生斜着眼睛看了他一眼,神情傲慢地说:

"精彩不精彩,对我都一样!"

"您不参加吗?"公务员大为惊讶地问。

对方鄙夷地摇摇头,说:

"他们这么大肆庆祝,只会让我觉得他们可怜!这是谁的节日?……是政府的吗?……我,先生,我可不认识这个政府!"

但是帕蒂索身为一名政府职员,对他摆出一副居高临下的态度,坚定地说:

"先生,政府,就是共和国。"

邻座的先生并没有被难住,而是把两手插进口袋,镇定自若地回答:

"就算是吧,那又怎样?……我不反对这个说法。共和国或者别的什么东西,我才无所谓呢。我需要的,先生,我需要的是我认识的政府。我见过查理十世[①],先生,所以我拥护他;我见过路易-菲利普[②],先生,所以我拥护他;我见过拿破仑[③],所以我拥护他;可是我从来也没见过共和国。"

帕蒂索仍然一脸严肃,反驳道:

"共和国是由总统[④]代表的。"

对方低声抱怨道:

"就算是吧,那就指给我看看。"

----

① 查理十世(1750—1830):法国波旁王朝复辟后的第二位国王,一八二四年至一八三〇年在位。
② 路易-菲利普(1773—1850):法国国王,法国奥尔良王朝的唯一一位君主。
③ 此处应是拿破仑三世。
④ 时任法国总统是于勒·格莱维。

帕蒂索耸了耸肩膀：

"谁都能看到他；他又不是藏在衣橱里。"

可是胖先生突然发起火来：

"对不起，先生，就是见不到他。我试过不下一百次，先生。我守在爱丽舍宫①附近；他就是没出来。一个过路人对我说他常在对面的咖啡馆里打台球；我到对面那家咖啡馆去，他也不在那里。有人向我保证他要去莫伦②主持竞赛；我去了莫伦，可并没有看到他。最后，我实在厌倦了。我也没见过甘必大③先生。我甚至连一个议员也不认识。"

他越说越激动：

"一个政府，先生，就应该让人看得见；成立政府就是为了这个，不是为了别的。人们有权知道：某日某时政府要从某条街上经过。这样，人们到那儿去看到了，才会满意。"

帕蒂索平静了下来，琢磨着这话也有理。

"这倒是真的，"他说，"大家都乐意认识认识统治你的那些人。"

那位先生的语气也变得温和了些：

"您知道，要是我，会怎么设计这个节日吗？……嘿，先生，我会打造一长列镀金的马车，就像帝王加冕的马车那样；

----

① 爱丽舍宫：位于巴黎中心地带的宫殿，一八七三年起成为法国总统府所在地。
② 莫伦：巴黎西南郊的一个重镇。
③ 甘必大（1838—1882）：法兰西第二帝国末期和第三共和国初期著名共和派政治家，曾任内阁总理和外交部长。

我会让政府成员,从总统到议员,都坐在马车里,整整一天,在全巴黎走一遍。这样,至少每一个人都可以看到治理国家的人了。"

这时候,无业游民中的一个回过头来,说:

"喂!那么肥牛①呢,往哪儿搁?"

两条长椅上发出一阵哄笑。帕蒂索明白这是人们不同意这位先生的主张,于是喃喃地说:

"这么做也许不够庄重。"

那位先生思考了一会儿,承认这样做确有不妥。

"那么,"他说,"我就把他们安排在某个显眼的地方,让人们不费事就可以看到;比方说,在星形广场的凯旋门上;然后让全体市民列队在他们面前走过。这样也许更有气势。"

不过那个无业游民再一次回过头来:

"那就非得有望远镜才能看清他们的脸蛋儿。"

那位先生没有理他,而是继续说:

"这就跟授旗一样!总得有一个由头,组织点儿什么事情,比方说一场小战争;然后把军旗授给部队作为嘉奖。我嘛,我曾经有一个想法,而且给部长写过信;不过他根本不屑于回答我。既然已经选了攻克巴士底狱的日子,那就应该组织一场模拟这个历史事件的表演。用硬纸板做一个巴士底狱,请一位剧院的布景专家涂一下,把整个七月纪念柱②藏在

----

① 肥牛:节庆狂欢时扎了彩参加游行的肥牛。
② 七月纪念柱:位于巴黎巴士底广场,为纪念推翻复辟王朝的一八三〇年七月革命而建。

围墙里。然后呢,先生,让部队发起进攻。能够看到军队亲手推翻独裁统治的堡垒。这既是一场精彩的表演,同时也是一种教育。最后是放火,火烧巴士底狱;在熊熊大火中出现纪念柱和自由女神,新秩序和人民解放的象征。"

这一次,马车顶层的所有乘客都在听他说,并且觉得他的想法非常好。一位老者称赞道:

"这是个很精彩的主意,先生,也会给您带来荣誉。可惜政府没有采纳。"

一个年轻人表示应该请一些演员到大街上去朗诵巴比埃①的《讽刺诗》,这样可以让民众同时理解艺术和自由。

这几个人的言谈激发起所有人的热情。每个人都想说几句,群情激昂。一架手摇风琴经过,奏出一句《马赛曲》的乐曲,那个工人唱起歌,众人齐声高唱着副歌。歌曲的昂扬气势和鼓舞人心的节奏让马车夫也兴奋不已,鞭子抽得拉车的马一阵狂奔。帕蒂索先生一边拍着大腿,一边扯着嗓子叫嚷。下面车厢里的乘客都大惊失色,不知头顶上爆发了什么风暴。

他们终于唱完了。帕蒂索先生看出邻座的这位先生是个颇有创意的人,便告诉他自己打算怎么装饰那个窗户,征求他的意见。

"灯笼和旗子,这当然好,"帕蒂索说,"不过我还想搞得更好些。"

----

① 巴比埃(1805—1882):十九世纪法国诗人。其《讽刺诗》发表于一八三〇年至一八三一年,揭露七月革命中的投机分子。

对方寻思了很久,但也想不出什么好主意来。帕蒂索先生也不再抱什么希望,便只买了三面旗子和四盏灯笼。

7 一个悲伤的故事

帕蒂索先生这个节日过得很累,需要好好休息休息,计划下星期日找个地方,坐在那里,面对大自然,安安静静地度过一天。

他希望有个开阔的视野,所以选中了圣日耳曼平台①。他吃完午饭才动身。他先参观了史前时期博物馆,以免将来后悔,因为他对那里陈列的东西一无所知。然后他就来到平台。置身在这宽广的散步场前面,他久久地心潮难平。从那里他远远地看到了巴黎,整个周围的地区,所有的平原,所有的村落、树林和池塘,一座座城镇,以及那条绕了许多弯的大青蛇——穿过法兰西心脏的可爱温柔的塞纳河。

远方,薄雾正在变得蓝莹莹的,虽然计算不出有多远,他却能依稀看见葱绿的山坡上的小村镇,像一个个白色的斑点。他想象:在那些远得几乎看不见的地方,一些人就像他一样在生活、受苦和劳作;他第一次感悟到世界的渺小。他心想:在空间另外还有许许多多的斑点,小得我们看都看不见,然而却是比我们所在的地球更辽阔的天地,承载着也许比我们更加

---

① 圣日耳曼平台:位于巴黎西郊圣日耳曼树林旁,面临塞纳河谷地,建于十七世纪末;从那里远眺,巴黎西部尽收眼底。

完美的族类呢！不过眼前景物的苍茫让他有些晕眩了，他不再想这些搅乱他头脑的事。他顺着宽阔的平台，迈着细步，感到有些疲惫了，好像那些思索太沉重，把他累坏了似的。

他不知不觉来到平台的尽头，便在一张长凳上坐下。一位先生已经坐在那里，两只手叠着搁在手杖上，下巴颏搭在手上，样子像是在沉思默想。帕蒂索先生属于那种跟人在一起耐不住三秒钟不搭话的人。他先打量了一下旁边这位先生，轻声咳了两下，然后突然开言：

"先生，您能告诉我远处看得见的那个村子叫什么名字吗？"

那位先生抬起头，声音凄楚地说：

"萨特鲁维尔①。"

那人说完又沉默不语。帕蒂索观赏着百年老树荫蔽着的这个平台上的壮阔景色；身后飒飒作响的树林传来阵阵清香，沁透他的肺腑；树林和广阔田野散溢的春的气息，仿佛又把他变得年轻了。他呵呵地轻声笑着，眼里闪烁着光彩。

"这真是为恋人们准备的美丽的树荫。"

邻座的先生向他扭过头，用绝望的语气说：

"如果我是恋人，先生，我马上就去投河。"

帕蒂索不同意他的看法，反驳道：

"嘿，嘿！您说得倒轻松；可这又是为什么呢？"

---

① 萨特鲁维尔：巴黎西郊市镇，在塞纳河畔，是巴黎小职员荡舟休闲的胜地。

"因为这已经让我付出太大的代价,我绝不会重蹈覆辙了。"

公务员开心地做了个鬼脸,说:

"喂,如果您干了荒唐事,那总是要付出很大代价的。"

但对方哀怨地叹了一口气:

"不,先生,我没有干过荒唐事;我只是被遭遇的事情伤透了心,就是这样。"

帕蒂索预感到这里面会有一番故事,继续说:

"我们总不能像本堂神父那样生活呀;那是违反自然的。"

听说这话,那个老好人悲伤地抬起头望着天空。

"这话不错,先生;可是教士们都像普通人一样,我的不幸的事倒不会发生了。我嘛,我是反对教士独身的,而且我有我反对的理由。"

帕蒂索兴趣更浓,追问道:

"我想问问是怎么回事,不会太冒昧吧?……"

"天哪,当然不!我这就说给您听。"

先生,我是诺曼底人。我父亲是鲁昂①附近达尔内塔尔村的磨坊主。父亲死了以后,我和弟弟都还没有成年,便由叔

---

① 鲁昂:法国西北部的一个重要城市,原为诺曼底省省会,现为塞纳滨海省省会。莫泊桑曾居住在鲁昂,在此上过中学。他的恩师布耶和福楼拜都住在这里。

叔照管。我叔叔是科区①的一个心地善良的胖胖的本堂神父。他把我们抚养大,先生,还让我们接受了教育,然后便把我们俩送到巴黎来各奔前程。

那时弟弟二十一岁,而我二十二岁。为了节省开支,我们合住在一套房子里,平平静静地生活,直到我就要对您讲的这个事变突然发生。

一天晚上,我回家的时候,在人行道上遇见一个年轻的姑娘,挺招我喜欢。她很符合我的口味:身体微胖,先生,相貌温厚。当然啰,我没敢跟她说话,但是我意味深长地看了她一眼。第二天,我在同一个地方又看到她;我很腼腆,只向她点了点头;而她回了我一个浅浅的微笑。再后一天,我就走上前和她谈起话来。

她名叫维克托丽娜,在一家服装商店做针线活儿。我立刻意识到,我的心已经被夺走了。

我对她说:"小姐,我好像没有您再也活不下去了。"她低下头没有回答。于是我就抓住她的手,并且感到她也紧握住我的手。我坠入情网了,先生。但我不知道怎么办才好,因为我还有个弟弟。天哪,当我决心把一切都告诉他的时候,他却先开口了。原来他也正在谈恋爱。于是我们商量好,他另租一个地方住,不过不告诉我们的好叔叔,他的来信仍然寄到我的住处。事情就这么安排好了;一个星期以后,维克托丽娜搬来和我一起住。我们准备了一桌小型的晚宴,我弟弟把他的

---

① 科区:法国诺曼底的一片白垩高原地区。

相好也带来了。当晚,我的女友把一切都归置好了,我们就算正式有了一个家……

我们才睡下大约有一个小时,一阵猛烈的门铃声把我惊醒。我看看挂钟:凌晨三点。我急忙穿上裤子,一边跑去开门,一边嘀咕:"准是发生了不幸的事……"原来是我的叔叔,先生……他穿着旅行的长棉外套,手里拎着提箱。

"是的,是我,孩子;我没跟你打招呼就来了;我要在巴黎待几天。主教给我放了几天假。"

他亲吻过我的两颊,进来,关上了门。我真是生不如死,先生。可这时他要进我的卧室,我连忙冲过去,差点抓住他的衣领:"别,别去那儿,叔叔;到这儿来,到这儿来。"

我把他拉到了饭厅。您想象得出我当时的处境吗?我还能怎么办呢?……他问我:

"你弟弟呢?他睡了吗?去把他叫起来。"

我结结巴巴地说:

"不,叔叔,因为要赶一单紧急的订货,他得留在店里过夜。"

"这么说,生意还行?"

我突然来了一个主意:

"您大老远地来,一定饿了吧?"

"天哪!真的,那就随便吃一点吧。"

我连忙跑到橱柜那儿(我还有晚饭剩下的饭菜),我叔叔饭量特大,是个能一连吃十二个钟头的名不虚传的诺曼底神父。为了拖延时间,我先端上一大块牛肉,因为我知道他不喜欢吃牛肉。等他吃够了牛肉,我又拿出剩下的鸡肉、一个还算完整的肉糜、一盘土豆沙拉、三罐奶制品和上好的葡萄酒,都是我留下来准备第二天吃的。啊!先生,他撑得差点儿仰面倒下:

"真是个好孩子!存了这么多好东西!"

我塞他,先生,我可劲地塞他!再说,他来者不拒(据当地人说,他能吞下一群牛)。

等他把这些东西全吃光,已经是早晨五点钟。我感到自己就像热锅上的蚂蚁。我利用咖啡和涮杯酒①又拖了一个钟头;但最后他还是站起来。

"咱们去看看你的卧室。"

我这一下完蛋了,一边跟他走,一边恨不得从窗户跳下去。……走进卧室的时候,我几乎要晕过去,不过我还期待着会发生什么奇迹,这最后的希望让我的心怦怦直跳。勇敢的姑娘已经把床帐关上!啊!如果他不去打开床帐呢?哎呀!先生,他手举着蜡烛,立刻走到床边,一下就把帐子撩开了……天热,我们已经撤掉被子,只留下一条被单,她正紧拉着被单蒙着头。但是她身体的轮廓,先生,却看得清清楚楚。我浑身发抖,喉咙发紧,几乎喘不过气来。哪知叔叔向我转过身来,把嘴咧到耳根哈哈大笑;我惊讶得几乎一头撞在天花板上。

"哈哈!你这个调皮鬼,"他说,"你是不想叫醒你弟弟;

---

① 涮杯酒:喝完咖啡后斟入咖啡杯内饮用的酒,往往是烧酒。

那么,你看我怎么把他弄醒。"

我看见他那只手,那只乡下人的大手举了起来;他一边笑得差点背过气,一边把那只大手像霹雳似的落在清晰可见的轮廓上,先生。床里传出一声凄厉的叫喊;接着,被单下面就好像掀起了一阵风暴!挣扎呀,挣扎呀,她怎么也挣脱不出来。最后,她一下子挣脱出来,几乎一丝不挂,眼睛睁得像灯笼,盯着我叔叔。我叔叔惊讶得连退几步,张大了嘴,喘着粗气,先生,就好像要晕倒过去!

我这时完全昏了头,拔腿就跑……我在外面游荡了六天,先生,不敢回家。最后,我壮着胆子回来,家里已经空无一人……

帕蒂索笑得前仰后合,说了句:"我想也是这样!"邻座也无话可说了。

不过,过了一会儿,这老好人又说:

"从那以后,我再也没有见过我叔叔;他取消了我的继承权,因为他坚信,我是利用弟弟不在的机会干出那桩荒唐事。

"我再也没见到维克托丽娜。全家人都不理我了。我弟弟呢,他从这件事得到了好处,叔叔死后他领了十万法郎。他现在好像也把我看成一个老放荡鬼。其实,先生,我敢向您发誓,从那以后,我再也没有……再也没有……再也没有!……只不过,您也看得出,有些时刻是忘不掉的。"

"那您到这儿来做什么呢?"帕蒂索问。

对方放眼巡视着天际,仿佛怕有个看不见的耳朵听见似的,然后用带着惊恐的声音低声说:

"我在逃避女人,先生!"

8　爱情的尝试

很多诗人都认为,如果没有女人,大自然就是不完整的;所有那些华丽的比喻,也许就是这么来的;他们在诗中歌唱我们天然的伴侣,争先恐后地把她们比作玫瑰、紫罗兰、郁金香,等等。傍晚,当暮霭开始在山丘上飘浮,大地上的各种芳香开始让我们陶醉的时候,对柔情蜜意的需要会突然涌上我们的心头,抒情诗的创作灵感,也只能部分地宣泄出这种情怀。帕蒂索先生和其他人一样,也突然兴起一股狂热,渴望起温情,渴望起沿着阳光铺洒的小径漫步时的甜蜜的吻,渴望起紧紧相握的手,渴望起被他拥吻时十分温驯的圆润的腰。

他开始模模糊糊地想象爱情是一种无边的欢悦;在他冥思遐想的时候,他总感念伟大的"未知者"①在人类的抚爱里加进那么多魅力。他需要一个伴侣,但是他不知道在哪里可以找到。经一位朋友指点,他到了牧羊女游乐场②。他在那里看到的女人真是花色齐全;然而,选哪一个才好呢,他确实为难,因为他内心的欲望是来自诗意的激情,而这些用炭笔涂了眼圈、向他频送微笑时露出满口珐琅质假牙的小姐,诗意似乎并不是她们的特长。

----

① 实指天主。莫泊桑笔下的帕蒂索是怀疑论者和反宗教者,他避免使用"天主"一词。
② 牧羊女游乐场:巴黎一座著名的游乐场。

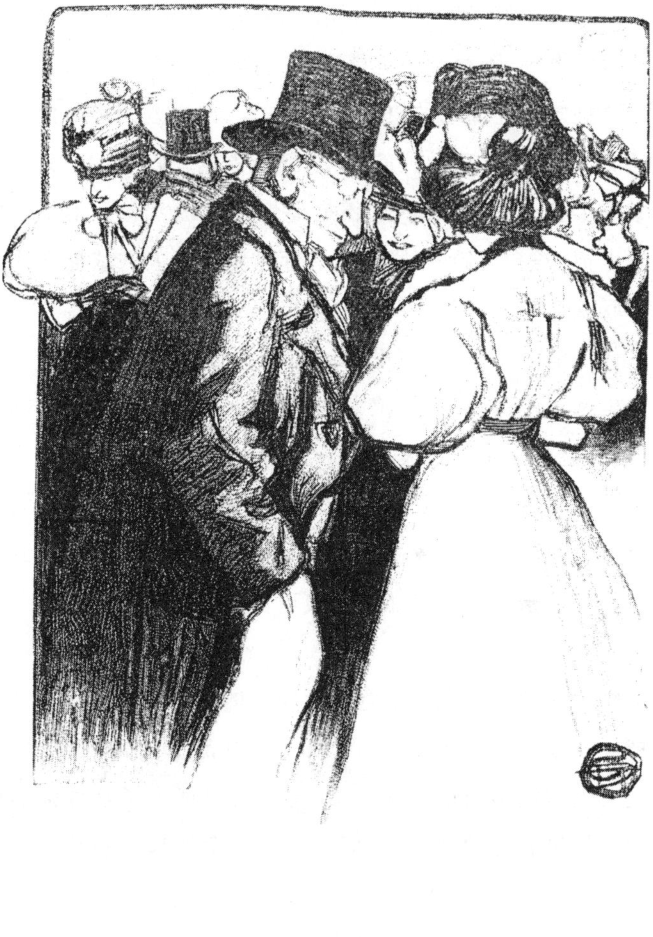

最后,他选了一个刚出道的女孩,看上去她又穷苦又胆怯,忧郁的目光表明她有着还比较容易被诗意感化的天性。

他跟她约好,第二天上午九点在圣拉扎尔车站①见面。

她没有来,不过她还算够意思,打发了一个朋友代她来。

这姑娘个儿高高的,棕红色的头发,出于爱国热情而穿着三色的衣服,戴一顶硕大的筒帽,脑袋占据在帽子的中央。帕蒂索先生有点儿失望,不过还是接受了这位替身。于是他们出发去梅松-拉斐特②,那里要举行赛船和盛大的威尼斯式的水上联欢。

他们登上车时,车厢里已经有两位先生和三位太太。两位先生都佩戴着勋章;三位太太,看她们显摆出那么高贵的气派,至少也应该是侯爵夫人。一上车,自称奥克塔维的高个儿红棕发姑娘就用鹦鹉般的声音对帕蒂索说,她是个很乐天的女孩,喜欢耍笑,酷爱乡下,因为在乡下可以采花,可以吃到煎鱼。她笑起来声音尖得能刺碎玻璃窗。她亲热地称呼帕蒂索"我的肥狼"。

帕蒂索感到羞耻。毕竟政府职员的身份要求他保持几分矜持。所幸奥克塔维住口了,转而注视起邻座的几位太太。娼妓总巴望能结交正派的妇女,她这时也产生了这种强烈的愿望。没过五分钟,她就自信找到了一个切口。她从衣袋里

----

① 圣拉扎尔车站:巴黎主要火车站之一,去巴黎西部和西北部火车的始发站。
② 梅松-拉斐特:巴黎西北郊的一个重镇,位于圣日耳曼树林和塞纳河之间。

掏出一份《吉尔·布拉斯报》①,恭恭敬敬地请三位太太中的一位看。那位太太吃了一惊,连连摇头拒绝。高个儿红棕发姑娘觉着受了伤,便说了些语义双关的话,说有些女人"做她们的梨"②,其实并不比别人好多少;有时她甚至冒出一句脏话,但是在乘客们庄严冷峻的气氛中就像没点响的爆竹一样,毫无作用。

终于到达目的地。帕蒂索想马上就去公园找个树荫遮盖的角落,希望树林的阴郁能够抑制他的伙伴的亢奋的情绪。不料事与愿违,一到树荫下,看见青草,她就声嘶力竭地唱起残存在她轻率的脑瓜里的几个歌剧唱段,耍着花腔,从《魔鬼罗贝尔》唱到《哑女》③;她尤其喜爱唱那首伤感的诗歌,唱到最后两行,声音尖得简直像个钻子:

  而我呢,春天的归来让我欢快,
  我像二十岁的人那样唱起来。

刚唱完歌,她又突然嚷嚷肚子饿了,要回家。帕蒂索仍然期待着他所希望的缠绵亲昵,竭力挽留她,但无济于事。她竟然发起火来。

"我来这儿可不是为了找麻烦,是不是?"

他不得不陪她去小阿弗尔饭店,那里离将要举行赛船的

---

① 《吉尔·布拉斯报》:法国的一份颇有影响的报纸,创刊于一八七九年。莫泊桑的许多作品首先发表于该报,他也曾为该报采访。
② "做她们的梨":这里的法文原文 font leur poire 又有"摆出一副自命不凡的样子"的意思。
③ 《哑女》:法国歌剧(1828),斯克里布作词,奥贝作曲。

地方很近。

　　她为这顿午饭没完没了地点起菜来,一道又一道,足够一个军团吃的。可是,她又不愿意等,又叫了几个冷盘。先上了一罐沙丁鱼;她急不可待地扑上去,好像连白铁罐儿都能吞下去;可是刚吃了两三条油腻腻的小鱼,她就说不饿了,想去看看赛船准备得怎么样。

　　帕蒂索失望极了,而且他也饿了,坚决不肯站起来。她就一个人走了,许诺还会回来吃甜点;于是他就独自一人默默地吃起来,不知怎样才能说服这个天生叛逆的女孩,实现自己的美梦。

　　见她还不回来,他只好去找她。

　　原来她遇见了几个朋友,一帮划船爱好者;这些人几乎都全身赤裸,连耳朵根都晒红了;他们走到建筑家弗尔奈兹的房子前面,指指点点,大喊大叫地解决一些竞赛的细节。

　　两个外表可敬的先生,大概是裁判吧,认真地听着他们讲解。奥克塔维正吊在一个彪形大汉的黝黑的胳膊上,一望可知那人准是肌肉比头脑发达。一看见帕蒂索,她就对那人咕哝了一句。那人回答:

　　"就这么办。"

　　于是她欢欢喜喜地回到公务员身边。这时的她,眼睛闪亮,几乎可以说已经是温柔多情。

　　"我想去划一会儿船。"她说。

　　见她这么可爱,帕蒂索喜不自胜。他赞同这个新意愿,就去租了一条船。

不过,帕蒂索想去看赛船,她却坚决反对。

"我的狼宝宝,我更喜欢跟你单独在一起。"

他心里一阵战栗……终于等到了!……

他脱掉常礼服,发了疯似的划起桨来。

一座古老的磨坊横跨在一个很小的河汊上,下面有两个拱洞,虫蛀了的轮子悬在水上。他们从拱洞里缓缓地穿过,到了另一边,只见眼前是大树构成的穹顶荫蔽着的一段小河,景色宜人。小河流淌,弯弯曲曲,时而向右拐,时而向左拐,不断呈现出新的景致,一边是广阔的草场,另一边是布满小别墅的山丘。他们从一个几乎被绿树包围的湖滨浴场前经过。那真是个富有田园风味的迷人的角落,一些男士戴着鲜艳的手套,一些女士戴着花环,把城里风雅男女下乡来的各种可笑的傻相显露无余。

她开心得大喊一声。

"待一会儿我们也去那里洗澡!"

后来,再划远一点,他们划到一个类似河湾的地方;她想停下:

"过来,我的肥肥,挨着我。"

她用胳膊勾着帕蒂索的脖子,头倚在他的肩膀上,轻声细语地说:

"多舒服啊!在河上玩儿多好啊!"

帕蒂索,其实已经沐浴在幸福里了;他想着那些愚蠢的划船爱好者,他们从来也没有领略过河边优美和柔弱的芦苇的魅力,只知道喘着粗气,流着大汗,累得昏头昏脑,从吃午饭的小酒馆划到吃晚饭的小酒馆。

谁知,因为太惬意,他竟然睡着了。等他醒来……只剩他一个人了。他起初叫喊;没有人回答。他心慌了,赶紧上岸,生怕发生什么不幸的事。

这时,他看到远远的有四个黑人一样的大汉,划着一条狭长的多桨小快艇,像箭一样飞快地向他驶来。小艇在水上奔驰,越来越近:一个女子掌着舵……天哪!……看上去像是……就是她!为了协调划桨的节奏,她正在用那锋利的嗓子唱一首划船爱好者之歌。来到帕蒂索面前时,她暂时停止了歌唱,一边送去一个飞吻,一边高喊:

"你真是个大傻瓜!"

9　一顿晚饭和几种见解

国庆节之际,帕蒂索先生的科长安托万·佩尔德里克斯,获得荣誉勋位团骑士勋章。他在几朝旧制度①下服务了三十年,归附现政府②以后又工作了十年。下属们认为,他能得到这个嘉奖,只因为他是他们的头儿,因而不免在下面有些议论;但他们还是肯定,发给他一枚镶了假宝石的奖章是一件好事。这位新骑士也不想拖拉,立即邀请大伙儿下星期日去他在阿尼埃尔③的住宅吃晚饭。

----

① 应是主要指法国奥尔良王朝末年和第二帝国时期。
② 应是指法兰西第三共和国时期。
③ 阿尼埃尔:巴黎西北郊的一个市镇。

那所房子被摩尔式的彩灯照得通明,外表像一家有歌舞表演的咖啡馆,但是地理位置提高了它的身价:铁路线正好沿着他的花园穿过,离他房门口的台阶只有二十米。在房屋周围按规定必须种的草坪上,有一个罗马风格的水泥修的水池,里面养着金鱼;还有一个喷泉,就像一个针管,偶尔会向空中射出小小的彩虹,让来访的客人赞叹不已。

给这个喷水装置供水,是佩尔德里克斯先生每天都要操心的事。为了灌满蓄水池,他有时早五点钟就起床。他不穿外衣,大肚皮从短裤里露出来,拼命地用唧筒抽水;这样,他下班回来才能享受到开动喷泉、想象着花园里凉爽宜人的快意。

举行正式晚宴的那个晚上,宾客们争先恐后地对这房屋的位置表示赞赏;每当听到一列火车从远处驶近,佩尔德里克斯先生都能报出它的目的地:圣日耳曼①、勒阿弗尔、瑟堡②或者第埃普;而且,为了搞笑,人们还会向趴在车窗口的旅客挥手示意。

科里的人全来了。首先是副科长卡皮泰纳先生,主任科员帕蒂索先生;然后是德·松波勒泰尔和瓦兰先生,两个爱什么时候上班就什么时候来、穿戴优雅的年轻科员;最后是以发表奇谈怪论在全部出了名的拉德先生和誊写员布瓦万先生。

拉德先生是公认的怪人。有人说他是"幻想家"或者"空

---

① 圣日耳曼:巴黎西郊的一座古城,现称圣日耳曼-昂。
② 瑟堡:法国西部港口,濒临拉芒什海峡。

想家"，有人视他为"革命派"；但大家一致认为他是个笨蛋。他已经上了年纪，个子瘦小，目光炯炯，一头长长的白发。他曾经扬言自己一生最瞧不上的就是行政工作。他是个书蛀虫、书痴，天生永远对什么都看不惯。他寻求真理、蔑视流行的成见，表达起自己的见解来坚决而又模棱两可，让那些自鸣得意的傻瓜和不满但又说不出缘由的人无言以对。有人说："拉德这个老疯子。"有人说："拉德这个莽汉。"而他升级很慢，似乎也证明这些平步青云的庸碌之辈反对他是有道理的。他言论的独立无羁，经常让同事们不寒而栗。他们甚至纳闷：他是怎么保住他的饭碗的。

众人入席以后，佩尔德里克斯先生发表了一个简短然而很真诚的欢迎词。他对"合作者们"表示感谢；他答应会继续关照他们，而且随着他的威信的提高，他的关照也会更加有效；在一段动情的结束语中，他感谢和赞扬自由、正确的政府，善于在谦卑者中寻找出有功之人。

副科长卡皮泰纳先生以全科的名义恭喜、祝贺、欢呼、讴歌，替大伙儿颂扬了一番。这两段雄辩的演说赢得众人疯狂的掌声。接着大家就认真严肃地吃起来。

直到吃甜点，一切顺利；语言的贫乏不妨碍任何人享用美食。不过轮到喝咖啡的时候，发生了争论，而且越来越激烈；拉德先生又兴奋起来，而且一下子就超越了底线。

人们谈论的自然是爱情，一股令人陶醉的骑士精神在满座公务员中间洋溢；他们狂热地褒扬女性高超的美、心灵的柔和、判断的准确、对优美事物的爱好和情感的细腻。拉德先生

起而反对。他坚决否认被形容为"美丽"的女性①具有人们所说的任何一种优点;并且面对众人的义愤,引出一些名家为证:

"叔本华②,先生们,叔本华,一位在德国备受崇敬的哲学家。他是这么说的:'男人的理智一定是被爱情蒙蔽了,才会称这个身矮、肩窄、臀肥、腿弯曲的性别为美丽。她们全部的美,实际上只在于她们的爱的本能。与其称她们美丽,不如称她们"不美观"更准确。女人既不能领悟也不能理解音乐,对于诗歌和造型艺术也同样如此;她们会的只是为了取悦于人而装模作样、花言巧语、矫揉造作。'③"

"说这种话的人是傻瓜。"德·松波勒泰尔冲口而出。

拉德先生微微一笑,继续说:

"那么卢梭④呢,先生?下面是他的见解:'女人,一般说来,女人不喜爱任何艺术,不懂任何艺术,而且没有任何才能。'⑤"

德·松波勒泰尔先生轻蔑地耸耸肩膀,说:

"卢梭跟前一个人同样愚蠢,没有什么好说的。"

拉德先生仍然报以微笑:

"还有拜伦⑥勋爵呢,他可是爱女人的,先生,他这么说:

---

① 在法国,又称女性为 beau sexe(美丽性别)。
② 叔本华(1788—1860):德国哲学家,非理性主义哲学创始人。
③ 此话引自 J. 布尔多译叔本华《思想与片断》中的《试论妇女》一文。
④ 卢梭(1712—1778):法国启蒙思想家、哲学家、文学家。
⑤ 此话引自卢梭《致达朗贝尔》。
⑥ 拜伦(1788—1824):英国浪漫主义诗人。

'应该给她们吃好,穿好,但是绝不能让她们参与到社会中来。她们也应该了解宗教,但不应该懂得诗歌和政治,只应该读关于信教和烧菜的书。'①"

拉德先生接着说:

"你们瞧呀,各位先生,女人们全都学习过绘画和音乐,却不见她们中有一个创作出一幅出色的画,一部了不起的歌剧。这是为什么呢,先生们?因为她们是 sexus sequior②,无论在哪一方面都是次一等的性别,天生就是靠边儿站,居于次要地位的。"

帕蒂索先生气不忿了:

"那桑③夫人呢,先生?"

"那是个例外,先生,一个例外。我再引另一个大哲学家的一段话给诸位听听,他是英国人,叫赫伯特·斯宾塞④。他说:'在特殊刺激的影响下,两性中的任何一性别都可能呈现出通常是另一性别才有的天赋。例如,举个极端的例子来说,在一种特别的刺激下,男人的乳头也可以流出奶水;在一些大饥荒的年代,曾有过幼儿失去母亲,以这种方式而得到挽救的事。我们却不能因此就把分泌乳汁列为男性的特性。同样,女性的智慧在某些情况下能产生出高超的作品,在我们

---

① 此话见于英国诗人托马斯·穆尔的《书信与日记》。
② 拉丁文,意为"次一等的性别"。这一用语,莫泊桑也是引自叔本华。
③ 桑,指法国女作家乔治·桑(1804—1876)。
④ 赫伯特·斯宾塞(1820—1903),英国社会学家,唯心主义哲学家。

评价女性的天性时,作为社会因素,这种情况也可以忽略不计。'①……"

帕蒂索先生天生的骑士本能受到了彻底伤害,他大声疾呼:

"先生,您不是法国人。法兰西男性对女子的殷勤礼貌,是爱国主义的一种形式。"

拉德先生反驳道:

"我很少有爱国主义情怀,先生,而且少得不能再少。"

全场顿时鸦雀无声,而他却泰然自若地继续说:

"诸位应该像我一样,承认战争是一种非常可怕的事,屠杀人民这种习惯已经成为一种持续的野蛮状态;尽管唯一真实的福祉是'活命',我们却看到历届政府把保护民众生存的义务置之不顾,一个劲地在寻求毁灭的手段,这真是可恶至极。我说得对,是不是?好吧,既然战争是一件可怕的事,爱国主义不就是像母亲一样抚育战争的根本观念吗?一个凶手杀人,他有一个思想,就是抢劫。一个好人用刺刀刺死另一个正直的人,那个正直的人也许是一个做父亲的,或者是一个伟大的艺术家,他服从的是什么思想呢?……"

在场的所有人都感到被深深地刺伤了。

"一个人有这样的想法,不应该当大伙儿的面说出来。"

帕蒂索先生接着又说:

"先生,毕竟有些原则是所有正直的人都承认的。"

---

① 此话引自斯宾塞的《社会科学引论》。

拉德先生问：

"哪些原则？"

于是，帕蒂索先生态度庄严地宣称："道德，先生。"

拉德先生神采飞扬，高声说：

"我举一个例子，先生，只举一个例子，一个非常小的例子。一些戴缎子鸭舌帽的先生，在环城林荫大道上干你们都知道的那个肮脏行当①，以此为生，你们对此做何感想呢？"

一桌人全都厌恶地噘噘嘴。

"那么，好吧，先生们！可是在一个世纪以前，如果一个名誉上很敏感的风雅绅士交上一个……女友……一个'出身高贵、美貌而又体面的太太'，靠她生活，诸位，甚至把她弄得倾家荡产，还是很得体的事呢。人们会觉得这游戏很美妙。所以说道德原则并不是固定不变的……而且……"

佩尔德里克斯先生显然感到很尴尬，打断了他的话，说：

"您是在破坏社会的基础，拉德先生。'原则'，任何时候都应该有的；就像在政治方面，这儿的德·松波勒泰尔先生是正统派②，瓦兰先生是奥尔良派③，帕蒂索先生和我是共和派，我们的原则很不一样，对不对？然而我们相处得很融洽，就因为我们有原则。"

但是拉德先生大喊道：

"我也有原则，先生们，而且是不可动摇的。"

---

① 指靠妓女为生的人。
② 正统派：法国历史上波旁王室长系的拥护者。
③ 奥尔良派：指法国奥尔良王族当政的七月王朝（1830—1848）的拥护者。

帕蒂索先生抬起头,冷冷地说:

"我很想听听您的原则究竟是什么,先生。"

拉德先生不用他请求就说起来:

"先生,请听吧:

"第一个原则:一个人的统治是极其危险的。

"第二个原则:有限制的选举是不公平的。

"第三个原则:普遍选举是愚蠢的。

"的确,让几百万人,杰出的知识分子,科学家,乃至天才,任由一个人随心所欲地摆布,他一时高兴、疯狂、陶醉、爱好,就会毫不犹豫地牺牲一切来满足他的狂妄的奇想,挥霍掉好不容易积累起来的国家财富,让千万人惨死在战场,等等,在我这个普普通通爱思考的人看来,也是极大的谬误。

"但是,既然承认国家应该由人民自己管理,仍然以一个值得商榷的借口把一部分公民排斥在国家事务的管理之外,也同样不公平;这一点是那么明显,我觉得也用不着多加讨论。

"剩下的就是普遍选举问题。诸位和我一样,都承认天才人物是极少的,对不对?往多里说,现今的法国就算有五个吧。咱们再往多里说,再加上两百个才华出众的人,另外一千个掌握不同才能的人,以及一万个在个别方面高超的人。这就是一万一千二百零五个有头脑的人组成的司令部。除此之外就是平庸者的大军和无数的傻瓜。因为庸人和傻瓜总是大多数,由他们选出一个英明的政府是难以想象的。

"平心而论,我要说从逻辑上看普遍选举是唯一可以接受的原则，可是这又行不通。理由如下：

"要让一个国家所有的有生力量都和一个政府通力合作，要让一个政府代表所有的利益，照顾所有的权利，这是一个理想的梦，但是不大实际，因为你唯一能够测定的力量恰恰是应该最被忽视的，即愚蠢的力量，也就是大多数。如果采用你们的方法，愚昧无知的大多数会压倒天才、学问、各种知识、财富、工业，等等。如果你们能投一万票给一位法兰西研究院院士，而只投一票给一个捡破烂的；投一百票给大地主，而只投十票给他的佃农，也许差不多能把力量平衡了，选出一个能代表国民中所有力量的全国代表机构。但是我不相信你们能这么做。

"我的结论如下：

"从前，当一个人什么职业也干不了，他就当照相的；今天，他就当议员。一个由这些人组成的政权，很可悲，永远是昏庸无能的；不过它干不出多少好事，也干不出多少坏事。而相反，一个专制暴君，如果愚蠢，可能干出很多坏事；如果碰巧他聪明（这是极其罕见的），也可能干出很多好事。

"在这些形式的政府之间，我不表态。我宣布：我是无政府主义者，也就是说，我拥护最隐而不显、最难以觉察、最大限度自由的权力；我同时又是革命者，也就是说，我也是这后一种权力的永恒的敌人，因为，不管怎样，这种权力也绝对是不完善的。完了。"

餐桌周围发出愤怒的叫喊声，所有在场的人，正统派也好，奥尔良派也好，顺应时势的共和派也好，都气得面红耳赤。

帕蒂索先生尤其愤慨,几乎透不过气来。他冲着拉德先生责难道:

"这么说,先生,您什么也不相信。"

拉德先生干脆地回答:

"不,先生。"

宾客们群情激奋,拉德先生再也说不下去了。佩尔德里克斯又拿出当头儿的身份,结束了争论。

"够了,先生们,我请求诸位啦。我们每人都有自己的见解,而且谁也不准备改变,对不对?那就保持各自的见解吧。"

大家都赞同这句公道话。但是拉德先生仍然不肯罢休,非要决出个胜负来。

"不过我还是有一个信条的,"他说,"这个信条很简单而且永远切实可行;有一句成语说得很清楚:'己所不欲,勿施于人。'我料想各位也挑不出这句话有什么错。而你们的信条,哪怕是最神圣的一条,我都可以用三个理由就把它驳得体无完肤。"

这一次谁也没有搭理他。但是当晚在两两结伴回去的路上,每个人都在对同伴说:

"真的,拉德先生走得太远了。他一定是神经不正常。应该派去沙朗东当副院长①。"

---

① 指位于沙朗东附近圣莫里斯镇的埃斯基罗尔王家医院,又称沙朗东精神病院,小说家萨德侯爵和诗人魏尔伦都曾在这里治疗。

10　公共集会

门的上端以醒目的大字写着"舞厅";大门两边贴着几张鲜红的告示,宣布这个民间娱乐场所星期日已经派了其他用场。

与世无争的市民帕蒂索先生一边消化着他那顿午饭,一边向车站悠闲地漫步。他的眼睛被这鲜艳的颜色吸引,不禁停住脚步,读起来:

国际争取妇女权利总会

———

中央委员会(设于巴黎)

———

公共集会

自由思想家佐埃·拉穆尔女公民和俄国虚无主义①者艾娃·苏里纳女公民主持,独想自由社的女公民代表团以及一群热心的男公民赞助。

女公民赛萨琳娜·布娄和流放归来的公民萨皮昂斯·科尔纽发言

---

① 一八八〇年二月,俄国沙皇亚历山大二世逃过虚无主义的一次暗杀。莫泊桑在本篇中影射这一现实。

入场券：一法郎

一个戴眼镜的老太太，坐在一张铺着桌布的桌子后面收费。帕蒂索先生走了进去。

大厅里几乎已经坐满了人，空气里弥漫着一股淋湿了的狗的气味、老姑娘们的裙子总是散发的那种气味，还有公共舞会留下的质量可疑的香水的气味。

帕蒂索先生找了一会儿，才在第二排找到一个空位子。一边是一个佩戴勋章的老先生，一边是一个穿工人服装的矮小的女子，两眼炯亮，面颊上有一块肿起的青斑。

主席团到齐了。

佐埃·拉穆尔女公民，一个脸蛋挺俊、黑头发间戴着几朵红花的胖乎乎的女子，和俄国虚无主义者艾娃·苏里纳女公民，一个又瘦又小的金色头发的女子，共同主持大会。

正好在她们下面，长得同样俏丽、绰号"男性降伏者"的著名的赛萨琳娜·布娄女公民，坐在刚流放归来①的萨皮昂斯·科尔纽男公民旁边。这位男公民，一个身体非常结实、相貌凶狠的老头儿，紧握的拳头搁在膝盖上，像猫盯着鸟笼一样巡视着大厅。

右边是一个没有配偶的老年女公民的代表团，独身把这些女人弄得干瘦，苦等熬得她们怒火中烧。她们正好坐在一

---

① 巴黎公社失败后，许多公社社员被流放到法国的海外殖民地。一八八〇年七月十日法国政府通过一项法令准予回国。

个决心改革人类的男公民的团体对面；这些男士从来没剪过胡子和头发，想必是为了昭示他们的抱负无限远大。

与会的群众很混杂。

妇女大多数属于女看门人和星期日关店的女商人的阶层。到处都可以看到那种难以安慰的老处女（或曰丑老太）的嘴脸，出现在女市民红润的面庞之间。三个中学男生在一个角落低声说话；他们来这儿就是为了能跟女人待一会儿。有几家人是进来看热闹的。第一排坐着一个穿黄色斜纹布衣服的黑人，一头卷发，仪表堂堂，咧着大嘴，笑盈盈的，目不转睛地看着主席台；那笑容是不出声的，但嘴却一直咧着，黑面庞里露出一口雪白的牙齿。他身体一动不动地笑着，就像一个人高兴极了，已经心醉神迷似的。至于他为什么会在这儿？这可是个谜。也许他以为是进来看什么演出？也许在他那生着非洲人卷发的脑袋里正嘀咕着："真逗，真逗，这些调皮蛋，这些搞笑鬼；在赤道一带是找不到这么逗乐的家伙的。"

佐埃·拉穆尔女公民以一番简短的演说开始大会发言。

她回顾了妇女自开天辟地以来所遭受的奴役；她们扮演的卑微然而永远是英雄的角色；她们对一切伟大思想的忠贞不渝。她把妇女比作往昔的人民，帝王和贵族统治下的人民，称她们为"永远的受难者"，因为对她们来说，每一个男人都是一个"主人"。她做出一个气势昂扬的动作，大声疾呼："人民有了他们的八九年①，我们也要有妇女的；被压迫的男人们

---

① 指一七八九年推翻封建制度的法国资产阶级革命。

完成了他们的革命,被囚禁的男人们砸碎了他们的锁链;愤怒的奴隶们曾经起而反抗。妇女们,让我们仿效我们的暴君们。让我们也起而反抗,砸碎婚姻和奴役的古老的枷锁。前进,争取我们的权利;我们也要来一次革命。"

她在雷鸣般的掌声中坐下;而那个黑人简直乐得发狂,直用脑门磕打膝盖,还不停地尖叫。

俄国虚无主义者艾娃·苏里纳女公民站起来,用刺耳而又凶恶的声音说:

"我是俄国人。我曾经举起反抗的大旗;这只手痛击过我祖国的压迫者。听我发言的法国妇女们,我向你们宣布,我时刻准备着,在任何阳光照耀到的地方,地球上的任何角落,打击男人们的暴政,为普天下被卑鄙地迫害的妇女报仇。"

会场里响起一片喧嚷的赞同声,连萨皮昂斯·科尔纽男公民也站起身,用他的黄胡子彬彬有礼地摩擦了几下她那只复仇的手。

会议开到这时候才真的显示出它的国际性来。一些大国派出的女公民争先恐后地站起来,表达她们各自国家的支持。首先是一个胖墩墩、长着一头麻絮似的头发的德国女人,她结结巴巴、含混不清地嘟哝道:

"沃(我)要索(说),古劳(老)的德国迟(知)道帕(巴)黎妇绿(女)的车衣(这一)飞(伟)大的运通(动),是拖(多)么高新(兴)。沃(我)们的熊扣(胸口),(她捶了一下自己的胸口,那胸口可经不住这一捶)沃(我)们的熊扣(胸口)打朵朔(哆嗦)了,沃(我)们的……沃(我)们的……沃(我)索

(说)的扑浩(不好),探(但)是沃(我)们赫(和)你们才疑气(在一起)。"

一个意大利女人,一个西班牙女人,一个瑞典女人,相继用闻所未闻的语言发了言;最后,一个高大无比的英国女人,牙齿就像打理花园的工具,做了如下的表示:

"厄(我)也其(希)望代标(表)自由的因果(英国)参加发果(法国)妇吕(女)人命(民)为了结(解)放吕(女)性而仅性(进行)的这么……这么……表良(漂亮)的示喂(威)。晚(万)岁!晚(万)岁!晚晚(万万)岁!"

这一次,那个黑人发出的热情叫喊太刺耳,做出的高兴姿势太放肆(他把两条腿跷到椅子背上,疯狂地拍打大腿),两位会场纠察不得不上前去请他安静下来。

帕蒂索旁边的那位先生低声说:

"歇斯底里!这些女人全都是歇斯底里!"

帕蒂索以为这人是在对他说话,转过脸来,说:

"请问您说什么?"

那人连忙道歉:

"对不起,我不是跟您说话。我只是说,所有这些疯女人都是歇斯底里!"

帕蒂索先生大为惊讶,问道:

"您难道认识她们?"

"多少有一点,先生。为了做修女,佐埃·拉穆尔在修道院初修过。这是一个。艾娃·苏里纳曾经作为纵火犯而受到法律追究,并且被鉴定为狂人。这是两个。赛萨琳娜·布娄纯粹是一个阴谋家,她的所作所为就是为了出名。我还看到那边的另外三个女人,到某某医院我的科里看过病。至于我们周围的所有这些满嘴脏话的老女人,我就用不着说了。"

不过嘘声从四面传来。因为这时流放归来的萨皮昂斯·科尔纽男公民站了起来。他先转动了一下那双恶狠狠的眼睛;接着,便用在洞穴里呼啸的风似的粗沉的声音开始演说:

"有一些词像信条一样伟大,像阳光一样灿烂,像雷霆一样响亮:自由!平等!博爱!这就是人民的战旗。我们曾在它们的引领下向历代的专制暴政冲击。啊,妇女们,现在轮到你们,像挥舞武器一样挥舞着它们,前进,去争取独立。你们要获得自由,在爱情上,在家里,在国家事务中的自由。你们要在家里和我们平等,在街上和我们平等,尤其是在政治上和法律面前和我们平等。博爱!你们应该是我们的姐妹,我们伟大计划的知音,我们勇敢的伙伴。你们要真正成为人类的一半,而不仅仅是人类的一小半。"

接着他又纵情地大谈玄妙的政治,阐述像世界一样宏伟的计划,畅论各种社会的精髓,预言建筑在自由、平等、博爱这三大不可动摇的原则之上的普世共和国。

他说完了。大厅几乎被欢呼叫好之声震垮。帕蒂索先生不禁愕然,转过脸来对邻座的先生说:

"他是不是有点儿疯了?"

那位老先生回答:

"不,先生;这样的人有几百万呢。这是教育的恶果。"

帕蒂索先生大惑不解:

"教育的恶果?"

"是啊,他们现在会读会写了,潜在的愚蠢就更容易释放出来。"

"这么说,先生,您认为教育……"

"对不起,先生,我是个自由主义者。我的意思不过是说:您有一块表,是不是?那么,您把发条砸断,把表交给科尔纽男公民,请他把表修好。他会赌咒发誓地回答您,说他不是钟表匠。但是,如果法兰西这台无比复杂的机器里有某个东西损坏了,他却自以为是最能把它当场修好的那个人。还有四万个他这样爱唱高调的人都这么想,并且不停地这么宣称。我要说,先生,直到今天我们还缺少一个新的领导阶级,也就是说,缺少一批这样的人物,他们是掌握过政权的父辈所生,受过这种思想的哺育,接受过专门为此而进行的教育,就像年轻人为了当工程师而预先接受专门的教育一样……"

许多嘘声再一次打断了他的话。一个神情忧伤的年轻人登上了讲台。

他开始发言:

"女士们,我要求发言是为了批驳你们的主张。为妇女要求与男人平等的公民权利,这就等于要求结束你们的权力。只要看看妇女的体型就可以知道,她们既不适于艰苦的体力劳动,也不适于长时间的脑力工作。她们应该扮演的是其他角色,而且那角色毫不逊色。她们为生活增添诗意。通过她们优美的力量、她们眼睛的柔光、她们微笑的魅力统治男人,尽管男人们统治世界。男人拥有的力量你们拿不去,但是你们拥有让力量着迷的魔力。你们还有什么可埋怨的呢？自从世界存在以来，你们就是统治者和支配者。如果没有你们，这世上就一事无成。一切美好的事业都是为你们而完成。

"但是，从你们变成和我们平等的那一天起，在公民权利上，在政治上，你们就成为我们的对手。于是你们就得当心，千万别让你们全部的力量所仰赖的魅力遭到损坏。否则，由于我们毫无疑义是最强有力的，最富有科学和艺术天赋的，你们的劣势将暴露无遗，你们将真正成为被压迫者。

"女士们，你们的角色是美好的，因为你们是我们生活的诱惑、无止境的梦幻，是我们的努力的永恒的报酬。所以，绝不要试图去改变它。何况，你们也不会成功。"

但是一些嘘声打断了他的话。他走下讲台。

帕蒂索的邻座这时也站起来：

"这个年轻人，有点儿浪漫，不过至少还合乎情理。先生，去喝杯啤酒吗？"

"非常乐意。"

他们向外走去。而这时，赛萨琳娜·布娄女公民正准备答辩。

一桩巴黎奇遇*

还有比女人的好奇心更强烈的感情吗？啊！哪怕是梦见的东西，她们也要认识、了解、摸一摸！为了达到这个目的，她们什么事干不出？一个女人，一旦萌发了好奇心就会按捺不住，什么疯狂的事、莽撞的事都干得出，就是上刀山下火海，面对任何艰险都不会退缩。我说的是那些真正可以称作女人的女人，她们的头脑有三个隔断，从外表看很理智也很冷静，但里面的三个隐秘的隔断，一个装满女性永远蠢动的焦躁；另一个装满美化成善意的狡黠，伪善者那种说得中听但口蜜腹剑的狡黠；最后一个装满迷人的卑劣、美妙的欺骗、甜蜜的背弃，和所有那些能驱使一些愚蠢轻信的情人自杀、让另一些男人陶醉的罪恶品性。

----

* 本篇首次发表于一八八一年十二月二十二日的《吉尔·布拉斯报》，作者署名"莫弗里涅斯"；一八八二年收入比利时昂利·吉斯特玛克尔出版社出版的莫泊桑小说集《菲菲小姐》；一九〇二年收入保尔·奥朗道尔夫出版社出版的插图版莫泊桑全集《菲菲小姐》卷。

我要讲的这桩奇遇的主人公,是一个身材矮小的外省女人,她原是一个平平常常的本分人。她的生活,表面看来很平静,就是照顾忙碌的丈夫和养育两个孩子,可谓贤妻良母。但她总受着无法排解的好奇心和难以形容的欲望的撩拨。她一直向往巴黎,贪婪地阅读报纸上的社会新闻。有关喜庆盛典、服饰打扮、狂欢纵乐的描述让她如醉如痴。那些欲言又止的杂闻、充满暗示的狡猾的文字,向她揭示出的那个充满罪恶又让人着魔的世界,就像一种神秘的力量,令她心乱神迷。

她从其中看到的是一个被神化了的豪华而又腐朽的巴黎。

一个又一个漫长的美梦联翩的夜晚,丈夫脑门上蒙一块头巾仰睡在她身旁,发出像摇篮曲似的有节奏的鼾声,而她却在遐思梦想着那些大名人,印在报纸头版、犹如黑暗天空中闪耀的巨星般的名人;她想象着他们疯狂的生活:无休止的放荡、可怕的古代式狂饮纵欲,以及复杂得让她难以想象的万种风情。

在她的想象中,林荫大道就像是人类情欲的深渊,街边每一座房子里都肯定掩藏着奇妙的爱情秘密。

然而她觉得自己正在衰老。她在衰老,除了美其名曰家庭幸福、单调得可怕的日常操劳,她对生活还一无所知。风韵犹存的她,虽然像一个密封在橱柜里的冬天的水果,过着平静的生活,却被隐秘的激情吞噬、折磨、困扰着。她经常自问:她难道就这样离开人世,没有见识一下那形形色色令人陶醉的事,没有一次,哪怕仅仅一次,全身心地投入那人欲横流的巴黎的欢乐?

经过长时间坚持不懈的努力,她终于筹划好一次巴黎之旅。她找了一个借口,让住在巴黎的亲戚邀请她;丈夫没空陪她,她就独自动身了。

一到巴黎,她就编造出一些理由,可以两天,更确切地说是两夜,不回主人家;如果必要的话,她就说找到了几个住在郊区的朋友。

她在四处搜寻。几条林荫大道她都跑遍了,可是除了在路边游荡的编了号注了册的邪恶①,她什么也没有看见。她用眼睛在那些大咖啡馆里打探,仔细阅读《费加罗报》的短讯栏;每天早上这份报纸都像召唤爱情的晨钟一样出现在她的面前。

可是她一直没有找到艺术家和女演员们骄奢淫逸的线索,也没有发现什么能向她揭示荒淫的殿堂;在她的想象中,这些殿堂就像《一千零一夜》中说一句咒语就可以关闭的岩洞,或者像受迫害的宗教进行秘密活动的罗马地下墓穴。

她的亲戚是个小资产者,没法介绍她结识那些名字总在她脑子里转悠的大人物;她不再抱什么希望,想回家了。可就在这时,运气帮了她的忙。

一天,她沿着当坦河堤街往南走,看到一家店铺摆满了五颜六色、赏心悦目的日本小摆设,便停下来观赏。她正端详着

---

① 指在有关部门登了记的妓女。

精巧的牙雕小丑、光彩夺目的涂釉大花瓷瓶和奇形怪状的青铜艺术品,忽然听见老板在店铺里毕恭毕敬地向一个胡须灰白、脑袋秃顶的矮胖子展示一尊巨大的大肚子瓷人,据他说这是一件孤品。

商人每说一句话,那位准备购买者的名字,一个颇有声望的名字,就像号角般回响一次。其他的顾客,有些是年轻的妇女,有些是风度翩翩的男士,也都以得体而又显然尊敬的目光,向正在兴致勃勃欣赏这个大瓷人的著名作家迅速一瞥。作家和那瓷人一样丑,丑得像一个娘肚子里出来的两兄弟。

老板说:"看在是您,让·瓦兰先生,我一千法郎就让了;这刚好是我的进货价。如果是其他人,那就是一千五百法郎。可是我珍视文艺界的主顾,所以价钱特别优惠。他们都上我这儿来,让·瓦兰先生。昨天,毕斯纳什①先生还买了我一个古董大盘子。还有一天,我卖给亚历山大·仲马②先生两个像这样的烛台。您说,美不美?喏,您拿着的这件东西,要是左拉先生看见,一定已经卖掉了,瓦兰先生。"

作家被弄得不知所措,他既喜欢这件东西,又在考虑这笔钱数,犹豫不决,就像独自一人在沙漠里,全然不顾别人的目光。

她激动得发抖,走进店堂,眼睛放肆地盯着他看,甚至也没想一想他长得美不美、帅不帅、年轻不年轻。反正他就是让·瓦兰本人,让·瓦兰!

---

① 毕斯纳什(1832—1907):法国剧作家,曾将左拉的一些作品改编成剧本。
② 亚历山大·仲马(1824—1895):此处指《茶花女》作者小仲马。

经过长时间的思想斗争、痛苦的犹豫,这位先生还是把那瓷人放回柜台上,说:"不,太贵了。"

商人重新鼓起他的不烂之舌:"啊!让·瓦兰先生,这还贵?卖两千法郎也还算是便宜呢!"

文学家眼睛始终眷顾着这座涂釉的瓷人儿,不过还是凄苦地回答:"你说的没错;只不过对我来说太贵了。"

这时,她突然来了一股神勇,走上前去问道:"如果我买这个瓷人,多少钱?"

商人吃了一惊,回答说:"一千五百法郎,太太。"

"我买了。"

作家在这之前甚至没有发现她的存在,这时突然转过脸来,微眯着眼睛,像个行家似的从头到脚打量她。

一直沉睡在心中的火焰突然燃烧起来,她容光焕发,神采飞扬,确实迷人。再说,也不是随便什么人都能买下一件一千五百法郎的摆设的。

这时她做了一个非常优美动人的动作,转身看着作家,声音颤抖地说:"对不起,先生,我大概太冒失了一点,也许您还没有做出最后决定呢。"

他弯了弯腰说:"我已经决定了,太太。"

可是她依然是那么激动:"无论如何,不管是今天还是以后,如果您改主意了,这件摆设还是您的。我只是因为您喜欢它才买的。"

他笑了,显然很得意,他说:"您是怎么认识我的?"

于是她倾诉起对他的仰慕,列举着他的作品,滔滔不绝。

谈话的时候,让·瓦兰先生胳膊肘拄在一个台子上,用敏锐的目光探测着她,一边寻思着她是个什么样的人。

商人有了这个活广告,感到十分荣幸,有几次进来新客人,他就在店堂另一头大喊:"喏,您瞧瞧这一件,让·瓦兰先生,好看吗?"于是所有人都抬起头来往这边看。让人看到自己在和一位名人亲密交谈,她高兴得直打哆嗦。

她简直陶醉了,就像要发起攻势的将军们那样,鼓起最大的勇气,说:"先生,请您赏我一个面子,一个大面子。请允许我把这个瓷人献给您作为纪念,让您记得一个热情仰慕您并且和您见过十分钟的女人。"

他拒绝。她坚持。他坚辞不受,一边由衷地大笑,觉得很有趣。

可是她也很固执,对他说:"这样吧!我马上就把它送到您府上去;您住在哪儿?"

他不肯把自己的地址说出来。可是她一问店主就知道了,付了货款,就向一辆马车跑过去。作家跑着追她;他不愿意收下了这份礼物而又说不清是谁送的。他追上她的时候,她已经跳上马车。他冲上去,正在启动的马车让他失去重心,几乎倒在她身上;他后来终于在她身旁坐下,很不开心。

不管他如何请求、坚持,都没有用,她不可理喻。来到他家门口时,她提出了条件:"我可以同意不把这件东西留给您,如果您今天满足我的所有心愿。"

他觉得这事情挺有趣,就答应了。

她问道:"平常这个时候您在做什么?"

他犹豫了一会儿,回答:"我在散步。"

于是她果断地吩咐马车夫:"去树林①!"

他们出发了。

他不得不把所有名媛贵妇的名字都告诉她,特别是那些行为不检点的,并且把她们的秘闻、她们的生活、她们的习惯、她们的隐秘、她们的邪僻的每一个私密的细节都和盘托出。

快天黑了。她问:"每天这个时候您在做什么?"

他笑着回答:"我在喝苦艾酒。"

于是她严肃地说:"那么,先生,咱们去喝苦艾酒。"

他们走进林荫大道他常去的一家咖啡馆。他在那里遇到了几个同行。他把他们一一介绍给她。她高兴得发狂,心里不断地说着:"总算如愿!总算如愿!"

时间在流逝,她又问:"现在该是您吃晚饭的时候了吧?"

他回答:"是的,太太。"

"那么,先生,咱们去吃晚饭。"

从毕尼翁咖啡馆出来,她又问:"晚上,您做什么?"

他凝视了一下她,说:"这要看情况;有时去剧院。"

于是他们走进了滑稽歌舞剧院②。靠他的面子,她受到免费招待,而且整个大厅都看见她紧挨着他,坐在楼厅的包厢席,真是荣耀至极。

演出结束,他彬彬有礼地吻她的手,说:"太太,我剩下要

---

① 树林:此处指巴黎西郊的布洛涅树林,是昔日巴黎人休闲的重要去处。
② 滑稽歌舞剧院:巴黎著名剧院之一,位于林荫大道和当坦河堤街交叉路口。

做的,就是感谢您让我度过了甜蜜的一天……"她连忙打断他的话,说:"每天夜里这个时候,您做什么?"

"这个吗……这个吗……我回自己的家。"

她笑了起来,笑声有些颤抖:

"那么,先生,咱们去您家。"

他们不再说话。她不时地浑身打着哆嗦,既想逃走,又想留下,不过内心深处还是决意一不做二不休。

在楼梯上,她紧紧抓住扶手,心里越来越紧张;他走在前面,气喘吁吁,手拿一根点着的蜡绳。

一进卧室,她就赶快脱光了衣服,一声不吭地钻进被窝;她靠着墙蜷着身子,等待着。

可是她就像一个外省公证人的合法配偶一样单纯,而他比一个三马尾旌的帕夏①还要苛求。他们彼此不理解,完全不理解。

他很快就睡着了。夜晚在流逝,只听见座钟嘀嗒嘀嗒的响声。而她呢,一动不动,想着跟丈夫共度的那些夜晚;她借着一盏中国灯笼的昏黄的光亮,难过地看着仰面睡在身边的这个滚圆的小个子男人。他那圆鼓鼓的肚子像一只气球把被子撑得老高;他的鼾声就像从管风琴的管子里发出的,伴随着长长的鼻息和令人发笑的憋气声;他那二十来根头发,厌倦了长时间驻守光秃的脑门、掩盖岁月摧残的苦差,趁他在休息,都奇怪地竖立起来;一条涎水从他半张的嘴角淌下来。

---

① 三马尾旌的帕夏:奥斯曼帝国授予各省总督和大臣的一种头衔。

从拉拢的窗帘的缝隙里终于透进一线曙光。她从床上起来,悄然无声地穿上衣服。她已经把门打开一半,这时门的铰链咯吱响了一下,他醒了,揉着眼睛。

他过了几秒钟才完全清醒过来。他记起了这段奇遇,问道:"怎么,您要走吗?"

她依然站在那里,不过有些尴尬,咕哝道:"是呀,天亮了。"

他坐起来,说:"喂,现在我倒是有些事要问问您了。"

她没有回答。他接着说:

"自昨天以来,您让我非常吃惊。请您坦率地告诉我,您做的这一切究竟为了什么?我一点也不能理解。"

她慢慢走过来,像个处女似的脸涨得通红:"我本来想见识一下什么是……邪……邪恶……原来……原来这并不有趣。"

她说完就逃了出去,跑下楼梯,冲到街上。

清洁工的大军在打扫街道。他们打扫人行道和石板路面,把所有的垃圾推到阳沟里。他们以同样的有规律的动作,草场上的割草人那样的动作,把污泥扫成一个个的半圆形。她走过一条又一条街道,只见这些清洁工像上了弦的木偶似的,靠一根同样的发条机械地往前走。

她仿佛觉得自己身上的某种东西,她那些过度兴奋的梦想,刚刚也被清扫掉,推进了阳沟和阴沟。

她回家了,气喘吁吁,浑身冰冷,脑子里留下的唯一感觉就是清晨清扫巴黎的扫帚的动作。

她一回到自己的房间,就痛哭失声。

小 偷[*]

"我已经跟你们说过,你们不会相信的。"

"您还是讲给我们听听吧。"

"我很乐意。不过我觉得有必要先向诸位保证,我这个故事每一点都是真实的,不管它看起来多么令人难以置信。只有画家们不会感到奇怪,特别是那些经历过那个时代的画家,那时候恶作剧的精灵猖獗至极,直到今天还在我们的心头作怪,哪怕在最严肃的场合。"

老艺术家跨上一把椅子,坐下。

这是在巴比松①的一家旅馆的餐厅里。

---

[*] 本篇首次发表于一八八二年六月二十一日的《吉尔·布拉斯报》,作者署名"莫弗里涅斯";一八八三年收入维克多·阿瓦尔出版社出版的莫泊桑小说集《菲菲小姐,新小说》;一九〇二年收入保尔·奥朗道尔夫出版社出版的插图版莫泊桑全集《菲菲小姐》卷。

① 巴比松:巴黎南方的一个村庄,地处枫丹白露森林边沿,今属塞纳-马恩省。一八五〇年前后,泰奥多尔·卢梭(1812—1867)、米叶(1814—1875)、克罗(1796—1875)等画家活跃于此,形成所谓现实主义画派,又称巴比松画派。

他接着说：

那天晚上我们在索利厄尔①家吃晚饭，可怜的索利厄尔，我们中间最疯狂的一个，今天已经不在人世。我们只有三个人：索利厄尔，我，好像还有勒普瓦特万，不过我不敢肯定是他。当然，我说的是海景画家欧仁·勒普瓦特万②，他也已经去世了，而不是那个依然健在的才华照人的风景画家③。

说我们在索利厄尔家吃晚饭，这就意味着我们一定是喝醉了。只有勒普瓦特万神志还算清醒，其实说真格的，他也已经有点晕头转向。那时候，我们都很年轻。我们在紧挨着画室的小房间里，躺在地毯上，海阔天空地神聊。索利厄尔仰面躺着，两腿搭在椅子上，正说着战争，大谈着帝国④的军服。他突然站起来，从放小道具的大橱柜里取出一套轻骑兵的军服，穿在身上。然后他又逼勒普瓦特万穿上掷弹兵的服装。勒普瓦特万不肯，我们就抓住他，扒掉他的衣服，硬把他塞进那套军服；那军服很肥大，他就像被吞没了似的。

----

① 让·索利厄尔(1824—1871)：法国历史和军事题材画家。
② 欧仁·勒普瓦特万(1806—1870)：画家和刻版家。作品多为海景和诺曼底风景。
③ 指路易·勒普瓦特万(1847—1909)：欧仁·勒普瓦特万的孙子，阿尔弗莱德·勒普瓦特万(1816—1848)的儿子。阿尔弗莱德是莫泊桑的舅舅。路易是莫泊桑的表兄，风景画家，和莫泊桑友情甚笃。
④ 帝国：此处指拿破仑一世的第一帝国。

而我呢,我打扮成胸甲骑兵。索利厄尔对我们进行了一番复杂的操练,然后高喊:"既然今晚咱们都成了大兵,那就像大兵那样痛饮吧。"

一碗潘趣酒①点着了,吞下肚;接着,火苗又第二次从盛满朗姆酒②的碗里升起。我们扯着嗓子高唱古老的歌曲,昔日大军③的老兵们嘶声吼唱的那些歌曲。

突然,还勉强能控制住自己的勒普瓦特万让我们住口,沉默了几秒钟以后,他低声说:"我敢肯定,画室里有人走动。"索利厄尔费劲地站起来,嚷道:"一个小偷!来得太巧了!"说罢,他突然放声高唱《马赛曲》:

公民们,拿起武器!

他一面唱着,一面向做装饰用的兵器架冲过去,按我们军服的不同分发武器。我得到一支火枪和一把军刀;勒普瓦特万得到一支插着刺刀的巨长的步枪;索利厄尔找不到合适的,就摘下一把骑兵手枪插到腰带上,又抓过一把战斧在手里抡了抡。然后,他小心翼翼地推开通往画室的门,部队就进入可疑地带。

我们来到宽阔的房间的中央。房间里堆满了巨幅油画,家具,以及一些奇形怪状、意料不到的东西。索利厄尔对我们说:"我任命自己为将军。咱们开一个军事会议。你,骑兵,

---

① 潘趣酒:一种用朗姆酒加糖、红茶、柠檬、桂皮等调制的饮料。
② 朗姆酒:一种以甘蔗糖蜜为原材料生产的蒸馏酒。
③ 大军:此处指拿破仑帝国的军队。

你去切断敌军的退路,也就是说去把门锁上。你,掷弹兵,你是我的护卫。"

我执行完命令我做的运动,然后回来与正在执行侦察任务的部队主力会合。

我就要在一扇大屏风后面赶上大部队的时候,突然听到一声巨响。我手里一直拿着蜡烛,立即冲了过去。勒普瓦特万刚刚一刺刀戳穿那人的胸膛,而索利厄尔一斧头劈开那人的脑袋。啊,原来是个人体模型!发现错误以后,将军下令:"大家谨慎点!"行动重新开始。

我们搜索了至少二十分钟,画室的旮旮旯旯无一遗漏,但一无所获。这时勒普瓦特万想到打开一个巨大的壁橱。壁橱又黑又深,我把拿蜡烛的那只手伸进去,吓得马上退了回来。里面有个男人,一个活生生的男人,他已经看见我了。

我连忙关上壁橱门,而且把钥匙拧了两圈。当即召开一次新的军事会议。

各人有各人的主张。索利厄尔想用烟熏这个小偷。勒普瓦特万提出用饥饿法逼他就范。我建议用火药炸壁橱。

勒普瓦特万的主意占了上风。他扛着他的大步枪站岗,我们去取剩下的潘趣酒和我们的烟斗;然后我们就坐在关着的壁橱门前面,为囚犯的健康干杯。

过了半个小时,索利厄尔说:"不管怎样,我还是想离近些看看他。咱们用武力制服他怎么样?"

我大呼:"太好了!"于是每个人都跑去拿起自己的武器;

壁橱门打开了,索利厄尔举着他那把没装子弹的手枪,第一个冲进去。

我们呼喊着紧跟在他后面。黑暗中只听见一阵可怕的骚动;五分钟真假难辨的搏斗以后,我们把一个年迈苍苍的所谓盗贼带到亮光里。他满头白发、肮脏不堪、衣衫褴褛。

我们把他手和脚都捆住,然后让他坐在一把扶手椅上。他一句话也不说。

已经醉醺醺的索利厄尔向我们转过身来,强做出一脸严肃的表情,说:"我们现在就来审判这个坏蛋吧。"

我也已经醉得不行,这个提议在我看来再自然不过。

勒普瓦特万被委以辩护人的重任,而我负责提出控诉。

他差一票就被一致通过判处死刑,差的是辩护人的那一票。

"咱们来处死他吧。"索利厄尔说。不过他突然产生了一个顾虑:"这个人不应该得不到宗教的拯救就被处死。咱们去找一个教士来怎么样?"我表示反对,说已经很晚了。索利厄尔便提议由我担任这个职务,由他劝说罪犯向我忏悔。

五分钟以来,那个人一直骨碌着充满恐惧的眼睛,琢磨着他在跟哪路生灵打交道。他用让酒精烧得粗哑的声音支支吾吾地说:"您各位是想逗乐吧,大概。"谁知索利厄尔怕他父母没让人给他行洗礼,强把他摁跪下,把一杯朗姆酒浇在他脑袋上。

然后对他说:

"向这位先生忏悔吧;你的丧钟敲响了。"

老无赖吓坏了,叫喊起来:

"救命呀!"他叫喊得那么使劲,我们不得不塞住他的嘴,免得把邻居们吵醒。于是他就在地上打滚、蹬腿、扭动身体,撞翻了家具,弄破了油画。弄得索利厄尔最后失去了耐性,嚷道:"够了!"他瞄准躺在地上的这个坏蛋,扣动了手枪的扳机。击铁落下,发出一声清脆的轻响。在他的榜样带动下,我也开了一枪。我的枪是燧发枪,迸出一个火星,让我吃了一惊。

这时勒普瓦特万语气严肃地提了一个问题:"我们真的有权处死这个人吗?"

索利厄尔愣了片刻,回答:"反正我们已经判了他死刑!"

但是勒普瓦特万又说:"我们不能枪毙平民,这个平民应该交给执行死刑的人。应该把他送到哨所去。"

这理由在我们看来很有说服力。我们把那个人扶起来;他走不了路,我们就把他放在一块摆模型的台板上,牢牢地绑住;我和勒普瓦特万抬着他,武装到牙齿的索利厄尔走在最后。

走到哨所前,哨兵拦住了我们。哨所的长官被找来,他认出是我们,因为他每天都看见我们搞恶作剧、开烦人的玩笑,变着法儿干些匪夷所思的事。他只是微微一笑,拒绝接收我们的俘房。

索利厄尔一再坚持,那军官就严厉地要我们回去,别再聒噪。

部队重新上路,返回画室。我问:"我们怎么处置这个小偷呢?"

勒普瓦特万心软了,说这个人一定非常疲乏了。的确,他被这么捆着,塞住嘴,绑在台板上,看上去已经奄奄一息。

我也生出一股强烈的怜悯心,一个醉汉能有的怜悯心,取出塞在他嘴里的东西,问他:"喂,可怜的老头,感觉怎么样?"

他叫苦道:"我实在受不了啦,他妈的!"这时索利厄尔也变得慈善起来。他把捆在老人身上的绳子全解开,让他坐下来,用"你"称呼他①;为了安抚他,我们三个人亲自动手,很快又重新调制了一些潘趣酒。那小偷泰然自若地坐在扶手椅上,看着我们忙碌。潘趣酒做好了,递一杯给他;能给他提提神,我们打心眼里高兴。我们甚至举杯同庆。

俘虏喝得跟一个连队一样多。不过,天开始亮了,他站起来,慢条斯理地说:"我不得不离开各位了,因为我该回家了。"

我们十分遗憾;我们想挽留他,但是他拒绝再待下去,哪怕是多待一会儿。

于是我们跟他握手告别;索利厄尔举着烛光给他照亮,送他到门厅,还高喊一声:"当心大门下面的台阶。"

---

① 法国人言语中以"您"表示尊敬,有时也带有一种生疏感,而以"你"表示亲近。

周围听故事的人都开怀大笑。他站起来，点着烟斗，面对着我们神气活现地挺立在那里，说：

"不过，我这故事最可笑之处，就在于它千真万确。"

诺曼底人的恶作剧*

献给阿·德·儒安维尔①

婚礼的队伍在一条低洼的路上行进。两边农庄的斜坡上长成的大树,为这条路铺满浓荫。年轻的新郎新娘走在最前面,然后是亲属,接着是宾客,再后是穷苦乡亲;还有顽童们,他们像苍蝇似的围着行进的队伍转,在行列里窜来窜去,甚至爬上大树好看得更清楚。

---

* 本篇首次发表于一八八二年八月八日的《吉尔·布拉斯报》,作者署名"莫弗里涅斯";一八八三年收入 E. 鲁维尔和 G. 布隆出版社出版的莫泊桑小说集《山鹬的故事》;一九〇一年收入保尔·奥朗道尔夫出版社出版的插图版莫泊桑全集《山鹬的故事》卷。诺曼底是法国西北部旧时的一个省,现为一个大区,地域大致相当于现在法国的下诺曼底和上诺曼底两个行政区,前者包括卡尔瓦多斯、芒什和奥恩三省,后者包括塞纳滨海省和厄尔省。

① 阿·德·儒安维尔(1853—1931):莫泊桑青年时代的朋友,因其常戴单片眼镜,绰号"独眼龙",经常和莫泊桑在巴黎西郊的塞纳河划船,演过莫泊桑写的剧本。

新郎是个帅小伙子,名叫让·帕图,是本地最富裕的农庄主。不过他首先是个狂热的猎人,为了满足这个癖好,他简直丧失了理智;他为猎犬、猎场看守人、打猎用的白鼬和猎枪所花的钱,堆起来能跟他一样高。

新娘罗萨丽·鲁塞尔,这一带门当户对的男子都曾经争相追求她,因为大家都觉得她可爱,而且知道她有一份丰厚的陪嫁。可是她选中了帕图,大概因为他比他们更招她喜欢;但是,她是一个审慎的诺曼底姑娘,更可能是因为她知道他有更多的埃居①。

就在他们转进新郎的农庄的大栅栏门时,一连响起四十下枪声,不过放枪的人躲在沟里,看不见。听见枪声,男人们都乐翻了;他们穿着节日服装,笨拙地手舞足蹈起来;而帕图呢,发现一个长工躲在一棵大树后面,便离开他的女人,朝那长工跑过去,抓过他的枪也放了一枪,快活得像小马驹一样欢蹦乱跳。

接着人们又继续在硕果累累的苹果树下往前走,穿过茂盛的草地。散放在草地上的那些小牛,睁着大眼睛望着,慢吞吞地站起来,立在那儿不动,鼻子伸向婚礼的队伍。

快走到摆喜酒的地方时,男人们又变得严肃起来。一些比较富裕的,戴着丝光闪闪的大礼帽,在这种地方好像很不相

---

① 埃居:法国古代钱币,种类繁多,最常见的是五法郎一枚的埃居。

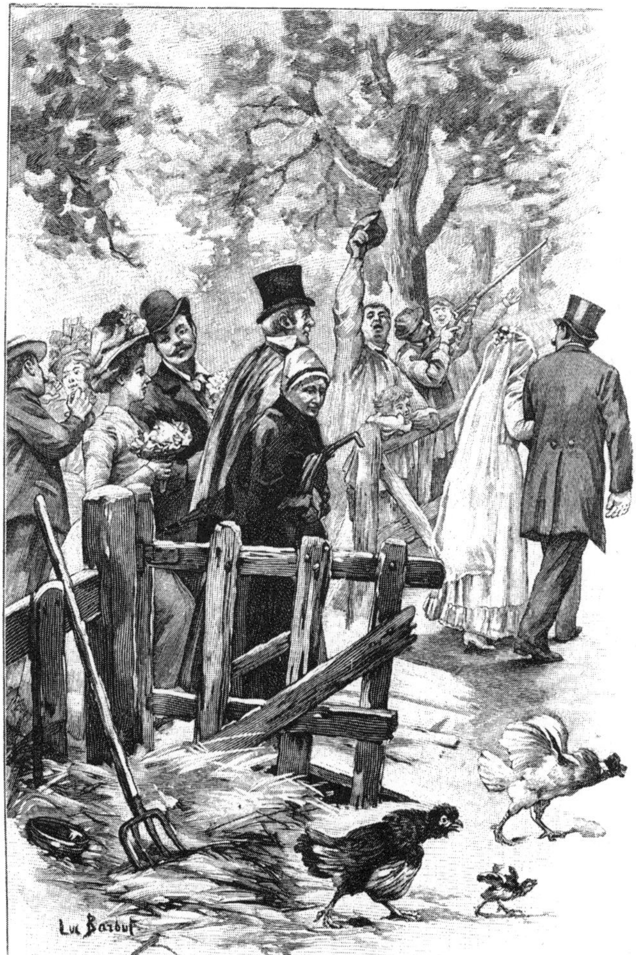

称；另一些人戴着老式的毡帽，绒毛长长的，人家还以为是鼬鼠皮做的。那些贫寒的人就戴着鸭舌帽。

女人们都围着一条宽松的垂在背上的披肩，把披肩两头装模作样地搭在胳膊上。那些披肩都是红颜色的，上面带着斑斓印花，闪闪发光；它们的光彩，似乎连粪肥堆上的黑母鸡、池塘边的鸭子和茅屋顶上的鸽子都感到惊讶。

田野的绿色，草和树的绿色，所有的绿色，在这强烈的红色衬托下，也变得更绿；这两种颜色彼此映衬，在中午的烈日照耀下，亮得令人目眩。

在苹果树的枝叶交织成的顶棚的尽头，农庄的大宅仿佛在那里等着大家。从敞开的门和窗户里涌出一股热气，一股食物的浓香从整座房子，所有开口的地方，甚至是墙壁里冒出来。

客人的行列像一条蛇，在院子里拉得长长的。前面的人已经到了屋前，队散了，人也散了；敞开的栅栏那里依然有人在往里走。现在连沟里都满是孩子和看热闹的穷人；枪声不断地从四面八方同时打响，在那苦艾酒一样醉人的香味里掺和进火药的气味。

到了房门前，女人们拍打掉连衣裙上的尘土，解开帽子上的锦旗式缎带，取下披肩搭在胳膊上，然后走进屋，把这些服饰全都放下。

酒席摆在能容纳一百人的宽敞的厨房里。

人们两点钟入席，到八点钟还在吃。男人们解开纽扣，脱掉外衣，脸涨得通红，像填不满的无底洞，贪婪地吞咽着。清纯的黄苹果酒,在大玻璃杯里欢快地闪着金光;旁边是深色的酒,血色一样暗红的葡萄酒。

每道菜之间都要喝杯烧酒,诺曼底的"通胃酒",一杯烧酒能让人身子发烧,脑袋发狂。

不时地,有个吃得肚子发胀的客人,走到最近的树底下减轻一下负担,然后又回来如饥似渴地大吃大嚼。

农妇们吃得脸色猩红,喘气艰难,胸脯撑得像气球;紧身褡把她们勒成两段,上段和下段都已经胀得鼓鼓的,只因为害羞,才继续留在饭桌上。但是其中一个女客,实在太难受,走了出去,于是所有女客都跟着离席。她们回来的时候高兴多了,已经做好了乐一乐的准备。这时,粗俗的玩笑正好开始。

一连串猥亵的话像连珠炮似的满桌子飞,而且都是关于洞房之夜的。农民头脑里的弹药很快就用光了。一百年来,在这同样的场合使用的都是同样放肆的话,尽管人们都已经耳熟能详,却依然能激起浓厚的兴趣,引得两排客人哈哈大笑。

一个灰白头发的老头儿喊了一声:"去梅齐东①的旅客上车啦。"随即响起一片欢乐的狂吼。

桌子的一头,坐着四个小伙子,都是邻居,正在策划跟新郎新娘搞恶作剧,他们似乎想出了一个得意的,一边叽咕着一边高兴得直跺脚。

---

① 梅齐东:法国卡尔瓦多斯省的一个市镇,它的名字的发音给人一种猥亵的联想。

其中的一个人,趁着片刻的安静,突然大声说:

"今天夜里,偷猎的人一定会来玩个痛快,这月亮多好呀!你说,让,这么好的月亮,你能不来欣赏吗?"

新郎猛地扭过头来:

"那些偷猎的家伙,叫他们来试试看!"

那个人笑道:

"哈哈!他们一定会来;只怕你不会为了这个放下你的好事!"

全桌的人都开心得前仰后合。地面也跟着摇晃,酒杯也跟着颤动。

但是新郎,想到会有人趁他新婚之夜到他这儿来偷猎,勃然大怒:

"我跟你说话算话,让他们来试试看!"

接着人们说了一大通语意双关的下流话,说得新娘脸上有点儿羞红,虽然她已经急得发抖。

又喝了几罐烧酒,大家就各自回去睡觉。新婚夫妇进了他们的卧室。就像所有农庄里的卧室一样,他们的卧室在底层。天气有点热,他们打开窗户,关上了护窗板。一盏品位粗俗的小灯,新娘父亲送的礼物,在五斗橱上照着亮;床铺已经准备好接待新人。他们的第一次拥抱完全不像城里人那样扭扭捏捏。

年轻女人已经脱掉帽子和连衣裙,只剩下衬裙。在她解高帮皮鞋带子的时候,将要抽完一支雪茄的让,用眼瞟着他的妻子。

他斜视着她,目光灼亮,不过那更多的是色情的而不是柔情的目光;因为与其说他爱她,不如说他渴望得到她。突然,他就像一个要开始干活的人似的,猛地脱掉衣服。

她已经脱下高帮皮鞋,这时正在脱袜子;她对他说:"你躲到窗帘后面去,我要上床了。"两小无猜的时候她就以"你"称呼他。

他先装作不肯,后来才带着一副狡猾的神情走过去,藏起来,不过头还伸在外面,她笑着,要蒙他的眼睛;他们就这样男欢女爱地闹着玩,不故作羞涩,也一点不拘束。

他终于让步了;她于是转瞬间解开最后的衬裙,让它顺着她修长的腿出溜下去,落在她的脚周围,在地上摊成一个圆圈。她并不捡它,而是从里面跨出来,赤裸着,只穿一件宽松的长睡衣,钻进被窝,把弹簧床压得咯吱响。

他甩掉鞋子,穿着长裤,马上就走过来,向妻子弯下腰去,要吻她;她把嘴躲到枕头底下。就在这时,远处,他觉得像是在拉佩家的树林那个方向,传来一声枪响。

他的心顿时紧张起来;他不安地直起身子,跑到窗前,打开护窗板。

满月的月光黄澄澄的,沐浴着庄院;苹果树在自己的脚边投下黑色的身影;远处田野上成熟的庄稼泛着金光。

让把身子探出窗外,倾听着夜间的各种声响;这时妻子走过来,用两条赤裸的胳膊搂住他的脖子,把他往后拉,一边小声说:

"随它去,跟你又没关系;快来吧。"

他转过身来,抓住她,紧紧搂住她,把手伸到薄纱下面抚摸她。然后他用粗大有力的臂膀抱起她,向床走去。

他把她放在床上,床被压得陷了下去;偏偏这时又是一声枪响,而且更近。

让不禁火冒三丈,诅咒道:

"他妈的!他们难道以为因为有了你,我就不会出去?……你等着,你等着!"他穿上鞋,摘下总是挂在手边的猎枪;他妻子跪在地上拖着他,死乞白赖地求他别走;他使劲甩开了她,跑到窗口,一跳就到了院子里。

她等了一个钟头,两个钟头,一直等到天亮。丈夫还不回来。她惊慌了,大声呼喊,向人述说让怎么发火,怎么去追那些偷猎的人。

仆人们、车夫们、杂役们立刻出发去寻找主人。

他们在离农庄两法里①的地方找到了他。他被从头到脚捆绑着,已经气得半死,枪被折弯,反穿着裤子,脖子上挂着三只死野兔,胸前还挂着一块牌子:

"谁出去打猎,谁丢掉位子。"

后来,每讲起这个娶亲的夜晚,他总要加上几句:"啊!要说恶作剧,那场恶作剧实在够损的!那些坏蛋,他们就像逮兔子一样,拿一个活结把我逮住,把我的头套在一个布袋子里。不过我总有一天会把他们揪出来,让他们当心好了!"

在诺曼底乡间,办喜事的日子,人们就是这样恶作剧。

---

① 法里:法国古里,一法里约合四公里。

我的舅舅索斯泰纳[*]

献给保尔·吉尼斯蒂[①]

像世上许多人一样,我的舅舅索斯泰纳是个自由思想家,一个因愚昧无知而变成的自由思想家。有人笃信宗教也往往是由于同样的缘故。一看见神父,他就愤怒得令人难以置信,又是挥拳相向,又是用手指做牛角状[②],还趁对方看不见摸摸某种铁器。其实这已经是一种信仰,对毒眼[③]的信仰。对于各种各样莫名其妙的信仰,世人不是全盘接受,就是断然拒

---

[*] 本篇首次发表于一八八二年八月十二日的《吉尔·布拉斯报》;一八八四年七月十九日收入保尔·奥朗道尔夫出版社出版的莫泊桑小说集《隆多利姐妹》;一九〇四年收入同一出版社出版的插图版莫泊桑全集《隆多利姐妹》卷。

[①] 保尔·吉尼斯蒂(1855—1932):记者,通俗喜剧作家,风俗小说家。一八八三年在《吉尔·布拉斯报》撰文称赞莫泊桑的短篇小说集《月光》。莫泊桑也曾为他的长篇小说《三角恋爱》(1884)作序。

[②] 一种嘲笑和侮辱人的动作。

[③] 毒眼:有一种迷信,认为有的人的眼睛看了人会给人带来厄运。

绝。而我呢,我也是个自由思想者,或者说,人类因为怕死而发明出来的一切教义,我都深恶痛绝。可是我并不仇恨圣堂寺院,不管它们是天主教的、使徒教派的、罗马教会的、新教的、俄罗斯东正教的、希腊正教的、佛教的、犹太教的,还是伊斯兰教的。再说,评价和解释这些寺院,我有自己的方式。一座寺院,是对未知的崇敬。思想越扩大,未知就越缩小,寺院也就越不稳固。不过,我要在寺院里放上些望远镜、显微镜、发电机,用来代替香炉。就是这么回事!

我舅舅和我几乎在所有问题上都意见分歧。他是爱国者;我呢,我不是,因为爱国主义,这也是一种宗教。它是战争的祸根。

我舅舅是共济会①会员。我呢,我公开宣称共济会会员比那些虔信的老太婆还要愚蠢。这是我的看法,而且我仍然坚持这种看法。如果非得有一个宗教的话,在我看来那个最古老的也就够了。

其实这帮傻瓜不过是在效仿神父们。他们用三角②代替十字作为标志。他们也有教堂,管它叫"会所",有一大堆不同的仪式:苏格兰仪式啦,法兰西仪式啦,大东会③仪式啦,尽是些笑死人的无聊的玩意儿。

再说,他们要做什么呢?挠挠手心,表示互相帮助。我倒

---

① 共济会:英文为FREEMASONRY,直译"自由石工会",据说一五九八年创立于苏格兰,一个秘密的兄弟会结社,成员和主张都比较复杂。
② 三角:共济会以分规、曲尺和书本构成的向上正三角形为象征符号。
③ 大东会:设在首都的共济会总会。

看不出这有什么坏处。他们只是把基督教"你们要互相帮助"的格言付诸实践罢了。唯一的区别,就是挠不挠手心。不过,借一百苏给一个穷鬼,犯得上搞这么多繁文缛节吗?把布施和援助视为义务和职责的教会中人,总在他们的书信开头写下 J. M. J.①三个字母。共济会会员在他们的名字末尾点三个点儿。哥儿们,半斤八两!

我舅舅总是回答我:"我们正是祭起宗教来反对宗教。我们以自由思想作为消灭教权主义的武器。共济会是一座堡垒,任何想要拆除神坛的人都可以加入。"

我则反驳说:"可是,我的好舅舅(在心里我却说着:'老糊涂'),我要责备你们的正是这一点,你们不去摧毁,而是在组织竞争;这样做只是降低了价格,如此而已。再说,如果你们只允许自由思想者参加你们的队伍,倒也罢了;但是你们却来者不拒。你们中间有大量的天主教徒,甚至一些教权派的头目。庇护九世②当上教皇以前也是你们的人。如果你们把这样拼凑起来的结社称作反教权主义的堡垒,我看你们的堡垒呀,也未免太脆弱了。"

我舅舅听了眨眨眼睛,补充道:"我们真正的行动,最可怕的行动,是在政治方面。我们是在持之以恒、稳扎稳打地摧毁君主政治的精神。"

这一下,我禁不住叫了起来:"啊!是的,你们都是些老

---

① J. M. J.:即"约瑟—马利亚—耶稣"的缩写。
② 庇护九世(1792—1878):罗马教皇,一八四六年到一八七八年间在位三十二年,是在位最久的教皇,也是最后一任兼任世俗君主的教皇。

谋深算的人！如果您对我说共济会是个选举工厂，这我同意；如果您对我说它是诱导人们投票给各种色彩的候选人的机器，我也决不否认；如果您对我说它没有别的功能，除了欺骗善良的民众，把他们征集来，像送士兵上火线一样把他们推向投票箱，我也会赞同您；如果您对我说它对一切野心家来说都是有用的，甚至是不可缺少的，因为它把每一个会员都变成了选举干事，我会向您大喊：'这清楚得跟明镜一样！'但是，如果您硬要对我说它在摧毁君主政治的精神，我可就要当面笑话您了。

"请您稍微仔细地瞧一瞧这个庞大而又神秘的民主结社吧。它在法国帝国时代的大会长是拿破仑亲王①；在德国的大会长是皇太子；在俄国的大会长是沙皇的弟弟；还有汉伯特国王②和威尔士亲王③；世界上所有戴冠冕的脑袋，都是它的成员呢！"

这一次舅舅凑在我的耳边悄声说："的确是这样，不过所有这些王侯都是在不知不觉中为我们的计划服务。"

"是互相服务吧，对不对？"

我在心里补充道："一群傻瓜！"

请看索斯泰纳舅舅是怎样邀请一个共济会会员吃饭的，

---

① 拿破仑亲王（1822—1891）：拿破仑一世的侄子。
② 汉伯特国王（1844—1900）：意大利国王汉伯特一世，一八七八年至一九〇〇年在位。
③ 威尔士亲王（1841—1910）：后为国王，称爱德华七世，一九〇一年至一九一〇年在位。

那才有意思呢。

他们见了面,就神秘兮兮地用各种触手的动作交换暗号,简直可笑极了。我要是想惹舅舅发火,只需提醒他,狗也有一套和共济会一模一样的互相识别的方法呢。

然后,舅舅把这个朋友领到角落里,就像有什么重大的事情要透漏给他似的;他们隔着桌子相对而坐,不论是互相审视,彼此观察,还是交杯换盏,他们都有一套特殊的方式,眼睛一眨一眨的,仿佛在不停地说:"咱们是自家人,对不?"

一想到世上有好几百万人这样装腔作势而又乐此不疲,真让人受不了!我宁愿做耶稣会的会士。

赶巧,在我们这座城市就有一个年老的耶稣会士。他是我舅舅索斯泰纳的眼中钉。我舅舅每次遇见他,哪怕只是远远瞅见他,都会嘀咕道:"坏蛋,滚开!"然后搀着我的胳膊,就像说心里话似的,在我耳边说:"你瞧吧,这混账东西总有一天会来害我。我感觉得出来。"

我舅舅果然言中了。下面就是这桩意外事故的始末,只不过肇事人是我。

圣周①临近了。我舅舅打算在星期五组织一次大荤的晚餐,一顿像样的晚餐,会有安杜依香肠②和猪肉灌肠。我极力反对,说:"那一天我会照常吃荤,不过我是独自一人,在自己

---

① 圣周:天主教复活节前的一周。这周内的星期五即耶稣受难节,信徒们守大斋。
② 安杜依香肠:一种把加香料的动物下水灌入猪肠内做成的香肠。

家。您搞这种示威,很愚蠢。为什么要示威呢?别人不吃肉,碍您什么事?"

可是我舅舅很坚决。他邀请了三个朋友到本城最好的一家饭店吃饭;因为是他买单,我也就不再拒绝参加这场示威。

我们四点钟在生意最火的佩内洛普咖啡馆占据了一个显眼的位置;我舅舅索斯泰纳声音洪亮地谈论着我们点的菜。

六点钟开始上菜,十点钟我们还在吃;我们五个人喝了十八瓶优质葡萄酒,外加四瓶香槟酒。这时,我舅舅提议搞他所谓的"大主教巡访"。每人面前有六个小酒杯,摆成一排,斟满不同的利口酒①;在一个参加者数到二十以前,他们必须一杯杯喝干这些酒。这很傻,但我舅舅索斯泰纳却觉得很"应景"。

十一点钟,他已经烂醉如泥,只得雇车把他拉回家,扶他上床睡下。他这次反教会示威,看来注定要演变为一场可怕的消化不良了。

我也醉了,不过醉得开心;在返回住所的路上,我脑子里突然闪出一个不够信义,但却能完全满足我的怀疑主义本能的念头。

我正了正领带,做出一副难过的表情,像发了疯似的拉响那位老耶稣会士的门铃。他耳背,让我好等。后来我用脚狠踢,房子都摇晃了,他才终于在窗口探出戴着棉布睡帽的脑袋,问:"找我有什么事呀?"

---

① 利口酒:用香料、酒、糖和植物根、皮、果等不经发酵制作的甜烧酒。

我大声疾呼:"快,快,尊敬的长老,给我开门;有个已经没有希望的病人一定要请您去做圣事!"

那可怜的老头儿立刻套上一条裤子,道袍也没穿好,就跑下楼来。我上气不接下气地告诉他,我的自由思想家舅舅突然感到很不舒服,看来要生一场大病;舅舅对死亡万分恐惧,希望见他,和他谈谈,听听他的高见,更好地了解宗教,向教会靠拢,当然啰,还希望做忏悔、领圣体,以便在跨出那可怕的一步时可以心安神泰。

我还用不以为然的口气补充道:"总之,他希望如此。这样做即使对他没有什么好处,但愿也没有什么坏处。"

老耶稣会士惊喜交加,浑身哆嗦着对我说:"孩子,请稍等,我就来。"但是我连忙说明:"对不起,尊敬的神父,我就不陪您去了;因为信仰的关系,我不方便那样做。我刚才甚至拒绝来找您。因此拜托您别说见到过我,就说您是得到上天启示才知道我舅舅生病的。"

老头儿允诺以后,就匆匆走去,拉响索斯泰纳舅舅的门铃。正在伺候病人的女仆立刻来开门;我眼看着那件黑道袍消失在这座自由思想的堡垒里。

我躲在隔壁的门洞里等着看热闹。要不是生病,我舅舅一定会把这耶稣会士打个半死;可是我知道他现在连胳膊也动弹不了,我幸灾乐祸地寻思:这两个对头狭路相逢,会出现怎样令人无法想象的场面?发生怎样的恶斗?怎样的激辩?怎样的惊讶?怎样的混乱?在冤家路窄的情况下,如果我舅舅发起火来,又会有怎样的结局,岂不是更难收拾吗?

我独自一人捧腹大笑,并且一迭连声地低声说:"哈哈!多么妙的玩笑,多么妙的玩笑!"

不过天很冷,我发现耶稣会士过了好久仍不出来。我心想:"他们一定吵得不可开交。"

一个钟头过去了,接着两个钟头、三个钟头过去了。尊敬的神父还没出来。发生了什么事呢?难道我舅舅看见他,冷不防气死了?或者他把这穿道袍的人杀死了?或者他们俩互相吞噬了?这后一种假设在我看来可能性很小,因为我认为舅舅现在连一克食物也吃不下去了。这时天已大亮。

我惴惴不安,可又不敢进去,这时我想起有个朋友正好住在对面。我走去找他,向他说了实情。他先是吃了一惊,不过接着就大笑起来。我就埋伏在他的窗口。

九点钟,他接替我,我睡了一会儿。两点钟,我又替换他。我们都如坐针毡。

直到六点钟,耶稣会士才出来,一副安然自若、踌躇满志的神情;只见他不慌不忙地走远了。

这时我又内疚,又胆怯。我拉响舅舅的门铃;女仆出来开了门。我没敢向她打听,就一声不吭地走上楼。我的索斯泰纳舅舅躺在床上,脸色煞白,面容憔悴,神情沮丧,目光忧郁,胳膊疲软。一张小圣像用别针别在帐子上。

屋子里可以闻到强烈的消化不良的臭味。

我说:"喂,舅舅,您怎么还躺着?不舒服吗?"

他有气无力地回答:"唉!我可怜的孩子,我刚才大病了一场,差点儿死了。"

"怎么会这样,舅舅?"

"我也不知道;很奇怪。不过,最怪的是刚从这儿出去的那个耶稣会神父,你也知道,就是我以前不能容忍的那个人,嘿,他居然得到上天的启示,得知我的病情,跑来看我。"

我差点儿忍不住笑出声来,说:"哦,真的吗?"

"真的,他确实来了。他听到一个声音叫他起床,到我这儿来,因为我快死了。这是一道天启。"

为了忍住不笑,我打了个喷嚏。我恨不得在地上打几个滚儿。

过了一分钟,我尽管心里说不出的高兴,但还是强装气愤地说:"舅舅,您这个自由思想家,您这个共济会会员,怎么能接待他,而不把他撵出去呢?"

他好像有些不好意思,结结巴巴地说:"你听我说呀,因为这件事实在太蹊跷,太蹊跷了,完全是天意呀!再说,他还跟我谈到我的父亲。他从前认识我父亲。"

"您的父亲,舅舅?"

"是的,好像他认识我父亲。"

"可是,也不能因为这个就接待一个耶稣会士呀。"

"我当然知道;不过我当时有病,病得很厉害!他尽心尽意照顾了我一整夜。他真是太好了。多亏他救了我。他们这些人,多少都懂一点医道。"

"哦,他照顾了您一整夜。可是,您刚才对我说,他才打这儿出去呀?"

"是呀,没错。见他待我这么好,我就留他吃了顿午饭。

他是在我床边这张小桌子上吃的;我只喝了一杯茶。"

"这么说……他也吃荤了?"

就像我说了什么大不敬的话似的,舅舅顿时面露不悦,说:

"别瞎说,加斯东;有些玩笑开得很不适当。我这次生病,他对我的关心比任何亲人都好,我希望别人也尊重他的信仰。"

这一次,我真有些茫然了;不过我还是回答:

"说得好,舅舅。那么吃过午饭,你们又做什么了呢?"

"我们玩了一把别吉格①,然后他念日课经,我读他带来的一本小书,那本书写得不错。"

"一本宗教方面的书吗,舅舅?"

"可以说是,也可以说不是;更准确地说不是。这是他们在中非洲传教的故事,不如说是一本写旅游和冒险的书。这些人在那里做的事,很了不起啊。"

我开始感觉到事情不妙。我站起来,说:"好吧,再见啦,舅舅,我看得出您正在脱离共济会,皈依宗教。您变节了。"

他仍然有些面带惭愧,咕哝着说:"可是宗教也是一种共济会呀。"

我问:"您那个耶稣会士,他下次什么时候来?"我舅舅喃喃地说:"我……我也不知道,也许明天吧……不过也说不定。"

----

① 别吉格:一种纸牌游戏。

我沮丧极了,扭头就走。

我这个玩笑真是弄巧成拙!我舅舅彻底改变了信仰。如果仅止于此,倒还无所谓。天主教也好,共济会也罢,在我看来,不过是黑猫白猫。最糟糕的是,他刚刚立了遗嘱,是的,立了遗嘱,竟然剥夺了我的继承权,先生,把遗产留给了那个耶稣会神父。

皮 埃 罗[*]

献给昂利·鲁戎①

勒菲弗尔太太是一个乡村富婆,一个寡妇。她是那种半城半乡的女人,她们爱用缎带,爱戴荷叶边帽子;她是那种说起话来在联诵②上常出错的女人,她们在人前摆出一副傲慢的神态,但是在花哨的滑稽外表下隐藏着一个自命不凡其实粗鄙不堪的灵魂,正如在她们的生丝手套下掩盖着一双又红

---

* 本篇首次发表于一八八二年十月九日的《高卢人报》;一八八三年收入 E.鲁维尔和 G.布隆出版社出版的莫泊桑中短篇小说集《山鹬的故事》;一九〇一年收入保尔·奥朗道尔夫出版社出版的插图版莫泊桑全集《山鹬的故事》卷。

① 昂利·鲁戎(1853—1914),约在一八七五年至一八七六年间他即与莫泊桑相识,在他任副主编的《文学共和国》杂志发表青年莫泊桑的诗作。一八七八年,他介绍莫泊桑进入公共教育部工作。一八九一年起任美术学院院长,曾在其《胸像画廊》里回忆莫泊桑的往事。

② 联诵:法语的一条发音规则,同一节奏组中,前一词结尾不发音的辅音,与后一词开头的元音组成一个音节。

又粗的手。

她有一个女仆,是个勤劳淳朴的乡下姑娘,名叫萝丝。

两个女人住在诺曼底,科区的中部,一条公路边的一座有绿色百叶窗的小房子里。

她们的住房前面有一块狭小的园子,她们在里面种了一些蔬菜。

不料,一天夜里,有人偷走了十几个洋葱。

萝丝一发现了这一盗情,就跑去报告女主人,太太穿着呢裙子就下了楼。

这真是一件让人痛心而又令人恐惧的事。有人偷东西,偷了勒菲弗尔太太的东西!这么说,这一带有贼了;既如此,贼就会再来。

两个女人大为惊慌,一边察看脚印,一边唠叨着,做出各种各样的猜测:"瞧呀!他们是从那儿过来的,先用脚蹬着围墙,然后再一下子跳到花坛上。"

想起将来的日子,她们惶恐不已。今后还怎么能睡得踏实啊!

失窃的消息很快传开。邻居们纷纷赶来,除了察看,还各抒己见;每来一拨人,主仆两个女人就把自己的所见所想叙述一遍。

一个住在附近的农庄主给她们出了个主意:"你们应该养一条狗。"

这倒是个好主意!她们的确应该养一条狗,哪怕是有了情况叫唤两声,发个警报也好。不过绝不能要大狗,天哪!她们要大狗有什么用!光吃也能把她们吃个倾家荡产。她们要的是一条小狗,在诺曼底,人们管狗叫"坎",一条能叫唤的小"坎"就行。

众人走了以后,勒菲弗尔太太跟女仆就养狗的事商量了好半天。她反复思忖,提出种种反对的意见,因为一想到盛满狗食的大碗她就不寒而栗;她是那种精打细算的乡下富婆,她们的衣兜里总放着几个零镚儿,准备在人前张扬地施舍给路上的穷人,或者周日在教堂捐献。

可是萝丝喜欢动物,她说出一条条理由,为它们巧妙地辩护。就这样,她们决定养一条狗,一条再小不过的狗。

她们马上行动起来,物色一条这样的狗。可是能找到的都是些大狗,大口大口喝起菜汤来让人胆战心惊的大狗。罗勒维尔的食品杂货商倒是有那么一条小不点儿的狗,可是他一定要付给他两个法郎,抵偿抚养它的费用。而勒菲弗尔太太表示:她想养一条"坎",但绝不会花钱去买。

然而,这件事让面包铺老板知道了,一天早上他驾着马车送来一条浑身黄毛、样子古怪的小狗,这条狗几乎没有腿,身子似鳄鱼,脑袋像狐狸,尾巴如小号般弯曲,像一根真正的羽饰,长度跟整个身子的余下部分相等。原来这个主人一心要摆脱它。这个丑陋不堪的小狗一文不值,勒菲弗尔太太却满意至极。萝丝一把将它抱在怀里,问它叫什么名字。面包铺老板回答:"皮埃罗。"

她们把它安置在一个旧肥皂箱里,先给它水喝。水喝完了,又给它一块面包。面包也吃完了,勒菲弗尔太太就发起愁来。不过她转念一想："等它熟悉了这个家,就撒开它。它满处跑,准能找到吃的。"

她们放它自由了,可结果,它还是照样挨饿。不仅如此,若不是为了要吃的,它连叫也不叫唤;而要吃的时候,它又叫唤得特别厉害。

随便什么人都可以放心大胆地进园子;皮埃罗跑过去跟每一个生人亲热,绝不会吭一声。

不过勒菲弗尔太太渐渐习惯了这个动物,甚至喜欢上它了,不时拿一块面包,蘸了菜汤,亲手喂它一口。

可是她根本没有想到还要纳税。"太太,八法郎!"当有人要她为这只连叫也不爱叫的小狗交八个法郎的时候,她惊讶得几乎晕了过去。

她当即决定摆脱掉皮埃罗。可是方圆十法里的人全都拒绝收养这条狗。她没有别的办法,就决定让它去"吃烂泥巴"。

"吃烂泥巴",就是"啃泥灰岩"。当地人要摆脱狗,统统让它们去"吃烂泥巴"。

辽阔的原野上,远远就看得见一个类似窝棚的东西,或者说是搁在地上的一个小小的茅屋顶。那就是泥灰岩矿的坑口。一口陡直的大井深入地下二十来米,通到一系列长长的矿道。

不过现在,每年只有一次,在用泥灰肥田的季节,才有人下到这个采石场去,其他时间都把它当作判了死刑的狗的坟场。人们从坑口旁经过的时候,狗的悲哀的号叫、愤怒或绝望的狂吠和可怜的呼唤,经常会传到耳边。

猎人和牧民的狗走近这呻吟不绝的坑口,会避而远之;要是在坑口弯下腰,会有腐尸的令人作呕的恶臭扑鼻。

黑暗的井底,不知上演过多少惨烈的悲剧。

一条狗被扔到坑里,起初十到十二天,靠先来者的腐败的遗体充饥;当它奄奄一息,一个更大也肯定更有力的新来者便猛地扑过来。坑底只有它们俩,全都饥肠辘辘,眼冒金星。它们互相窥伺,互相追随,彼此提防,犹豫不定。但是饥饿胁迫着它们,它们终于互相攻击,久久地撕斗,凶残至极;最后强者咬死了弱者,把它活活吞噬。

既然决定了让皮埃罗去"吃烂泥巴",她们便开始找一个行刑的人。为了这趟差事,修补公路的养路工要十个苏。勒菲弗尔太太觉得这太过分了。邻居家那个打短的工只要五个苏;她仍然觉得太贵。萝丝认为最好还是她们自己把它送去,这样既免得它在路上受虐待,也不会让它预感到自己大难临头。于是决定了,等天一黑她们就去。

这天晚上,她们给它准备了一盆美味的浓汤,还加了一点黄油。它把浓汤吃个精光。见它高兴得直摇尾巴,萝丝一把把它抱在她的围裙里。

她们就像偷庄稼贼似的,急匆匆地大步穿过原野。她们很快就来到泥灰岩矿的坑口旁。勒菲弗尔太太弯下身子,听听下面是不是有狗叫。没有。没有狗的叫声;矿坑里将只有皮埃罗。萝丝抽泣着,吻了它一下,就把它扔进坑里。扔了以后,她们还弯下身子,侧耳细听了好一会儿。

她们先听见一下坠地的沉闷响声；接着是一个动物被摔伤的凄惨的尖叫声；随后是一连串轻轻的叫痛声；继而是绝望的呼唤声，狗向坑口仰首苦苦哀求的声音。

它在叫！它在叫！

她们又后悔，又恐惧，那是一种无法解释的极度恐惧；她们急忙逃跑。萝丝跑得快一些，勒菲弗尔太太直喊："等等我，萝丝，等等我！"

她们这一夜噩梦连连。

勒菲弗尔太太梦见她坐在饭桌前喝浓汤，但是当她掀开汤盆盖子的时候，发现皮埃罗在里面，它飞身跃起，一下子咬住她的鼻子。

她惊醒过来，好像听见皮埃罗还在叫。她竖起耳朵；原来是她的错觉。

她重又睡着，发现自己走在一条大路上，那条大路长得没完没了，她沿路走呀走。突然，她远远看见路中间有一个篮子，乡下人常拎着的那种大篮子，不知是谁丢在那里的；这篮子让她害怕，不过她最后还是把篮子打开，只见皮埃罗蜷在里面；它咬住她的手，怎么也不松口；她吓得连忙逃跑，皮埃罗紧咬着她，一直挂在她的手上。

天蒙蒙亮，她就起床。她几乎要发疯了，径直向泥灰岩坑跑去。

皮埃罗在叫；它还在叫；它一定是叫了一整夜。她抽抽噎噎地哭起来，用各种各样疼爱的昵称呼唤它。它也用一个狗能够发出的最温柔的声音回答她。

她于是决心把它弄回来,发誓要让它活得快乐,直到它死。

她跑去找挖掘泥灰岩的掘井工人,向他说明情况。那人一声不吭地听着,等她说完了,直截了当地回答:"您想要您的坎?那得付四法郎。"

她大吃一惊;她的悲伤顿时不翼而飞。

"四法郎!您不怕撑死!四法郎!"

那人回答:"我带着绞绳和辘轳,把这些家什安装好,跟我儿子下到坑里,还冒着被您的该死的坎咬伤的危险,难道就是为了把狗还给你,让您乐和?您当初就不该把它扔下去。"

她气愤地走了。——"四法郎!"

一回到家,她就把萝丝叫来,向她述说掘井工人如何漫天要价。萝丝总是顺着主人的意思说话:"四法郎!这可是一笔钱哟,太太。"

不过她接着出了个主意:"咱们扔点吃的给这个可怜的坎,让它饿不死,您看怎么样?"

勒菲弗尔太太听了大喜过望,极表赞成;她们带上一大块抹了黄油的面包,说走就走。

她们把面包咬成小块,咬一口,扔下去,再咬一口,再扔下去,还轮流跟皮埃罗说话。狗刚吃完一块,又汪汪地叫起来,要下一块。

她们当晚又来喂,第二天又来喂,每天如此。不过后来就每天只来喂一次了。

谁知,一天早上,第一口面包扔下去以后,她们立刻听到井下传来一阵可怕的吠声。有两条狗！有人又扔下去一条狗，而且是一条大狗！

萝丝呼喊："皮埃罗！"皮埃罗也叫着，叫着。于是她们又开始向井下扔食物；可是每扔一次，她们就听到一阵可怕的争抢声，接着就是皮埃罗被咬的哀号。另一条狗力气大，扔下的食物全都被它独吞了。

她们徒劳地指名道姓："皮埃罗，这是给你的！"显然，皮埃罗一无所获。

两个女人一筹莫展，面面相觑；勒菲弗尔太太心酸地说："我总不能包养所有扔进坑里的狗吧。只好算了。"

想到那些狗全要靠她破费来养活，她愤愤不平，扭头就走，一边走一边吃着剩下的面包。

萝丝跟在她身后，用蓝色围裙的角儿不住地擦着眼睛。

莫兰这猪*

献给乌迪诺先生①

1

"等等!我的朋友,"我对拉巴尔波说,"你刚才跟我提到过'莫兰这猪'这四个字。见鬼!为什么我听人谈起莫兰总说他是'猪'呢?"

拉巴尔波如今已经是国民议会议员,他当时瞪着猫头鹰

---

* 本篇首次发表于一八八二年十一月二十一日的《吉尔·布拉斯报》,作者署名"莫弗里涅斯";一八八三年收入 E.鲁维尔和 G.布隆出版社出版的莫泊桑小说集《山鹬的故事》;一九〇一年收入保尔·奥朗道尔夫出版社出版的插图版莫泊桑全集《山鹬的故事》卷。

① 乌迪诺先生:显然是莫泊桑好友卡米耶·乌迪诺(1860—1931)的父亲欧仁·乌迪诺(1827—1889)。他是玻璃彩画家,巴黎的圣女克洛蒂尔德教堂和圣奥古斯丁教堂的彩画玻璃窗即为其作品。

一般的大眼睛望着我说:"怎么,亏你还是拉罗谢尔①人,居然不知道莫兰的故事?"

我承认我不知道莫兰的故事。拉巴尔波于是就搓着手,跟我讲起莫兰的趣事来。

"你认识莫兰,对不对;你记得他在拉罗谢尔滨河街开的那家很大的服饰用品店吧?"

"记得,当然啰。"

"那好。是这么回事——"

一八六二年也许是一八六三年,因为一时高兴,或者说为了寻欢作乐,他去巴黎过了半个月,不过借口是进货。你知道,对一个外省商人来说,在巴黎待半个月是怎么回事。那简直就是给你血里加火。每天晚上看演出,跟女人磨来蹭去,精神处在持续兴奋的状态,好人也变疯了。满眼看到的尽是穿着紧身衣的舞女,袒胸露背的女演员,圆圆的大腿,肥肥的肩膀;这一切几乎都唾手可得,但却碰也碰不得。能尝上一两顿下等菜,就算有能耐。等离开的时候,还如醉如痴,心动神摇,嘴唇痒痒的,只想着接吻。

莫兰这时就处在这种状态。他买好了晚上八点四十分回拉罗谢尔的快车票,正恋恋不舍、六神无主地在奥尔良铁路的车站公共大厅里踱步,突然在一个年轻女子面前停住。那女

---

① 拉罗谢尔:法国西海岸濒临大西洋的海港城市,现为夏朗德滨海省省会。

子把短面纱撩起来,正在跟一位老妇人拥吻告别;他不胜惊羡,暗暗自语:"天呀!好一个美人儿!"

那年轻女子跟老妇人告别后,就进了候车大厅,莫兰跟着她;接着她到了月台,莫兰跟着她;后来她上了一节空着的车厢,莫兰仍然跟着她。

乘快车的旅客很少。机车鸣响汽笛,列车开了。车厢里只有他们两个人。

莫兰盯着她贪婪地看着。她看上去十九到二十岁模样,金黄色头发,身材修长,举止洒脱。她用一条旅行毛毯把两腿严严实实地裹起来,便在长椅上躺下睡觉。

莫兰心里揣摩着:"她是个什么样的人呢?"无数的假设,无数的计划,闪过他的脑海。他对自己说:"听人说,铁路上有那么多的艳遇。也许此刻就有一桩正临到我头上。谁知道呢?好运来得这样快。也许只要我拿出勇气来就行。是不是丹东①说过:'勇敢,勇敢,再勇敢。'如果不是丹东说的,那就是米拉波②。总之,这不重要。是的。不过问题在于,我缺乏勇气。唉!要是能够了解、能够看透人的心灵该多好!我敢打赌,人们每天都在不知不觉中和极好的机会擦肩而过。其实,她只要做个小小的表示,就能让我明白她巴不得……"

---

① 乔治·雅克·丹东(1759—1794):十八世纪法国资产阶级革命时期的活动家。文中所引的这句话实为丹东的名言,全句是:"我们必须勇敢,勇敢,再勇敢,法兰西就得救了。"
② 米拉波(1749—1791):十八世纪法国资产阶级革命时期立宪派领袖之一,著有政论作品《论专制》《政治书简》等。

于是,他设想出一套能够让他出师必胜的办法:首先要有一个充满骑士精神的开头;继而对她献些小殷勤;接着说一番精彩而又多情的话;说到最后是表白爱情;表白到最后是……是什么,就由你去想吧。

可是让莫兰一直苦恼的就是不知道怎样开头,就是找不到借口。他心急似火,意乱如麻,等候着能有一个好机会。

黑夜在流逝,美丽的女孩一直在睡觉,而莫兰仍在苦思冥想着如何攻陷她。天亮了;不久,太阳就把它的第一抹亮光,那来自地平线的长而又明亮的光线,投在睡觉女孩的柔美的脸上。

她醒了,坐起来,看看田野,看着莫兰,微微一笑。那是一个幸福女人的微笑,带着动人的和愉悦的神情。莫兰打了个哆嗦。毫无疑问,这个微笑是冲着他的,这显然是个含蓄的邀请,是他一直等待着的梦想的信号。这微笑是说:"您难道是个笨蛋,是个白痴,是个傻子,从昨天晚上起就这么待在那儿,像一根木头桩似的,待在座位上。

"喂,您倒看看我呀,难道我不迷人?您就这么一动不动,跟一个漂亮女人单独过了整整一夜,却什么也不敢做,真是个大傻瓜。"

她仍旧看着他,微笑着;她甚至笑出声来。他不知所措,想找一句合适的话,一句恭维的话,总之,找点儿什么话,不管什么话都行。但是他什么话也找不到,一点也找不到。这时,他就像个懦夫突然来了一股蛮勇,心想:"管他去呢,我豁出去了!"他也没喊一声"当心",就出其不意地冲了上去,张开两手,嘬着贪婪的嘴唇,紧紧地搂住她就吻。

她一下子跳了起来,大喊:"救命呀!"一边发出惊恐的号叫。然后她就打开车门,把两条胳膊伸到外面挥动;她吓坏了,试图跳车。而慌乱的莫兰以为她真会扑到铁路上去,就抓着她的裙子拖住她,结结巴巴地说:"太太……啊!……太太。"

列车减缓了速度,停下来。两个铁路职员向发出求救信号的年轻女子跑过来。她倒在他们怀里,上气不接下气地说:"这个人刚才要……要……我……我……"接着就昏迷了过去。

车停在莫泽①车站。值班的宪兵带走了莫兰。

他的粗暴行为的受害者苏醒过来的时候,报了案。警方做了笔录。可怜的服饰用品店老板傍晚才回到家。他因为在公共场所犯下有伤风化罪将受到司法追究。

2

我那时在《沙朗特②明灯报》当主编,每天晚上都在通商咖啡馆见到莫兰。

他不知道该怎么办,出事的第二天就来找我。我并不向他隐瞒我的意见:"你就是个猪。做人可不能这么干。"

------

① 莫泽:法国小城,在普瓦蒂埃至拉罗谢尔的铁路线上,距拉罗谢尔四十公里左右。
② 沙朗特:法国西南部新阿基坦大区的一个省,首府为昂古莱姆。

他哭诉:他老婆揍了他;他眼看着自己的生意砸了,名声扫地,脸丢尽了;他的朋友们很气愤,见了面也不再跟他打招呼。他终于引起了我的怜悯;我把我的合作伙伴里维找来,想听听他的意见。别看里维个儿小,爱开玩笑,好主意可不少。

里维建议我去见帝国①检察官,他是我的朋友。我让莫兰先回去,而我就去找这位司法官员。

我打听到,那个被侮辱的女人是个年轻姑娘,是昂丽埃特·波奈尔小姐,刚在巴黎获得小学教师资格证书;她父母双亡,这次是到舅父母家去度假;舅父母是莫泽的正直的小有产者。

让莫兰的处境变得更严重的是,那女孩的舅父已经提出了控告。如果人家撤诉,检察官可以同意不再追究此事。这就是现在要争取的事。

我接着又去找莫兰。我发现他躺在床上。他焦急忧虑得病倒了。他的妻子,一个骨骼粗壮、长着胡茬的高个子女人,不停地折磨他。她把我领进他的卧室时,还冲着我的脸大嚷:"您是来看莫兰这猪的吧?瞧,这个坏蛋,他就在那儿!"

然后她就两手叉着腰,杵在床前。我说明了情况;他就求我去找那一家人。这个任务很棘手,不过我还是答应了。这可怜的家伙不断地重复着:"我向你发誓,我甚至都没有吻到她,没有,真的没有。我向你发誓!"

我回答:"那也一样,反正你就是个猪。"他交给我一千法

----
① 帝国:此处指法兰西第二帝国(1852—1870)。

郎,让我酌情使用。

不过我可不愿独自一人闯到那个姑娘的亲戚家去,于是求里维给我做伴。他答应了,条件是立刻动身,因为他第二天下午在拉罗谢尔有一件急事要办。

两个小时以后,我们已经拉响了一座漂亮的乡间住宅的门铃。一个美丽的姑娘来给我们开门。肯定就是她了。我低声对里维说:"天呀!我开始能理解莫兰了。"

她的舅父托纳莱先生恰巧是《明灯报》的订户,是一个在政治上跟我们志同道合的狂热分子。他张开双臂欢迎我们,称赞我们,祝贺我们,和我们紧紧握手;他喜爱的这份报纸的两位编辑到他家来,这让他兴奋万分。里维在我耳边低声说:"我看我们能调解好莫兰这猪的事。"

等外甥女走开了,我便提起那个棘手的问题。我挥舞起丑闻的幽灵;我指出,这种事如果声张出去,姑娘的名誉将不可避免地遭到贬低,因为世人绝不会相信仅仅是吻了一下。

这个天真的人似乎有些犹豫了;但是妻子不在家,他什么决定也不能做,而他妻子当天很晚才能回来。突然,他爆发出胜利的呼声:"瞧呀,我有了一个好主意。我不让你们走,把你们留下。你们二位就留在这儿吃晚饭、睡觉;希望等我妻子回来以后,我们能谈妥。"

里维起初表示反对;但是他也很想帮莫兰这猪摆脱困境,便下了决心。于是我们接受了邀请。

舅父顿时喜形于色,站起来,把外甥女叫来,提议一起去他家的园子里散散步,一面表示:"那些严肃的事今天晚上再说。"

里维和他谈论起政治来。而我呢,很快就落在他们后面几步,跟那个姑娘一块儿走。她很迷人,真的很迷人!

我十分委婉地开始跟她谈她遇到的那件事,力图给自己找一个同盟者。

但是她看来丝毫不感到难为情;她听我说话的时候,那表情倒像是觉得很好玩。

我对她说:"您不妨想一想,小姐,这会带来各种各样的烦恼:您必须出庭作证,面对恶意的目光,在大庭广众面前说话,公开讲述车厢里发生的那不愉快的一幕。嗨,咱们说句悄悄话,您当时要是什么也不说,也不叫铁路上的人,只是让这个调皮的家伙规矩些,然后干脆换个车厢,岂不更好?"

她笑了。"您说得很对!可是我能怎样呢?我当时很害怕;人害怕的时候,就顾不上前思后想了。等我明白了是怎么回事,我也很后悔,不该叫喊,可是已经太晚了。您想想,那个蠢货发了狂地向我扑过来,一句话也不说,脸上的表情像个疯子。我甚至不知道他要干什么。"

她冲着我的脸,直视着我,既不局促,也不慌乱。我对自己说:"这个女孩,够泼辣的。我明白莫兰这猪是搞错了对象。"

我接着开玩笑似的说:"瞧,小姐,您应该承认,他是情有可原的,因为面对您这样一个美人儿,谁都不能不产生要吻您的绝对合情合理的欲望。"

她笑得更厉害了,满口牙齿都露了出来:"在欲望和行动之间,先生,还应该有尊重的位置呀。"

这句话很有趣,虽然它的意思并不很清楚。我突然问她:"那么,如果我吻您,我,现在吻您,您会怎么做?"

她停下来,从上到下地打量我,然后不动声色地说:"啊!您,那就不是一回事了。"

自然啰,我也知道那就不是一回事了,因为在全省,人们都叫我"美男子拉巴尔波"。而且我只有三十岁。不过,我还是问:"这又为什么?"

她耸了耸肩膀,回答:"因为您不像他那样愚蠢。"然后,她偷偷瞟了我一眼,接着说:"也不那么丑。"

趁她还没来得及躲闪,我在她脸蛋儿上狠狠吻了一下。她向旁边一跳,但已经晚了。她说:"好嘛,您也一样,不知道害臊。可别再玩这个把戏了。"

我做出一副谦卑的样子,故意压低了声音说:"啊!小姐,我可不一样,如果说我心里有一件渴望的事,那就是以和莫兰同样的罪名被送上法庭。"

现在轮到她问了:"这又为什么?"我神情严肃地紧盯着她:"因为您是世上最美丽的女人中的一个;因为曾经企图强暴您,这对我来说简直就是一个证书,一个头衔,一个光荣;因为当人们见到您,会说:'瞧,拉巴尔波虽然罪有应得,但他总算很幸运。'"

她又十分开心地笑起来。

"您真怪!"她"怪"字还没说完,我已经把她紧紧搂在怀里,贪婪地吻她,能找到哪儿就吻哪儿,吻她的头发,吻她的额头,吻她的眼睛,有时还吻她的嘴,吻她的脸蛋,吻遍了她的脸和头,她没办法,顾了这个地方,露了那个地方。

她终于挣脱了身,满脸通红,像受了伤害似的:"您真粗野,先生,我很后悔,不该听您说话。"

我拉住她的手,有点难为情,结结巴巴地说:"对不起,对不起,小姐,我让您受到伤害了;我太莽撞了!请别生我的气!您知道吗?……"我在找一个理由,可是找不到。

她等了一会儿,说:"我什么也不要知道,先生。"

不过我找到了;我大声说:"小姐,我爱您已经一年了!"

她真的吃了一惊,抬起眼来。我接着说:"是的,小姐,请听我说。我不认识莫兰,他的事我才不在乎呢。他进监狱,上法庭,其实跟我没有关系。我去年就在这儿见过您,您当时站在栅栏门那儿。远远地看见您,我内心深受震动,您的形象就再也没有离开过我。不管您信不信我的话,关系都不大。我觉得您可爱;您让我朝思暮想;我希望再见到您;我就抓住莫兰这蠢猪的事做借口;我就到了这儿。此时此地的情景让我超出了限度;请原谅我,我求您啦,原谅我吧。"

她窥测着我的眼神,想知道我说的是不是真话,眼看又要笑起来,低低说了声:"真会开玩笑!"

我举起手,用真诚的语气(我甚至认为我当时的确是真心诚意)说:"我向您发誓我没有说谎。"

她只简单地说了句:"得了吧!"

只有我们俩,单独在一起;小径曲曲折折,里维和她的舅父已经走得看不见了。我紧握着她的手,吻着她的手指头,向她做了一番真正的爱情表白,说得又长又温柔。她听着,感到愉悦而又新鲜,可又不大清楚该不该相信。

因为一心想着我说的话,我最后连自己都感到神魂颠倒了;我脸色煞白,颤颤巍巍,轻轻地抱住她的腰。

我凑近她耳边拳曲的细发娓娓低语。她仿佛死去了似的没完全沉浸在梦想中了。

后来,她的手遇到了我的手,便握住不放;我慢慢地使劲搂她的腰,胳膊微微颤抖,但搂得越来越紧。她再也不动了。我用嘴轻轻擦着她的面颊;突然,我的嘴唇,尽管并没有刻意去找,却碰到了她的嘴唇。那是一个漫长、漫长的吻,如果不是我听见身后几步远的地方传来"嗯""嗯"的说话声,恐怕还会更长。

她穿过一个树丛逃走了。这时我看见里维正在找我。

他站在路中间,板着脸:"好哇!你就是这样在调解莫兰这猪的事?"

我自鸣得意地回答:"各尽其能嘛,亲爱的。她的舅父呢?你的收获如何?我嘛,外甥女由我负责。"

里维说:"我跟舅父在一起可没有这么快活。"

我挽起他的胳膊,回屋去。

3

晚餐终于让我失去了理智。我坐在她旁边,我的手在桌布下不断地碰到她的手;我的脚压着她的脚,我们的目光经常交织,难舍难分。

饭后大家在月光下溜达了一会儿,我轻声地往她心里灌满我能想起的各种甜言蜜语。我紧紧搂着她,不时地吻她一下,在她的嘴唇上湿润我的嘴唇。她的舅父和里维走在我们前面,一直在侃侃而谈。他们的身影在铺着沙子的路面上隆重地跟着他们。

我们散步回来,不久,电报局的人就送来舅母打来的电报,说她第二天早上才能回来,七点钟,乘第一班火车。

她的舅父说:"那么,昂丽埃特,你带这些先生去看看他们的卧室。"我们和老先生握过手就上楼去。她先领我们看了里维的套房。他在我的耳边悄悄说:"放心,她绝不会领我们先去你的住处。"然后她就带我去我睡的地方。只有她一个人跟我在一起了,我就又把她搂在怀里,企图让她的头脑也发狂,停止抵抗。可是,当她感到自己马上就要控制不住的时候,她逃跑了。

我钻进被窝,很不爽,很烦躁,也很羞惭,知道自己反正也睡不着,我就寻思自己是不是什么地方干得笨拙。就在这时,有人在轻轻敲我的门。

我问:"谁呀?"

一个很轻的声音回答:"是我。"

我急忙穿上衣服,打开门,她走了进来。"我忘了问您,"她说,"您早上喝什么:巧克力,茶,还是咖啡?"

我冲动地拦腰抱住她,像要吞了她似的对她百般爱抚,一边结结巴巴地说:"我喝……我喝……我喝……"但是她从我的怀抱里滑了出去,吹灭了我的蜡烛,就不见了。

我一个人待在黑暗中,恼火极了,找火柴也找不到。最后终于找到了,于是我端着烛台,走出房门,来到走廊上,这时我几乎要疯了。

我要干什么呢?我已经失去理智;我想找到她;我要她。我走了几步,什么也没有考虑。接着,我突然想道:"如果我进了她舅父的卧室怎么办?我说什么呢?……"我站住一动不动了,脑子里空空的,心怦怦跳。过了好几秒钟,我的主意来了:"当然啰!我就对他说我在找里维的房间,要跟他谈一件紧急的事。"

我开始查看每一扇门,力图找出她的那一扇。可是我什么线索也没有。我随便抓住一扇门的把手,转了一下。我推开门,走进去……昂丽埃特坐在床上,惊愕地看着我。

我于是轻轻地闩上门,踮着脚走过去,对她说:"小姐,我忘了跟您要本什么东西看看。"她抵抗;但是我很快就打开了我找到的那本书。我就不说出书名了。那真是一部最精彩的小说,一首最奇妙的诗篇。

一旦翻开第一页,她就让我尽兴地看下去了;我翻阅了那么多章节,直到我们的蜡烛都点完。

然后,我对她道了谢,又蹑手蹑脚地往自己的房间走,这时一只粗暴的手拦住了我;一个声音,里维的声音,冲着我的鼻子低声说:"这么说,你还没有调解完莫兰这猪的事?"

刚到早晨七点钟,她就亲自给我端来一杯巧克力。我从来也没喝过这样的巧克力。那是一杯令人销魂的巧克力,甜美,可口,香喷喷,令人陶醉。我简直没法让我的嘴离开那耐人寻味的杯子边儿。

年轻姑娘刚出去,里维就走进来。他好像有些烦躁,就像一夜没睡好觉似的不痛快;他恼火地对我说:"你要是再继续这么干,你知道,你非把莫兰这猪的事搞砸了不可。"

八点钟,舅母到家了。讨论只用了很短的时间。这些老实人答应撤诉,而我留下五百法郎给当地的穷苦人。

这时,他们想挽留我们再待上一个白天。他们甚至还打算安排一次游览,去参观一些古迹。昂丽埃特在她舅父舅母的身后直向我点头示意:"好,就留下吧。"我接受了,但是里维死活要走。

我把他拉到一边;我请求他;我央求他;我对他说:"喂,我的好里维,为了我你就留下吧。"但是他好像已忍无可忍,冲着我的脸连声说:"你听着,莫兰这猪的事,我受够了。"

我万般无奈,也只好一起走。这是我一生中最难过的时刻之一。我恨不得能用一辈子时间来调解这件事。

在默默无言但是使劲地握手道别以后,我们到了车厢里,我对里维说:"你真不通人情。"他回答:"我的老弟,你开始让我厌烦透顶。"

到了《明灯报》的编辑部,我远远就看见一群人在等着我们……一看见我们,他们就大喊大叫:"喂,你们把莫兰这猪的事调解好了吗?"

整个拉罗谢尔都为之兴奋。里维的坏情绪在路上就已经烟消云散,他好不容易才忍住不笑,宣布道:"是的,多亏拉巴尔波,成功啦。"

然后我们就去莫兰家。

他仰在一张扶手椅上,腿上糊着芥子泥,脑门上敷着冷水毛巾,已经愁得要垮了。他不停地咳嗽着,就是临终人那种微弱的干咳,也弄不清他这次感冒是怎么得的。他老婆瞪着老虎般的大眼看着他,仿佛要把他吞下去。

他一看见我们,紧张得手和膝盖都哆嗦起来。我说:"谈好了,坏包,不过别再这么干了。"

他站起来,激动得说不出话来,紧握住我的手,吻它们,就像吻一个王子的手似的,哭得几乎晕了过去。他拥抱里维,甚至拥抱起莫兰太太来,她一把把他推倒在他的扶手椅上。

但是他始终没有从这次打击中恢复过来。他情绪上受到的刺激实在太强烈了。

本地人从此都只管他叫"莫兰这猪",每次他听见人们这样称呼他,就像一把利剑刺得他心痛。

走在街上,有个痞子喊了声"猪",他会本能地回过头去。他的朋友们也总是跟他开那些可怕的玩笑,每当他们吃火腿的时候,就问他:"是不是你的腿呀?"

两年以后他就死了。

我呢,一八七五年参加竞选议员的时候,我去图塞尔,对当地新来的公证人贝隆克勒先生做了一次与竞选有关的访问。一位身材高而丰满的美貌女子接待我。

"您不认识我了?"她说。

我结结巴巴地说:"的确……认不出了……太太。"

"昂丽埃特·波奈尔。"

"啊！……"我感到自己的脸立刻变得煞白。

她看上去却泰然自若,还微笑地看着我。

她刚走开,只剩下我和她丈夫,他就紧紧抓住我的手,几乎要把我的手捻碎了:"亲爱的先生,我早就想去看看您。我妻子跟我谈过您无数次。我知道……是的,我知道您是在她多么痛苦的情况下认识她的,我还知道您表现得好极了,十分体贴,十分巧妙,十分尽心……调解了……"他迟疑了片刻,接着,就好像他要爆出一句粗话似的,低声说:"……调解了莫兰这猪的事。"

我的妻子*

那是一次男人们的晚餐快要结束的时候,在座的都是已婚男子,老朋友,他们隔一段时间就相约聚会,不带妻子,就像从前还是单身汉一样。他们吃了很长时间,喝了很多酒;他们无所不谈,把陈年的愉快往事都翻了出来,那些火辣辣的往事让他们禁不住地露出微笑,心头战栗。一个人问:

"乔治,你还记得我们跟两个蒙马特尔①的姑娘去圣日耳曼郊游吗?"

"嗨!我当然记得。"

于是他们回忆起一些细节,东一件西一件,千百件至今还让人乐不可支的小事接踵而来。

---

* 本篇首次发表于一八八二年十二月五日的《吉尔·布拉斯报》,作者署名"莫弗里涅斯";一九一二年收入路易·科纳尔出版社出版的莫泊桑全集《米斯蒂》卷;一九一二年收入保尔·奥朗道尔夫出版社出版的插图版莫泊桑全集《米斯蒂》卷。

① 蒙马特尔:巴黎北部的蒙马特尔高地及其以南的几个邻近街区,以文艺、娱乐、观光活动繁盛而著称。

他们谈起结婚,每个人都由衷地感叹:"啊!要是能重新开始多好!……"乔治·杜波坦接着说:"真不可思议,怎么就那么轻而易举地陷了进去。本来下定决心永远不娶老婆;后来,春天动身去乡下;天暖和起来;夏天到了;草地上花开了;在朋友家遇到一个年轻姑娘……吧嗒!生米做成了熟饭。回来时已经是有妇之夫。"

皮埃尔·莱图瓦勒大喊:"说得对,我的经历正是如此,只不过细节有些特别……"

那个朋友打断他的话,说:"你嘛,你就别抱怨啦。你妻子是世上最可爱的了,又漂亮,又讨喜,完美无缺;你肯定是我们中间最幸福的人。"

皮埃尔·莱图瓦勒接着说:

"这也不是我的错。"

"这话从何说起?"

"不错,我有一个十全十美的妻子;不过我娶她也是迫不得已。"

"别瞎说了!"

*

确实如此……事情是这样的。那时候我三十五岁,已经不再想结婚,就像我不想上吊一样。年轻姑娘们在我看来似乎都很乏味,而我酷爱的就是有趣。

五月里，我应邀去诺曼底，参加西蒙·德·艾拉柏勒表弟的婚礼。那是一场真正的诺曼底的婚礼。傍晚五点钟入席，十一点钟还在吃。人们临时安排我和一个叫杜穆兰的姑娘做对儿，那是一个退休上校的女儿，一个满头金发、颇有军人风度的年轻姑娘，精力充沛，胆子大，说起话来喋喋不休。她缠了我整整一天，把我拖到公园里，不管我乐意不乐意，硬要我跟她跳舞，弄得我厌烦死了。

我心想："今天就算了，明天我就溜之大吉。这已经够了。"

十一点光景，妇女们都回到各自的房间；男士们留下，一边喝酒一边吸烟，或者一边吸烟一边喝酒，随您怎么说。

从敞开的窗户，看得到外面的乡村舞会。村夫村妇们围成一个圆圈蹦蹦跳跳，扯着嗓门唱着粗野的舞曲；两个小提琴手和一个吹单簧管的，站在当作乐台的一张大厨案上，轻声地给他们伴奏。时而完全盖过乐器声的农民们喧闹的歌声，和被放肆的歌喉撕破的微弱的器乐，就像音符裂散成了碎块断片自天而落。

在熊熊的火炬包围中，两个大酒桶供这群人畅饮。两个男人忙着在一个小木桶里洗刷杯碗，洗完了立刻递到流出红色葡萄酒和纯金色苹果酒的龙头下面；口渴的跳舞的人，平静的老人，浑身是汗的姑娘们，你拥我挤，伸出胳膊，随便抓起一个酒罐，就仰起脸大口大口地往喉咙里灌他们最爱喝的那种饮料。

一张桌子上放着面包、黄油、奶酪和香肠。每个人都不时地吞一大口食物。在星光闪闪的夜空下，这健康而又活跃的舞会让人看着开心，让人生出食欲，也想喝一点大桶里的酒、吃一点抹黄油夹生葱的农家面包。

我多么想去分享一下这良辰美食啊,于是离开了我的这帮伙伴。

我得承认也许已经有点醉了;不过我很快就完全醉了。

我抓住一个身强力壮、气喘吁吁的农妇的手,跟她疯狂地蹦跳,一直跳到我透不过气。

接着,我喝了一口葡萄酒,又抓住另外一个快活的女人。为了凉快凉快,我又喝了满满一碗苹果酒,然后就像着了魔似的蹦跳起来。

我很灵活;小伙子们欣喜若狂,一边欣赏一边模仿起我来;女孩子们都想跟我跳舞,她们跳起来像母牛一样笨重,别有一种风味。

跳了一圈又一圈,喝了一杯葡萄酒又喝一杯苹果酒,最后,凌晨两点的时候,我已经醉得不轻,站也站不稳了。

我意识到自己情况不妙,想回自己的房间。古堡已经沉沉入睡,静悄悄,阴森森的。

我身上没带火柴,所有的人都睡了。刚走到门厅,我就一阵阵头昏眼花;费了好大劲也找不到楼梯扶手;我摸索着,终于偶然碰到了它。我在第一个阶梯上坐下,想稍微理一理自己的思绪。

我的房间在三楼,左边的第三个门。幸好我没有忘记这一点。就因为记得房间位置我才很有信心。虽然也不是不吃力,我还是站起身,开始往上爬,一个梯阶一个梯阶,两手紧抓住铁栏杆,以防跌倒,心里一直想着别弄出声响。

不过有三四次我踏错了高度,两个膝盖着地扑倒在楼梯上,幸亏我两个胳膊有力,而且我的意志一直很紧张,才没有一骨碌滚下去。

我终于爬到了三楼。我摸着墙,在楼道里懵里懵懂地往前走。这儿是一个门,我数着:"一。"可是我一阵晕眩,离开了墙,绕了一个奇怪的圈儿,糊里糊涂碰到另一面墙。我想回到正路上来。这段路走得很艰难,费了很长时间。我终于又摸到原来这面墙,开始重新小心翼翼地顺着往前走。我碰到了另一个门。为了肯定不会弄错,我又数,而且大声地数了一声:"二。"我接着往前走,终于找到了第三个门,我数道:"三,这是我的门。"我把钥匙捅到锁眼里一拧,门开了。尽管还头脑昏昏,我想:"既然这扇门开了,我肯定是来到自己的房间了。"我轻轻地关上门,在黑暗里往前走。

我碰到了什么柔软的东西:我的长椅。我立刻就一头倒在上面。

处在我这种情况,我不可能坚持找到我的床头柜、我的蜡烛台、我的火柴。非要那么做,我至少得花两个小时。我还得花同样的时间脱掉衣服,也许想脱也脱不掉。我干脆什么也不做。

我只脱掉短筒皮靴,解开勒得我喘不过气的背心的纽扣,松开裤带。我困得受不了,马上就睡着了。

想必过了很久。我突然被一个人的震耳欲聋的声音惊醒,只听这声音在我身旁说:"怎么,懒丫头,还在睡!已经十点了,知道吗?"

一个女子的声音回答:"已经十点了吗?我昨天累坏了。"

我大为惊讶,寻思这对话是怎么回事。

我这是在哪儿?我干了什么事?

我的神志仍然像裹在一堆浓云里似的,飘飘忽忽。

第一个声音又说:"我去给你打开窗帘。"我听见脚步声在向我接近。我吓得不知所措,坐了起来。这时一只手搁在我的脑袋上。我猛地一动。那个声音严厉地问道:"谁在这儿?"我没有回答。两只愤怒的手抓住了我。我也搂住那个人,于是开始了一场恶斗。我们在地上打滚,碰翻了家具,猛撞着墙壁。

那女人声嘶力竭地叫喊:"救人啊!救人啊!"

几个用人跑了过来,还有邻近房间的先生们和发了疯似的女士们。百叶窗打开了,窗帘也都拉开了。我正和杜穆兰上校扭作一团!

原来我在他女儿的床边睡了一夜。

人们把我们拉开以后,我已经吓得六神无主,连忙逃到自己的房间。我把自己反锁在房间里,坐下来,两只脚搁在一张椅子上,因为我的短筒皮靴落在那年轻姑娘的房间里了。只听见整个古堡里一片嘈杂:有开门声、关门声、窃窃私语声,还有急促的脚步声。

过了半小时,有人敲我的房门。我喊了一声:"谁呀?"是我的舅父,昨晚新郎的父亲。我开了门。

他气得脸色苍白,恶狠狠地对我说:

"你在我这儿的行为简直就像个下流坯,你听见了吗?"

接着,他把声音缓和了些说:

"你这个笨蛋,怎么让人家上午十点钟抓住呢,完……完了事还不赶快走,还像块木头疙瘩似的,在那个房间里蒙头大睡。"

我喊道:"不过,舅舅,我向您发誓,什么事也没有发生……我只是喝醉了,进错了门。"

他耸了耸肩膀:"算了吧,别说蠢话了。"我举起手来说:"我以我的名誉担保。"可是舅父接着说:"是的,这很好。你必须这么说。"

轮到我恼火了,我向他讲述了事情的整个经过。他睁大了惊讶的眼睛,不知道是不是应该相信我的话。

然后他就走出去跟上校商谈。

我后来听说当地也成立过一种母亲法庭,这类情况在不同阶段都要提交这个法庭审理。

一小时以后舅父回来了。他以法官的姿态坐下来,开始说:"不管怎么样,在我看你只有一个办法能摆脱困境,就是娶杜穆兰小姐。"

我吓了一跳,大喊:"这绝对不可能!"

舅父严肃地问:"那你打算怎么办?"

我直截了当地回答:"怎么办……等他们把皮靴还给我,我一走了事。"

舅父接着说:"别开玩笑了。上校已经下定决心,一看见你,就一枪把你脑袋打开花。你能肯定他是说着玩的吗?我跟他谈过进行一次决斗。他回答我:'不,我跟你说过我要一

枪把他脑袋打开花。'

"咱们还是从另一个角度来考虑一下问题吧。

"或许是你引诱了这个女孩,那你活该,我的孩子,不能去招惹女孩子的。

"或许像你说的,你喝醉了酒,走错了房间。那你就更活该。不能把自己陷于这么荒唐的境地。

"无论怎么说,那女孩子的名誉被败坏了,因为人们绝不会接受一个醉鬼的解释。真正的受害者,这桩事里唯一的受害者,是她。你考虑吧。"

舅父说完就走出去,任我在他背后叫嚷:"您爱怎么说就怎么说吧;反正我不会娶她。"

我又独自一人在房间里待了一个小时。

接着轮到我舅妈来了。她痛哭流涕。她说尽了千般道理。谁都不相信我走错了门。人们也不会承认一个年轻姑娘竟然在住满宾客的楼房里忘了锁门。上校打了她。她从早上起一直哭个不停。这实在是一个可怕的丑闻,抹也抹不掉。

我好心的舅妈接着说:"你就向她求婚吧。讨论婚约条款的这段时间里,也许能找到让你脱身的办法。"

这个前景让我松了一口气。我同意写一封求婚的信。一个小时以后,我就动身回巴黎。

我第二天得到通知,我的要求被接受了。

就这样,三个星期里,我既没能找到一个计策,也没能找到一个借口,而结婚预告公布了,婚礼请柬发出去了,结婚契约也签字了。一个星期一的上午,我便来到灯火辉煌的教堂的祭坛前,站在那个年轻姑娘的身旁,自从在镇长面前宣誓我愿娶她为妻……至死不渝,她一直泪水涟涟。

自从出事以后,我还没有再见过她;我带着多少有些不怀好意的惊奇侧目瞅了她一眼。其实她长得不丑,一点也不丑。我心里想:"这姑娘以后不会每天都开心。"

直到晚上,她没看我一眼,也没跟我说一句话。

午夜光景,我走进洞房,想让她领教一下我的决心,因为现在我是主人了。

我看见她坐在扶手椅里,穿的跟白天一样,两眼通红,脸色苍白。我一进来她就站起身,走到我身边严肃地说:

"先生,我已经做好了准备,您命令做什么我就做什么。只要您愿意,我自杀都行。"

上校的女儿,她扮演这英雄的角色,真是美极了。我把她搂在怀里,这是我的权利。

我很快就看出,我没有吃亏。

我结婚已经五年了。我丝毫也不后悔这门婚事。

*

皮埃尔·莱图瓦勒说完了。伙伴们都听得心荡神摇。一个伙伴说:"结婚就像买彩票;根本没有必要挑选号码,有运气就是最好的号码。"

另一个人像总结似的接着说:"对!不过别忘了,这一次是酗酒的神灵给皮埃尔选的号。"

骑　马[*]

这一对可怜人仅靠丈夫的菲薄薪金过着艰难的日子。结婚以来，他们已经生了两个孩子；最初还只是拮据，现在已经变成令人自卑、掩掩藏藏、羞于见人的贫困，由于出身贵族、无论如何也要硬撑着贫困的门面。

埃克托尔·德·格里勃兰是在外省长大的；过去在父亲的庄园里，他接受一位兼任家庭教师的年老本堂神父的教育。那时他的家庭不算很富有，不过生活上还能勉强维持表面的风光。

后来，在他二十岁的时候，家里人给他找了一个职位，于是他进了海军部，当上了年薪一千五百法郎的科员[①]。他就

---

[*] 本篇首次发表于一八八三年一月十四日的《高卢人报》；同年收入维克多·阿瓦尔出版社出版的莫泊桑小说集《菲菲小姐》第二版；一九〇二年收入保尔·奥朗道尔夫出版社出版的插图版莫泊桑全集《菲菲小姐》卷。

[①] 这一点和莫泊桑本人的经历颇有相似之处：莫泊桑二十二岁时进入海军部任科员，年薪一千五百法郎。

这样搁浅在这块礁石上。那些没有及早为生活做好艰苦战斗的准备的人，那些隔着云彩看生活的人，那些既没有手段也没有毅力的人，那些没有自幼就发展其天赋、专长和奋斗能力的人，那些既不掌握武器又不掌握工具的人，都难免会这样触礁搁浅。

他在科里的头三年真是苦不堪言。

后来，他遇到几个亲朋故旧，大都是些落后于时代的老人，境况也不宽裕，住在所谓的贵族区，也就是圣日尔曼区的那几条冷清清的街上；可他总算有了一个熟人的圈子。

这些经济上捉襟见肘的贵族与现代生活格格不入，自卑而又傲慢。他们通常都住在死气沉沉的楼房的高层。这些住宅从上到下，住户都是有贵族头衔的；至于钱嘛，从二楼到七楼①，就似乎少得可怜。

这些昔日富贵荣华的贵族人家，由于游手好闲，已经破产了；但是他们还抱着世代相传的偏见，终日操心的是如何维护自己的门第、不失自己的身份。埃克托尔·德·格里勃兰就在这个圈子里，遇到了一个像他一样出身贵族但家境贫寒的年轻姑娘，跟她结了婚。

他们在四年里生了两个孩子。

在接下来的四年里，这夫妻俩饱受贫困的折磨，除了星期

---

① 巴黎市的旧式楼房，大都有六七层；地平层，即中国所说的"一楼"，多为商铺。

日去香榭丽舍林荫道散散步,冬天有几个晚上,其实就是一两个晚上,去剧院,还是一位同事送的优待票,他们没有任何消遣。

不过就在入春的时候,科长交给这个职员一项额外的工作,因此他得到三百法郎的额外报酬。

他把这笔钱拿回家,对妻子说:

"我亲爱的昂丽埃特,咱们也该享受点什么了,比方说,带孩子出去玩一玩。"

讨论了很久,他们终于决定去乡间午餐。

"嗨,"埃克托尔大声说,"反正是只此一遭,下不为例。咱们索性租一辆四轮大马车,你、孩子们和女仆坐;我呢,我去马房租一匹马。这对我身体很有好处。"

整整一个星期,家里谈论的话题没有离开过这次计划中的郊游。

每天晚上,下了班回来,埃克托尔就把大孩子拉过来,让他骑在自己的腿上,使足力气颠他,一边对他说:

"看,下个星期日去郊游的时候,爸爸就这样骑马飞跑。"

那孩子于是就整天骑着椅子在客厅里绕着圈儿拖着走,一边高喊:

"这是爸爸在骑马。"

就连女仆,想象着先生骑着马、伴随马车前进的情景,也用赞赏的目光看着他。每次吃饭时,她都听他大谈骑马术,讲他当年在父亲庄园时的种种英勇事迹。啊!他曾在一所名校受过训练;只要两腿夹住马,他什么都不怕,真的什么都不怕。

他得意地搓着手,几次三番对妻子夸口:

"如果他们给我一匹不大听话的马,那我就太高兴了。你会看到我怎么骑马。而且,如果你愿意的话,从树林回来的时候,我们还可以绕道经过香榭丽舍林荫道。那时我们该是多么风光!要是遇见部里的某个人,那就更好了。只凭这么一下,就能得到上司们的器重。"

到了说好的这一天,预订的车和马同时到了楼门前。他立刻下楼,检查他那匹马。他已经让家里人缝好了套在脚底、扣紧裤脚的松紧带,手上舞弄着前一天刚买来的马鞭。

他把四条马腿一一扳起来,用手摸了摸;又摁了摁马的脖子、两肋和飞节,用手指试了试马的腰;然后掰开马嘴,查看了它的牙齿,并且报出马的年龄。这时,全家人都下楼了,他又就马的问题,从理论到实践,从一般的马到眼前这匹马,上了一堂简短的理论课。据他看,这匹马可谓出类拔萃。

等家里人都已在马车上坐好了,他仔细检查了一下马鞍的肚带,便一只脚踏着马镫一跃而起,然后跌落在马背上。那牲口受到重压,猛地蹦跳了几下,差点儿把骑士摔下马来。

埃克托尔大吃一惊,连忙设法把马稳住:

"喂,冷静点,朋友,冷静点。"

等驮人的恢复了冷静,被驮的也恢复了镇静。他便问道:

"都准备好了吗?"

众人齐声回答:

"好了。"

他就发令:

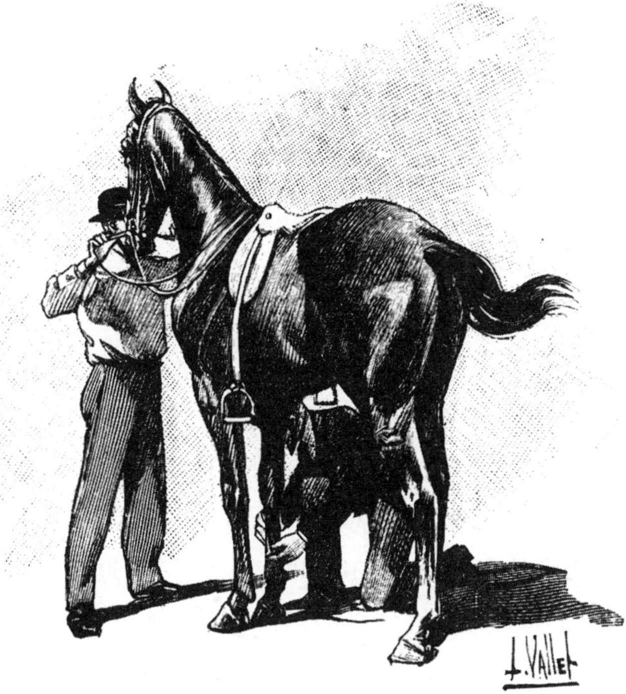

"出发!"

大队就开拔了。

全家人的目光都集中在他身上。他让马走着英式碎步,在马背上夸张地大起大落。他屁股刚落在马鞍上,立刻又腾空而起,就好像要钻入天空似的。有好几次,他几乎都要跌倒在马鬃上了;他两眼紧紧地盯住前方,面部肌肉紧张,脸色煞白。

一个孩子坐在他妻子的腿上,女仆抱着另一个,两人一迭连声地说着:

"看爸爸,看爸爸!"

两个孩子都被颠簸、喜悦和新鲜的空气陶醉了,不住地尖叫。不料那匹马被尖叫声惊着了,撒腿奔驰起来;骑士拼命勒马,头上的帽子也掉到地上。车夫只好从座位上跳下来替他捡帽子。埃克托尔一边接过帽子,一边远远地对妻子说:

"别让孩子们这么喊叫;不然我就管不住我的马了。"

他们在勒维希奈树林①里的草地上吃了午餐,食品是装在盒子里带来的。

虽然三匹马由车夫照管,埃克托尔还是不时地站起来,走过去看看他那匹马是不是缺少什么;他抚摸它的脖子,喂它面包、糕点和糖果。

----

① 勒维希奈树林:在巴黎西面约十九公里处的一个树林,在勒维希奈镇附近,紧靠塞纳河。

他说：

"这可是一匹烈性马。一开始,我还真有点驾驭不住它;不过你看见了吧,我很快就轻松自如了:它承认终于遇到了能制服它的人,再也不敢乱动了。"

正像他原先决定的,他们回家的时候取道香榭丽舍林荫道。

宽阔的林荫道上车水马龙。两边的人行道上游人如织,就像从凯旋门到协和广场拉了两条流动的黑色长缎带。阳光普照大地,把车子上的漆、马具上的钢和车门上的把手都映照得铮明闪亮。

一股运动的热望,一种生活的陶醉,似乎在激励着这些人、这些车辆和这些马匹。远处,一片金色的氛围里,方尖碑①高高耸立。

埃克托尔的马一过凯旋门,就像突然焕发出一股新的热情,在车轮之间横冲直撞,朝马房的方向狂奔,尽管它的骑士想方设法叫它安静些,也无济于事。

他们的马车现在已经远远落在后面了;到了工业宫②对面,马看见那边宽敞,就向右拐弯,纵蹄飞奔。

这时,一个系着围裙的老妇人正不慌不忙地横穿马路;她不偏不倚恰好挡在埃克托尔将要走的道上,而他正骑着马飞

---

① 方尖碑:指巴黎协和广场中央的方尖碑,由埃及总督穆罕默德·阿里送给法国七月王朝国王查理十世。
② 工业宫:建于一八五三年,为一八五五年的巴黎世界博览会主要场馆之一;一九〇〇年拆除。

快地向她冲过去。埃克托尔控制不住自己的马,只能大声疾呼:

"喂!当心!喂!快闪开!"

她大概是聋子,因为她依然若无其事地继续踱着慢步,直到那匹像火车头一样冲过来的马的前胸撞到她,让她翻了三个大跟头,摔到十步开外,裙子都掀了起来。

一些过路人高喊:

"拦住它!"

埃克托尔已经吓坏了,他揪住马鬃,大喊:

"救人啊!"

马剧烈地抖动了一下,把他抛起来,他像个球一样越过马头,落在一个正追过来拦截他的警察的怀里。

转眼间,他的四周就围了一群人,个个义愤填膺,指手画脚,骂骂咧咧。尤其是一位老先生,一位佩戴圆形大勋章,留着两撇大白胡子的老先生,表现最为激烈。他一再说:

"他妈的!一个人要是笨到这种程度,就该待在家里。不会骑马就不该到大街上来草菅人命。"

这时,四个男子抬着那个老太婆出现了。那老太婆看上去就跟死人一般,面孔蜡黄,软帽歪在一边,浑身沾满泥土。

"把这个妇女抬到药房去,"那位老先生命令道,"咱们呢,一起去警察局。"

埃克托尔被两个警察夹在中间走了,另有一个警察牵着他的马。后面跟着一大群人。这时那辆四轮马车忽然出现了。他妻子立刻跑了过来,女仆已经吓得魂飞魄散,孩子们一个劲地乱嚷嚷。他向妻子解释说,他撞倒了一个妇女,没什么大不了。他马上就会回家。惊恐万状的家人这才离去。

到了警察局,没用多长时间就把事情说清楚了。他报了姓名:埃克托尔·德·格里勃兰,任职于海军部。然后就等伤者的消息了。派去打听消息的警察回来了。老太婆已经苏醒过来,不过据她说,身子里面还非常痛。她是给人家做家务活儿的,六十五岁,叫西蒙太太。

埃克托尔听说她没有死,立刻恢复了希望。他答应负担她的治疗费用。然后就向药房跑去。

一大堆人聚在药房门口;老太婆倒在一张靠背椅里,不住地呻吟着,两手一动不动,脸上毫无表情。两位医生还在替她做检查。胳膊腿都没有骨折,不过就怕有内伤。

埃克托尔问她:

"您很痛吗?"

"是啊!"

"哪儿痛?"

"胃里火烧火燎的。"

一位医生走过来:

"先生,您就是肇事人吗?"

"是的,先生。"

"最好把这个妇人送到疗养院去。我知道有一家疗养院可以接待她,一天只要六法郎。您要我帮您办手续吗?"

埃克托尔求之不得,道了谢,如释重负,就回家了。

妻子正等着他,一把鼻涕一把泪。他叫她放心。

"没什么大不了的,这位西蒙太太已经好多了,再过三天就完全没事了。我已经把她送进一家疗养院;没什么大不了的。"

没什么大不了的!

第二天,他从办公室出来,就去打听西蒙太太的消息。

他进门的时候,她正得意扬扬地喝着油腻的肉汤。

"怎么样呀?"他问。

"哎呀!我可怜的先生,还是老样子。我觉得糟透了,一点儿也没见好。"

医生表示还得再等一等,因为伤势有可能突然恶化。

他等了三天,然后又来看她。老太婆容光焕发,两眼炯炯有神,但是一看见他,她就又呻吟起来。

"我再也动不了啦,我可怜的先生;我再也动不了啦。一直到死,我也就这个样子了。"

埃克托尔不禁打了个寒战。他要求见医生。医生摊开双手:

"先生,有什么办法呢!我也搞不清是怎么回事:只要一扶她起来,她就吱哇喊叫。连挪一下她的椅子,她都撕心裂肺似的号叫。我只能相信她对我说的话,先生;我总不能钻到她肚子里去。反正,在没有看到她下地走动以前,我没有权利假设她在说谎。"

那老妇人在一旁听着,一动不动,眼里闪着狡黠的目光。

一个星期过去了,半个月过去了,一个月过去了。西蒙太太还是没有离开她的靠背椅。她从早到晚不住嘴地吃,越来越发福,而且和病友聊起天来乐呵呵的,滔滔不绝;她已经习惯了坐享现成的生活,仿佛五十年的爬楼梯、翻床垫、一层楼一层楼地送煤、辛辛苦苦地打扫和洗涮,终于赢来了当之无愧的休息。

埃克托尔简直要急疯了;他每天都来看她,而她总是神闲气定、心安理得,而且坚持宣称:

"我再也动不了啦,我可怜的先生,我再也动不了啦。"

每天晚上,忧心如焚的格里勃兰太太都问:

"西蒙太太怎么样了?"

每一次,他都灰心丧气地回答:

"没有变化,丝毫没有!"

他们辞退了女仆,因为那份工钱他们现在实在负担不起了。他们比以往更加省吃俭用,连那笔额外报酬都全部贴进去了。

埃克托尔于是约请了四位名医给老太婆会诊。她任凭他们检查,摸呀,按呀,一边用狡黠的眼光瞟着他们。

"要让她走路。"一个医生说。

她马上叫嚷起来:

"我走不了,我的好先生们呀,我走不了。"

于是他们紧紧抓住她,把她提起来,拖了几步;但是她从他们手里挣脱出来,一屁股瘫倒在地板上,叫喊得那么吓人,他们只好又小心翼翼地把她抬回去,安放在她的靠背椅里。

病情究竟如何,他们的看法很谨慎;不过他们还是做出结论,说她无法工作。

埃克托尔把这个消息告诉妻子,她一下子倒在椅子上,口中咕哝着说:

"还不如把她接到这儿来呢,总可以少花点钱。"

他一听就跳了起来:

"接到这儿来,到咱家来,你真这么想?"

可是她现在已经决心逆来顺受了,眼泪汪汪地说:

"你说有什么法子呢,我的朋友,这不是我的过错呀!……"

木　屐*

献给莱昂·封坦①

年老的本堂神父俯身在农妇们的白软帽和农夫们僵硬或者涂了发蜡的头发上方，正嘟嘟哝哝地做完最后几句布道的讲演。远道来望弥撒的农妇们的大篮子都搁在各自身旁的地上。这是七月的一天，酷热从人丛中蒸发出一股家畜的气味、牲畜的气味。鸡叫声、卧在附近田野里的母牛的哞声，从敞开的大门里传进来。时而有一阵夹着田野芳香的气息从门洞里涌进来，所经之处掀动起帽子的飘带，进而吹得祭坛上大蜡烛顶端的黄色火苗摇摇曳曳……神父宣布："愿一切如天主旨

---

*　本篇首次发表于一八八三年一月二十一日的《吉尔·布拉斯报》，作者署名"莫弗里涅斯"；一八八三年收入 E. 鲁维尔和 G. 布隆出版社出版的莫泊桑小说集《山鹬的故事》；一九〇一年收入保尔·奥朗道尔夫出版社出版的插图版莫泊桑全集《山鹬的故事》卷。

①　莱昂·封坦（1845—1912）：莫泊桑青年时代的朋友，划船爱好者，绰号叫"小蓝头"。担任过司法助理，曾写过一些纪念莫泊桑的文章。

意,阿门!"然后他就结束讲演,打开一本书,像每周一样,开始交代本镇的日常琐事。这白发老人主持这个教区的教务就要满四十年了。通过主日①讲道,他和所有的教民保持着密切的联系。

他接着说:"我请你们为德希雷·瓦兰祈祷,他病得很重;也为波麦勒的老婆祈祷,她产后没能很快地恢复健康。"

他想不起还要说什么,就在一本日课经里找纸条。他终于找到了两张,才继续说:"小伙子和姑娘们,晚上可不能像这样到墓地里去,不然我就通知乡村警察了。——瑟赛尔·奥蒙先生要雇一个年轻正派的姑娘做他的女仆。"他又考虑了几秒钟,接着说:"就这些了,我的兄弟们,我以圣父、圣子和圣灵的名义,为你们祈福。"

他走下讲坛,弥撒到此结束。

玛朗丹一家人回到家。那是萨布里埃尔村去弗维尔镇的大路边的最后一座茅屋。父亲是个身材矮小的老农,长得干巴巴的,满脸皱纹。他在桌旁坐下,这会儿,他的妻子摘下挂在钩子上的锅,女儿阿黛拉依德从碗橱里取出杯子和盘子。他说:"奥蒙老板家的这个位子,也许挺好,他老婆死了,儿媳不喜欢他,他独自一人,而且有钱。咱们把阿黛拉依德送去也许是一件好事。"

妻子把黢黑的锅放到桌子上,揭开锅盖,一股浓汤的蒸汽

---

① 主日:礼拜日,即星期日。

直冲到天花板,散发出浓浓的圆白菜的香味。她思索着。

他接着说:"他有钱,这是肯定的。不过一定要机灵,偏偏阿黛拉依德不是这个料。"

这时妻子说:"我看咱们还是可以试一试。"说完,她转向女儿,一个黄头发,胖脸蛋红得像苹果皮,长相傻乎乎的姑娘,吼道:"听见了吗,蠢丫头,你去奥蒙老板家,说你愿意给他当用人,他要你干什么你就干什么。"

女儿没有回答,只是傻笑。然后,一家三口便开始吃饭。

过了十分钟,父亲又说:"丫头,你听我一句话,你照我说的去做,别出一点差错……"

接着,他便用缓慢然而细致的语言,描述出一整套行为规则,把最微小的细节都预见到了,为她征服这个跟家人不和的老鳏夫做准备。

母亲也不吃饭了,只顾在一旁听。她手里拿着叉子,眼睛轮流地看着丈夫和女儿,默不作声、聚精会神地追随着这番教导。

阿黛拉依德始终没有反应,目光犹疑而又茫然,神情顺从而又愚蠢。

一吃完午饭,母亲就让她戴上软帽,二人一起去找瑟赛尔·奥蒙老板。他住在一座小砖楼里,背靠佃户们占用的房子。他已经不再经营农事,而是靠年金生活了。

他五十五岁上下,像所有的富人那样肥胖、快乐而又性情粗暴。他大笑大嚷,声音洪亮,几乎能把墙壁震垮;他经常满杯满杯地喝苹果酒和烧酒;尽管已经这把年纪,他还称得上情欲旺盛。

他喜欢把手抄在背后在田里巡视,大木屐深陷在肥沃的泥土里,以行家里手的眼光悠闲地观察着麦子的长势和油菜的花情。他乐在其中,不过他现在不那么出力了。

现在人们说他:"这是个享福大叔,不再每天早起了。"

接见母女俩时,他正大腹便便地坐在餐桌前,就要喝完咖啡。他挺起身子,问:

"你们有什么事?"

母亲说:

"这是我闺女阿黛拉依德,我想让她给您当用人,今天早上本堂神父说您要找个人。"

奥蒙老板端详了一下女孩,然后突然问道:"这头大母羊嘛,她多大了?"

"到圣米歇尔节①就二十一了,奥蒙先生。"

"好吧;我每月给她十五法郎,外加伙食。让她明天一早就来,做我中午喝的浓汤。"

说罢,他就把母女打发走。

阿黛拉依德第二天就开始工作。她就像在自己家里一样,一声不响,干起活来从不惜力。

九点钟光景,她正在擦洗厨房的方砖地,奥蒙老板喊她:

"阿黛拉依德!"

她连忙跑去。"我来了,老板。"

------

① 圣米歇尔节:根据基督教传说,圣米歇尔节在每年的九月二十九日。

她刚跑到他面前,两手还红红的,不知往哪儿搁,神色慌乱,他就宣布:"你听着,咱们之间可不要出任何差错。你是我的用人,没有别的。你听着,咱俩的木屐千万别混在一起。"

"是,老板。"

"各人有各人的位置,丫头,你的位置在厨房;我的在客厅。别的地方,都是你的,也是我的。明白了吗?"

"是,老板。"

"好吧。就这么说,干活去吧。"

她又去干她的活。

中午,她在糊了壁纸的小餐厅里为主人摆好午饭;等浓汤也端上桌,她就去通知奥蒙先生:

"老板,开饭了。"

他走进来,坐下,环视一周,打开餐巾,犹豫片刻,用响雷般的声音喊道:

"阿黛拉依德!"

她来了,满脸惊慌。他像要杀了她似的叫嚷:

"喂,他妈的,你呢,你的位子在哪儿?"

"这个……老板……"

他吼道:"我可不喜欢孤单一个人吃饭,他妈的……去那儿坐下,你要是不乐意,就滚蛋。去把你的盘子和杯子拿来。"

她吓坏了,拿来自己的餐具,结结巴巴地说着:"我来了,老板。"

她在他对面坐下。

他高兴了;他痛饮,敲桌子,讲了一个又一个故事;她低着头,一言不发地听着。

她不时地站起来去拿面包、苹果酒和盘子。

喝咖啡的时候,她只放了一个盘子在他面前;他又发起火来,责问:

"那么,你的呢?"

"我从来不喝咖啡,老板。"

"你为什么从来不喝?"

"因为我不喜欢。"

他又发火了:"我不喜欢孤单一个人喝咖啡,他妈的;如果你不愿意坐在那儿喝咖啡,就滚蛋,他妈的……去找一个杯子来,快一点。"

她去拿了一个杯子,重又坐下,尝了一口这黑色的饮料,做了个苦涩的表情;不过在主人凶恶的目光下,她还是喝完了。接着她还得喝三杯烧酒,第一杯是涮杯酒,第二杯是送这涮杯酒的酒,第三杯是拍一下屁股收场酒。

奥蒙老板让她去了。——"现在,洗盘子去吧。你是个乖女孩。"

晚饭的情况也一样。不过饭后她还得陪他玩一会多米诺骨牌;然后他才打发她去睡觉。

"去睡吧,我待会儿就上来。"

她来到她的卧室,那是一间屋顶阁楼。她做了祈祷,脱了衣服,就钻进被窝。

不过她突然吓了一跳,大惊失色。一声怒吼把房子震得直颤。

"阿黛拉依德呢?"

她打开门,从她的阁楼回答:

"我在这儿,老板。"

"你在哪儿?"

"我在自己的床上呀,当然啰,先生。"

他大嚷道:"你下来好吗,他妈的……我不喜欢孤单一人睡,他妈的……要是你不乐意,就给我滚蛋,他妈的……"

她惊慌失措,一边找蜡烛,一边从阁楼上回答:

"我来了,老板!"

他听见她的小木屐踏响杉木楼梯;她还差几级没下完楼梯,他就一把抓住她;她的窄小的木屐刚脱在门前主人的皮面大木屐旁,他一把把她推进屋,嘴里骂着:

"快一点,他妈的!……"

她不知道自己在说什么,只不断地重复着:

"我来了,我来了,老板。"

半年后的一个星期日,她去看望父母,父亲奇怪地打量着她,问:

"你不是怀孕了吧?"

她一脸懵懂,看着自己的肚子,反复说:

"没有,我想没有。"

不过他穷追不舍,继续盘问:

"不会是哪个晚上,你们的木屐混在一起了吧?"

"是的,打第一个晚上它们就混在一起了,而且以后每晚都这样。"

"这么说,你的大肚囊,已经怀上了。"

她啜泣起来,结结巴巴地说:"我……我怎么知道?我……我怎么知道?"

玛朗丹大叔端详着她,眼神显示他已明了真相,脸上流露出得意之情。他追问:

"你不知道什么?"

她一边哭一边说:

"我……我不知道这样会弄出孩子!"

母亲进来了。可丈夫并不动怒,只说:

"她刚去了不久,已经怀孕了。"

母亲本能地大为气愤,痛骂已经哭成泪人的女儿,骂她是"下贱货""骚婊子"。

老头子却让她住口。他拿起鸭舌帽,要去跟瑟赛尔·奥蒙老板谈谈这件事。他只怪女儿:

"她比我想的还要蠢。她甚至不知道自己做了什么事,这个傻丫头。"

下个星期讲道的时候,年老的本堂神父公布了奥纽约福勒-瑟赛尔·奥蒙先生和塞莱斯特-阿黛拉依德·玛朗丹的结婚预告。

好友约瑟夫[*]

他们在巴黎已经亲密来往了整整一个冬天。就像常见的那样,他们初中毕业以后就失去了联系,一天晚上,他们在一个社交场合偶然相遇,两人都已经老了,头发白了,一个仍然单身,另一个已是有妇之夫。

德·梅鲁尔先生半年住在巴黎,半年住在他的图尔博维尔的小古堡里。自从娶了邻近的古堡主人的女儿,他就像一个无所事事的人那样悠闲,过着安逸舒适的生活。他生性好静,但求安稳,既没有大胆独创的见解,也缺乏特立独行的精神,只把时间用来不温不火地惋惜过去,抱怨时下的风俗和习惯,一遍遍地跟妻子唠叨:"我的天主啊,我们是生活在怎样的政府管治之下?"妻子听了便抬头看一看苍天,偶尔举起双手表示强烈的认同。

---

[*] 本篇首次发表于一八八三年六月三日出版的《高卢人报》;一八九九年收入保尔·奥朗道尔夫出版社出版的莫泊桑小说集《米隆大叔》;一九〇四年收入同一出版社出版的插图版莫泊桑全集《米隆大叔》卷。

德·梅鲁尔夫人的思想和丈夫颇为相似,就像天生的兄妹俩。她深受传统的影响,认为人生在世首先就要尊重教皇和国王!

她虽然不了解他们,却打心底里,怀着一种诗意的激情,一种世代相传的忠诚,一种出身正统的女性常有的感情,爱戴他们,崇敬他们。她的心地极其善良。没能生育一男半女,让她懊丧不已。

德·梅鲁尔先生在一次舞会上遇见老同学约瑟夫·穆拉杜尔,感到深深的甚至有些天真的喜悦,因为他们年轻时非常要好。

他们先对岁月给人的身体和相貌带来的变化惊讶地感慨了一番,接着便互相述说分别后的经历。

约瑟夫·穆拉杜尔是南方人,已经在家乡当上省议员。他为人豪爽,说话热情奔放,没有节制,想到什么就一吐为快,不知道什么叫分寸。他是共和党人;这些热心得有些幼稚的共和党人,奉无拘无束为准则,标榜言论的独立不羁,甚至到了粗鲁的地步。

他来到老朋友家,自然流露的诚挚的人品立刻赢得他们的喜爱,尽管他的见解有些激进。德·梅鲁尔夫人大呼可惜:"多么不幸啊!一个这么好的人!"

德·梅鲁尔先生经常语重心长地告诫好友:"你没有想到,你这样做会对我们的国家造成多大的伤害。"不过他还是喜欢约瑟夫,因为再也没有什么比成年后重拾的童年时的友情更牢固的了。约瑟夫·穆拉杜尔常拿这对夫妻开玩笑,称他们"我可爱的乌龟";他有时甚至任性地夸夸其谈,嘲讽落伍者,抨击成见和陈规。

在他滔滔不绝地倾泻他的民主宏论时,这对夫妻虽然很不自在,但出于礼貌和教养,总保持着沉默。然后,丈夫就尽量转移话题,避免发生摩擦。不过,他们只在没有外人的时候才和约瑟夫·穆拉杜尔见面。

夏天到了。对德·梅鲁尔夫妇来说,能在自己的图尔博维尔庄园接待友人了,没有比这更让他们快乐的事了。那是一种发自内心的纯真的快乐,一种善良的人和乡下有产者特有的快乐。他们先赶到邻城的火车站去迎候宾客,然后再用自己的车把他们接回来,期盼的就是他们能对本地,对植物,对省道,对农民住房之整洁,对田间肥壮的牲畜,对视野中的一切说几句赞美的话。

他们请客人们看自己的马快步小跑时是多么惊人地矫健,尽管它一年的一部分时间用于田间劳作;他们急切地等待新来的客人发表对他们家传领地的观感,些微的赞赏都让他们感动,再小的亲切的表示都令他们心里暖暖的。

约瑟夫·穆拉杜尔受到了邀请,并且告知自己到达的时间。

夫妻二人按时赶到车站。能尽地主之谊,他们满心欢喜。

约瑟夫·穆拉杜尔远远看见他们就跳下车厢,动作是那么敏捷,更增加了他们的喜悦。他跟他们握手,赞扬他们,赞美之词令他们陶醉。

一路上他表现得十分可爱。他为树木的高大、庄稼的茂盛和马的迅捷感到惊奇。

他在古堡门前下了车,德·梅鲁尔先生用友好的语气郑重地对他说:

"从现在起,你就像在自己家里一样,别拘束。"

约瑟夫·穆拉杜尔回答:

"亲爱的,谢谢,这正是我期待的。再说,和朋友在一起,我从来不拘束。我所理解的热情好客就是如此。"

然后,他就上楼到他住的房间,说是要换一身农民的服装。他下楼的时候,穿一身蓝色粗布衣,戴一顶划船爱好者的扁平的窄边草帽,穿一双黄皮鞋,全然一副兴高采烈的巴黎人不修边幅的装束。穿着这身乡村服装,增添了一分他认为与场合相宜的随便和潇洒,他也仿佛变得更朴实、更欢快、更随便。可是他的新衣装却有点让德·梅鲁尔夫妇不舒服。即使在自己的土地上,他们也总保持着严肃和尊贵,就好像姓氏前面的那个介词①迫使他们在知己之间也要讲究一定的礼仪。

吃完午饭,他们去参观庄园:巴黎来的客人说起话来那种哥们兄弟的语气,把毕恭毕敬的农民们弄得晕头转向。

当晚,本堂神父来家吃晚饭。这是个年老的胖神父,星期日的常客,主人们特地请他来为新来的客人作陪。

约瑟夫一见神父就做了个鬼脸;接着,他就好奇地打量

---

① 介词:此处法语中的介词 de,通常置于一个人的姓氏之前,标志其贵族身份。

起他来,仿佛他是一个特殊种类的罕有生物,他从未如此就近地看过似的。吃饭过程中,他讲了几个猥亵的小故事,这些故事在熟人之间说说倒也无妨,但是在梅鲁尔夫妇看来,当着一个神职人员的面就很不得体。他不称呼"本堂神父先生",而是直呼"先生"。他对世界上既有宗教的哲学审视,让教士颇为尴尬。他说:"先生,您的天主是那种值得敬重但也值得商榷的神。而我的神叫理性,它从来都是您的敌人……"

梅鲁尔夫妇非常失望,他们竭力转换话题。本堂神父早早就离去。

德·梅鲁尔先生于是态度温和地说:

"你在这位教士面前也许有点过分了吧?"

但约瑟夫立即大声嚷道:

"说得真好!难道还要叫我在一个教士面前束手束脚!不过你要知道,以后吃饭的时候,如果不再把这个老好人强加给我,我会感到莫大的愉快。星期日也好,其他的日子也好,你们爱请他尽可自便,但是别让朋友受这份罪。见鬼!"

"不过,亲爱的,他的神圣的身份……"

约瑟夫·穆拉杜尔打断他的话:

"是的,我知道,应该像对待荣获玫瑰花冠的贞洁少女一样对待他们!这是谁都知道的,我的好哥们!当这些人尊重我的信仰的时候,我一定会尊重他们的信仰!"

这一天,就这样结束。

第二天早上,德·梅鲁尔夫人走进客厅的时候,只见桌子上放着三份报纸:《伏尔泰报》①《法兰西共和国报》②和《正义报》③,不禁后退了几步。

很快,约瑟夫·穆拉杜尔也出现在门口,仍然穿着那身蓝色的衣服,专注地读着《不妥协者报》④。他惊呼:

"这报纸里有一篇罗什福尔⑤的精彩文章。这家伙真了不起。"

他高声朗读起这篇文章来,精彩之处还提高嗓门。他是那么投入,连朋友进来也没发现。

德·梅鲁尔先生手里拿着两份报纸,一份《高卢人报》⑥是给他自己的,一份《号手报》⑦是给他妻子的。

扳倒了帝国⑧的这位大作家写的热情洋溢的散文,经过激情奔放的朗读,配上悦耳的南方口音,在原本平静的客厅里回响,把褶皱笔直的古老窗帘震得不停地颤抖,就像下冰雹似的,蹦起的嬉笑怒骂的文字溅满了墙壁、绒绣面的安乐椅,和

---

① 《伏尔泰报》:保王派和天主教会于一八八一年创办的报纸。
② 《法兰西共和国报》:由莱昂·甘比大(1838—1882)创办的共和派报纸。
③ 《正义报》:由激进共和党人乔治·克里孟梭(1841—1929)创办的报纸。
④ 《不妥协者报》:激进社会主义倾向的报纸,激烈反对官方的政治家。一八八〇年由昂利·罗什福尔创办。
⑤ 昂利·罗什福尔(1831—1913):法国记者、剧作家和激进共和派政治家。
⑥ 《高卢人报》:政治和文学报纸,创立于一八六八年。莫泊桑曾长时间为该报撰稿,这篇小说即发表于该报。
⑦ 《号手报》:保王派和天主教派报纸,创立于一八八一年,存在时间短暂。
⑧ 帝国:此处指法兰西第二帝国。

放在同一个地方有一个世纪之久的沉重的家具。

丈夫和妻子,一个站着,一个坐着,目瞪口呆地听着,气得连一个手势也做不出来了。

穆拉杜尔像放一束烟花似的,念完结尾的一句挖苦话,然后扬扬得意地问:

"怎么样?犀利吧,这文章?"

这时他突然发现朋友拿来的两份报纸,现在该他惊呆了。他大步向朋友走去,愤怒地诘问:

"你拿这些废纸干什么?"

德·梅鲁尔先生吞吞吐吐地回答:

"哦……这是我的……我的报纸!"

"你的报纸!……瞧呀,你在跟我开玩笑!那就请你读一读我的,读了以后,会让你的麻木的头脑变得聪明一些,至于你的报纸……瞧我这么处置……"

发愣的主人还没来得及申辩,他已经把两份报纸抓过来,扔到窗外。然后,他庄而重之地把《正义报》放到德·梅鲁尔夫人手里,把《伏尔泰报》交给她丈夫,便一屁股坐在扶手椅里,继续读《不妥协者报》。

出于客气,丈夫和妻子装作读了一会儿,然后,就用手指头捏着,把这些共和派的报纸还给他,就好像有毒似的。

他放声大笑,宣称:

"这种食物吃上一个星期,我一定能让你改信我的思想。"

一个星期以后,他果然统治了这个家庭。他把本堂神父拒之于门外，德·梅鲁尔夫人只能偷偷地去看望他；他禁止《高卢人报》和《号手报》进入这座古堡，主人们只能让一个仆人秘密地到邮局去取，然后藏在长沙发的靠垫里；他看上去还是那么和蔼，那么可亲，实际上颐指气使，成了权力无限的快乐的暴君。

其他的朋友该来了，都是些虔诚的教徒和正统派，两位古堡主人料定会面时将是水火不容，但他们又不知如何是好，于是一天晚上向约瑟夫·穆拉杜尔宣布：他们为了一件小事不得不外出几天，请求他独自留守。他毫不慌乱，回答：

"好呀，这对我来说反正一样，我就在这儿等你们，你们愿意我等多久都行。我跟你们说过，朋友之间不必客气。你们应该去办理自己的事，可不！我不会因为这个不高兴；相反，这让我跟你们完全无拘无束了。去吧，朋友们，我等你们。"

德·梅鲁尔夫妇第二天就动身了。

他等他们。

花　房[*]

勒莱布尔先生和太太同岁。虽说先生是两个人中比较弱的一个,但显得更年轻些。他们住在南特①附近一座美丽的乡间住宅里,这是他们卖鲁昂花布发迹以后购置的产业。

房子周围是一个赏心悦目的花园,花园里有饲养家禽的场地,中国式的亭子,在这片产业的尽头还有个小花房。勒莱布尔先生是个矮个子,圆墩墩的,性格开朗,一望可知是个乐天知命、善于享受生活的小店主。他的妻子却精瘦,好胜心强,总像是壮志未酬,不过这并没有破坏丈夫的好情绪。她染头发,有时读读小说,尽管她装作不屑于读这一类作品,它们却能向她脑子里灌输许多幻想。有人说她是个多情的人,虽

---

[*]　本篇首次发表于一八八三年六月二十六日的《吉尔·布拉斯报》,作者署名"莫弗里涅斯";一九〇〇年收入保尔·奥朗道尔夫出版社出版的莫泊桑小说集《流动商贩》;一九〇二年收入同一出版社出版的插图版莫泊桑全集《羊脂球》卷。

①　南特:法国西部重镇,今卢瓦尔大区首府,大西洋沿岸卢瓦尔省省会。

然她从来没有做过任何事情可以证实这种说法。不过她的丈夫有时候说:"我的妻子,她可是个热情奔放的女人!"他讲这话的神气似乎确有所指,不免引起人们的揣测。

最近几年,她总是跟勒莱布尔先生找碴儿,动不动就发火,狠声恶气的,好像有什么难言之隐在折磨着她。两人之间就这样产生了嫌隙。他们几乎很少交谈。这位名叫帕尔米尔的太太,不断地无事生非,用刺耳的恭维、伤人的影射和尖刻的言语,劈头盖脸地数落这位名叫居斯塔夫的先生。

他对此逆来顺受,虽然有些厌烦,但是依然乐呵呵的;他生就一副根深蒂固的心满意足的好脾气,对这类自家人的麻烦事儿总能泰然处之。不过他也在寻思:究竟是什么莫名其妙的原因,让他妻子的脾气变得如此乖戾?因为他清楚地感觉到,她动不动就发火的背后有什么隐蔽的原因,只是很难探明究竟,几次尝试都白费力气。

他经常问她:"喂,我的好太太,告诉我,你对我有什么意见?我感到你有什么事瞒着我。"

她总是这样回答:"我没有什么,什么也没有。再说,如果我有什么不满意的事情,也该由你来猜。我可不喜欢对什么都不开窍的男人,这些男人是那么萎靡不振,软弱无能,做一点小事都得人家帮忙才行。"

他泄气了,于是喃喃地说:"我就知道,你什么也不肯说。"

他带着依然待解的谜走开了。

夜晚对他来说尤其难熬;因为他们俩像普通的和睦人家

一样,是睡同一张床的。所有欺侮人的手段,她都对他使出来了。她总是选择他们并肩躺下的时候对他进行最激烈的冷嘲热讽。她主要责怪他越来越胖:"你把地儿全占了,你真是太胖了。你后背出的汗沾在我身上,就像化了的猪油一样。你难道以为这样我舒服吗?"

她经常随便找个借口就逼他再爬起来,支使他到楼下去拿一份她忘记的报纸,或是一瓶他怎么也找不到的橙花香水,因为她把它藏了起来。她还用凶恶而又挖苦的语气大声呵斥:"你总该知道在哪儿可以找到吧,傻胖子!"当他在这所沉睡的房子里奔波了一个小时,两手空空地回到楼上时,她对他的全部感谢就是对他说一句:"好了,再躺下吧,这样散散步可以让你减减肥,你都快变成一块软塌塌的海绵了!"

她爱什么时候就什么时候叫醒他,声称她胃痉挛,痛得厉害,要他用法兰绒蘸了科隆香水替她揉肚皮。他见她有病很焦急,尽心尽力为她治病;他又建议去唤醒他们的女仆塞莱丝特。这时她更是火冒三丈,吼道:"瞧你有多蠢,你这个大笨蛋!好了,过去了,我不痛了,你再睡吧,大废物!"

他问:"你真的不痛了吗?"

她口气生硬地冲他说:"是的,闭嘴,让我睡吧,别再让我心烦了。你什么事也干不了,连替女人按摩都不会。"

他灰心丧气:"可是……亲爱的……"

她怒不可遏:"没有什么'可是'……够了,行不行?让我清净些吧,现在……"

接着她就转过身去,把脸冲着墙。

一天夜里,她猛烈地摇晃他,吓得他一骨碌坐了起来,动作之迅速是他平时从来没有过的。

他迷迷糊糊地问:"怎么啦?……什么事?"

她抓住他的胳膊,掐得他叫出声来。她凑在他耳边轻声说:"我听见屋子里有声音。"

他对勒莱布尔太太的频繁的警报已经习以为常,所以并没有过分紧张,而是从容地问道:"什么声音,亲爱的?"

她却吓得心惊胆战,浑身哆嗦,回答说:"声音……就是声音嘛……脚步声……有人。"

他还是不大相信:"有人?你认为有人?不会的,你大概搞错了。再说,你想会有谁呢?"

她依然哆嗦着说:"谁?……谁?……当然是小偷啦,笨蛋!"

他又慢慢地钻进被窝,说:"不会的,亲爱的,什么人也没有,你大概做梦了。"

听他这么说,她简直气坏了,掀掉被子,跳下床:"你真是胆小又无能!不管怎么说,我可不愿因为你贪生怕死而让人杀了。"

她抄起壁炉边的一把火钳,立在插着门闩的门后,摆出一副战斗的姿态。

受到妻子的勇敢榜样的激励,也许自觉有些惭愧,他也不情愿地起身下床,连睡帽也没有脱掉,就拿着一把铲子站在妻子对面。

他们在万籁无声的沉寂中等待了二十分钟。没有任何响声扰乱屋中的宁静。于是,仍然怒形于色的太太又上了床,并且声言:"我还是肯定刚才确实有个人。"

为了避免争吵,第二天整个白天他对这场无谓的惊慌只字未提。

可是到了夜里,勒莱布尔太太比前一天夜里更使劲地推醒了她的丈夫,呼吸急促地结巴着说:

"居斯塔夫,居斯塔夫,刚有人打开了花园的门。"

妻子这么折腾让他惊讶,他认为她一定得了梦游症,他正想去用力摇醒这个危险的梦游者,忽然他好像确实听到屋外的墙下发出轻微的响声。

他从床上爬起来,跑到窗口;他看见,是的,他看见一个白色的影子正急急忙忙穿过花园里的一条小路。

他差点儿昏倒,喃喃地说:"有人!"他随即恢复了理智,振作起来,就像一个业主眼见自己的产业遭人侵犯一样,愤怒填膺,说:"你等等,你等等,你马上就会看到我怎么收拾他。"

他冲向书桌,打开抽屉,取出一把手枪,就奔向楼梯。

他妻子被吓坏了,叫喊着追了出去:"居斯塔夫,居斯塔夫,别扔下我,别把我一个人留下,居斯塔夫!居斯塔夫!"

可是他不听她的;他已经跑到花园门口。

她只好赶快回到楼上,把门户紧闭,把自己关在卧室里。

她等了五分钟,十分钟,一刻钟。她害怕极了。那些盗贼大概把他杀了,他们抓住他,把他捆绑起来,勒死了。她宁愿听到六声枪响,好知道他还在战斗,还在自卫。可是眼下这片深沉的寂静,这片令人毛骨悚然的乡村的寂静,让她心慌意乱。

她拉铃传唤塞莱丝特;塞莱丝特既没有来,也没有回答。她又拉一次铃,这时她已经浑身瘫软,几乎要失去知觉了。整幢房子还是没有一点儿声响。

她把发烫的额头贴在玻璃窗上,试图望穿外面的黑夜。除了灰蒙蒙的道路的轮廓和两旁黑魆魆的大树影子,她什么也看不见。

午夜十二点半的钟声敲响了。她丈夫离开已经有四十五分钟了。也许她再也见不到他了!是的!她肯定再也见不到他了!于是她跪在地上啜泣起来。

这时有人轻轻敲了两下卧室门。她吓得一下子跳了起来。只听见勒莱布尔呼唤她:"开门吧,帕尔米尔,是我。"她冲过去,开了门,两手掐腰,站在他面前,眼里满含泪水:"你去哪儿了?你这个混账东西!啊!你就这样把我一个人扔在这儿,把我吓死了!啊!你根本不关心我,就像没有我这个人一样!⋯⋯"

他关上门;他笑呀,笑得像疯了似的,笑得嘴直咧到耳根,两手捧着肚子,眼里流出了泪水。

勒莱布尔太太大惑不解,反而不吭声了。

他上气不接下气地说:"原来是⋯⋯是⋯⋯塞莱丝特,她在花房里跟人⋯⋯跟人⋯⋯幽会⋯⋯要是你知道我⋯⋯我⋯⋯看见了什么⋯⋯"

她脸色煞白,气得连话都快说不出来:"什么……你说什么?……塞莱丝特?……在咱家里……在我的……我的……我的房子里……在我的……我的……在我的花房里。而你却没有把那个同谋的男人杀死!你有一把手枪,居然没把他杀死?……在我的家里……在我的家里!……"

她再也支持不住,坐了下来。

他却像舞蹈演员似的一跃而起做了个击脚跳,还打了几个响指,舌头也嗒嗒哑响了几下,而且一直在笑:"要是你知道……要是你知道……"

说着,他猛地搂过她来狂吻。

她从他怀里挣脱出来,气得声嘶力竭地说:"我再也不能让这个姑娘在我家里待下去了,一天也不行,你听到了吗?一天也不行……一个小时也不行。等她回来,我们就把她赶出去……"

勒莱布尔先生这时拦腰搂抱住妻子,只是一个劲地吻她的脖子,而且像从前一样,吻得啧啧有声。她惊讶得发了呆,又不吭声了。而他呢,却紧紧地抱着她,向床边慢慢拖去……

早上九点半钟光景,塞莱丝特迟迟未见两个主人,十分惊奇,因为他们总是一大早就起床的。她走去轻轻敲他们的房门。

他们还并肩躺在床上,兴高采烈地聊天。她更加诧异了,问:"太太,牛奶咖啡准备好了。"

勒莱布尔太太声音十分温和地说:"送到这儿来,姑娘,我们有点儿累,我们昨天夜里睡得很不好。"

女仆刚走出去,勒莱布尔先生又开始笑个不停,他一面胳肢妻子,一面一迭连声地说:"哦,要是你早知道!"她抓住他的两只手,对他说:"喂,安静些吧,亲爱的,如果你再这样笑下去,你会笑出病来的。"

说罢,她就吻他,温柔地,吻他的眼睛。

勒莱布尔太太不再像以前那样尖酸刻薄了。有时,在月朗风清的夜晚,这对夫妇沿着大树和花坛,蹑手蹑脚地一直走到花园尽头的小花房。他们彼此紧紧依偎着,久久地蹲在玻璃棚边向里张望,仿佛在欣赏里面发生的某种奇特而又饶有兴味的事情。

他们给塞莱丝特涨了工资。

勒莱布尔先生也瘦了下来。

窗　子[*]

我是今年冬天在巴黎认识德·雅戴尔夫人的。她让我一见倾心。再说您也跟我一样了解她……不……对不起……是几乎跟我一样了解她……您知道她多么不可思议同时又多么富有诗意。她举止和思想都很自由，易动感情，性格倔强，开朗大方，敢作敢为，肆无忌惮，总之超出了一切常规；不过尽管如此，她也很多情，很娇嫩，很容易受伤害，温柔而又腼腆。

她是寡妇；由于生性懒散，我最喜爱寡妇。我当时正想结婚成家，于是对她大献殷勤。我对她了解越深，她就越让我喜欢；我相信斗胆向她求婚的时刻到来了。我已经爱上了她，而且快要爱得不可自拔。男人结婚的时候不能过分爱他的妻子，因为那样就会做出一些蠢事；你会失去头脑，变得平庸而

---

[*] 本篇首次发表于一八八三年七月十日的《吉尔·布拉斯报》，作者署名"莫弗里涅斯"；一八八八年收入康坦出版社出版的莫泊桑小说集《于松太太的贞洁少男》；一九〇二年收入保尔·奥朗道尔夫出版社出版的插图版莫泊桑全集《于松太太的贞洁少男》卷。

又粗俗。男人要能够控制住自己。如果你第一个晚上就昏了头，不出一年就有头上长角①的危险。

有一天，我戴着浅色手套来到她家，对她说："夫人，我有幸爱上了您。我今天来是为了问您，看在我无微不至的殷勤，我是否有几分希望博得您的垂爱，并且把我的姓氏奉献给您。"

她不为所动地回答："您看得好容易啊，先生！我完全不知道您是否有一天会让我喜欢；不过我至少可以做个试验看看。作为男人，我觉得您不坏。剩下的就是要知道您的心、您的性格、您的习惯。大部分婚姻都会变成一场闹剧或者以罪恶收场，就是因为人们结成夫妻的时候互相了解不够。只要有一丁点的事儿，一种根子里带来的怪脾气，道德上、宗教上或者随便什么问题上的任何一种执拗的观点，一个不讨喜的动作，一个恶癖，一个微乎其微的缺陷，甚至一个令人不愉快的优点，都足以把最甜蜜、最热恋的情侣变成不可调和、势不两立而又至死拴在一起的仇敌。

"先生，如果我要跟一个人共同生活，如果我不把他的心的犄角旮旯都了解个透彻，我是不会结婚的。我一定要不慌不忙、贴近而且一连数月地研究他。

"所以我向您提出这样一个建议：您到我在鲁维尔的庄园来，在我家过夏天；我们在那儿，消消停停地，看我们是否适合在一起生活……

---

① 意同"戴绿帽子"。

"我看见您在笑！您在动坏脑筋。啊！先生，我要是把握不了自己，我就不会对您提出这个建议了。我对你们男人所理解的爱情非常蔑视，非常反感；堕落对我来说是不可能的。您接受吗？"

我亲吻她的手。

"我们什么时候动身，夫人？"

"五月十号。就这么说定了？"

"就这么说定了。"

一个月以后，我在她家里安顿了下来。这真是一个古怪的女人。她从早到晚都在研究我。她酷爱骑马，因此我们每天都要花几个钟头的时间在树林里骑马散步，一边无所不谈；因为她既要竭力观察我的一举一动，也要设法洞见我的最隐秘的思想。

我呢，我爱她到了疯狂的程度，已经根本不在意我们的性格是否合得来。不过我很快就发现，连我睡觉也受到监视。有人就睡在紧挨着我的卧室的一个小房间里，这人只是很晚才蹑手蹑脚地溜进去。这种无时无刻的侦查终于让我失去了耐心。我希望尽快了断，于是一天晚上，我壮起了胆子。她接待我的方式是如此无理，我不愿再作任何新的尝试；不过我同时又萌生出一个强烈的愿望：无论如何也要让她为我受到的侦查付出代价；而且我想出了一个办法。

您认识她的贴身女仆塞札琳，一个漂亮的格兰维尔[①]姑

---

① 格兰维尔：法国西北部诺曼底地区芒什省的一个滨海小城。

娘,这地方的女人个个标致,不过她女主人的头发是棕色的,她的却是金黄的。

于是,一天下午,我把这个伶俐的丫头拉到我的房间里,塞到她手里一百法郎,然后对她说:

"亲爱的孩子,我决不要求你做任何恶意的事情,我只是想对你女主人做她对我做的事情。"

小使女狡黠地微微一笑。我接着说:

"有人没日没夜地监视我,我很清楚。有人看我吃、喝、穿衣服、刮胡子、穿袜子,我很清楚。"

小丫头结结巴巴地说:"没错,先生……"然后就住口了。我继续说:

"你睡在旁边的房间里,听我是不是打鼾了,是不是说梦话了。你别否认!……"

她放声笑了,说:

"没错,先生……"然后又不说了。

我激动起来:"那么,姑娘,你知道,有人对我的一切都了如指掌,而我对这个将要成为我妻子的人却一无所知,这是不公平的。我全心全意地爱她。她有着我梦想的容貌、心肠、头脑,从这方面说,我是最幸福的男人了;然而有些事情我还是非常想知道……"

塞札琳决定把我那张钞票放进她的口袋。我明白交易做成了。

"你听着,姑娘,我们男人,非常看重某些……某些……身体上的……细节,这些细节并不妨碍一个女人讨人喜欢,但是可以改变她在我们眼中的价值。我不要求你说你女主人的坏话,甚至也不要求你泄露她隐秘的缺陷,如果她有的话。你只需坦率地回答我问你的四五个问题就行了。你就像了解你自己一样了解德·雅戴尔夫人,既然你每天都给她穿衣服、脱衣服。那么,好吧,你告诉我,她真像看上去那么丰满吗?"

小女仆没有回答。

我又说:

"好啦,姑娘,你不会不知道,有些女人是垫棉花的,你知道,垫在,垫在……总之就是在喂婴儿吃奶的地方垫些棉花,在坐的地方也垫。告诉我,她垫棉花吗?"

塞札琳垂下眼睛,羞羞答答地说:

"先生,您问下去,我一块儿回答。"

"好吧,姑娘,也有些女人膝盖往里拐,每走一步它们就要互相摩擦一下。又有一些女人膝盖往外撇,两条腿就像桥拱一样,简直可以从中间看风景。这两种样子都很漂亮。告诉我,你女主人的腿是什么样子?"

小女仆仍然不回答。

我继续说:

"有的女人胸部很美,可是下面形成一道很大的皱褶。有的女人粗胳膊细腰。有的女人前面很丰满,可是后面一点也不丰满;另外一些女人后面很丰满,可是前面一点也不。所有这些都很好看,很好看;不过我很想知道你女主人的身材怎么样?坦率地告诉我,我会再给你很多钱……"

塞札琳使劲看着我,开心地笑着回答我:"先生,夫人除了头发是深颜色的以外,长得跟我一模一样。"说罢就一溜烟跑开了。

我被耍了。

这一次,我觉得自己很狼狈;我决心至少也要报复一下这个放肆的女仆。一个小时以后,我悄悄走进她偷听我睡觉的小房间,把门闩拆了下来。

将近半夜的时候,她来到她的观察站。我立刻尾随她走了进去。她发现我进去,想要叫喊;但是我用手捂住她的嘴,没费多大力气就令人信服地证明:如果她没有撒谎的话,德·雅戴尔夫人的身材一定很好。

我甚至对这种验证发生了莫大的兴趣,把它做得过头了一点,好像也并没有惹塞札琳不喜欢。

说良心话,她确实是下诺曼底①人种的一个令人陶醉的样板:既丰满,又苗条,兼而有之。也许她缺少亨利四世鄙视的某些精心刻意的修饰。我很快就教会了她;因为我喜欢香水,我当晚就送给她一瓶含龙涎香料的薰衣草香水作为礼物。

我们很快就热乎起来,甚至超出我的预料,几乎成了好朋友。她变成一个绝妙的情妇,天生地饶有情趣,要多么放荡有多么放荡。要是在巴黎,准是一个出色的妓女。

有她提供的甜头,我大可不慌不忙地等待德·雅戴尔夫人的考验结束。我的性格变得无可挑剔,又乖巧,又听话,又讨喜。

---

① 下诺曼底:法国西北部诺曼底地区芒什省属于下诺曼底行政区。

至于我的未婚妻,她大概也觉得我很对她的口味;从某些迹象来看,我意识到自己即将获得接纳。我肯定是世界上最走运的男人,能够在一个我喜欢的年轻俊俏的姑娘怀抱里,神闲气定地等待着一个我心爱的女人的合法的吻。

说到这里,夫人,您最好还是把脸转过去一点;我讲到敏感的地方了。

一天晚上,我们骑马散步回来,德·雅戴尔夫人一个劲地埋怨:尽管她三令五申,马夫们对她骑的那匹马还是照料得很不好。她甚至连说了几遍:"让他们小心点,让他们小心点,我总有办法当场抓住他们的。"

我在我的床上踏踏实实地睡了一夜,早早就醒来,精神焕发,充满活力。我穿好了衣裳。

我习惯了每天早上去古堡的一个墙角塔楼上抽根烟,一个螺旋形楼梯直通那里,在二层楼的高度有一个大窗户,光线射进来照亮楼梯。

我脚上穿一双鞋底絮了棉花的摩洛哥皮拖鞋,毫无声响地往楼上走,刚爬了几级楼梯,发现塞札琳正俯在窗口,看着外面。

我并没有看见塞札琳的全身,而只看到塞札琳的半身,她的下半身;我是那么喜爱她这一半。换了德·雅戴尔夫人,我也许更喜欢上一半。此刻呈现在我眼前的这一半,只穿着一条白色的小衬裙,是那么丰腴,因此格外迷人。

我轻轻地走过去,年轻的姑娘一点也没有听见。我跪下来,小心翼翼地抓住她薄衬裙的两边,猛地往上一撩。我立刻就认出我的情妇的那隐秘的一面,饱满,红润,肥硕,鲜嫩。我照准那儿,对不起,女士,狠狠地给了一个温情的吻,一个天不怕地不怕的情夫的吻。

我突然愣住了。闻到的是一股马鞭草香水的馨香!我还没有来得及思考,就狠狠地挨了一下,更准确地说,是有人用力推开了我的脸,差一点弄破我的鼻子。我听见一声大叫,吓得头发都竖了起来。那人已经转过身来——原来是德·雅戴尔夫人!

她就像一个失去理智的女人那样两手乱挥;她喘息了几秒钟,做了一个要用鞭子抽我的姿势,然后就逃走了。

十分钟以后,惊愕万状的塞札琳给我送来一封信,信中写道:"德·雅戴尔夫人希望德·勃利夫先生立刻离开,别让她再看见他。"

我走了。

唉,我至今还懊悔不迭。我尝试过各种办法,做出过各种解释,求她原谅我犯下的这个错误。我的一切努力都失败了。

要知道,从那一刻起,我的……我的心里就总有一股马鞭草香水的气味,让我产生一种难以抑制的欲望:再去闻一闻这种花香。

驴*

*献给路易·勒普瓦特万*①

没有一丝风吹过沉睡在河面上的浓雾。那浓雾就像在水面堆起的一大片云状的棉花。连两边的河岸都隐隐约约,消失在像小山一样起伏的怪诞的雾霭下。不过白昼即将绽放,山丘正变得分明。山丘脚下,在初生的曙光照耀下,渐渐显现出一座座用石膏粉刷的房屋的白色大斑点。几只公鸡已经在鸡舍里啼鸣。

那边,浓雾笼罩的河的对岸,拉弗莱特②的正对面,不时

---

* 本篇首次发表于一八八三年七月十五日的《高卢人报》;一八八四年收入维克多·阿瓦尔出版社出版的莫泊桑小说集《密斯哈利特》;一九〇一年收入保尔·奥朗道尔夫出版社出版的插图版莫泊桑全集《密斯哈利特》卷。

① 路易·勒普瓦特万(1847—1909):法国画家。他是莫泊桑的表兄,他的父亲阿尔弗莱德·勒普瓦特万,是莫泊桑的舅父也是莫泊桑的姑父。
② 拉弗莱特:巴黎西北方的一个城镇,在塞纳河右岸,距巴黎约二十公里。

地有一个轻微的声响搅乱无风的天空的静谧。有时是一阵波浪的哗哗声,像一条小船在小心翼翼地划行;有时是干脆的一声,像桨磕在船帮上;有时又像有个软的东西掉在水里。此外,便什么动静也没有了。

不过偶尔也有几句低低的说话声,不知来自何方,也许来自很远处,也许近在咫尺,在这浓雾中游荡。这些来自陆地或者河面的说话声,怯生生地溜过,就像在灯芯草丛中栖息的野鸟,晨光乍露时就起飞,为了逃遁,不停地逃遁;只能在转瞬间瞥见它们振翅穿过雾霭,发出一声轻轻的惊叫,把沿河两岸它们的兄弟唤醒。

突然,在对着村庄靠近河岸的水面上,出现一个黑影,起初只依稀可见,后来越来越大,越来越清晰,一条乘有两个男子的平底船从搭在河面的雾帘里钻出来,靠着岸边的草地停下。

划桨的那个人站起来,从船底拎起一个装满了鱼的水桶,然后,把还湿淋淋的罩形渔网甩在肩上。他的没有划桨的伙伴说:

"带上你的枪,咱们去岸上打只兔子,好吗,马约什①?"

另一个人回答:

"正合我的意思。你等等我,我就来找你。"

说完他便离开船,去把打到的鱼藏起来。

留在船上的那个人不慌不忙地装满了烟斗,点着了。

---

① 马约什:法语 mailloche 的音译;意译为"大木槌"。

他叫拉布依兹,外号希科①,和他的朋友、通常人们叫他马约什的马约雄搭档,干些鬼鬼祟祟、不清不楚的在河里或沟里捡破烂的营生。

他们是内河航行的低级船员。他们只有在捡破烂填不饱肚子的月份才参加正规的航行,其余时间都捡破烂。他们日夜在河上荡来荡去,窥察着任何可以猎取的东西,不管是死的还是活的。他们是违禁捕鱼人,夜晚偷猎者,阴沟里的盗贼。他们有时潜伏在圣日耳曼树林②里打麂子;有时搜寻在水下缓缓移动的溺亡者,减轻他们口袋的负荷。他们捡漂浮着的破烂衣服,瓶口朝天、像醉汉一样摇摇晃晃的顺流而下的空酒瓶,漂移着的木块。拉布依兹和马约雄就这样过着舒坦的日子。

有时候,将近中午,他们会上岸去遛遛。他们在一家岸边的客栈吃午饭,然后又肩并肩地继续溜达。有时候一两天不见他们的踪影;接着,一天早上,又看到他们划着那条可以当垃圾卖的小船荡来荡去。

在儒安维尔③,在诺让④,几个唉声叹气的划船爱好者在寻找他们昨夜丢失的小船,系船的绳子被解开,船不见了,想必让人偷走了;而与此同时,二三十法里之外,瓦兹河上,一个

---

① 希科:法语 chicot 的音译;意译为"树桩"。
② 圣日耳曼树林:位于巴黎西北方约二十公里,塞纳河左岸,原为王家狩猎场。
③ 儒安维尔:巴黎东郊的一个城镇,马恩河穿过城中。
④ 诺让:巴黎东郊的一个城镇,马恩河穿过城中。

有产者正在扬扬得意地欣赏着他前一天当旧货买来的小船，两个男人只要五十法郎就卖给了他。就这样，只是路过，仅凭他的外表，那两个人就主动提出要廉价卖给他。

马约雄带着用破衣服裹着的步枪回来了。他介于四五十岁之间，又高又瘦，眼睛贼亮，就像做贼心虚、总是提心吊胆的人或经常被逐猎的野兽一样。他的衬衫敞着，露出长满浓密灰色胸毛的胸脯。除了一抹短髭和下嘴唇下面的一小撮硬毛，他似乎从来就没有长过别的胡须。连他两边的鬓角都是秃的。

他摘掉肮脏得像油饼似的鸭舌帽，头皮就像蒙着一层薄雾似的绒毛，一层极细的头发，仿佛一只拔了毛、就要燎尽细毛的鸡身子。

相反，希科脸色通红，脸上有粉刺，肥胖，个子矮，浑身多毛，活像一块藏在工兵帽子里的生牛排。他总是闭着左眼，好像在瞄准什么东西或者什么人；每当有人拿他这怪癖开玩笑，对他叫喊："睁开眼，拉布依兹。"他就语调平缓地说："别怕，我的妹子，到时候我会睁开的。"他有个习惯，管所有的人都叫"我的妹子"，甚至他的这个捡破烂的搭档。

轮到他拿起桨来划船了；平底船又钻进河面上那片静止不动的浓雾，不过在粉红的霞光照亮的天空，那片雾已经变成了乳白色。

拉布依兹问：

"你拿的什么铅丸，马约雄？"

"非常小的，九号的，打兔子就得用这一种。"

他们向河对岸靠近，划得那么慢、那么轻，没有一点响声引起别人的注意。这条河岸属于圣日耳曼树林,是禁止枪猎兔子的界线。河岸上布满了兔子洞,这些洞都隐藏在树根底下。黎明时,这些小动物在洞里活蹦乱跳,窜来窜去,跑进跑出。

马约雄跪在船头,枪藏在船的底板上,窥察着。突然,他拿起枪,瞄准,枪声在宁静的田野上久久回荡。

拉布依兹,紧划两桨,已经靠了岸;他的伙伴跳到岸上,捡起还在激烈抽动的灰色的小兔子。

然后,小船又钻进雾中,划到对岸,躲开守卫的目光。

现在两个人就像在水上悠闲漫步一样。枪已经隐藏到专门用来藏物的船板下,而兔子藏在希科鼓起来的衬衫里。

过了一刻钟,拉布依兹问:

"喂,我的妹子,再打一只。"

马约雄回答:

"正合我的意思,走。"

小船又出发了,迅速地顺流而下。覆盖着河面的雾开始消散,就像只隔着一层薄纱,已经看得到两岸的树木;大雾撕裂成一片片小块的云朵,顺着河水漂流而下。

划到埃尔布莱①前面的那个小岛的顶端时,两人放慢了速度,又开始窥视。不久就打死了第二只兔子。

他们继续顺流而下,来到去孔弗朗②的中途,就停下来,把船系在一棵树干上;他们躺在船底板上,睡起觉来。

---

① 埃尔布莱:巴黎西北方的一个城镇,在塞纳河右岸,距巴黎二十余公里。
② 孔弗朗:巴黎西北方的一个城镇,在塞纳河右岸,距巴黎约二十七公里。

拉布依兹不时地抬起身子,用他那只睁开的眼睛,往四下里扫一圈。最后的晨雾也都蒸发了;夏季的大太阳正在升起,在蔚蓝的天空里光芒四射。

那边,在河的另一边,那个种着葡萄的小山坡呈半圆状。只有一座房子兀立在小山顶的一片绿树中。万籁俱静。

但是在纤道上,有什么东西在缓慢地蠕动,几乎看不出它在前进。那是一个女人牵着一头驴。那畜生行动迟缓,又呆又犟,禁不住那妇女使劲牵拉,不能再赖着不走,才隔一会儿迈出一条腿;它就是这样伸长了脖子,耷拉着耳朵,往前磨蹭,慢得让人很难看出它何时能走出视线。

那女人深深地弯着腰,牵拉着,时而回过头,用一根树枝抽一下那头驴。

拉布依兹远远看见她,说:

"喂,马约什!"

马约什回答:

"什么事?"

"你想开个玩笑吗?"

"当然啦。"

"好吧,打起精神,我的妹子,咱们乐一下。"

于是希科拿起了双桨。

他划过河,正好来到那个妇女和驴的组合面前,便喊道:

"喂,我的妹子!"

那牵驴的女人停下来,往这边看。拉布依兹接着喊道:

"你是去火车头集市吗?"

那女人没搭理他。希科接着说：

"喂，你的驴赛跑得过奖吗？用这个速度，你拉它去哪儿？"

那女人终于回答：

"我去尚比乌①的马卡尔家，卖给他宰了。它没用处了。"

拉布依兹回答：

"这话我相信。可马卡尔，他能给你几个钱呢？"

那女人用手背擦了擦额头，有些迟疑地说：

"我怎么知道？也许三个法郎，也许四个法郎？"

希科喊道：

"我给你一百个苏，你也不必跑这一趟了。这不少了。"

那女人，稍稍思索了一会儿，说：

"就这么说定了。"

于是两个捡破烂的上了岸。

拉布依兹一把抓住驴的缰绳。马约雄有些不解，问道：

"你想拿这头驴做什么？"

这一次希科睁开了另一只眼，这表明他很开心。他通红的脸高兴得都变了形；他咯咯地笑着说：

"别怕，我的妹子，我自有主意。"

他给了那女人一百苏。她就坐在沟边，看看会发生什么事。

这时，拉布依兹兴致勃勃地拿来他的步枪，递给希科，说：

---

① 尚比乌：巴黎西北方市镇阿尔让特依的一个区。

"老伙计,每人一枪;我们来打一只大猎物。我的妹子,别靠这么近,妈的,你这样会第一枪就送它的命。玩的时间要拖长一点。"

他让伙伴站到离牺牲品四十步远的地方。驴感到自由了,正在试图吃岸边长得老高的草,但是它已经筋疲力尽,四条腿直打软,仿佛就要倒下似的。

马约雄慢慢地瞄准了它,说:

"注意了,希科,这一枪往耳朵里撒点盐。"

他就开了枪。

细小的铅丸把驴的长耳朵打出好多洞眼,驴使劲地抖动着耳朵,有时抖这一只,有时抖那一只,有时两只一起抖,为了摆脱这针扎似的感觉。

两个男人弯着腰,跺着脚,捧腹大笑。但是那女人愤怒地冲了过来;她不愿意别人虐待她的驴,又是发火,又是哀怨,宁愿把那一百苏还给他们。

拉布依兹威胁要揍她,还做出卷袖子的架势。他已经付了款,不是吗?那就得了。他甚至要往她裙子上打一枪,让她知道不会有任何感觉。

她走了,一边走一边威胁要去找宪兵。他们听她大声辱骂了很久,而且走得越远骂得越凶。

马约雄把枪递给他的伙伴。

"该你了,希科。"

拉布依兹瞄准,开枪。驴的大腿上挨了一枪,不过铅丸那么小,距离那么远,它大概以为被牛虻刺了一下,因为它就像驱赶苍蝇似的,用尾巴使劲地拍打着自己的腿和背。

拉布依兹坐下,尽情地大笑。这时,马约雄在给枪装弹药;他那么开心,就好像在往大枪管里打喷嚏。

他向前走近几步,瞄准他伙伴打的同一个地方,又开了一枪。这一次,那头畜生惊跳了一下,转过头去,想尥蹶子。终于流出一点血。它被伤到了深处,感到一阵剧痛,在河岸上逃跑起来,不过是慢步小跑,一瘸一拐、一颠一颠的。

两个男人冲出去追赶它。马约雄步子跨得大;拉布依兹,就像一般小个子那样,步子捯得急,跑得上气不接下气。

不过那头驴,跑得没力气了,自己站住了,用惶恐的目光看着它的凶手们跑过来。接着,它突然伸长脖子,嚎叫起来。

仍然气喘吁吁的拉布依兹已经接过枪。这一次他走得很近,他可没有再开始奔跑的欲望。

驴结束了它的哀鸣,那是最后的呼救,也是最后的无奈呐喊,这时拉布依兹有了一个主意。他喊道:"喂!马约什,我的妹子,快过来,我要给它吃点药。"于是,马约什用力掰开紧闭着的驴嘴,希科把枪管伸进它的嗓子眼里,就像要让它喝药似的,然后说:

"喂,我的妹子,注意,我要灌泻药啦。"

他扣动了扳机。驴倒退了三步,坐倒在地上;它试图站起来,可是终于侧着身子瘫倒了,闭上了眼睛。它整个脱了毛的衰老的身体抽搐着;它的四条腿就像想奔跑似的乱动着。

一股鲜血从它的嘴里涌出。不一会儿,它就不再动弹。它死了。

这两个人并没有笑。结束得太快,他们亏了。

马约雄问:

"哎呀,现在拿它怎么办?"

拉布依兹回答:

"别怕,我的妹子,把它搬到船上去,咱们等天黑了接着乐。"

他们便去找他们的小船。驴的尸体放在船底板上,上面盖上青草;两个无赖汉躺在草上,又睡了。

将近中午的时候,拉布依兹从蛀满虫眼、沾满泥巴的小船的暗箱里取出一升葡萄酒、一个面包、一些黄油和几个生葱头,他们就吃起来。

吃完饭,他们躺在死驴身上,继续睡。夜晚来临的时候,拉布依兹醒了,摇晃着还在像管风琴一样鼾声如雷的伙伴,下令道:

"喂,我的妹子,上路。"

马约雄划起船来。他们沿塞纳河不慌不忙地逆流而上,因为他们有的是时间。河两面的岸边长满了睡莲,一丛丛山楂树把它们白色的花束奉在流水上,散发出阵阵芳香;淤泥色的笨重的小船在平铺着的硕大睡莲叶子上滑行,圆圆的、像铃铛一样裂开的雪白的睡莲花被它压弯了,然后又挺起来。

他们来到把圣日耳曼树林和梅松-拉斐特分开的艾普隆墙,拉布依兹叫伙伴停下,向他说明了自己的计划。马约雄听了低声地笑了好一会儿。

他们把盖在驴尸体上的草扔到河里,抓住那畜生的腿把它搬到岸上,藏在一个茂密的矮树丛里。

然后他们又上了船,划到了梅松-拉斐特。

他们走进开饭馆同时卖葡萄酒的于勒老爹的店铺时,天已经全黑了。一见他们,于勒老爹就走上前和他们握手,然后在他们的桌边坐下,东拉西扯地聊起来。

将近十一点,最后一位客人也走了,于勒老爹眨着眼睛对拉布依兹说:

"喂,有什么货吗?"

拉布依兹晃了晃脑袋,说:

"有,也没有,都有可能。"

饭馆老板追问:

"灰兔吗,也许只是些灰兔?"

这时,希科把手探进羊毛衬衫里,抻出两只兔子耳朵,说:

"三法郎一对。"

于是开始了长时间的讨价还价。两法郎六十五生丁成交。两只兔子交了出去。

见两个偷鸡摸狗的家伙站起来要走,一直在观察他们的于勒老爹说:

"你们一定还有别的东西,只是你们不肯说。"

拉布依兹回答:

"可能吧,不过不是给你的,你太抠门了。"

老板来了劲,逼问道:

"哦,是大家伙,喂,快说是什么,咱们好商量。"

拉布依兹好像很为难,装作用目光在询问马约雄的想法,然后慢吞吞地回答:

"是这么回事。我正埋伏在艾普隆,忽然有什么东西在我们眼前经过,窜到墙的尽头左边的第一个灌木丛里。

"马约什朝那儿打了一枪,它倒了。可是看见有守卫,我们就溜了。我没法对你说那是什么,因为我确实不知道。说是大家伙,倒是够大的。究竟是什么?我要是对你说,那就是欺骗你;你知道,我的妹子,咱们之间,要真诚相待。"

饭馆老板心情激动,问:

"不会是一只麂子吧?"

拉布依兹接着说:

"很可能是,不过也许是别的家伙呢?一只麂子?……是的……也许是更大的家伙?比方说一只母鹿。啊!我不是对你说这就是一头母鹿,因为我确实不知道,不过有这个可能!"

饭馆老板追着说:

"也许是一头公鹿?"

拉布依兹摊开手:

"这,不可能!要说是公鹿,那不是公鹿,我不骗你。那不是公鹿。公鹿有角,我是会看到的。不会是一头公鹿,那不是一头公鹿。"

"你们为什么不把它搞来呢?"

"为什么,我的妹子,因为今后我都要现场卖。我有买主。你要明白,咱们去那儿转一圈,找到了,拿走完事。对我们没有风险。就是这么回事。"

饭馆老板半信半疑,说:

"现在,也许它不在那儿了呢。"

拉布依兹又举起手:

"说到在不在,它一定在那儿,我敢跟你保证,我敢对你发誓。左边第一个灌木丛里。到底是什么,我不知道。我知道不是一头公鹿,这,我可以肯定,不是。别的,就由你去那儿看了。二十法郎现付,你看行吗?"

那人还有些犹豫:

"你不能把它给我送来吗?"

马约雄发言了:

"那就不是打赌了。如果是个麋子,五十法郎;如果是头母鹿,七十法郎;这就是我们的价。"

饭馆老板下定了决心:

"就二十法郎吧。就这么说定了。击掌为证。"

他从柜台里取出四大枚一百苏的硬币,两个朋友装进了口袋。

拉布依兹站起来,把自己那杯酒喝完,便走出去;在进入黑暗中以前,他回过头特加说明:

"那不是一头公鹿,可以肯定。不过,究竟是什么?……反正说了它在那儿,它就一定在那儿。要是你什么也找不到,我就把钱还给你。"

然后他就走进黑夜中。

跟在他身后的马约雄往他的后背狠狠捶了几拳,表明他多么开心。

泰奥迪尔·萨博的忏悔*

萨博刚迈进马丹维尔那家小酒馆,大家就笑了起来。这么说,萨博这家伙很逗乐了?不过,他可是个不喜欢神父的人!啊!不喜欢!不喜欢!这捣蛋鬼,他恨不得把他们吃掉呢。

木匠师傅泰奥迪尔·萨博是激进派在马丹维尔的代表。他长得又高又瘦,生着一双狡猾的灰眼睛,头发贴着两鬓,嘴唇薄薄的。每当他拿腔捏调地说"咱们的圣父醉鬼①",大家都笑得前仰后合。星期日人家望弥撒,他偏偏干活。每年圣周的星期一他都要杀猪,这样他直到复活节都能吃上猪血灌肠。本堂神父路过的时候,他总要嘲弄地说:"瞧呀,这一位

---

* 本篇首次发表于一八八三年十月九日的《吉尔·布拉斯报》,作者署名"莫弗里涅斯";一八八六年收入马普隆-弗拉玛里庸出版社出版的莫泊桑小说集《图瓦》;一九〇三年收入保尔·奥朗道尔夫出版社出版的插图版莫泊桑全集《图瓦》卷。

① 醉鬼:法语为 le paf;此处通过谐音戏指教皇(le pape)。

刚在柜台上吞下他的天主。"

神父是个胖子,个子也很高,却对萨博畏惧三分,因为萨博善于恶作剧,这为他博得不少的支持者。而玛利蒂姆神父是个政治家,喜爱玩弄手腕。他们之间的斗争,秘密的、激烈的、无休止的斗争,已经持续了十年之久。萨博是村议会议员。据信还有望成为村长。如果这事儿成真,那肯定会是教会在本地的决定性失败。

选举即将举行。马丹维尔的教会阵营已经不寒而栗。于是,一天早上,本堂神父动身前往鲁昂;他告诉他的女仆,是去见大主教。

两天后他回来了。他得意扬扬,好像打了胜仗似的。第二天就尽人皆知,教堂的圣坛将要翻修。大主教大人为此慷慨解囊,捐出了六百法郎。

枞木做的旧的神职祷告席,将要全部换成橡树心材做的新的祷告席。这要做大量的木工活儿;当天晚上,家家户户都在谈论这件事。

泰奥迪尔·萨博却笑不起来。

第二天他走出家门,村里的邻居们,不论是朋友还是敌人,都连讥带讽地问他:

"教堂的圣坛是不是让你来修呀?"

他不知如何回答才好,但是他很恼火,恼火透了。

那些坏包儿们还补充说：

"这可是一桩有油水的活儿，至少有二三百好赚呀。"

两天以后，人们得知修缮工作将要交给佩尔什维尔的木匠塞勒斯坦·尚勃勒朗。后来有人否认了这个消息，接着又有人宣布教堂里的所有长凳都要重做。这需要两千法郎，已经向部里提出申请。此事引起更大的轰动。

泰奥迪尔·萨博再也睡不着了。在人们的记忆中，本地还从来没有哪个木匠接过这么大的活。后来又有一个说法不胫而走。人们都在悄悄说，本堂神父很苦恼，他不愿把这件工作让一个外村工匠来干，可是由于信仰问题，又不能交给萨博。

这传言萨博也听到了。他天一黑就前往本堂神父的住处。女仆回答他神父在教堂。他又转往教堂。

两个许了愿终身侍奉圣母的嬷嬷，发了酸的老姑娘，正在神父的指点下为圣母马利亚月装饰祭台。神父腆着大肚子，站在圣坛中央，指挥着两个女人；她们俩蹬在椅子上，把一个个花束摆放在圣体龛的周围。

萨博在教堂里感到很不自在，就好像来到最大的敌人家里；但是赚钱的热望煎熬着他的心。他手里捏着鸭舌帽，走过去，甚至没注意到两个嬷嬷的存在。她们十分惊讶，目瞪口呆，木雕泥塑似的站在椅子上。

他哼哼唧唧地说："您好，神父先生。"

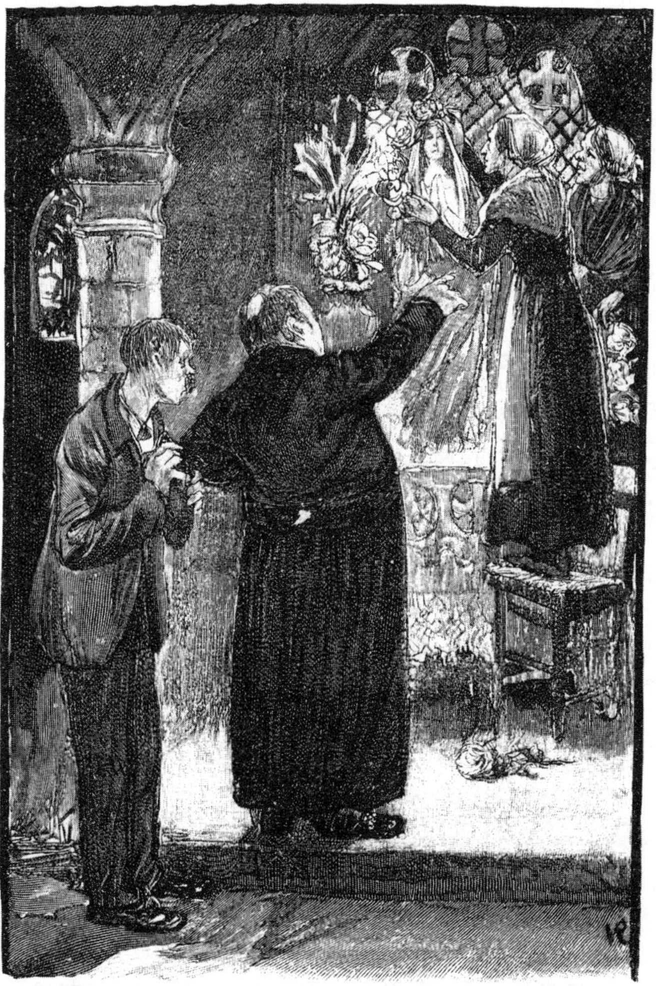

神父只顾着忙祭台的事,连看也没看他一眼,就说:"您好,木匠先生。"

萨博心乱如麻,再也找不出什么话来说。不过沉默了一会儿,他还是说:

"您在做准备?"

玛利蒂姆神父回答:

"是呀,圣母马利亚月快到了。"

萨博支吾道:"是啊,是啊。"接着又没话可说了。

他真想什么也不说,拔腿就走,可是朝圣坛扫了一眼,他欲走还留。他看见那十六个等待更换的神职祷告席,六个在右边,八个在左边,两个在通往圣器室的门边。十六个橡木做的祷告席,成本最多三百法郎;只要手脚不笨,包下来精工细做,肯定可以赚二百法郎。

于是他吞吞吐吐地说:

"我是为了那个活儿来的。"

神父故作吃惊的样子,问:

"什么活儿?"

萨博简直无地自容,咕哝道:

"要干的活儿呗。"

这时神父才转过身来,盯着他:

"莫非您想谈谈修缮本教堂的圣坛的活儿?"

一听玛利蒂姆神父那说话的口气,泰奥迪尔·萨博的脊梁上就打了一阵寒战;他再一次恨不得逃之夭夭。然而他还是忍气吞声地回答:

"正是为这个,先生。"

神父把两手交叉在他那宽广的肚皮上,好像惊呆了似的:

"居然是您……您……您,萨博……来向我要求这个活儿……您……本堂区里唯一不信神的人……不过这会闹出丑闻来的,一桩众所周知的丑闻。主教大人会斥责我,说不定还会撤换我呢。"

他沉吟了几秒钟,用平静了一些的语气说:

"我十分理解,您看到这么重要的工作交给邻近堂区的木匠,心里很难过。可是我没有别的办法呀,除非……不……这不可能……您决不会同意;可是不这样做,那就绝对不行。"

萨博正在看着一直伸展到大门口的那一排排长凳。见鬼去吧!如果这些全要更换新的呢?

于是他问:

"您需要怎么样?尽管说吧。"

本堂神父用坚定的语气回答:

"我需要您做个响亮的保证,保证您的诚意。"

萨博低声说:

"我还不能说,我还不能说,或许我们还能商量个别的办法。"

神父宣布:

"必须在下个星期日望大弥撒时公开领圣体。"

木匠的脸唰的一下变得煞白。他没有回答,而是问:

"那些长凳,也全要重做吗?"

神父很有把握地回答：

"是的，不过要晚一些。"

萨博接着说：

"我还不能说，我还不能说。我并不是不愿改悔，我赞成宗教，这是肯定的；让我感到不舒服的是那些仪式。不过，既然是这样，我也不会顽固到底。"

嬷嬷们已经从椅子上下来，躲到祭台后面去了；她们听着这番对话，激动得脸色苍白。

本堂神父见自己已经胜券在握，便突然变得和蔼可亲：

"好极了，好极了，这话说得聪明，不傻，明白吗？等着瞧吧，等着瞧吧。"

萨博窘迫地笑着问：

"难道没有办法把领圣体稍稍延后一点吗？"

但是神父又露出严肃的表情：

"既然要把这活计交给您干，我就希望看到您确实已经皈依天主教。"

然后他把语气变得温和些，继续说：

"您明天就来忏悔；因为我至少得审查您两次。"

萨博说：

"两次？……"

"对。"

本堂神父微笑着说：

"您很清楚，您需要来个大扫除，一次全面的清洗。就这么说啦，我明天等您。"

木匠很着急,问:

"您要在哪儿干这件事?"

"当然……在忏悔室。"

"在……那匣子里,那边,旮旯里?"

"当然啦。"

"不过……不过……那匣子,对我可不大合适。"

"为什么?"

"因为……因为我不习惯这玩意,再说我的耳朵有点背。"

本堂神父表现得非常随和:

"好吧!您就来我的住处,在我的客厅里,就咱们俩,单独地进行。您看这样行吗?"

"行,这对我合适;不过那匣子,不行。"

"那么,明天,干完活以后,六点钟见。"

"就这么说,就这么办,一言为定;明天见,神父先生。谁反悔谁是浑蛋!"

他伸出粗糙的大手,神父的手响亮地落在上面。

击掌声在教堂的拱顶下传开去,直到消失在管风琴的琴管后面。

第二天,泰奥迪尔·萨博一整天都心绪不宁。他就像要去拔牙那样心惊肉跳。他脑海里时刻闪动着这个悬念:"我今天晚上要去忏悔。"他那个慌乱的灵魂,一个不坚定的无神论者的灵魂,就要去面对神的奥秘,感到模糊而又强烈的恐惧,几乎发狂了。

他一干完活就向本堂神父的住处走去。神父正在花园里等他,一边在幽长的小径上念着日课经。他满面春风,朗声大笑着向他迎过来:

"嘿!咱们又见面了。请进,请进,萨博先生,不会把您吃掉的。"

萨博先生第一个进屋。他结结巴巴地说:

"要是不妨碍您的话,我想把咱们那件小事马上办了。"

本堂神父回答:

"我听您的吩咐。我的祭披就在这儿。过一分钟,我就能听您忏悔了。"

木匠已经激动得顾不上想别的;他看着神父披好熨出一道道褶皱的白祭披。神父向他做了个手势:

"跪在这个垫子上。"

萨博不好意思跪下,仍然站着。他结结巴巴地问:

"这有用吗?"

但是神父已经变得十分威严:

"只有跪着才能走近赦罪院。"

萨博跪下来。

神父说:

"请您念 Confiteor①。"

萨博问:

---

① Confiteor:拉丁文,"忏悔经"。

"什么?"

"Confiteor。如果您记不得了,就一句句地跟着我念。"

于是神父有板有眼、慢条斯理地念起神圣的经文来,木匠跟着念;念了一段,神父说:

"现在,您忏悔吧。"

可是萨博说不下去,他不知道从哪儿开始。

玛利蒂姆神父只得来帮他:

"我的孩子,看来您不大懂,那么我来向您提问吧。咱们顺着天主的训诫,一条一条地来。您仔细听我念,别慌。您说得要诚实,别怕说得太多。

"汝应敬一神,

爱之以诚意。

"您是否像爱天主一样爱过别的人或别的东西?您是否以全部的心、全部的灵魂、全部爱的力量爱过天主?"

萨博费劲地思索着,都急出汗来了。他回答:

"不。啊,不,神父先生。我爱慈善的天主,尽可能地爱。这个嘛——是的——我很爱他。要说我不爱自己的孩子,不,我做不到。要说必须在孩子和天主之间选择,这个我没法说。要说为了爱天主必须损失一百法郎,这个我没法说。我当然很爱他,这是肯定的,无论怎样我都爱他。"

神父严肃地说:

"应该爱天主胜过一切。"

萨博真心诚意地说：

"我会尽量去做，神父先生。"

玛利蒂姆神父接着说：

"天主不可骂，

他物亦如是。

"您可曾说过渎神的话？"

"没有。哦！这个可没有！我从来不说渎神的话，从来不。有时候，在气头上，我当然说过'活见鬼'！说这个，总不能算我渎神吧。①"

神父大吼道：

"这就是渎神！"

接着声色俱厉地说：

"再也别这么干了。我继续念：

"主日勿做工，

专心事天主。

"您星期日都做什么？"

这一来，萨博挠起耳朵来了：

"我嘛，我用我最好的方式侍奉慈善的天主，神父先生。

---

① "活见鬼"：此处原文为"sacré nom de Dieu"，含有"天主"（Dieu）一词。

我在家里……侍奉他。我星期日干活儿……"

本堂神父这一次表现得宽宏大量,打断他,说:

"我知道,您将来会守规矩的。我下面跳过几条训诫,因为我相信您没有违背过这些训诫。现在咱们来看看第六条和第九条。我接着念。

"不可夺人财,
也勿取以计。

"您可曾用什么手段骗取过别人的财产?"

泰奥迪尔·萨博这一下火了:

"啊!绝对没有。啊!绝对没有。我是一个诚实人,神父先生。这个嘛,我敢发誓,肯定没有。要说我没有偶尔给有钱的主顾多算几个钟点的工时,这我不敢说。要说我没有在账单上多加几个生丁,就几个生丁,这我不敢说。但是偷盗,没有;那种事,没有。"

本堂神父严肃地说:

"骗取一个生丁也是偷盗。以后别再干了。

"妄证不可说,
谎语最当弃。

"您说过谎吗?"

"没有,这个没有。我不是喜欢撒谎的人。这是我的优点。要说我没有讲过什么笑话,这个嘛,我不敢说。要说牵涉到我的利益时我没有让人相信过不存在的事,这个嘛,我不敢说。但是提到说谎,我可不是喜欢说谎的人。"

本堂神父只简单地说:

"以后要更检点一些。"

然后,他又念道:

"若非夫妇间,
性交宜永忌。

"您可曾欲求或者占有您妻子以外的任何女人?"

萨博发自内心地叫了起来:

"这个没有;啊!这个没有,神父先生。我可怜的妻子,欺骗她!不!不!一丝一毫也没有过,不管是思想里还是行动上都没有过。真的。"

他沉默了几秒钟,然后,好像产生了一点怀疑,他压低了声音说:

"进城的时候,要说我从来不去那地方,您很清楚,就是妓院,为了开开心,找找乐,换换花样,这个嘛,我不能说没有……不过我是付钱的,我每次都付钱。既然付了钱,就神不知鬼不觉了。"

本堂神父不再追究,赦免了他的罪。

泰奥迪尔·萨博揽下了修缮圣坛的活儿,并且每个月都领圣体。

在 床 边[*]

壁炉中火烧得正旺。日式的小桌子上,面对面摆着两个茶杯,旁边的茶壶冒着热气,紧挨茶壶是一个糖罐,糖罐侧面放着朗姆酒瓶。

德·萨吕尔伯爵把帽子、手套、毛皮大衣甩在一张椅子上;伯爵夫人脱下外套,正对着镜子整理头发。她一边用戴着闪光钻戒的纤秀的手指轻轻拍着两鬓卷曲的头发,一边对镜中的自己莞尔一笑。然后,她向丈夫转过身去。他打量了她几秒钟,不过又踌躇起来,仿佛想起一件让他很不自在的事。

他终于说:

"今天晚上,那个人向您献够了殷勤吧?"

她直视着他,目光里闪烁着得意和挑衅,回答:

---

[*] 本篇首次发表于一八八三年十月二十三日的《吉尔·布拉斯报》,作者署名"莫弗里涅斯";一八八六年收入保尔·奥朗道尔夫出版社出版的莫泊桑小说集《帕朗先生》;一九〇三年收入同一出版社出版的插图版莫泊桑全集《帕朗先生》卷。

"但愿如此!"

说完,她就在自己的位子上坐下。他也在她对面坐下,一面切开一个奶油圆形蛋糕,一边又说:

"对我来说……这岂不是很可笑?"

她问:

"这是吵架吗?您想责怪我吗?"

"不,我亲爱的朋友,我只是说:比莱尔先生跟您在一起的举止很不得体。如果……如果……如果我有权利……我已经发火了。"

"我亲爱的朋友,坦率些吧。您今天的想法跟您去年的想法不一样了,就是这么回事。去年,我知道您有一个情妇,正在热恋她的时候,您并不关心有没有人向我献殷勤。我对您说我很伤心,我说,——就像您今晚对我说的一样,而且理由比您充分得多:'我的朋友,您正在毁坏德·塞尔维夫人的名誉,您让我很难过,让我被人笑话。'您怎么回答的呢?啊!您话里有话地清楚地告诉我,我是自由的,聪明人的婚姻仅仅是利益的结合,一种社会联系,而不是道德联系。是不是真的?您让我明白,您的情妇不知比我好多少倍,可爱多少倍,女人味浓多少倍。您的确是这么说的:更有女人味!当然,您说的这一切,都用有教养的男人有分寸的言辞掩饰着,用我不得不敬佩的巧妙的恭维话包裹着。可我还是完完全全明白了。

"我们约定从此以后我们仍然在一起生活,但是完全分居。我们有一个孩子,他成为我们之间唯一的联系。

"您甚至向我暗示,您只在乎面子,如果我乐意,我可以找一个情夫,只要这种关系严守秘密。您甚至跟我喋喋不休地称赞一些女人,为了不伤体面而表现出的策略和灵巧,等等。

"我听明白了,我的朋友,我听得非常明白。那时您非常非常爱德·塞尔维夫人,我的合法的爱妨碍了您。有了我,大概让您的能耐无法施展。我们从那以后就分居了。我们一起出现在社交场上,我们也一起回来,但是我们各回各的卧室。

"可是,近一两个月以来,您的表现有点像某些嫉妒的男人。这是怎么回事?"

"我亲爱的朋友,我一点也不嫉妒,我只是怕您的名誉受到伤害。您年轻,活跃,爱冒险。"

"对不起,要说冒险,我倒真要在我们之间较个真。"

"好啦,别开玩笑了,我求求您啦。我是作为朋友,作为一个严肃的朋友跟您说话。至于您刚才说的这一切,全都太夸张了。"

"一点也不。您承认过,您向我亲口承认过您有外遇,这几乎就等于同意我照您的样子做。我没有这样做……"

"请允许……"

"请让我说下去。我没有这样做。我现在没有情人,过去也没有。我在等……我在找……但是我没有找到。我要的必须是一个好人,至少比您好……这是在夸奖您了,您好像并没有发现。"

"我亲爱的,这些玩笑实在开得太过分了。"

"我一点也不开玩笑。您曾经对我大谈十八世纪,您话里有话地对我说您就是摄政时代①的化身。我一点也没忘。到了我认为可以停止做现在的我的那一天,您想挽回也晚了,您听见了吗?您甚至想都没有想到……就像别人一样戴了绿帽子。"

"啊!您怎么能说出这种话?"

"这种话!……当德·热尔夫人宣称德·塞尔维先生就像一个在自己头上寻找绿帽子的戴绿帽子的人的时候,您笑得就像发疯了似的。"

"德·热尔夫人嘴里说的玩笑话,到您嘴里就有失体统了。"

"一点也不。只是您觉得戴绿帽子这个词用来说德·塞尔维先生很有趣,用在您身上就刺耳罢了。一切都因人的观点而异。其实我也不喜欢这个词,我说这个词只是为了看看您是不是成熟了。"

"成熟……此话怎讲?"

"当然是就戴绿帽子而言。一个人听到这个词就火冒三丈,这说明他……到火候了。再过两个月,如果我说有人……戴上绿帽子了,您很可能会第一个大笑。是的,一个人戴了绿帽子,往往是自己感觉不到的。"

"今天晚上,您太没有教养了。我从来没有见过您

---

① 摄政时代:一七一五年至一七二三年间,法国国王路易十五年幼,由奥尔良公爵担任摄政的时期。这时期的宫廷和上层社会风俗极其败坏。

这样。"

"啊！这就是说……我变了……变坏了。那也是您的过错。"

"好啦，我亲爱的，说话严肃些吧，我求您啦，我求您别再像今天晚上这样，允许比莱尔先生这样放肆地追求您。"

"我说得没错，您嫉妒了。"

"不，一点也不。只不过我不愿意被人笑话。我就是不愿意被人笑话。如果我再看到这位先生紧挨着您的肩膀……或者更确切地说凑近您的两个乳房说话……"

"他是在找一个喇叭筒。"

"我……我就拧他的耳朵。"

"莫非您真爱我了？"

"即使不如您美的女人也可能有人爱的。"

"啊，您承认了！可是我，我已经不爱您了！"

伯爵站起来。他围着小桌子转了一圈，经过妻子身后的时候，在她脖子上很快地吻了一下。她猛地站起来，凝视着他。

"我请您注意，我们之间别再开这种玩笑了。我们是分居。一切都结束了。"

"好啦，别生气了。近来我觉得您非常迷人。"

"这么说……这么说……我胜利了。您……您也感到我……成熟了。"

"我觉得您非常迷人，我亲爱的；您的胳膊、肤色、肩膀……"

"挺让比莱尔先生喜欢的……"

"您真残酷。不过真的,我没有见过像您这样迷人的女人。"

"您还空着肚子吧?"

"您说什么?"

"我说您还空着肚子吧。"

"此话怎讲?"

"人空着肚子,就会饿;人饿了,就会决定吃他别的时候不喜欢吃的东西。我就是一道菜……以前您看不上,而今天晚上……您不反对吃上两口。"

"啊!玛格丽特!谁教您这么说话的?"

"您!不是吗?自从您和德·塞尔维夫人分手以后,据我所知,您又有过四个情妇,全是些骚女人,色情场里的行家。那么,若不是这会儿空着肚子,您让我怎么解释您今晚……回心转意的空话呢?"

"我再也顾不得什么礼貌了,我要坦率地,甚至唐突地说:我又爱您了。真的,非常爱。就是这么回事。"

"哎呀,哎呀!这么说,您想……重续旧情吗?"

"是的,夫人。"

"今天晚上?"

"啊!玛格丽特!"

"好。可是您还在为今天晚上的事情恼火。我亲爱的,让我们先说清楚。我们彼此之间已经毫无关系了,是不是?

我是您的妻子,没错,不过是……不受约束的妻子。我正要许诺另一方,您向我要求优先权。我给您优先权……不过要您付出同等的代价。"

"我不明白。"

"我解释给您听。您坦率说,我是不是跟您那些骚女人一样好?"

"好一千倍。"

"比最好的还好?"

"好一千倍。"

"那么,那个最可爱的,三个月里让您花费多少钱?"

"我记不清了?"

"我是说:三个月里,您情妇中最可爱的那一个让您付出多少代价,包括金钱、珠宝、夜宵、晚餐,去剧院,等等,总之,所有的花销。"

"我怎么知道?"

"您应该知道。好吧,就说个中等的、公道的价格。每月五千法郎:差不多吧?"

"是……差不多。"

"那么,我的朋友,您马上给我五千法郎,从今天晚上起,我归您一个月。"

"您疯了。"

"您这么想吗?晚安。"

伯爵夫人走出去,回到自己的卧室。床帷半开着。一股淡淡的馨香弥漫全屋,浸透帷幔。

伯爵出现在门口:

"这里真香。"

"真的吗？不过实际上并没有变化呀。我用的一直是西班牙皮①。"

"啊,很奇怪……真的很香。"

"可能吧。不过您,请您走开,我要睡觉了。"

"玛格丽特!"

"请您走!"

他完全走进屋来,在一把安乐椅上坐下。

伯爵夫人惊呼:

"啊！怎么能这样！好吧,您自作自受。"

她慢慢地脱掉参加舞会的短上衣,露出赤裸雪白的胳膊。她把胳膊举到头上,对着镜子卸妆。在一层花边下面,黑丝绸的胸衣边缘,露出一个粉红的东西。

伯爵猛地站起身,向她走过来。

伯爵夫人说:

"别靠近我,否则别怪我生气!"

他紧紧搂着她,想吻她。

可是,她,连忙弯下身,从梳妆台上拿起一杯香甜的漱口

---

① 西班牙皮:一种西班牙传统的皮料,将岩羚羊皮长时间浸泡在多种植物香精中制成。

水,隔着肩膀朝丈夫的脸泼去。

他抬起身,脸上的水直往下流,他有点恼火,小声埋怨:

"太不像话!"

"也许吧……不过您知道我的条件:五千法郎。"

"这也太荒唐了!"

"为什么荒唐?"

"怎么,为什么?一个丈夫跟妻子睡觉还要给钱!……"

"啊!……您用的词多下流!"

"可能吧。我要再说一遍,付钱给妻子,自己的合法妻子,这实在太荒唐。"

"有合法的妻子,却要去付钱给骚女人,那才更荒唐。"

"就算这样吧,不过我不希望成为笑柄。"

伯爵夫人在一张长椅上坐下。她像翻转蛇皮一样不慌不忙地脱下淡紫色的丝袜,露出粉红色的腿,把两只小巧的脚放到地毯上。

伯爵又向前走近一点,温柔地说:

"您的想法真古怪!"

"什么想法?"

"向我要五千法郎。"

"这是再自然不过的了。我们彼此都是外人,不是吗?但是,您想要我而又不能娶我,因为我们已经是夫妻。于是您买我,也许比买别的女人还便宜一点。

"不过,您要想好了。这钱不是给一个不知拿去干什么用的女叫花子,而是留在您的家里,用作家里的开销。另外,对一个聪明人来说,还有什么比付钱给妻子更有趣、更别出心裁的呢？因为这也就等于付钱给自己。不合法的爱情,越贵越喜欢。而现在,如果您像明码标价一样给爱情定一个价钱,能给我们的……合法爱情一个新的价值、一种放荡的意味、一种调皮……的魅力。对不对？"

她几乎赤裸裸地站起来,走向盥洗间。

"现在,先生,走吧,不然,我就拉铃叫我的贴身女仆来了。"

伯爵站在那里,不知所措而又愤愤不平,看着她,突然把钱包扔到她的头上。

"喏,女乞丐,这是六千法郎……不过您要知道……"

伯爵夫人捡起钱包,数着钱,慢吞吞地说:

"知道什么？"

"别成了习惯。"

她放声大笑,向他走去:

"每个月五千,先生,不然我就送您去见您那些骚女人。如果……如果您满意,我还会要求您加钱。"

获得勋章啦!*

有些人生来就有一种压倒一切的本能,一种志向,换句话说就是在刚会说话和思想时就萌生的一种愿望。

萨克勒曼先生从孩提时代起脑袋里就只想着一件事:获得勋章。小小的年纪,别的孩子爱戴军帽,他却挂着镀锌的勋位勋章;他经常骄傲地让母亲牵着手在大街上走,把挂着红缎带和金属奖章的小胸脯挺得老高。

他学习成绩很糟糕,中学毕业会考①落榜了,不知道将来干什么好,于是娶了一个漂亮姑娘,因为他家里有钱。

他们像有些富裕的中产者那样住在巴黎,主要跟同阶层的人来往,难得和上流社会打交道;他们结识了一位可能当上

---

* 本篇首次发表于一八八三年十一月十三日的《吉尔·布拉斯报》,作者署名"莫弗里涅斯";一八八四年收入保尔·奥朗道尔夫出版社出版的莫泊桑小说集《隆多利姐妹》;一九〇四年收入同一出版社出版的插图版莫泊桑全集《隆多利姐妹》卷。

① 在法国,必须成功通过中学毕业会考,取得业士学位,才能获得大学入学资格。

部长的议员,并且有两位身任局长的朋友,已经颇感荣幸。

不过在萨克勒曼先生降生之初就钻进他脑袋里的那个念头,从来也没有离开过他;一条小小的彩色绶带也无权在礼服上向世人展示,这一直令他痛心疾首。

每每在林荫大道上遇见那些勋章闪亮的人,他便心如刀割。他怀着强烈的妒意瞟着他们。有时,在漫长的午后闲得慌,他就统计起他们的人数来。他心里对自己说:"咱们数数瞧,从玛德莱娜大教堂①到德鲁沃街②,我到底能找出多少。"

他慢慢向前走,巡视着人们的上装;他那训练有素的眼睛老远就能分辨出那个小红点儿。散步到了另一头,他总是对数字之巨表示惊讶:"八个军官,十七个骑士③。竟有这么多!像这样乱发勋章,简直是愚蠢透顶!咱们再瞧瞧,我往回走是不是还会发现这么多。"

于是他又迈着缓慢的步子往回走;让他痛心的是,有时行人拥挤,会妨碍他的搜索,让他遗漏了某个人。

他知道在哪些街区遇见得最多。王宫一带比比皆是。歌剧院大街不如和平街④;林荫大道的右边比左边多。

他们似乎也对某些咖啡馆、某些剧院情有独钟。每当萨克勒曼先生远远看见一群白头发的老先生停留在人行道中

---

① 玛德莱娜大教堂:位于今日巴黎第八区玛德莱娜广场。
② 德鲁沃街:位于巴黎第九区。
③ 由拿破仑创立于一八○二年的法国荣誉勋位团,包括五个类别:骑士、军官、指挥官、司令官、大十字。
④ 和平街:旺多姆广场附近的一条大街,多高档酒店、珠宝店和高档住宅。

央,以至妨碍了交通,他就会在心里说:"那肯定是些荣誉勋位团的军官!"他真想对他们脱帽敬礼。

他已经多次注意到,军官们的气派和普通的骑士就是不可同日而语。他们的头的姿势别具一格。让人清楚地感觉到,他们公认地享有更高的敬意、更广泛的声望。

偶尔萨克勒曼先生也会突来一股盛怒,对所有佩戴勋章的人都深恶痛绝,对他们表现出社会党人才会有的仇恨。

每当他看了那么多勋章之后回到家,就像饥肠辘辘的穷汉刚刚从一家家大食品店前面经过,愤愤不平;他大声诘问:"到底什么时候我们才能摆脱这个肮脏的政府?"他妻子大吃一惊,问他:"你今天是怎么啦?"

于是他回答:"我是看见到处都有不公平的事情发生,心里气愤。啊!公社①社员做得真对!"

不过吃过晚饭他又出门了,而且是去考察徽章商店。他一一审视那些形状不同、颜色有别的勋章绶带。他真希望这些全都是为他准备的。他真希望在一个公开典礼上,在一个人头攒动、挤满惊叹的人群的大厅里,他走在一队人的最前面,胸前顺着肋骨的形状挂满一排排勋章,铮明闪亮;他腋下夹着折叠式高顶大礼帽,像一颗明星那么耀眼,在啧啧的称赞声和敬仰的低语声中隆重地走过。

唉!无奈他没有任何功绩可以获得任何一种褒奖。

他于是心想:"对于一个不担任任何公职的人来说,要想

---

① 指一八七一年的巴黎公社。

跻身荣誉勋位团实在太难了。那就试试弄个文化教育勋章!"

但是他不知道该如何着手,便同妻子谈起自己的想法。妻子一听愣住了:

"文化教育勋章?你做了什么业绩,配得上这个称号?"

他顿时火冒三丈:"你先听明白我的话。我正是在琢磨应该怎么做嘛。你有时候真是愚蠢透顶。"

她微微一笑:"好极了,你有理。可是我也不知道。"

他却有了一个主意:"你是不是去跟罗瑟兰议员谈一谈,他也许能给我提个高明的建议。我呢,你明白,我不便跟他直接谈这个问题。由我嘴里说出来,这事儿太微妙,很难开口。要是你出面,事情就显得十分自然了。"

萨克勒曼太太果然按他的要求办了。罗瑟兰先生答应跟部长说一说。于是萨克勒曼先生就三天两头地催他。这位议员最后回答他:须提交一份申请书,详细陈述他的资历。

他的资历?见鬼。他连业士也不是。

不过他还是工作起来,开始写一本小册子,题为《论人民受教育的权利》。可是他思想贫乏,没有写成。

他换了些比较容易的题目,一连写了好几篇。首先是《儿童的直观教育》。他提出在贫穷街区为儿童建立各种免费剧场,家长从孩子很小的时候起就带他们去剧场,人们用幻灯演示,向他传授有关人类各种知识的基本概念。那才是真正的课堂。视觉向大脑灌输,大脑把形象刻印似的留在记忆里,令科学成为可以说是看得见的科学。

用这种方法教世界史、地理、自然史、植物学、动物学、解剖学等等,还有比这更简单的吗?

他把这篇论文印出来,寄给每位议员一份,每位部长十份,共和国总统五十份,巴黎各报社每家十份,外省报社每家五份。

他接下来论述的是街道图书馆问题,他提出由国家添置一些小车,就是卖橙子小贩那样的车子,满载图书,走街串巷。每个居民花一个苏的租金,就有权每月借阅十本书。

"人民,"萨克勒曼先生写道,"只有在去寻找娱乐消遣的时候才肯出门。既然他们不去寻求教育,那就让教育去找他们。"等等

尽管这些论文没有引起任何反响,他还是递交了申请书。人们答复他申请已经记录在案,正在审理。他自信肯定会获得成功,便等呀等。但毫无下文。

于是他决定亲自交涉。他请求见国民教育部长。接待他的是部长办公室的一位秘书。此人年纪很轻却举止端方,甚至有些自负自赏;他像弹钢琴似的按动着一系列白色小按钮,召唤着候见厅里的传达、侍者和下级员工。他告诉这位申请人他的事情进展顺利,并且建议他继续他的出色的著述。

萨克勒曼先生便重又投入写作。

罗瑟兰先生,也就是那位议员,现在好像对他的成功特别关心起来,甚至给他出了一大堆切实可行而又别出心裁的主意。再说他毕竟是勋位勋章获得者,虽然谁也不知道他凭什么获得这项殊荣。

他指点萨克勒曼该做些什么新的研究,把他引荐给一些学术团体,这些学术团体为了博取荣誉,着重研究科学中特别玄秘的部分。他甚至向部里表示支持他的申请。

一天,罗瑟兰先生来他朋友家吃午饭(近几个月他经常在他家进餐),握着他的手,声音压得低低的对他说:"我刚刚为您争取到一桩大大的美差。历史著作委员会交给您一个任务,一项需要去法国各地图书馆里进行的研究工作。"

萨克勒曼乐昏了,连吃喝都失去了兴趣。一周后他就动身了。

他从一个城市到另一个城市,查阅目录,在堆满积尘老厚的旧书的顶楼里翻寻,不管图书管理人员对他多么嫌恶。

当他在鲁昂的时候,一天晚上,突然想回家和一个星期没见面的妻子亲热一下,于是他乘上九点钟那班火车,这样他就可以在半夜十二点赶到家。

他有钥匙。他悄无声息地进了家,高兴得直打哆嗦,非常得意能给妻子一个惊喜。可是她紧闩着卧室的门。真扫兴!他只好隔着门呼喊:"让娜,是我!"

她想必是吓了一跳,因为他听见她跳下床,而且还像在做梦一样自言自语。接着她又跑向盥洗室,把门打开又关上,赤着脚在房间里快步来回走了好几趟,震得家具直晃,玻璃器皿叮当响。然后她才终于问道:"真的是你吗,亚历山大?"

他回答:"当然是我,快开门吧!"

门开了。妻子扑进他的怀里,一边嘟哝着:"啊!多吓人!太意外,太让人高兴了!"

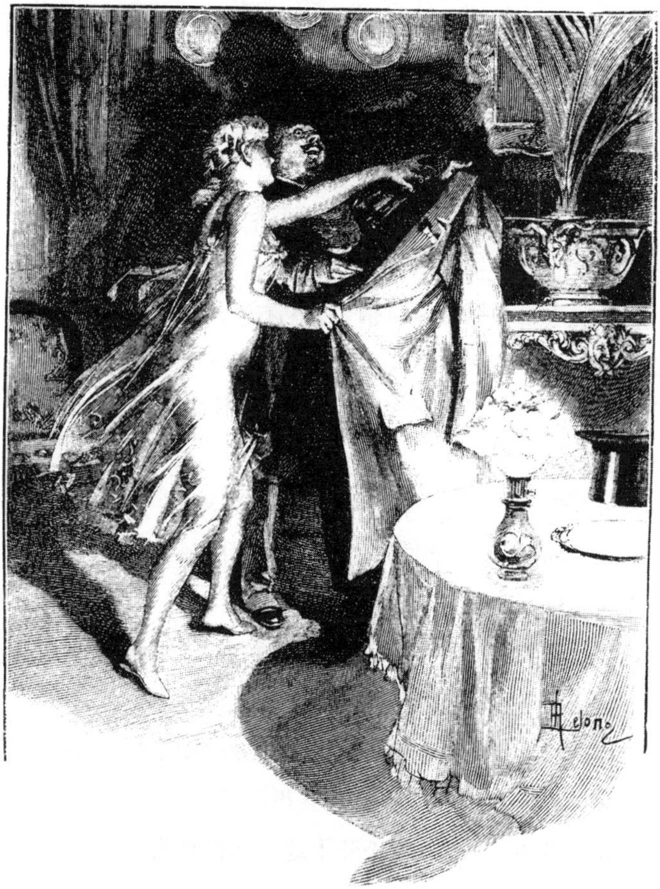

他开始脱去外衣,有条不紊;他做什么事都这样。然后他又从椅子上拿起自己的外套,因为他惯常都把外套挂在门厅里。但是他突然愣住了。扣眼上别着一枚荣誉勋位勋章!

他结结巴巴地说:"这……这……这外套上挂着勋章哩!"

这时,他的妻子一个箭步冲过来,去抓他手里的那件衣裳:"不……你弄错了……把它给我。"

但是他始终攥着一只袖子,不肯放手,一边发了狂似的一迭连声地说:"嗯?……怎么回事?……解释给我听听!……这外套是谁的?……这肯定不是我的,既然挂着荣誉勋位团勋章。"

她不知所措,使劲从他手里拽那件外套,一边结结巴巴地说:"你听我说……你听我说……把衣服给我……我不能告诉你……这是一个秘密……你听我说。"

可是他已经怒不可遏,脸变得煞白:"我要知道这外套怎么会在这里。这不是我的那件。"

这时,她冲着他的脸嚷道:"是你的,别说出去,你要向我发誓……你听我说……喂!你获得勋章啦!"

他震惊极了,不由得松开手放了那件外套,走去倒在扶手椅里。

"我已经……你是说……我已经……获得勋章啦。"

"是呀……这是个秘密,一个伟大的秘密……"

她把那荣耀的服装藏进衣柜,然后回到丈夫跟前;这时的她依然战战兢兢,脸色苍白。她接着说:"是的,这是我让人给你做的一件新外套。不过我发誓先不告诉你;这件事在一个月或一个半月之内是不会公布的。应该等到你的任务完成,回来的时候才让你知道。这是罗瑟兰先生为你争取到的……"

萨克勒曼几乎晕过去,语不成声地说:"罗瑟兰……获得勋章了。他帮我获得了勋章……我……他……啊!……"

他不得不喝一杯水顺顺气。

他忽然看见一张小白纸片躺在地上,是从刚才那件外套的口袋里掉出来的。萨克勒曼捡起来,原来是一张名片。他念道:"罗瑟兰——议员。"

"你看见了吧。"妻子说。

他高兴得哭起来。

一周以后《政府公报》宣布,萨克勒曼先生因其出色的贡献,荣获荣誉勋位团骑士级勋章。

保 护 人[*]

他做梦也没有想到自己会有这样好的官运！让·马兰是外省一个法院执达员的儿子，他像许多人一样，到拉丁区来学习法律。他混迹于一家又一家酒吧，结交了好几个夸夸其谈的大学生，他们一边大杯大杯地喝啤酒，一边吐沫飞溅地褒贬时政。他对他们佩服得五体投地，锲而不舍地追随左右，从一家咖啡馆转战另一家咖啡馆；遇到他有钱的时候，还为他们买单。

后来他成了律师，辩护了几起案子，不过都以败诉告终。然而，有一天早上，他从报纸上得知，昔日拉丁区的那些伙伴中有一位刚刚荣任议员。

他于是重新变成了那个人的忠实走卒，一个干苦差、跑跑

---

[*] 本篇首次发表于一八八四年二月五日的《吉尔·布拉斯报》，作者署名"莫弗里涅斯"；一八八五年收入马普隆-弗拉玛里庸出版社出版的莫泊桑小说集《图瓦》；一九〇二年收入保尔·奥朗道尔夫出版社出版的插图版莫泊桑全集《图瓦》卷。

腿、用得着时招之即来、任人吆五喝六的那种丝毫不用客气的朋友。没想到议会里闹了一场风波,那位议员摇身一变当上了部长;半年以后,让·马兰居然也被任命为最高行政法院的参事。

起初,他简直得意得昏了头。他经常去大街上抛头露面,乐此不疲,好像人家一看到他的尊容,就能猜到他的地位。不管是对商店老板还是对卖报的,甚至是对出租马车夫,哪怕谈的是最无关紧要的事,他也能抓个空子自报家门:

"我身为最高行政法院参事……"

后来,自然而然地,似乎出于他的尊严,出于职业需要,出于有权有势而又慷慨大度的大人物的义务感,他养成了一种难以抑制的保护别人的癖好。不论什么人,不论什么场合,他都要无限慷慨地献上一臂之力。

在大街上遇到一个似曾相识的面孔时,他会喜出望外地赶上前去,抓住手,嘘寒问暖;紧接着,他不等人家回答,就说:

"您要知道,我是最高行政法院参事,竭诚为您效劳。若有用得着我的地方,您尽管吩咐,不要客气。在我的位置上,是有些权势的。"

然后他就同这位萍水相逢的朋友走进一家咖啡馆,要来笔、墨和信纸:"一张就够了,伙计,写封介绍信用。"

这种介绍信,他一天能写上十封,二十封,甚至五十封。在美洲人咖啡馆、毕尼翁饭店、托尔托尼饭店、金屋酒家、利势咖啡馆、海尔代咖啡馆、英国人咖啡馆、那不勒斯人咖啡馆,他走到哪里,写到哪里。他写信给共和国的各种官员,下起治安法官,上至部长。他为此感到得意,十分得意。

一天早上,他要去最高行政法院上班,走出家门时下起雨来。叫一辆出租马车?他犹豫了一会儿,不过还是没有叫,而是走着去;这要穿过几条街。

雨下得越来越大,淹没了人行道,街心更是积水成溪。马兰先生不得不在一所楼房的大门洞里避雨。一个满头白发的老教士已经躲在那里。任最高行政法院参事以前,马兰先生对神职人员并没有什么好感。自从一位红衣主教就一件棘手的事情彬彬有礼地向他求教以后,他现在对他们也颇有几分敬意了。瓢泼大雨不停地下,他们俩怕溅湿衣裳,不得不躲进看门人的房间。马兰先生总是心痒难熬,急于自我吹嘘,便开言:

"这天气真糟糕,神父先生。"

老教士躬了躬身:

"啊!是呀,先生,对于只在巴黎逗留几天的人来说,真扫兴。"

"怎么,您是从外省来的?"

"是呀,先生,我是路过此地。"

"的确,要是只在首都小住几天,这雨很让人扫兴。而我们这些政府官员,一年到头都待在这里,就不会太在意。"

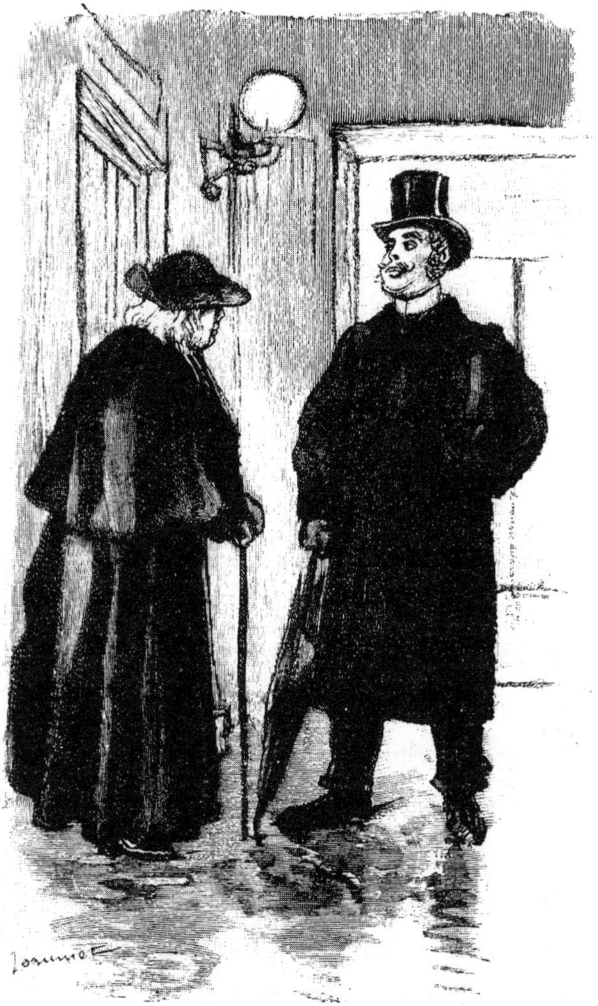

神父没有搭话。他只是瞅着路面；雨下得不那么紧了。突然，他下了一个决心，就像女人蹚水的时候要撩起连衣裙一样，他撩起长袍。

马兰先生见他要走，嚷道：

"您会淋透的，神父先生。再等一会儿吧，雨就要停了。"

那老人犹豫了片刻，不走了，解释说：

"因为我着急呀。我要去赴一个紧急的约会。"

马兰先生好像也很苦恼似的。

"可是您这样会湿透的。可以请问您要去哪个区吗？"

"我去王宫那边。"

"既然这样，要是您愿意，神父先生，我可以跟您合用我这把雨伞。我呢，我去最高行政法院。我是最高行政法院的参事。"

老教士抬起头，望着身边这个人，说：

"多谢多谢，先生，我就领情了。"

于是马兰先生就搀住他的胳膊，扶着他走了。他给老教士引路，还照应他，指点他：

"留神这条阳沟，神父先生。特别要小心车轮，有时会把您从头到脚溅个精湿的。提防过路人的伞。没有比伞骨尖儿更危险的了，会扎坏眼睛的。最让人受不了的是那些妇女，她们一点也不注意，经常拿阳伞或者雨伞的尖儿冲您的脸戳过来。她们从来也不让人。就好像城市是专属于她们的。她们在人行道和街心横行霸道。我个人感觉，这是因为太忽略了对她们的教育。"

说到这里马兰先生笑了起来。

神父始终一言不发。他微微驼着背,一边走一边仔细地挑选落脚的地方,免得鞋子和道袍溅上泥浆。

马兰先生接着说:

"您来巴黎大概是为了散散心吧?"

老头儿回答:

"不,我是来办一件事。"

"哦!是件重要的事吗?可以不可以冒昧问一句,是哪方面的事?要是我能帮得上忙,我很乐意为您效劳。"

神父似乎面有难色,吞吞吐吐地说:

"唉!是件个人小事。是跟……跟我的主教发生了一点纠纷。您对这种事不会感兴趣的。这是……一件内部的……教会内部的事。"

马兰先生热情更高了。

"这种事正好是最高行政法院管的。既然这样,就请吩咐吧。"

"是的,先生,我也正是去最高行政法院。您实在是太好了。我要去见勒尔佩尔先生和萨翁先生,也许还有珀蒂帕先生。"

马兰先生索性停下不走了。

"他们都是我的朋友呀,神父先生,是我最要好的朋友,同事里顶呱呱的人物,而且待人很和善。这三个人面前,我都可以替您托托情,多美言几句。您就包在我身上吧。"

神父忙表示谢意,连声道歉,好像实在过意不去,咕咕哝哝地说了无数感恩戴德的话。

马兰先生听了心里美滋滋的。

"啊！您现在可以夸口交了足以自豪的大运了,神父先生。您等着瞧吧,等着瞧吧,我一出面,您的事情一定会一路顺风。"

说话间他们到了最高行政法院。马兰先生领教士上楼到他的办公室,先搬了一把椅子请他坐在炉火边,然后自己就在办公桌前坐下,挥笔疾书起来：

我亲爱的同僚：

请允许我以最大的热情向您推荐德高望重的教士……

他停下笔,问：

"请问,您贵姓？"

"桑蒂尔神父。"

马兰先生又写起来：

桑蒂尔神父先生有一件小事需您惠予帮助。他会当面向您陈情。

我谨荣幸地借此机会向您,我亲爱的同僚……

他用惯常的客套话结束。

他一连写了三封,交给了他保护的那个人。后者千恩万谢以后便离去了。

马兰先生干完一天的工作回到家里,气定神闲地浏览过报纸,便安然就寝。第二天醒来,心情愉快,吩咐仆人送来当天的报纸。

他打开的第一份是激进派的报纸,只见有这样一篇文章:

我们的教士和我们的官员

教士们的恶行真是写不完道不尽。有个姓桑蒂尔的教士已被证实曾经密谋反对现政府,被控干过许多我们连说也说不出口的卑劣行径,另外还被怀疑是一个伪装成普通教士的原耶稣会士①。他由于据称不便说明的原因被主教解了职,从而被招到巴黎来对他的行为做出解释。此人居然找到一位姓马兰的最高行政法院参事做他的热心的保护人,而这位参事天不怕地不怕,竟给这个穿道袍的坏蛋写了好几封极其恳切的推荐信,为他向几位均为共和国官员的同僚托情。

我们要敦请部长注意这位最高行政法院参事的荒谬做法……

马兰先生一下子蹦了起来,穿上衣裳,便跑到他的同僚珀蒂帕家。这位同僚对他说:

"唉,您真是发疯了,竟然把这样一个老阴谋家推荐给我。"

马兰先生依然惊魂未定,结巴着说:

----

① 耶稣会士:耶稣会修士。耶稣会是天主教修会之一,创立于十六世纪,热衷参与政治,曾有严密的军事组织,后被取缔。

"并不是这样……您也看见了……我是受骗上当……他看上去那么忠厚……他耍了我……厚颜无耻地耍了我。我求求您,一定要重重地判他,越重越好。我要写信。请您告诉我,要重判他,我该给谁写信。我去找总检察长和巴黎大主教,对,找巴黎大主教……"

他猛地在珀蒂帕先生的办公桌前坐下,写道:

大人:

我谨荣幸地向阁下报告,我最近受到一个叫桑蒂尔的神父的坑害,他欺我心地善良,用种种花招和谎言蒙骗我。

我听信了这个教士的花言巧语,以至于……

写完,他签了名,封好信封,向他那位同僚转过脸去,感慨道:

"您看见了吧,亲爱的朋友,但愿这对您也是个教训:永远也不要推荐任何人。"

老 板 娘[*]

献给巴拉迪克医生①

乔治·凯尔弗朗说：

我那时住在圣父街一幢带家具出租的房子里。

我父母决定让我去巴黎学法律的时候，为了解决各种各样的问题，进行过多次长时间的讨论。我的食宿费确定为两千五百法郎。但我可怜的母亲忽然害怕起来，问父亲："如果他把给他的钱都胡乱花掉，饮食上亏待自己，损害了健康怎么办？这些年轻人什么事都干得出来。"

---

* 本篇首次发表于一八八四年四月一日的《吉尔·布拉斯报》，作者署名"莫弗里涅斯"；同年收入保尔·奥朗道尔夫出版社出版的莫泊桑小说集《隆多利姐妹》；一九〇四年收入同一出版社出版的插图版莫泊桑全集《隆多利姐妹》卷。

① 巴拉迪克医生：莫泊桑父亲的朋友，先在巴黎行医，后往奥维涅地区克莱蒙-费朗附近的沙泰尔-吉庸任矿泉医疗总监。莫泊桑在该处治病时曾住在他家。

于是他们决定为我选一家提供膳宿的公寓,一家简朴然而舒适的膳宿公寓,每个月所需的费用由我家里直接支付。

我从来没离开过坎佩尔①。我向往在我那个年龄的人所向往的一切,准备无论如何也要快快活活地享受一下生活。

我父母向邻居们了解,他们说有一个同乡,叫凯尔戛朗太太,收寄宿的学生。我父亲写信跟这个可敬的人接洽。一天傍晚,我就拎着一个箱子来到她家。

凯尔戛朗太太大约有四十岁的模样。她身体健壮,非常健壮,说话的声音像个上尉教官,无论什么问题,一句话就干脆、果断地做出决定。她家的楼房很狭窄,底层只有一个朝街的门洞,每层楼只有一个朝街的窗户,整个楼就像一个窗户搭成的梯子,或者说像三明治似的夹在另外两座楼房之间的薄片。

老板娘和女仆住在二楼;做饭吃饭在三楼;四个来自布列塔尼②的寄宿生住在四楼和五楼。我的两个房间在六楼。

一个像开塞钻一样旋转的黑咕隆咚的小楼梯通向这两间屋顶室。凯尔戛朗太太整天不停地在这螺旋里上上下下,像一位船长一样照管着这些抽屉般的住房。她每天不下十次走进每一个套房,监视着一切,嗓门大得惊人。她查看床铺是不是都打理得平整,衣服是不是都刷得干净,服务是不是还有什么不到位的地方。总之,她像母亲一样照料每一个寄宿生,甚

---

① 坎佩尔:法国西北部布列塔尼地区重镇,菲尼斯泰尔省省会。
② 布列塔尼:法国西部的一个大区,划分为四个省:莫尔比昂省、阿摩尔滨海省、菲尼斯泰尔省和伊勒-维莱纳省。

至比一个母亲还周到。

我跟四个同乡很快就认识了。两个是医科大学生,另外两个学习法律,不过大家都在老板娘的暴君般的统治之下。他们怕她,就像偷农作物的人怕乡村警察。

而我呢,我立刻就产生出独立行事的愿望,因为我生来就是个叛逆者。我首先宣称我愿什么时候回来就什么时候回来,因为凯尔夏朗太太规定午夜十二点是最后的时限。听我有这个想法,她先把明亮的眼睛盯住我足有几秒钟,然后宣布:

"这不行。我不能容许有人整夜喊醒阿奈特。过了一定的钟点,您在外面也没有什么事可做。"

我斩钉截铁地回答:"太太,根据法律,您有义务在任何时候都给我开门。如果您拒绝,我就让治安警察来做笔录,我就去住旅馆,由您付账,因为这是我的权利。您必须给我开门,不然我就退租。不开门就再见,您选吧。"

我用挑衅的口吻向她提出这些条件,她惊愕了一会儿,还想跟我谈判,但是我表明没得商量,她便让步了。我们说好我将得到一把万能钥匙,不过有一个明确的条件:不能让大家知道。

我的坚定给了她一个良好的印象,她从此对我明显地格外优待了。她对我更关心些,更照顾些,更温和些,甚至还偶尔突然做一个并不招我讨厌的亲热举动。有时,我高兴的时候,会出其不意地拥吻她一下,为了引她立刻使劲扇我一个耳光。不过我很快就低下头,她的手像子弹一样迅速地从我头上闪过,我像个疯子一样大笑着逃跑。而她就大喊:"啊!坏蛋!我一定要报仇。"

我们变成了一对好朋友。

不久,我在人行道上认识了一个在商店当职员的女孩。

您知道巴黎那些风流韵事是怎么回事。一天,在去学校的路上,您遇见一个姑娘,一头秀发,在上班前和女朋友携手散步。你们互相一瞥,您立刻感到某些女人的眼神会给您的小小震撼。这些偶然邂逅绽放出的迅疾的肉体快感,以及和一个既让我们愉悦又让我们爱的人擦肩而过时那轻微、美好的诱惑,是生活中最美妙的东西。您以后会爱她到什么程度,这有什么关系?她的天性就是为了满足您的天性对爱的隐秘渴求。第一次瞥见这张脸、这张嘴、这秀发、这笑容,您就感到它们带着温柔、甜美的欢乐沁入内心,带着幸福的惬意深入肌体;隐约的柔情会骤然觉醒,把您推向这陌生女人,就仿佛她身上有您一定会回应的召唤,有撩拨您的吸引力;就仿佛您早就认识她,见过她,并且知道她的心思。

第二天,在同一时间,您经过同一条路。您又看见她。接着,下一天,再下一天,您又来。你们终于交谈了。谈情说爱循规蹈矩地进行,像疾病有规则地发展。

就是这样,过了三个星期,我和艾玛已经到了犯原罪前的阶段;如果我能找到一个挑起原罪的地方,原罪甚至会更早发生。我的女友一直生活在她家里,她拒绝迈进一个带家具出租的旅馆的门槛,而且固执得出奇。为了找到一个办法、一个计策、一个机会,我绞尽脑汁。终于,走投无路之下,我拿定了主意,决定借口去喝一杯茶,让她在一天晚上,十一点光景,上楼到我的房间里来。凯尔夏朗太太每天十点钟睡觉。所以我可以用我的万能钥匙悄无声息地回去,不会引起任何注意。一小时或者两小时以后,我们再以同样的方式下楼。

我只费了一点口舌,艾玛就接受了我的邀请。

这个白天我过得很糟糕。我忐忑不安。我怕遇到麻烦,发生意外,甚至闹出可怕的丑闻。

夜晚来临。我走出门,进了一家啤酒店,喝了两杯咖啡,又喝了四五小杯酒,给自己壮胆。然后,我又去圣米歇尔林荫大道转了一圈。我听见钟敲十点,然后是十点半。我慢步向我们约会的地方走去。她已经在等我。她温情脉脉地挽起我的胳膊,我们就动身了,慢慢地向我的住处走。离住处越近,我越是忧心忡忡,心想:"但愿凯尔夏朗太太已经睡了!"

我对艾玛说了两三遍:"上楼梯的时候千万别弄出响声。"

她笑起来:"您是不是很怕人听见?"

"不,我是怕惊醒隔壁的人,他病得很重。"

说话间走到了圣父街。我怀着去看牙医的那种恐惧心情向寓所走去。所有的窗户都是黑乎乎的。人们大概都睡了。我松了一口气。我像小偷一样小心翼翼地打开门。我让女朋友进了门,然后把门又关上。我踮着脚、屏着呼吸,沿着楼梯往上走,接连点了几根蜡绳照亮,唯恐年轻的姑娘踏空。

从老板娘门前经过时,我觉得自己的心跳在加速。我们终于到了三楼,然后是四楼,最后是六楼。我进了自己的套房。胜利啦!

不过,我只敢低声说话;我脱掉皮靴,免得弄出声来。我用酒精灯烧了茶,二人围在五斗橱的一角喝了。然后,我心急如焚……心急如焚……我就像做游戏一样,一件一件地脱掉我女友的衣裳,她且拒且让步,羞得满脸通红,一次次地推迟那决定性的美妙时刻的到来。

她只剩下一件白色短衬裙了,就在这时,我的房门突然打开,凯尔戛朗太太走进来,手里举着一支蜡烛,穿着和艾玛完全一样。

我连忙一跳,离开艾玛,惶恐地站在那里,看着两个互相打量的女人。会发生什么事。

老板娘用我从未听到过的傲慢语调说:"我不希望有姑娘①到我的房子里来,凯尔弗朗先生。"

我结结巴巴地说:"不过,凯尔戛朗太太,这位小姐只是我的女朋友。她是来喝杯茶的。"

胖女人反驳道:"没有穿着衬裙喝茶的。您马上让这个人走。"

艾玛很懊丧,用衬裙捂着脸,哭起来。我也没了主意,不知道该做什么,也不知道该说什么。老板娘以不容违抗的权威接着说:"帮小姐穿上衣服,马上带她走。"

毫无疑问,我别无选择,我捡起像撒了气的皮球似的在地

---

① 姑娘:此处法文为 filles,又有"妓女"之意。

板上堆成一个圆堆的连衣裙,从年轻姑娘的头上套下来,尽力替她扣好搭襻,整理好,弄得手忙脚乱。她一直哭着,也帮我,慌慌张张,急急忙忙,弄出各种各样的错儿,不是找不到系带就是找不到纽扣;而凯尔夏朗太太,无动于衷地站在那里,手里端着蜡烛,像法官一样一脸严肃,给我们照着亮。

艾玛现在加快了动作。她拼命地要把自己遮盖起来,扣上纽扣,别上别针,系上束带,一心想赶快逃走;她甚至没有扣好高帮皮鞋,就从老板娘面前跑过去,冲下楼梯。我自己也只穿了一半衣裳,趿着拖鞋追赶她,一边连声呼喊:"小姐!小姐!"

我很清楚应该对她说点什么,但我什么话也想不出来。就在她要跑出临街的门时,我赶上了她,想拉住她的胳膊,但她猛地把我推开。用低而烦躁的声音结结巴巴地说:"放开我……放开我……别碰我。"

她关上门,逃到街上。

我转身回来。凯尔夏朗太太站在二楼楼梯口。我慢吞吞地扶梯而上,等待着承受一切可能的责罚。

老板娘的房门开着。她声严色厉地让我进去:"我有话对您说,凯尔弗朗先生。"

我低着头从她面前过去。她把蜡烛放在壁炉台上,然后把两只胳膊交叉在肥壮的胸前,薄薄的白色无袖短上衣下面,那胸脯虽遮还露:"啊!好嘛,凯尔弗朗先生,您把我公寓当成妓院了!"

我并不趾高气扬。我喃喃地说:"不不,凯尔夏朗太太,您千万别生气,您瞧,您知道年轻人是怎么回事。"

她回答:"我知道在我这儿不准有伤风败俗的女人来,您听见了吧?我知道怎么让人尊重我的房子和我公寓的名声,您听见了吧?我知道……"

她说了至少有二十分钟,气话之外还加说理,历数她的公寓的可敬之处,对我极尽尖刻责怪之能事。

我呢——男人真是奇特的动物——我并没有听她说话,而是在看她。她说的话我一个字也听不进,一个字也听不进了。她的胸脯真是美极了,健壮,实在,白皙,又鲜嫩,也许稍微肥了一点,却能诱发人脊背上一阵阵战栗。我真的从来也没想到过老板娘那羊毛连衣裙下面还会有这样的东西。脱掉外面的衣裳,她仿佛年轻了十岁。我突然感到自己非常奇怪,非常……怎么说呢?……非常兴奋。面对她,我突然又有了一刻钟前在我的房间里被……打断的心情。

在她身子后面,那边,凹室里,我看到她的床。床幔半开着,被子凌乱;透过床单上的陷窝,可以想见睡在那儿的身体的重量。我想那被窝里一定很舒服、很温暖,比睡在别的床里更温暖。为什么更温暖?我也不知道,想必是由于陈放在里面的肉体的丰硕吧。

还有什么比散开的被褥更撩人、更美妙的呢?这张床令我陶醉了,远远地,它就让我的皮肤一阵阵哆嗦。

她仍然在说话,不过现在温和多了,像个严厉然而善意的女朋友,只为了原谅我了。

我结结巴巴地说:"好啦……好啦……凯尔戛朗太

太……好啦……"见她住了口,在等我回答,我一把把她搂在怀里,吻起她来,就像一只饿狼,一个久已期待干这事的男人一样拼命地吻她。

她挣扎着,转动着头,不过并不太生气,只是按照她的习惯机械地重复着:"啊!坏蛋!……坏蛋!……坏……"

不等她说完,我已经一使劲把她抱起来,紧紧抱在怀里,向床边走去。瞧,有时人真是力大无穷!

我碰到了床沿;我仍然抱着她不松手,一头倒在床上……

她的床果然非常舒服,非常温暖。

一个小时以后,烛光熄灭了,老板娘起身又点亮了一支。她走回来,钻到我身边,把圆圆的肥腿伸进被窝里的时候,娇滴滴、乐滋滋,也许还带着感激地说:"啊!坏蛋!……坏蛋!……"

隆多利姐妹[*]

献给乔治·德·波尔托-利什①

1

皮埃尔·儒弗奈说:"不,我不了解意大利,我曾经两次试图深入这个国家,都在边境停下了,再也没能前进一步。不过这两次尝试却让我对这个国家的风尚有了一个美好的印象。我只需再了解这片土地上的城市、博物馆和琳琅满目的杰作。一有机会,我就会重新尝试到这片无法越过的土地上

---

[*] 本篇首次发表于一八八四年五月二十九日至六月五日的《巴黎回声报》;同年收入保尔·奥朗道尔夫出版社出版的莫泊桑小说集《隆多利姐妹》;一九〇四年收入同一出版社出版的插图版莫泊桑全集《隆多利姐妹》卷。

① 乔治·德·波尔托-利什(1849—1930):莫泊桑的好友。法国剧作家。以其《弗朗索瓦丝的好运》(1888)一剧成名。其他剧作还有:《恋爱的女人》(1891)、《过去》(1891)、《老男人》(1911)等。

做一次冒险。

"您还不明白？那就听我解释解释。"

一八七四年，我突然萌生出一种欲望，想去看一看威尼斯、佛罗伦萨、罗马和那不勒斯。这兴致是六月十五日前后涌上心头的，那是春天强烈的气息让人的心向往旅行和爱情的时候。

不过我不是爱好旅行的人。变换地方，在我看来是无益而又累人的行为。在火车上的夜晚，在车厢的摇晃中睡觉，头昏脑涨，四肢酸痛；被滚动的匣子频频震醒，疲惫不堪；皮肤污垢的感觉，各种脏东西像飞扬的粉末一样落在眼睛和毛发上；无奈地吸食煤灰的气味；在餐车的穿堂风里吃劣等的晚餐，这一切，在我看来，对一场希望中的欢乐游戏是一个糟糕的开端。

在特快列车上的这场序幕之后，还有旅馆里的烦恼：大旅馆人满为患而又举目无亲，房间陌生得有些凄凉，床是否干净大可怀疑。——我别的都不要，就喜欢我自己的床，它是生命的圣殿。人们把赤裸裸的疲惫的肉体交给它，为的就是在洁白的床单和温暖的羽绒被之间获得休息，恢复活力。

床是神圣的。我们在那儿度过人生最甜蜜的时光，爱情和睡眠的时光。它理应受到我们的尊敬和崇拜，作为我们在世上拥有的最美好最温存的东西备受喜爱。

每当我掀起旅馆床上的被单，我就恶心得战栗。前一天夜里有人在这被单里干过什么？有多少不清洁、令人作呕的人在这张床垫上睡过？于是我想到我们每天接触到的所有那些令人厌恶的人、丑陋的驼背、满脸粉刺的皮肉、黢黑的手,以及让人联想到的同样龌龊的脚和其他部分。我想到遇见的那些人,走过时难闻的大蒜和人的气味扑鼻。我想到畸形的人、化脓的人、病人的汗味,人类的各种丑恶和各种污秽。

这一切都在我将要睡的这张床上出现过。我把脚伸进被窝里时只觉得恶心。

还有旅馆的晚餐,在那些可恶或可笑的人中间、时间拖得很长的晚餐,坐在餐厅的小桌前、面对灯罩下的暗淡烛光、孤独得可怕的晚餐!

还有那些在陌生城市挨过的凄凉的晚上!您见过比夜色降临在一个外国城市更令人伤感的情景吗？您在人来人往、扰扰攘攘中闷头往前走,就像在梦里一样令您惊异。您看着这些从未见过而且再也不会见到的面孔,听着这些声音,用您一点也不懂的语言讲些和您不相干的事。您感到自己就像一个迷失的人。您心里难受,两腿发软,精神沮丧。您走呀走,就像在逃遁;您走呀走,为了不回旅馆,您回旅馆会更感到失落,因为您到了自己的住处,任何人付钱就可以有自己的住处。您最后倒在一间灯火通明的咖啡馆的椅子上,咖啡馆的包金饰物和耀眼灯火比大街的黑暗更千百倍地让您感到压抑。面对堂倌跑步送来的一大杯泛着泡沫的啤酒,您感到可怕的孤独,简直要发疯,忽地萌生出一种离去的需要,到别处去,不管去哪儿,只要不停留在这里,不待在这大理石桌前,明亮的枝形灯下。您猛然发现人在世界上真的孤独,永远孤独,到处都孤独；而且在熟悉的地方，和熟悉的人接触，也只是给人一种人类友爱的幻象。正是在这些遥远的城市里，在这些失落的时刻，深沉的孤独的时刻，我们的思想才能更开阔、清晰和深邃。正是在这样的时刻，我们才能一眼就纵览整个人生，而不受永恒希望的镜片的局限，不受既有习惯和永远的幸福梦想的欺骗。

只有走到远方，人们才能理解一切是多么近，多么短暂和虚无；只有寻找未知，人们才能发现一切是多么微不足道和转瞬即逝；只有游遍世界，人们才能看到世界是多么小，而且几乎总是千篇一律。

啊！黑暗的夜晚，在陌生的街道上漫无目的地行走，我才了解了它们。我对它们的恐惧超过一切。

因此，既然我不愿独自一人去意大利旅行，我就决定请我的好友保尔·帕维利做伴。

您了解保尔。对他来说，世界，就是生活，就是女人。像他这样的男人很多。在他看来，因为女人存在，生活才充满诗意，光彩照人。地球能够居住，只因她们在那里；太阳辉煌而温暖，只因要把她们照亮；空气呼吸起来甜美，只因它从她们的肌肤掠过，让她们两鬓的短发飘拂；月亮那么迷人，只因它引发她们的梦想，赋予爱情懒洋洋的魅力。可以肯定地说，保尔的所有行为都有女人作为动机；他的所有思想，以及他的所有努力和所有希望，都和她们密不可分。

一位诗人讥讽过这种人：

我尤其蔑视那眼泪汪汪的游吟诗人，

他念叨一个人名时总仰望着一颗星，
在他看来辽阔的大自然是空空如也，
如果他鞍前鞍后不带丽赛特或尼农。

这是些善良可爱但是自讨苦吃的人，
为引起人们对可怜的大自然的关心，
他们把一些衬裙系在平原的大树上，
爱把白色修女帽挂在绿色山坡顶峰。

他们肯定没有听懂您的神圣的乐音，
永恒大自然发出的微微颤抖的声音，
他们不愿在深深的峡谷里独自行走，
却愿在树林的瑟瑟声中梦想着女人！①

我跟保尔说请他和我一起去意大利旅游时，他起先断然拒绝离开巴黎，但是我对他讲起旅行中常有的艳遇，我对他说意大利的女人如何是公认的可爱；我让他相信此行一定会有许多美妙的乐趣，因为在那不勒斯，我已经托付一个名叫米切尔·阿摩托索的先生，此人关系很多，可以为旅游者提供很多方便。保尔就上钩了。

---

① 此诗引自法国蒙帕尔纳斯派诗人路易·布耶（1822—1869）的诗集《垂花饰和半圆花饰》。

2

六月二十六日,一个星期四的晚上,我们坐上了特快列车。这个季节去南方的人不多,全车厢只有我们。两个人的心情都不好,因为离开巴黎而闷闷不乐,后悔向旅行的念头让了步,留恋清凉宜人的马尔利①、美丽的塞纳河、平缓的河岸,留恋驾一艘小船遨游的美好的白天,在岸边等待夜晚降临时半睡半醒的美好的黄昏。

保尔呆坐在他那个角落,列车刚一上路他就抱怨:"到那儿去真蠢。"

反正他悔之晚矣,我回他一句:"本来就不应该来。"

他没有回答。看着他那气急败坏的样子,我突然想笑。他确实很像一只松鼠。我们每一个人的相貌,在人的外形里都保留着某种动物的特征,作为其原始种族的标志。多少人长着獒犬的嘴,长着山羊、兔子、狐狸、马、牛的脑袋!保尔就是一只变成人的松鼠。他有这种动物的锐利的眼睛,它的红毛,它的尖鼻子,它的小、细、灵活和好动的身体,然后是整个举止的类似。我知道是什么类似?姿势、动作、姿态的类似,就好像是从记忆中来的。

最后,我们两个都睡着了,这嘈杂的火车里的睡眠,频频被胳膊和脖子强烈抽筋和列车突然停止打断。

---

① 马尔利:今称马尔利-勒鲁阿,法国城镇,位于巴黎西郊,塞纳河畔。

醒来时列车正沿着罗讷河①行驶。很快,持续的知了的叫声从车门的窗口传进来,这叫声犹如这片热烘烘的土地的心声,普罗旺斯②的歌声,它把南方欢快的情感,灼热的土地的气息,遍种矮壮的灰绿色叶子的油橄榄树的多石、明亮的乡土的气味,送到我们的脸上,送进我们的胸膛和我们的心灵。

列车又停下,一个铁路员工沿着列车跑起来,一边跑一边响亮地喊着"瓦朗斯"③,这是一声带着地方口音、纯粹地方口音的真正的"瓦朗斯",知了用不断攀升的音调已经让我们领略过的普罗旺斯风味,随着这声"瓦朗斯"重又渗透我们的肌体。

直到马赛,没有新的情况。

我们下车到餐厅吃了午饭。

当我们又回到车厢时,只见一个女人坐在那里。

保尔向我投来一瞥惊喜的目光,不自觉地用手捻了捻他短短的唇髭;接着,他稍稍掀起帽子,把五个手指分开,像梳子一样理了理被一夜旅行弄得很乱的头发。然后,他就在陌生女子对面坐下。

不管是在路上还是在社交场上,我遇到一个新的面孔,总像着了魔似的,要猜测在这些线条后面隐藏着什么样的灵魂、

------

① 罗讷河:罗讷河源自阿尔卑斯山脉,流经法国东南部,注入地中海。
② 普罗旺斯:今称普罗旺斯-阿尔卑斯-蓝色海岸,原为罗马帝国的一个行省,现为法国东南部的一个地区,毗邻地中海,和意大利接壤,是从地中海沿岸延伸到内陆的丘陵地带
③ 瓦朗斯:法国市镇,德隆省省会。

什么样的智慧、什么样的性格。

这是一个年轻女子,非常年轻,非常漂亮,肯定是一个南方姑娘。她那双眼睛美极了;一头波浪起伏、有点卷曲的黑发赏心悦目,那么浓密,那么旺盛,那么长,好像挺重,一眼看去就可以感觉到压在头上的分量。她穿戴讲究,不过有一般南方人的坏品味,显得有点平庸。她面部的线条虽然端正,但是欠缺一点优雅,欠缺那种高雅人种的完美,欠缺那种贵族子弟与生俱来、作为高贵血统遗传标志的轻松自如。

她戴的手镯太粗,不可能是真金的;耳环缀着的透明的石头太大,不可能是钻石。她整个人带有一种我也说不清的庶民的气味。不难猜想,她说话一定是大嗓门,遇到什么事都会指手画脚地大喊大嚷。

列车又开了。

她坐在座位上一动不动,眼睛盯着前方,沉着脸,带着一副赌气的女人的神态。她甚至没有看我们一眼。

保尔跟我聊起来。他故意说些容易产生效果的事;他就像商人夸耀精选的货品,企图勾起顾客的欲望一样,在谈话里显摆卖弄,极力引人注意。

但是她好像根本就没有听。

"土伦!停车十分钟!去餐车吃饭啦!"铁路员工叫喊。

保尔示意我下车。一下到站台,他就问我:"你说说看,这到底是个什么样的人?"

我笑了起来:"我呀,我不知道。这对我无所谓。"

他却很来劲:"这个妞儿,又漂亮又娇嫩。眼睛多美呀!

不过看样子她好像不大开心。她可能遇到过什么烦心事,对什么都不感兴趣。"

我低声说:"你白费力气吧。"

保尔有点生气:"我才不费力气呢,我亲爱的;我只是觉得这个女人很漂亮,如此而已……咱们跟她说说话?可是跟她说什么呢?喂,你呀,你就没有一点想法?你就猜不出这是个什么样的人?"

"天哪,我可猜不出。不过我倾向于,这是一个蹩脚的女戏子,跟情人私奔不成,现在回剧团。"

他有些扫兴,就好像我说了什么伤他感情的话似的。他接着说:"你凭什么这样想她?我觉得相反,她看样子挺规矩。"

我回答:"你看看那些手镯,我亲爱的,还有那些耳环和她的穿着。如果她是个舞蹈演员,我都不会惊讶,甚至是个马术演员,不过更像是个舞蹈演员。她整个人身上都散发着一股戏院的味道。"

这想法肯定让他想不通:"她还太年轻,我亲爱的,她还只不过二十岁。"

"可是,我的好伙计,世上有很多事是二十岁以前都可以做的,跳舞和朗诵就属于这一类,还不算另外一些也许只有她干的事。"

"去尼斯、文蒂米利亚①的特快列车旅客,上车啦!"铁路

---

① 文蒂米利亚:意大利城镇,在意大利和法国接壤处。

员工叫喊。

得上车了。我们的邻座女士正在吃橙子。可以肯定地说,她的吃相并不高雅。她把手绢垫在膝头上;撕掉金黄色的橙皮,张开嘴,把橙子四分之一四分之一地往嘴唇里塞,把籽儿往车门的窗口①外面吐,这些动作都透露出她在习惯和举止上接受的教育平平。

另外,她的眉头仿佛皱得更紧,她带着愤懑的神情快速地吞噬水果,那样子十分可笑。

保尔则在用他的目光吞噬她,一边寻思着该怎么办才能引起她的注意,搅动她的好奇心。他又和我聊起来,谈话中亮出一连串的高见,像熟人似的提及许多名人。但她对他的努力毫不领情。

火车驶过弗雷居斯②、圣拉斐尔③。它奔驰在这花园,这玫瑰的天堂,这同时结着白色花束和金色果实的茂盛的橙树林和柠檬树林,这香料的王国,这鲜花的乐土,这从马赛蜿蜒至热那亚的令人心旷神怡的海岸上。

沿着这条海岸走,六月最好。在狭窄的山谷里,在丘陵的斜坡上,形形色色最美丽的花儿撒野似的自由生长。在田野上,在平原上,在篱笆上,玫瑰,一大片一大片的玫瑰,总让人

---

① 十九世纪的法国火车,每个车厢有几个独立的隔间,每个隔间有一个车门,车门上部有一个窗户。

② 弗雷居斯:法国城镇,位于今普罗旺斯-阿尔卑斯-蓝色海岸地区瓦尔省,地处地中海岸边。

③ 圣拉斐尔:法国城镇,位于今普罗旺斯-阿尔卑斯-蓝色海岸地区瓦尔省,地处地中海岸边。

目不暇接。它们在墙上攀缘,在屋顶上盛开,爬上大树,在绿叶丛中绽放,有白的,有红的,有黄的,有小的和巨大的,瘦小的穿一件普通的单色连衣裙,丰腴的装束隆重而亮丽。

而且它们的强烈的气息,持久不散的气息,丰厚了空气,让它耐人寻味,令人心醉。最沁人肺腑的是开花时的橙树的香味,它似乎在我们吸入的空气里加了糖,好为我们的嗅觉做一道甜点。

平静的地中海,沐浴着这布满褐色岩石的漫长海岸。夏天的烈日把火热的布幔垂落在高山上,长长的沙滩上,凝重静止的蓝色大海上。列车一直前行,钻进隧道,穿过海角,在起伏的丘陵中滑行,在河流上空,在墙壁一样陡直的峭壁上经过;一股隐约的淡淡咸味,一股晾晒的海藻的气味,时而和浓烈撩人的花的香味融汇在一起。

不过保尔什么也没有看,什么也没有看见,什么也没有闻到。那位女性旅客吸引了他的全部注意力。

车到夏纳,他还有什么话要对我说,又示意要我下车。

刚走出车厢,他就攥住我的胳膊,说:

"你知道她非常可爱。你瞧她的眼睛,还有她的头发,我亲爱的,我从没见过这么美的。"

我对他说:"好啦,冷静些;不然你就发起攻势,如果你一定要这么做。在我看来,她并不是攻不下的,虽然她看上去有点气嘟嘟的。"

他又说:"难道你,你就不能跟她说说话吗?我,我找不出什么要说的。一开始,我总是腼腆得愚蠢。我从没有在大街上赶着跟一个女人说话。我跟在她们后面,围着她们转圈,走近她们,可是从来都找不到必须说的话。我只有一次尝试过谈话。我看出很明显对方等待着我先说些什么,我也必须说些什么,我就结结巴巴地说:'您好吗,太太?'她冲着我的脸哼地冷笑了一声,我连忙逃之夭夭。"

我答应保尔利用我的全部机智,为他找到一次谈话的机会。我们回到自己的座位时,和蔼地问我们的邻座女士:"吸烟妨碍您吗,太太?"

她回答:"Non capisco."①

她是意大利人!我真想放声大笑。保尔对这种语言一窍不通,我得给他当翻译才行。我就开始扮演我的角色。于是我用意大利语说:

"我问您,太太,吸烟是不是一点也不妨碍您?"

她恶狠狠地冲我扔了一句:"Che mi fa!"

她既没有转过头来,也没有看我一眼,我不知所措,我不知道应该把这句"我无所谓"视为允许还是拒绝,抑或仅仅是一种不在乎的表示,或者只是在说:"别打扰我。"

我又说一遍:"太太,吸烟是不是一点也不妨碍您?"

这时她回答:"Mica.②"那语调就等于在说:"让我清净些吧!"这毕竟可以理解为一种允许,我便对保尔说:"你可以吸烟。"他就像那些试图理解说外语的人一样,用惊奇的目光看

---

① Non capisco:意大利语,意为"我不明白。"
② Mica:意大利语,意为"不。"

着我。他带着十分滑稽的表情问我:

"你跟她说了什么?"

"我问她,我们是否可以吸烟。"

"这么说,她不懂法语?"

"一个字也不懂。"

"她怎么回答的?"

"她说我们想做什么就做什么。"

我点着了一支雪茄。

保尔又说:"她只说了这些?"

"我亲爱的,如果你统计过她说的话,就会知道她不多不少说了六个字,其中两个字还是为了让我明白她不懂法语。所以剩下的也就是四个字。而用四个字的确不可能表达很多意思。"

保尔看来无奈极了,失望极了,困惑极了。

突然,那意大利女子用同样的、对她来说也许是很自然的闷闷不乐的语调问我:"您知道我们几点钟到热那亚吗?"

我回答:"晚上十一点,太太。"沉默了一分钟以后,我又说:"我的朋友和我,我们也去热那亚,如果在旅途中有什么地方可以为您效劳,请相信,我们会非常荣幸。"

见她不回答,我又重复道:"您独自一人,如果您有什么需要我们效劳的地方……"她又干脆地说了一遍"Mica",说得那么坚决,我连忙住口。

保尔问:

"她说什么?"

"她说她觉得你很可爱。"

不过他可没有开玩笑的兴致;他冷冷地要求我别嘲弄他。

于是我把年轻女子的问题和我那惨遭拒绝的殷勤建议,都翻译给他听。

他真像关在笼子里的松鼠一样不安分。他说:"如果能知道她住在哪个旅馆,我们也去同一家。你尽可能巧妙地问问她,制造一个新的机会跟她说说话。"

这真不容易,我只有没话找话了,何况我自己也很想认识认识这个很难相处的女人。

列车已过尼斯、摩纳哥和芒通,在边界停下检查行李。

我虽然很厌恶在车厢里吃午饭和晚饭的缺乏教养的人,我还是去采购了大量的食品,尽最大努力满足我们这位女性旅伴的食欲。我清楚地感觉到,这个姑娘平常应该是很随和的。一件什么不顺心的事让她变得脾气暴躁。不过也许只需一点小事,一个唤醒的欲望,一句暖心的话,一个恰到好处的建议,就能让她展开眉头,让她改变,甚至把她征服。

列车又开动。车厢里仍然只有我们三个人。我把买来的食品摊在座椅上,把烤鸡切成块,把火腿片优雅地放在一张纸上,然后又把我们的甜食:草莓、李子、樱桃、蛋糕和糖果,小心翼翼地摆放在紧靠年轻姑娘的地方。

她见我们开始吃了,便从一个小包里取出一块巧克力、两个羊角面包,然后就开始用她那美丽尖利的牙齿,吃起松脆的面包和巧克力来。

保尔压低声音对我说：

"请她一块儿吃呀！"

"这正是我的意思，我亲爱的，但是万事开头难。"

她时而向我们的食品这边瞅一眼，我清楚地感觉到，她吃完了两个羊角面包，一定会还饿。我便任她先吃完她的有限的晚餐。然后我问她：

"太太，您肯赏光，接受我们这些水果中的一个吗？"

她又回答："Mica!"不过声音不像白天那样凶狠狠的了，于是我坚持说："那么，您愿意我献给您一点葡萄酒吗？我看见您什么也没喝。这是贵国的葡萄酒，意大利葡萄酒，既然我们现在到了你们这儿，我们非常乐意看到一张漂亮的意大利女人的嘴接受她的法国邻居的献礼。"

她轻轻地摇摇头，做了个"不"的表示，有拒绝的意志，却也有接受的意愿，虽然又说出一个几乎是礼貌性的"Mica"。我拿起按意大利习惯包着麦秸的酒瓶，倒了一杯，递给她。

"请喝吧，"我对她说，"就当是对我们来到贵国表示欢迎。"

她愁眉不展地拿起酒杯，一饮而尽，就好像这女人正受着渴的煎熬；然后，连"谢谢"也不说一声，把酒杯还给了我。

这时我又向她献上樱桃："吃吧，别客气。您看得很清楚，您让我们很高兴。"

她从她那个角落瞅着摆在她身旁的所有那些水果，快得我几乎听不清地说："A me non piacciono, ne le ciliegie, ne le susine; amo soltanto le fragole. "

"她说什么?"保尔立刻问。

"她说她不喜欢樱桃,也不喜欢李子,只喜欢草莓。"

我把摆满欧洲草莓的报纸放在她膝头。她立刻麻利地吃起来,用指尖捏着,隔着一点距离,把草莓抛出去,同时张开嘴一下子接住,那样子俏皮又可爱。

几分钟的时间里,我们眼看着那一小堆红色果实在减少、融化,直到完全消失在她两只手的迅速动作里。等她吃完草莓,我问她:"现在,我可以再向您献上什么呢?"

她回答:"我很愿吃点鸡肉。"

她就像一头食肉动物那样,运转颌骨,大口大口,狼吞虎咽掉足足半只鸡。接着,她决定吃些她不喜欢的樱桃,接着是李子,继而是蛋糕,然后说:"够了。"她又蜷缩在自己那个角落里。

我开始感到十分有趣,我想让她再吃些,说了许多恭维话打动她,接连献上好几种美食。但是她突然又变得暴躁起来,冲着我连说了几个"Mica",而且是那么声色俱厉,我再也不敢冒险打扰她的消化。

我转向我的朋友:"我可怜的保尔,我想我们是白费力气了。"

黑夜来临,一个炎热的夏夜缓缓降临,把它温暖的黑影铺展在灼热、疲倦的大地上。远远的大海上,这里一处那里一处,灯光在岬角上、在岬角的顶上闪亮,星星也开始显现在黑暗的天际,我有时误以为是灯塔呢。

橙树的香味变得更强烈;我们敞开肺腑,深深地、陶醉般地呼吸着。某种温柔、甜美、神秘的东西,仿佛在熏香的空气中飘荡。

突然,我远远看到一片树下,沿着大路,在已经漆黑的阴影里,有什么东西,犹如一阵星雨,就好像跳跃的光点,飞舞着,游戏着,在叶丛中奔跑,仿佛星辰自天而落,到地球上聚会。原来是一些黄萤,这些火焰般的萤虫,在芳香的空气里飞舞着,跳着奇特的火的芭蕾。

一只黄萤,偶然飞进我们的车厢,到处漫游起来,间歇地放射着亮光,时而闪亮,时而熄灭。我用蓝纱罩遮住我们的油灯,我看着这神奇的萤虫飞过来飞过去,扇动着它闪光的翅膀自由飞翔。突然,它落在晚饭后半睡的我们的邻座的黑发上。依然心醉神迷的保尔,眼睛呆望着睡女人头上那个犹如活动的珠宝一样闪光的亮点。

大约十点三刻的时候,意大利女人醒了,那闪亮的小虫还在她的头发上。见她动弹了一下,我说:"我们到热那亚了,太太。"她没有看我,她好像还被一个固定的烦人的念头萦绕着,小声嘀咕着:"我现在做什么呢?"

然后,她突然问我:

"您愿意我跟你们一起走吗?"

我是那么惊讶,不明白是怎么回事。

"怎么,是跟我们吗?您是什么意思?"

她越来越火,重复道:

"您愿意我立刻就跟你们走吗?"

"我很愿意;您要去哪儿呢?您愿意我带您去哪儿呢?"

她耸耸肩膀,带着一副极其冷淡的神情。

"随您的便,我无所谓。"

她重复了两遍:"Che mi fa!"

"不过,我们是要去旅馆呀。"

她用完全不在乎的语调说:"好呀,那就去旅馆。"

我转身对保尔说:

"她问,她是不是可以跟我们一起去。"

我的朋友大吃一惊,这倒让我恢复了冷静。他反问:

"跟我们一起去?去哪儿?为什么?怎么去?"

"你问我,我也不知道!她刚才用恼怒的语调向我提出这个建议。我回答我们去旅馆;她回答:好呀,那就去旅馆!她想必一个子儿也没有。这倒没关系,只是她交朋友的方式太奇特。"

保尔激动得直打哆嗦,大喊:"当然可以啦,我很乐意,告诉她,她愿意去哪儿,我们就带她去哪儿。"他犹豫了片刻,然后用不安的声调接着说,"不过,应该知道她跟谁去?跟你,还是跟我?"

我转向意大利女子,她甚至不像在听我们说话,又陷入她完全心不在焉的状态。我对她说:"太太,我们很荣幸带您跟我们一起走。只不过我的朋友想知道,您想挽着谁的胳膊走,他的,还是我的?"

她对我睁着黝黑的大眼睛,隐约有些惊讶:"Che mi fa!"

我解释道:"我想,在意大利,人们把照顾一个女人的所有意愿、操心她的所有意志、满足她的所有任性的人称作男朋友,一个 patito①;在我们俩当中,您愿意谁做您的 patito 呢?"

她毫不犹豫地说:"您!"

我转身向着保尔:"她选了我,我亲爱的,你没有运气。"

他窝火地说:"你满意了。"

保尔思忖了一会儿,又说:"难道你一定要带这个野鸡一起走吗?她会败坏我们这次旅游的。你想让我们拿这个女人怎么办?她样子不明不白。旅馆绝不会给我们应有的接待!"

但是我恰恰开始觉得这个意大利女人比最初认为的好多了;我坚持,是的,我现在坚持要带她一起走。我甚至很高兴有这个想法,我已经感到对一个爱情之夜的前景的期待,在血管里激起小小的震颤了。

我回答:"我亲爱的,我们已经答应。打退堂鼓太迟了。是你首先建议我回答'可以'的。"

他低声抱怨着:"真愚蠢!总之,随你的便吧。"

列车鸣响汽笛,减低速度;我们到了。

我走下车厢,然后把手伸给我的新旅伴。她轻快地跳到地面,我把胳膊伸给她,她勉强地挽起来。认领了行李,我们就出发,在城里穿行。保尔一声不吭,烦躁地走着。

我对他说:"咱们去哪个旅馆?带着一个女人,尤其是这个意大利女人,现在去'巴黎城'也许有些困难。"

保尔打断了我的话:"是的,带着一个不像公爵夫人而更像婊子的意大利女人。总之,这跟我没关系。你爱怎么做就怎么做吧!"

---

① patito:意大利语,意为"男朋友"。

我不知所措。我已经写信给"巴黎城",为我们订了一套客房……而现在……我不知道该怎么决定了。

两个行李搬运工推着行李跟在我们后面。我又对保尔说:"你最好先去。你说我们就到。你话里让老板知道我是带着一个……女朋友,我们希望有一套把我们三个人完全分开的客房,避免和其他游客混在一起。他会明白的,咱们等他回答了再决定。"

保尔抱怨道:"多谢啦,这种差事和这个角色可不适合我。我不是到这儿来给你安排房间和玩乐的。"

但是我坚持求他:"算了吧,我亲爱的,别生气啦。住一个好旅馆肯定比住一个差的强,再说向老板要一套带餐厅的三间分开的客房也不是很困难的事。"

我在"三"字上加重语气。这让他下了决心。

他于是先走了,我看见他走进那家华丽旅馆的大门,而我就留在马路对面,拖着我的闷声不吭的意大利女人,运行李的工人亦步亦趋地紧随在身后。

保尔终于回来了,他那副表情跟我的女伴一样阴郁:"妥了,"他说,"他们答应了,不过只有两个房间。你想怎么安排就怎么安排吧。"

我跟着他进去。带着一个形迹可疑的女人,我不免有些汗颜。

我们果然有两个房间,中间隔着一个小小的客厅。我要店家给我们上一道冷食夜宵,然后,我有点不知所措地转身对意大利女人说:

"我们只弄到两个房间,太太,您喜欢哪一间就选哪一间吧。"

她的回答是一个永远一成不变的"Che mi fa"。于是我从地上拿起她的黑色小木箱,一个真正的女仆的行李箱,把她送到我为她……也是为我们选定的右面那个房间。箱子上贴着一张方纸条,一个法国人的手笔在上面写着:"弗兰西斯卡·隆多利小姐,热那亚"。

我问:"您叫弗兰西斯卡?"

她没有回答,只点头称"是"。

我又说:"我们一会儿吃夜宵。在这以前,您也许要梳洗一下吧?"

她用一个"Mica"回答我。在她嘴里,这是和"Che mi fa!"同样常说的话。我坚持说:"乘火车旅行以后,洗一洗是多么舒服呀。"

接着,我想她也许没有带妇女梳洗必不可少的用品,因为我觉得她好像刚从什么不愉快的遭遇中脱身出来,肯定还处在特别困难的境地,于是我把自己梳洗用品的盒子拿给她。

盒子里面有各种卫生小用品:一个指甲刷、一把新牙刷、我的剪刀、我的锉子、几块海绵,因为我总随身带着一整套东西。我把一小瓶含龙涎香的薰衣草香水和一小瓶新刈干草香水的瓶塞拔掉,让她去选用。我打开我的粉盒,里面放着粉扑。我从我的精制毛巾中取出一条,搭在水罐上,又搁一块没用过的肥皂在脸盆旁边。

她睁着怒气未消的大眼睛注视着我的每一个动作,对我的美意既不表示惊讶也不表示满意。

我对她说:"您需要的东西都在这里了,夜宵准备好以后我就来通知您。"

我回到客厅。保尔已经住进另一个房间,把自己关在里面。我便独自一人待在那里等着。

一个侍者来来去去,送来盘子、酒杯。他有条不紊地摆放好餐具,然后把一只冷鸡放在桌子上,对我说可以吃了。

我轻轻敲了敲隆多利小姐的房门。她喊道:"请进。"我走了进去。我顿时感到一股令人窒息的香水气味,理发店常可闻到的那种强烈、浓重的气味。

意大利女人坐在她的箱子上,神态像是一个不满的冥想女人,或者被辞退的女用人。我看了她一眼,品味了一下她所理解的梳洗是怎么回事。毛巾还折得好好的,放在满满的水罐上。干干的肥皂根本没动过,放在空空的水盆旁。不过那年轻女子好像把几瓶香精喝掉了一半。古龙香水用得还算节省,瓶子里只少了将近三分之一。作为平衡,她把含龙涎香的薰衣草香水和新刈干草香水消耗得惊人。香粉像淡淡的白雾,还在空气里飘浮,因为她脸上脖子上都抹了很多。她的睫毛上、眉毛上和两鬓上都挂着雪,面颊像糊了石膏,脸上每个凹陷里,鼻翼、下巴的小窝、眼角,都看得到深深的一层香粉。

她站起来的时候,发出的气味是那么强烈,我感到一阵头痛。

我们坐下,准备吃夜宵。保尔的脾气已经变得糟透了。我只能引出他几句责怪的话、充满火气的看法和话里带刺的恭维。

弗兰西斯卡小姐吃起来就像个无底洞。一吃完,她就在长沙发上打起盹来。而我则犹如芒刺在背,眼看着分配房间的决定性时刻逐渐到来。我决定赶快了结这件事,于是我在意大利女人身旁坐下,自作多情地亲吻了一下她的手。

她微睁疲乏的眼睛,从抬起的眼皮底下向我投来睡意正浓但是始终愤愤的一瞥。

我对她说:"既然我们只有两个房间,您允许我跟您一起到您的房间住吗?"

她回答:"随您的便。我无所谓。——Che mi fa!"

她如此无动于衷,颇让我的自尊心受伤:"这么说,我跟您去,您不会感到不愉快了?"

"我无所谓。随您的便。"

"您想立刻就睡吗?"

"是的,我想;我困了。"

她站起来,打了个哈欠,把手伸给保尔;保尔气愤地握了一下;而我为她掌灯,送她到我们的房间。

但是一种不安的心情萦绕着我,我又对她说:"瞧,您需要的东西都在这儿。"

我特意把水罐里的水倒了一半在脸盆里,把毛巾放在肥皂旁边。

然后,我回到保尔那里。他见我回来,就声称:"你带回来的真是个不折不扣的婊子!"我笑着反驳道:"我亲爱的,别因为葡萄绿就说它酸。"

他幸灾乐祸地又说:"你瞧着吧,有你后悔的,我的好

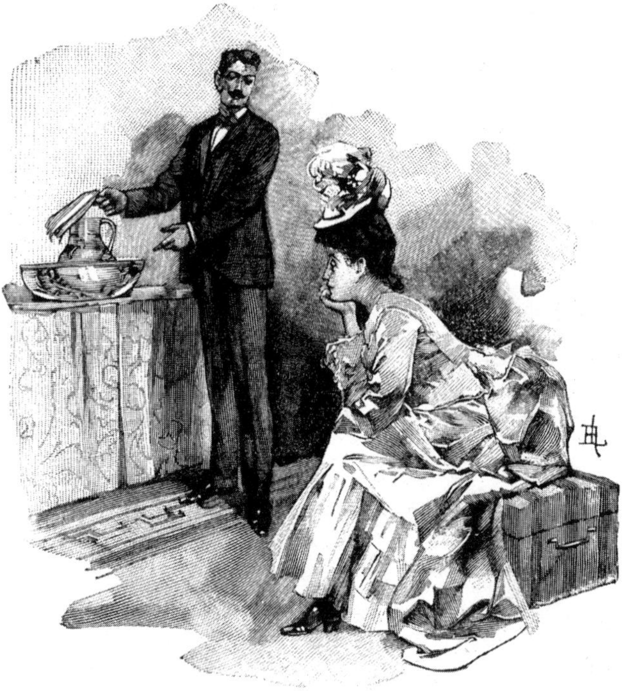

伙计。"

我打了个寒战。可疑的爱情之后总困扰着我们的那种恐惧,美妙的邂逅、意外的温存、所有那些艳遇赢得的亲吻黯然失色的恐惧,突然涌上我心头。但我还是硬着头皮充好汉:"算了吧,这个姑娘绝不是放荡的女人。"

可是这坏蛋,他把我看透了,他已经看到我脸上掠过的不安的阴云:"你了解她什么呢?我觉得你真让人惊讶!你在车厢里捡到一个单身旅行的意大利女人;她真是少有的厚颜无耻,竟提出碰到的第一个旅馆就跟你睡觉;你把她带来,你还硬说她不是妓女!你居然自欺欺人,以为今晚冒的危险不会比在一个……一个患了天花的女人床上过夜危险大!"

他笑着,那笑里藏着恶意和恼怒。我苦恼得要命,一屁股坐下。我该怎么办?因为他说的有道理。恐惧和欲望,在我心里进行着一场可怕的搏斗。

他又说:"随你的便,反正我警告过你了;你有了麻烦可不要埋怨。"

但是我在他眼里看到一种那么具有讽刺意味的愉悦,一种那么带着报复意味的快感。他那么兴高采烈地嘲弄我,我便不再犹豫。我向他伸出手,对他说:"晚安!

"无危险而克敌,虽胜不荣。①

---

① 此诗句引自法国剧作家高乃依(1606—1684)的剧本《熙德》第二幕第二场。

"确实,我亲爱的,为了胜利,危险也值得。"

说罢,我就迈着坚定的脚步,走进弗兰西斯卡的房间。

我在门口愣住了,因为意外,也因为惊奇。她正在安睡,浑身赤裸地躺在床上。她刚脱了衣服,困倦突然袭击了她;她便像提香①画布上的伟大女性那样,以美妙动人的姿态休憩。

似乎她脱完袜子就困倦得躺下了,因为袜子还留在床单上;然后,她想到了什么事,大概是一件愉快的事,因为她等了一会儿才起身,好让她的遐想完成;接着她慢慢闭上眼,便失去了意识。一件领口带花边的睡衣,在一家成衣店买的睡衣,她初试奢华的饰物,摊放在一把椅子上。

她可爱、年轻、结实而又鲜嫩。

还有什么比睡梦中的女人更美的呢?这身体的每一个轮廓都是柔和的,每一个曲线都是诱人的,每一块柔软的隆起都缭乱人心,这身体仿佛就是为在床上一动不动地展示而生。这起伏的线条,在侧腹部凹下去,在胯部高耸,在大腿部沿着柔和的微微斜坡下降,最后那么优雅地在脚尖结束,这线条只有横卧在一张床的床单上才能勾画出它的全部美妙。

一刹那间,我简直要忘掉我的伙伴的谨慎忠告了;不过忽然,当我向梳妆台转过身去的时候,我看到放在那里的东西原封未动,全在那里。我颓丧地坐下,不知何去何从,备受折磨。

我肯定在那里待了很长时间,相当长的时间,也许有一个

---

① 提香,又译提齐安诺(约1488、1490—1576):意大利文艺复兴后期威尼斯画派的代表画家。

小时,什么也不能决定,无论是大胆前进,还是临阵脱逃。再说,撤退对我来说是不可能的,我要么在一张座椅上过夜,要么也躺下睡觉,冒着风险和危害。

至于睡在这儿还是那儿,我想必根本就没有考虑,我的脑子太乱,眼睛太忙。

我激动,兴奋,不安,紧张极了,不停地抓耳挠腮。接着,我做出一个懦夫的推理:"我躺下也不是一定要承担任何义务。在床垫上休息总比在椅子上好。"

于是我慢慢地脱掉衣服,然后跨过睡觉的女人,面朝墙躺下,把脊背对着诱惑。

我还是很久,非常久没有睡着。

突然,我身旁的女人醒了。她睁开惊讶然而总是不悦的眼睛;接着,发现自己赤身露体,便起身,不慌不忙地穿上睡衣,那么镇定自若,就像我不在那儿似的。

于是……老实说……我就享用了这个机会,再说她也没显出丝毫的顾虑。而且她又平静地睡了,头枕在她的右胳膊上。

我则思考起人类的不慎和弱点。接着我也终于睡着。

她就像习惯了在清晨干活似的,很早就穿好衣服。她起床的动作把我弄醒了,我透过半睁的眼皮偷偷看她。

她走过来走过去,不慌不忙,好像因为什么事也不要做而感到惊讶。然后她决定走到梳妆台前,在一分钟的时间里,把我的几个小瓶里剩下的香水全部倒光。不错,她也用水,但是很少。

她完全穿好衣服以后,又在她的箱子上坐下,两手抱着一个膝盖,陷入沉思。

我装作刚发现她在那儿,招呼道:"您好,弗兰西斯卡。"

她并不显得比前一天和蔼,低低地说了声:"您好。"

我问:"您睡得好吗?"

她点了点头,表示睡得好;我跳下床,走上前要拥吻她。

她像不乐意让人抚弄的孩子似的,带着厌烦的神情把脸伸给我。于是我温柔地搂着她(酒已经斟出来了,我却不再喝,那才真叫傻呢),把嘴唇慢慢地贴在她闭上的那双总在生气的大眼睛上;而当我吻她白皙的面颊、丰满的嘴唇时,她扭过头去。

我对她说:"您难道不喜欢人家吻您?"

她回答:"Mica."

我坐在她坐的箱子上,紧挨着她,把我的胳膊从她的胳膊下伸过去:"总是 Mica! Mica! Mica! 我以后就只叫您 Mica 小姐。"

我第一次仿佛在她嘴上看到一丝笑容,那么快就一闪而过,也可能我搞错了。

"但是如果您总是回答'Mica',我真没法知道怎样才能让您高兴了。就说今天吧,我们做什么呢?"

她犹豫了一下,仿佛一种欲望闪过她的头脑,但她却漫不经心地说:"我无所谓。随您的便。"

"那好,'Mica'小姐,咱们就租一辆马车,去散步。"

她咕哝道:"随您的便。"

保尔正在饭厅里等我们,脸上带着恋爱中的第三者那种厌烦的神情。我强装出一副乐不可支的表情,用力跟他握了握手,这力量里不言自明地满含着胜利者的志得意满。

他问:"那你打算做什么?"

我回答:"咱们先在城里转转,然后租一辆马车去近郊几个地方看看。"

吃午饭时大家都很沉默。然后我们就动身,走过一条街又一条街,参观博物馆。弗兰西斯卡挽着我,我拖着她从一个宫殿到另一个宫殿。我们跑遍了斯皮诺拉宫、多利亚宫、马尔塞罗·杜拉索宫、红宫和白宫①。她什么都不看,或者抬起疲惫而又毫不在意的眼睛看几眼那些杰作。保尔气急败坏,一个劲地咕哝着一些抱怨难听的话。接着,我们乘一辆马车在乡间转了转。三个人都一言不发。

然后,我们就回去吃晚饭。

第二天情况一样,第三天还是一样。

第三天,保尔对我说:"告诉你,我要跟你分手了;我,我总不能待三个星期,光瞅着你跟这个婊子做爱。"

我不知所措,十分为难,因为令我大为惊讶的是,我已经非常奇怪地喜欢上弗兰西斯卡了。男人是软弱和愚蠢的,很

---

① 热那亚的斯皮诺拉宫是位于市中心的历史建筑,以室内装潢著称;多利亚宫是市政厅,现已名列世界文化遗产;马尔塞罗·杜拉索宫是十七世纪的豪华住宅,也名列世界文化遗产;白宫和红宫中有许多收藏丰富的艺术画廊。

容易受到影响,每当感官受到刺激,被控制住,就会让步。我依恋这个我一点也不了解的姑娘,依恋这个不爱说话、总是闷闷不乐的姑娘,我喜欢她怒气冲冲的脸,一直撅着的嘴,烦恼的眼神;我喜欢她疲乏的姿态、轻蔑的赞同,直到她对爱抚的无动于衷。一个秘密的链条,动物之爱的神秘的链条,对占有不知餍足的秘密的链条,把我拴在她身边。我把这一切都坦坦荡荡地告诉了保尔。他骂我是傻瓜,然后对我说:"那么,你就带她走吧。"

但是她执拗地拒绝离开热那亚,也不愿意解释为什么。我又央求,又讲道理,又许诺;毫无作用。

我只好留下。

保尔声明要一个人走。他甚至收拾好了箱子,不过他也同样留下了。

又过了两个星期。

弗兰西斯卡一如既往地沉默寡言,气呼呼的,生活在我身边,却和我貌合神离。我问她任何问题,向她提出任何建议,她永远回答"Che mi fa!"或"Mica"。

我朋友的怒气再也消不下去了。他每次发火,我总是回答:"你如果感到烦闷,你可以走。我不强留你。"

这时他就骂我、责怪我,大嚷:"可是事到如今你让我去哪儿?我们有三个星期的时间可以支配,现在已经过了两个星期!你这时才跟我说我可以继续这次旅行,太迟了!另外,你说这话,就好像是我要一个人去威尼斯、佛罗伦萨和罗马似的!不过你要为此付出代价,而且比你想象的还要多。根本就不应该把一个人从巴黎弄来,把他跟一个放荡的意大利女人关在热那亚的一个旅馆里!"

我心平气和地对他说:"那么,你就回巴黎。"他就大声叫喊:"我正要这么做,而且最晚明天!"

可是第二天,他还是像前一天一样留下来,不过仍然怒气冲冲,骂骂咧咧。

现在当地人都认识我们了,因为我们从早到晚在街道上,在这城市的没有人行道的狭窄街道上游荡。热那亚就像一座巨大的迷宫,开凿了许多地道似的通道。我们走在这些通道里,穿堂风呼呼地吹;我们走在两边高墙之间的小路上,只能看到一线天空。有时一些法国人回过头来,惊奇地发现几个同胞和一个意大利姑娘在一起,这姑娘无精打采,梳妆扎眼,举止看上去很古怪,在我们中间很不协调,甚至给人不好的印象。

她走路的时候倚着我的胳膊,什么也不看。她为什么留下来跟着我,跟着我们,既然我们给她的欢乐这么少?她是什么人?她从哪儿来?她过去做什么?她有一个计划,一个想法吗?或许她就是茫无目的,靠着邂逅和运气生活?我试图了解她,深入她的内心,解释她这个人,可是白费功夫。我越认识她,她越让我惊奇,对我越显得像一个谜。可以肯定,她不是一个操皮肉生涯的坏女人。在我看来她更像是一个穷人家的女孩,被人引诱、拐走、抛弃,现在走投无路了。她打算做什么呢?她期望什么呢?因为她绝不像在力图征服我,也不像要在我身上得到什么实际的好处。

我曾试着探问她,让她讲讲她的童年,她的家庭。她不回答。我留下来跟她在一起,心灵虽自由,肉体却被钳住。我把她搂在怀里,绝不会疲倦,像一个动物似的,和这个脾气坏但是非常美的女人成了一对。我被一种性感所吸引,或者说诱惑,被一种性的魅力,被她香喷喷的皮肤和身体有力线条释放出的青春、健康、强大的魅力所降伏。

一个星期又过去了。我们的旅行的期限临近了,因为我必须在七月十一日回巴黎。保尔虽然一直在骂我,但也差不多容忍了这桩艳遇。而我呢,我发明出一些乐子、消遣、游玩,让我的女友和朋友开心;我真是自讨苦吃。

一天,我向他们提议去桑塔·玛格丽塔①郊游。那是一个十分可爱的小城,在几个花园环抱之中,隐藏在一个山坡脚下,那山坡在海水中远远地延伸、直到珀尔托维诺村。我们三个人沿着景色宜人的山边公路走。弗兰西斯卡突然说:"明天,我不能跟你们一起出来玩,我要去看亲戚。"

她不再说下去。我也没有再问她,因为我肯定她绝不会回答。

第二天,她果然很早就起床。然后,因为我还躺着,她就在我脚边坐下,神情窘迫、为难、犹豫地对我说:"如果我今晚不回来,您会不会来找我?"

我回答:"当然,肯定会。去哪儿找您呢?"

她对我解释道:"您先走维克托-艾马努埃尔街,然后穿

---

① 桑塔·玛格丽塔:意大利城镇,在热那亚近郊,以温泉浴著称。

过法尔考纳过道和圣-拉斐尔小路,您从一个家具商的房子进去,院子最里头,右边那座房子,您说找隆多利太太。就是那儿。"

说完她就走了。我惊讶得很久缓不过神来。

见我独自一人,保尔十分惊异,咕哝着问:"弗兰西斯卡在哪儿?"我把刚刚发生的事对他说了一遍。

他大呼:"那么,我亲爱的,趁这个机会,咱们赶快溜。何况我们的时间也快完了。多待两天少待两天算不了什么。走吧,走吧,去收拾行李。快走!"

我拒绝:"不,我亲爱的,我跟她在一起待了三个星期,绝不能就这么把她甩了。我得跟她道个别,让她接受点什么。不,我那样做就是个浑蛋。"

但是保尔根本不想听,他逼我,跟我苦苦纠缠。不过我就是不肯让步。

这天白天我一步也没有离开房间,等着弗兰西斯卡回来。可是她没有回来。

晚上,吃晚饭的时候,保尔得意地说:"是她把你甩了,我亲爱的。这,真有趣,太有趣了。"

我承认,我很惊讶,甚至有点生气。他嘲笑我,讽刺我:"用的方法不赖,虽然很原始:——'您等着我,我就回来。'你要等她多久?谁知道?你也许会幼稚到去她告诉你的地址找她呢:——'请问您是隆多利太太吗?'——'先生,不是这儿。'——我敢打赌你想去。"

我抗议:"才不呢,我亲爱的,我向你发誓,如果她明天早上还不回来,我八点钟就乘特快列车走。我要等到二十四小时。这够了,我的良心也安了。"

我一整晚都过得忐忑不宁,有点伤感,有点紧张。我心里真的对她有点难以割舍。午夜十二点,我躺下。我几乎没有睡着。

我六点就起床。我唤醒保尔,我收拾箱子,两个钟头以后,我们一起坐上了去法国的火车。

3

然而,就像人们会周期性地发热那样,第二年,恰在同一个时期,我又心血来潮,想去看看意大利。我决定立刻开始这次旅行,因为游览佛罗伦萨、威尼斯和罗马是一个有教养的人的必修课。另外这也能给人增添在社交场合的谈资,就艺术发表大通大通的貌似深刻实则平庸的议论。

这一次我独自一个人出行,和去年同一个时刻到达热那亚,只是途中没有任何艳遇。我去同一个旅馆住宿;我还凑巧住进同一个房间!

不过我刚躺到这张床上,从前一天起就在我脑海里隐约浮现的对弗兰西斯卡的记忆,就一直萦绕着我,奇怪地驱之不散。

在某个地方爱过、拥有过一个女人,很久以后旧地重游,往事联翩,您领略过这种事吗?

这是我体验过的最强烈、最难过的感受。人们好像就要看到她走进来,微笑,张开双臂。她的面孔,时隐时现而又十分清晰,在您前面闪过,重现,消失。她像一个噩梦般折磨您,占据您,充满您的心,用她虚幻的存在搅动您的感觉。眼睛隐约看到她,她香水的馨香跟着您;您嘴唇上有她的吻的味道,皮肤上有她肉体的爱抚。但您是孤独一人,您很清楚这一点,您痛感这记忆招来的幽灵造成的奇特困惑。一种深沉、痛苦的悲伤包围了您,就好像您被人永远抛弃。每一个物品都具有了令人沮丧的含义,在灵魂里,在心头上,留下一种孤独和失落的可怕印象。啊!劝君再也莫去您曾拥吻过一个可爱的女人的城市、房屋、房间、树林、花园、长椅!

总之,整整一夜,我都被对弗兰西斯卡的回忆穷追不舍,我心里逐渐萌生了再看看她的愿望,这愿望起初还模模糊糊,后来变得越来越强烈,再后来越来越急切,越来越热烈难耐。我决定第二天整个白天都在热那亚度过,尽量找到她。如果找不到,我当晚就乘火车继续行程。

因此,我第二天一清早就开始寻找。她离开时告诉我的话我记得很清楚:——维克托-艾马努埃尔街—法尔考纳过道—圣-拉斐尔小路—家具商的房子—院子最里头—右边那座楼。

我并非毫不费劲地找到了这一切,我敲响了一座破败的小楼的门。一个肥胖的妇女走来开门,她过去大概长得很美,而今只能说肮脏不堪。虽然过分肥胖,但她仍保留着依稀可见的风韵的线条。她蓬乱的头发成绺地垂到额头和肩头。在她污迹斑斑的宽大的晨衣里面,看得出她整个肥胖的身体在晃荡。她脖子上戴着一条老粗的镀金项链,两个手腕上戴着闪亮的热那亚金银丝的镯子。

她怀着敌意地问:"您要干吗?"

我回答:"请问,弗兰西斯卡·隆多利小姐是不是住在这儿?"

"您找她干什么?"

"我有幸去年和她相识,我想再见见她。"

老妇人用怀疑的目光打量着我:"请告诉我,您是在哪儿认识她的?"

"就是在这儿,在热那亚呀!"

"您叫什么名字?"

我迟疑了片刻,然后就把我的名字告诉了她。我刚说出我的名字,这意大利女人就举起胳膊,像要拥吻我似的:"啊!您就是那个法国人;我真高兴见到您!我太高兴啦!可是,您多么让这可怜的孩子伤心哟!她等了您一个月,先生,是的,一个月。第一天,她以为您会来找她。她想看看您是不是爱她!您要知道,她明白您不会来的时候,哭得多么伤心。是的,先生,她哭干了眼泪。后来,她还去过那家旅馆。您已经走了。她以为您在意大利旅行,您会再路过热那亚,还会回来找她,既然她没有同意跟您走。她等呀,是的,先生,等了一个多月;她很伤心,很伤心。我是她的母亲!"

我真感到有点狼狈。不过我很快就恢复了镇定,问:"她现在在这儿吗?"

"不,先生,她在巴黎,跟一个画家在一起,一个很可爱的小伙子,他很爱她,先生,他非常爱她,她要什么他就给她什么。喏,瞧她给我,给她母亲寄来的这些东西。她很懂事,是不是?"

她带着南方人特有的那种活泼的神气给我看她胳膊上很粗的镯子和脖子上挺重的项链。她又说:"我也有两个镶宝石的耳坠,还有一件丝绸连衣裙和几只戒指;不过我早上用不着,只在下午梳洗打扮的时候才穿戴。啊,她现在很幸福,先生,很幸福。等我写信告诉她您来过,她不知该多么高兴呢!您请进,先生,请坐。您喝点什么吧,请进。"

我谢绝了,因为我想乘第一班火车离去。但是她拉着我的胳膊,往里拽我,一边连声说:"进来吧,先生,我好告诉她您到我们家来过。"

我便走进一个相当晦暗的小厅,里面有一张桌子和几把椅子。

她又说:"啊!她现在很幸福,很幸福。您在火车里遇见她的时候,她心里正很烦恼。她的相好在马赛离开了她,可怜的孩子就回来了。她立刻就爱上了您,但是她那时还有点悲伤,您明白。现在,她什么也不缺了;她写信把她做的事都告诉我。他叫贝尔曼先生。据说在你们那儿是个大画家。他是路过这儿的时候,在大街上遇见她的,是的,先生,在大街上,立刻就爱上了她。啊,您喝一杯果汁好吗?味道不错。您今年是一个人来的吗?"

我回答:"是的,是一个人。"

我现在感到被越来越强烈的笑的欲望征服,最初的沮丧随着隆多利大婶的讲演已经烟消云散。我需要喝一杯果汁。

她继续说:"您怎么会单独一个人?啊!弗兰西斯卡不在这儿了,我真遗憾;不然,您留在城里的这段时间她一定会陪伴您。孤单一人玩可不是开心的事;她也会感到遗憾。"

见我站起来,她大声说:"要不让卡尔洛塔跟您去,您看好吗?她很熟悉那些游玩的地方。这是我的另一个女儿,先生,第二个。"

她想必把我的惊愕当作赞同了,急匆匆走向一个内门,推开门,向看不见的楼梯的黑暗中大喊:"卡尔洛塔!卡尔洛塔!快下来,马上来,我亲爱的女儿。"

我想表示反对;她不容我说:"别,让她去陪您;她很温柔,比另一个性格开朗得多;这是个很好的姑娘,很好的姑娘,我很喜欢她。"

我听到楼梯上传来拖鞋的响声;一个高个子姑娘走出来,褐色的头发,瘦长的身材,长得挺好看,但头发也是乱蓬蓬的,在一件她母亲的旧连衣裙里,可以想见她年轻、苗条的身体。

隆多利太太立刻把我的情况跟她说了一遍:"这就是弗兰西斯卡的那个法国人,去年的那个,你知道的。他来找她;他独自一人,这位可怜的先生。所以我对他说,你可以跟他去,陪伴他。"

卡尔洛塔用她美丽的褐色眼睛看着我;她一边微笑,一边低声说:"如果他愿意;我嘛,我很愿意。"

我怎么可能拒绝呢?我表示:"我当然愿意。"

于是隆多利太太就把她往外推:"快去换衣服,快去,快去,穿上那件蓝色连衣裙,戴上有花饰的帽子,赶快。"

姑娘刚去,她就向我解释:"我还有两个女儿,不过年龄更小。养活四个孩子,唉,花费很大!幸好现在老大出头了。"

接着,她就跟我聊她的生活,她的原是铁路员工的死去的丈夫,称道她第二个女儿卡尔洛塔的种种可爱之处。

二女儿回来了,穿衣的品位和老大一样,一件刺眼的独特的连衣裙。

母亲把她从头到脚检查了一遍,认为合自己的意了,便对我们说:"现在,可以去了,我的孩子们。"

然后,她又对女儿说:"千万别过了晚上十点回来;你知道那时候大门就关了。"

卡尔洛塔回答:"别担心,妈妈。"

她挽住我的胳膊,我就跟她逛起街来,就像前一年跟她姐姐一样。

我回旅馆吃午饭,然后,我又带着我的新女友去桑塔·玛格丽塔,重游我上次和弗兰西斯卡游过的名胜。

晚上,她没有回家,虽然大门过了十点就要关。

在我能支配的半个月的时间里,我和卡尔洛塔在热那亚近郊畅游。她让我对前一个姑娘不再惋惜。

我动身的那个早上离开她时,她痛哭流涕,我不但给她留下一个纪念品,还送给她母亲四个手镯。

我打算最近的某一天再去看看意大利;我心里不安同时又怀着希望地想着:隆多利太太还有两个女儿。

博尼法斯老爹揭发的罪案*

这一天,邮差博尼法斯从邮局出来,发现这一趟会比平常少用些时间,心里非常高兴。他管递送威尔维尔镇周围乡村的信,每次拖着疲劳的长腿回家时,都已经是晚上了;他的两条腿有时得走四十多公里的路。

而今天的邮件可以快一点送完;他即使在路上闲逛一会儿,下午三点钟左右也能回到家。运气真好!

他从通往塞纳玛尔村的路走出镇子,就开始自己的工作。这时正是六月,绿海兴波、繁花似锦的月份,原野上最美的月份。

他穿着一件蓝色工作罩衣,戴着一顶有红饰条的黑军帽,沿着狭窄的小径,在一片片油菜地、燕麦地和小麦地里穿行,

---

* 本篇首次发表于一八八四年六月二十四日的《吉尔·布拉斯报》;一八八五年收入马普隆－弗拉玛里庸出版社出版的莫泊桑小说集《白天和黑夜的故事》;一九〇二年收入保尔·奥朗道尔夫出版社出版的插图版莫泊桑全集《白天和黑夜的故事》卷。

肩膀以下都淹没在庄稼里,只有头露在麦穗上面,就像在轻风吹起涟漪的平静的绿色海洋上漂浮。

他从两排山毛榉树荫蔽着的斜坡上的木栅栏门走进农庄,喊着名字跟农民打招呼:"您好,希科老板!"一面递上他订阅的《小诺曼底人报》。庄主在裤子屁股上蹭蹭手,接过报纸,塞进衣袋,等吃过午饭再不慌不忙地看。一条狗,住在一棵倾斜的苹果树底下的一个木桶里,拉扯着拴它的绳子,发疯了似的叫着。乡村邮递员头也不回,迈着长腿,跨着军人的步子又走了,左胳膊压着挎包,右手操纵着手杖;那手杖也跟他一样不停地、急急地前进。

他在塞纳玛尔村递送完印刷品和信件,就穿过田野去给收税官送邮件。收税官住在离镇子一公里远的一座孤立的小房子里。

新收税官沙帕蒂先生上星期刚上任,结婚也没多久。

他订阅了一份巴黎的报纸。要是有时间,邮差博尼法斯偶尔会在把报纸送给收件人以前,溜上一眼。

所以,他打开挎包,取出那份报纸,抹下封套,把报纸展开,就一边走一边读起来。第一版他不感兴趣,因为他对政治漠不关心;金融信息他也跳过;他最喜欢看的是社会新闻。

这一天的社会新闻特别丰富。有一则报道说的是发生在一个猎场看守人小屋的罪案,让他惊心动魄;他忍不住在一块苜蓿地里停下,仔细地再读一遍。那罪案的情节很可怕。一个伐木工人,清晨在一个护林人的房前经过,发现门槛上有一点血迹,好像有人流过鼻血一样。"护林人夜里大概打死了一只野兔。"他想。但是走近一看,他发现门虚掩着,锁被砸坏了。

那伐木工人顿时感到一阵恐惧,跑到村里去通知村长。村长又找来乡警和小学教师做帮手,四个人便一起往回走。他们发现护林人被割断喉咙杀死在壁炉前,他的妻子被勒死在床底下,他们六岁的小女儿被闷死在两个床垫中间。

邮差博尼法斯想到这起凶杀案,案情的可怕细节一一浮现在他眼前,令他震惊不已,他感到两条腿都发软了,不禁说出声来:

"他妈的!这世界上还真有恶人!"

然后,他把报纸重新用纸箍套好,继续往前走,不过满脑子净是这桩罪案的幻象。他很快就到了沙帕蒂先生的住处。他推开小花园的栅栏门,走到房子前面。那是一座低矮的建筑物,只有一层,上面是复折式的屋顶。它和最近的房屋相距至少也有五百米。

邮差上了两级台阶,把手放在门把手上,企图推开门,发现门闩着。他这时才发现护窗板都还没有打开,也就是说,这一天还没有人出来过。

他突然有一种不安的感觉,因为沙帕蒂先生自从来到这里,总是起得比较早。博尼法斯掏出怀表来看。刚早晨七点十分,也就是说,他早来了将近一个钟头。即使这样,收税官也应该起来了。

他于是战战兢兢地围着住宅走了一圈,就像冒着什么危险似的。他没有发现任何可疑之处,除了一个种草莓的花坛上有几个男人的脚印。

可是在经过一个窗户前面的时候,他突然停住了,紧张得不能动弹。屋里有人呻吟。

他走向前去,跨过墙边种的一排百里香,把耳朵贴在护窗板上细听:毫无疑问,有人在呻吟。他清楚地听到一声声痛苦的长叹,一种呼哧带喘的声音,一种搏斗的声音。接着,呻吟声更强、更频繁,越来越强,变成了喊叫。

听到这里,博尼法斯不再怀疑:此时此刻收税官家里正发生一起凶杀案。他撒开大步,出了小花园,冲向田野,穿过庄稼,上气不接下气地奔跑,挎包摇晃着,拍打着他的腰部。他跑到宪兵队门口时,筋疲力尽,气喘吁吁,惊惶万状。

宪兵班长马洛图尔正在用钉子和锤子修理一把破椅子。宪兵劳蒂埃两腿夹着这件损坏的家具,手里捏着一根钉子对着裂缝的边沿;班长咬着唇髭,眼瞪得圆圆的,因为紧盯着看,眼睛都湿润了,可是一锤锤都砸在部下的手指上。

邮差一看见他们,就大喊:

"快来呀,有人谋杀收税官,快,快!"

两个人停下手里的活儿,抬起头,露出受到惊扰的人的那种诧异的表情。

博尼法斯见他们只是惊讶却并不怎么着急,便又重复道:

"快,快!强盗就在屋里,我听见叫喊了,得赶快呀。"

班长把锤子放在地上,问:

"您是怎么知道这件事的?"

邮差说:

"我去送报纸和两封信,发现门关着,收税官还没起来。我围着房子转了一圈,想弄明白是怎么回事;我忽然听见有人呻吟,就像有人在掐一个人的脖子,或者割断一个人的喉咙;我于是就立刻跑来找你们。得赶快呀。"

班长一边站起身,一边继续问:

"您怎么没有亲自去救援呢?"

邮差被问得有点错愕,回答:

"我怕人手不够。"

班长被说服了,于是表示:

"等一会儿,我换了衣服就跟您去。"

他走进宪兵队,他的手下端着椅子也跟着进去。

他们几乎马上就出来了,三个人一起小跑着前往罪案现场。

到了那座房子附近,他们谨慎地放慢了脚步,班长掏出了手枪;然后他们就轻手轻脚地进了花园,走到房前。没有任何新的迹象表明歹徒们已经逃走。门仍然闩着,护窗板仍然紧闭。

"我们抓定他们了。"班长小声说。

博尼法斯老爹激动得心怦怦跳;他带着班长走到另一边,指着一扇护窗板,说:

"就在这儿。"

于是班长单独走上前,把耳朵贴在木板上;另外两个人等着,眼睛都盯着他,做好应付一切的准备。

班长一动不动,听了很久;为了让脑袋更紧贴护窗的木板,他脱下了三角帽,用右手拿着。

他听见什么了?从他毫无表情的脸上什么也看不出来;但是他的唇髭突然向上一翘,两颊起皱,仿佛不出声地笑了一下,然后又跨过那排百里香,向两个大惑不解地望着他的人走过来。

接着,他向他们做了一个手势,让他们踮着脚跟他走;回到门口,他吩咐博尼法斯把报纸和信件从门底下塞进去。

邮差摸不着头脑,只得乖乖地照办。

"现在,走吧。"班长说。

他们刚走出栅栏门,他就转过身来,对着这位乡村邮递员,带着嘲笑的表情,唇边流露出讽刺的意味,眼睛向上一翻,闪出快活的光芒,说道:

"您呀,您可真会使坏!"

老人问:

"怎么啦?我听见了,我向您发誓我听见了。"

可宪兵班长再也忍不住,扑哧笑了起来。他笑起来跟别人憋得透不过气来一样,两手捂着肚子,弯着腰,眼泪汪汪,鼻子周围的怪相很可怕。另外两个人,莫名其妙,傻看着他。

他既不能说话,也不能止住笑,又不能让人明白他的意思,便做了一个手势,一个通俗和淫猥的手势。

见他们还是不懂他的意思,他就反复做那个手势,一连做了好几遍,还用脑袋指点着那所始终关着的房子。

他的部下猛然醒悟过来,也乐得不得了。

老人夹在这两个笑得前仰后合的人中间,依旧茫然不解。

班长终于镇静下来,像爱开玩笑的人常做的那样,往老人肚子上捅了一拳,高声说:

"啊!老滑头,好一个老滑头,我会永远记着博尼法斯老爹揭发的罪案!"

邮差把眼瞪得老大,重申道:

"我向您发誓我听见了。"

班长又大笑起来。他手下的那个宪兵索性在沟边的草地上坐下来,拍手捶胸地笑个痛快。

"啊!你听见了。可是你的老婆,你就是这样杀她的吗,嗯,老滑头?"

"我老婆?……"

他琢磨起来,琢磨了好一会儿,接着说:

"我老婆……我揍她的时候她号叫……但是她号叫,也就是号叫而已,没什么。难道沙帕蒂先生在揍他老婆?"

班长开心得要命,于是两手抓住他的肩膀,像转玩具娃娃似的把他的身子扭过来,对着他的耳朵轻声说了点儿什么。他惊讶得瞠目结舌,嘀咕着:

"不……一点儿不像……一点儿不像……一点儿不像……我那口子,她一句话也不说……我怎么也不能相信……会是干那个……谁都会发誓说是在杀人……"

他又是困惑,又是尴尬,又是羞愧,穿过田野继续走自己的路了;而那个宪兵和他的班长呢,一边笑着,一边遥遥地对他喊叫着军营里那些淫猥的玩笑话,望着他的黑军帽在平静的庄稼的大海上远去。

一次政变*

巴黎刚刚得知色当①的惨败。共和国已宣告成立。整个法国正处在那场持续到公社以后的神经错乱的初期,狂躁不安。全国各地,到处都在玩当兵的游戏。

针织品店老板成了临时替代将军的上校;手枪和短刀在一向与世无争而现在束上红腰带②的大肚子周围炫耀;变成临时战士的小市民指挥着成营的大叫大嚷的志愿兵,像赶大车的人似的嘴里骂骂咧咧地显威风。

这些以前只会摆弄磅秤的人,一拿起武器、舞弄起步枪就疯狂起来,而且毫无缘由地变成了凶神恶煞。他们经常处决

---

* 本篇首次发表于一八八四年保尔·奥朗道尔夫出版社出版的莫泊桑小说集《月光》;一九〇一年收入同一出版社出版的插图版莫泊桑全集《月光》卷。

① 色当:法国东北部边陲城镇,一八七〇年九月初普鲁士军队在此大败法军,法国皇帝拿破仑三世率十万军队投降。

② 红腰带:从法国资产阶级大革命时代起,红色腰带即被视为革命和爱国的标志之一。

无辜者,仅仅为了证明自己会杀人;他们在并不见普鲁士人的乡间乱窜,枪杀无主的狗、正在安然反刍的母牛和在牧场上吃草的病马。

每个人都自以为是被招来担当一项军事重任。连那些很小的村庄的咖啡馆也挤满穿军装的商人,看上去就像营房或者野战医院。

卡内维尔镇还不知道军队和首都发生的那些天翻地覆的事;不过,一个月以来,一场明争暗斗就搅得它不得安宁,敌对的党派剑拔弩张。

镇长德·瓦尔纳托子爵,个子瘦小,已经上了年纪,是个正统派,因为趋炎附势,不久前投靠了帝国;他眼睁睁看着冒出一个死对头,那就是马萨莱尔医生,一个脸色通红的大胖子,本区共和派的头儿,共济会镇分会的会长,农会会长和消防队聚餐会会长,还是旨在保家护院的农村民兵队的组织者。

他用了半个月的工夫,想方设法说服了六十三个有家室、有子女的谨小慎微的农民和镇上的商人,自愿出来保卫乡镇,每天早晨带领他们在镇政府广场上操练。

每当镇长偶然在这时到镇政府来,腰里挂着手枪的马萨莱尔指挥官总要手举军刀,带领他那支队伍高傲地走过,让他的部下狂吼:"祖国万岁!"而这个喊声,可以看得出来,总会让矮小的子爵胆战心惊;他从中看到一种威胁、一种挑衅,同时这也唤起他对大革命①的可憎往事的回忆。

---

① 大革命:指一七八九年推翻波旁封建王朝的法国资产阶级革命。

九月五日早晨,医生身穿军装,手枪放在桌子上,正在给一对乡下老人看病,丈夫患静脉曲张已经七年拖着不治,直到他老婆也害了同样的病才来找医生。就在这时邮差送来报纸。

马萨莱尔先生打开报纸一看,顿时脸色煞白,猛地站起来,向空中举起双手,做了一个狂热的动作,当着两个大感不解的乡下人声嘶力竭地高呼:

"共和国万岁!共和国万岁!共和国万岁!"

他激动得差点儿晕过去,紧接着倒在扶手椅里。

那个农夫接着说自己的病情:"一开始就好像蚂蚁在我的两条腿上爬。"医生吼道:

"给我住口!我哪有时间管你们的蠢事。共和国宣布成立了,皇帝被俘虏了,法兰西得救了。共和国万岁!"说罢他就向门口跑去,一边叫喊着:"赛莱斯特,快来,赛莱斯特!"

女仆吓得连忙跑来;他急急忙忙、嘟嘟哝哝地说:

"我的靴子,我的军刀,我的子弹带,还有放在我床头柜上的西班牙匕首,快!"

可是那农夫很执拗,抓住他住口的片刻,又说起来:

"后来就变成一个个小包,走起路来很痛。"

医生怒不可遏,大喊:

"给我住口,他妈的!你们要是勤洗脚,也不会到这个地步。"

接着,他揪住那个农夫的衣领,冲着农夫的脸,训斥道:

"没教养的家伙,你怎么就不理解我们现在是共和国了呢？"

不过职业感马上让他冷静了下来,他把目瞪口呆的老两口往门外推,连声说：

"明天再来吧,明天再来吧,我的朋友们,我今天实在没有时间。"

他一边把自己从头到脚装备起来,一边向女仆下达一系列新的紧急指令：

"快跑去找皮卡尔中尉和珀梅尔少尉,让他们立刻来,我在这儿等他们。然后去找托尔什波夫,叫他带着鼓到我这儿来,快去,快去！"

赛莱斯特一出去,他就开动脑筋,考虑如何克服当前形势中的各种困难。

那三个人一起到了,都穿着干活的衣服。指挥官本以为他们会穿着军装,气得跳了起来：

"见鬼,你们难道什么也不知道？皇帝被俘虏了,共和国宣告成立了。我们必须行动了。我现在的处境很微妙,甚至可以说危险。"

他面对几个部下瞠目结舌的脸思索了几秒钟,然后接着说：

"必须行动了,不能迟疑；在这样的关头一分钟就等于一小时。一切都取决于能否当机立断。你,皮卡尔,去找神父,勒令他敲钟召集居民,我要对他们讲话。你,托尔什波夫,去敲鼓通知全镇,泽利赛和萨尔玛尔两个小村子也得跑到,叫民兵们都带着武器到广场集合。你,珀梅尔,快去穿军装,有上装和军帽就够了。咱们一起去占领镇政府,勒令德·瓦尔纳托先生向我移交权力。明白了吗?"

"明白了。"

"那就执行,立即执行。珀梅尔,既然我们要一起行动,我陪你去你家。"

五分钟以后,指挥官和他的部下就武装到牙齿,出现在广场上。正巧这时,矮小的德·瓦尔纳托子爵,就像要去打猎似的,两腿戴着护腿罩,肩上扛着他那支猎枪,从另一条街的路口快步走出来,身后跟着他的三个护卫,全都穿着绿色上装,腰间挂着刀,斜背着猎枪。

医生大吃一惊,停了下来;这当儿,那四个人进了镇政府,关上了大门。

"我们被人家抢了先,"他低声说,"现在只好等待增援。暂时什么也做不成了。"

皮卡尔中尉到了。他说:

"神父拒不服从。他甚至跟执事和侍卫一起,关上大门待在教堂里。"

在广场的另一边,和紧闭着的镇政府的白色楼房遥相对照,沉寂的黑色教堂炫耀着它那镶有铁饰的橡木大门。

惊奇的市民们把鼻子贴在窗户上,或者走出来站在门口,观望着。这时传来鼓声;托尔什波夫使劲地敲着连击三下的集合鼓走过来,迈着正步穿过广场,然后消失在田间的路上。

指挥官拔出军刀,独自一人向前走,走到敌人据守的两座建筑间各有一半距离的地方,举起这件武器在头上挥舞着,使出全身力气吼叫：

"共和国万岁！处死卖国贼！"

然后他就撤到他的军官们这边。

惶恐不安的肉铺老板、面包店老板、药房老板，都钩紧了护窗板，关上了店门。只有食品杂货店一家还开着。

这时，民兵队的人逐渐到了。他们穿着各式各样的衣服，不过全都戴一顶有红箍的黑色军帽，军帽代替了这支队伍的全部制服。他们的武器净是些生了锈的老枪，在厨房的壁炉上面挂了足有三十年，这让他们看上去更像是一队乡警。

等到周围已经集合了三十来人，指挥官就三言两语介绍了情况；然后，他转过身去向他的参谋们说："现在，咱们行动吧。"

居民们在不断聚集；他们一面观察，一面议论着。

医生很快就制定出作战计划：

"皮卡尔中尉，你前进到镇政府的窗户下面，以共和国的名义，命令德·瓦尔纳托先生把镇政府交给我。"

可是中尉，一个泥瓦匠师傅，拒绝道：

"你，你倒真是够鬼的，让我去挨一枪，谢谢啦。你也知道，那里面的人枪法很准。这递口信的差事，你自己去干吧。"

指挥官的脸红了。

"我以纪律的名义命令你去。"

中尉反抗道：

"糊里糊涂去让人打死，我可不干。"

聚拢在附近的一群绅士发出一阵哄笑。其中一个人喊道：

"你说得对，皮卡尔，现在还不是死的时候！"

医生于是喃喃地说了一声：

"一群懦夫！"

说完，他把军刀和手枪交到一个兵手里，慢慢向前走去，眼睛紧盯着那些窗户，提防着从那里面伸出一支枪筒来对准他。

他走到离镇政府那座房子只有几步远的时候，两端的两所学校的门开了，孩子们像潮水般涌出来，一边是男孩，一边是女孩①；孩子们在空旷的广场上玩耍起来，像一群小鹅似的，在医生周围叽叽呱呱。医生说话都听不见了。

最后的几个学生出来以后，两所学校的门立刻又关上了。

等孩子们大部分散去，指挥官才大声嚷道：

"德·瓦尔纳托先生在吗？"

二楼的一扇窗户打开，德·瓦尔纳托先生出现了。

指挥官又说：

"先生，您知道，刚刚发生的重大事件改变了政府的面貌。您代表的政府不存在了。我代表的上台执政了。在这痛苦的但是决定性的情况下，我以新成立的共和国的名义要求您，把前政府委派您的职务交给我。"

德·瓦尔纳托先生回答：

---

① 十九世纪的法国，小学分男校与女校。

"医生先生,我是卡内维尔的镇长,是由主管机关任命的,只要我没有被我的上级明令撤免和替换,我就依然是卡内维尔镇长。身为镇长,镇政府就是我的家,我一定要留在这儿。想叫我出去,您就试试看。"

说完他又把窗户关上。

指挥官回到自己队伍那儿。不过在向大家发表意见以前,他先把皮卡尔中尉从上到下打量了一番:

"你,你可真有胆量,真勇敢,简直就是军队的耻辱。我撤了你的军职。"

中尉回答:

"我才不在乎呢。"

然后他就走到那群议论纷纷的居民里去。

医生这时很为难。怎么办?发起进攻?他的人会前进吗?再说,他有权这么做吗?

他忽然有了一个主意。他跑到镇政府对面,广场另一边的电报局,发了三封电报:

一封发往巴黎,致共和国政府各位先生;

一封发往鲁昂,致共和国新任下塞纳省省长先生;

一封致共和国新任的第埃普专区区长先生。

他在电报里报告了情况,讲了该镇仍由原保王派镇长把持的危险,表示自己愿竭诚效力,请求下达命令,并且在签名后面加上了他的所有头衔。

接着他又回到他的部队那儿,从衣袋里掏出十个法郎,说:"喂,朋友们,你们去吃点什么,喝一杯;这里只要留下一个十人的小分队,不让任何人从镇政府里出来就行了。"

不过这话让正在和钟表店老板聊天的前中尉皮卡尔听见了;他带着嘲笑的口吻说:"瞎说!他们如果出来,倒是进去的好机会。不然,我还真看不出你怎么能进去!"

医生没有理睬,也去吃午饭了。

下午,他在镇子周围布置下岗哨,仿佛面临遭到突然袭击的危险似的。

他从镇政府和教堂门前来回走了好几趟,没有发现任何可疑的地方;这两个建筑物里好像空无一人。

肉铺老板、面包店老板、药房老板又把店门打开了。

居民们在家里喋喋不休地议论着。如果皇帝真的被俘虏了,一定是有人暗中出卖了他。谁也弄不清是哪个共和国回来了。

黑夜降临。

九点钟光景,医生以为他的对头一定回家睡觉了,独自一人,蹑手蹑脚地走到镇政府的大门跟前;他正要用十字镐劈门,一个人,一个护卫,突然从里面大声喝问:

"谁在那儿?"

马萨莱尔先生撒腿就往回跑。

天亮了,情况没有一点变化。

武装的民兵占据着广场。全体居民都聚集在这支队伍周围,等着看事情会怎么解决。附近一些村庄的居民也纷纷赶来看热闹。

医生明白他是在拿自己的名誉冒险,因此他决心无论以何种方式也要结束这件事;他正要采取某种行动,当然是强有力的行动,这时电报局的门开了,女局长的小女仆走出来,手里拿着两份电报。

她先朝指挥官走过来,把其中的一封电报递给他;然后,在众人的注视下,她惶恐地低着头,迈着匆匆的小碎步穿过空荡的广场,上前轻轻敲响了紧关着的镇政府楼房的大门,似乎她不知道带着武器的一方藏在里面。

门开了个缝儿;一只手伸出来接过电报,那小女孩就走回来;让全镇人这么盯着看,她脸涨得通红,几乎要哭起来。

医生兴奋得声音有些颤抖,要求大家:

"请大家安静一点,安静一点。"

群众安静下来,他接着骄傲地说:

"这是我收到的政府通知。"

他举起电报,读道:

> 兹解除原镇长职务。请即考虑最紧急之事宜。后续训令即发。
>
> 参事萨潘代表专区区长批阅

他胜利了;他高兴得心怦怦跳,手直抖;但是皮卡尔,他从前的部下,从旁边的一群人里向他喊道:

"这一切敢情好;不过要是那些人不出来,您这张纸,屁用也不管。"

马萨莱尔先生的脸顿时煞白。的确,要是那些人不出来,现在就应该勇往直前,这不仅是他的权利,而且是他的义务。

他忧心忡忡地望着镇政府,希望能看到门打开,对手撤出来。

门依然关着。怎么办呢?群众越聚越多,把民兵包围得越来越紧。人们哄笑着。

医生一想到这件事就万分痛苦:如果他发起进攻,他必须走在自己人的前头;如果他死了,一切争执也就不复存在,而德·瓦尔纳托先生和他的三个护卫只会朝他一个人开枪。他们枪法准,很准;皮卡尔刚才还一再提到。不过他突然心生一计,转身对珀梅尔说:

"快去找药房老板,请他借给我一块餐巾和一根棍子。"

中尉①急忙跑去。

他要做一面要求谈判的旗子,一面看上去也许会让前镇长的保王主义的心舒服一点的白旗②。

珀梅尔带着一块白餐巾和一根扫帚杆回来了。马萨莱尔先生两手抓着,有人用一根细绳捆制成了一面旗子。然后马萨莱尔先生就把旗子举在前面,再次向镇政府走去。走到门前,他又呼喊:"德·瓦尔纳托先生。"门突然打开,德·瓦尔纳托先生和他的三个护卫出现在门口。

医生本能地后退了几步;然后,他彬彬有礼地向他的敌手行了个礼,激动得上气不接下气地说:"先生,我来向您通报

---

① 中尉:小说前文中珀梅尔是少尉;从这里起变为中尉,可能是作者疏忽,也可能表示马萨莱尔医生在撤销了不听话的皮卡尔的中尉军衔以后,将听话的珀梅尔由少尉提升为中尉。

② 白旗:波旁王朝的旗帜为白色。

我收到的训令。"

那位贵族并没有还礼,只是回答:"我正要离开,先生;不过您要知道,这不是因为害怕,也不是服从那个窃据了政权的可憎的政府。"然后,他每个字都加重语气地说,"我一天也不愿让人看到我似乎在为共和国干事。如此而已。"

马萨莱尔张口结舌,无言以对;德·瓦尔纳托先生快步扬长而去,消失在广场的一角,后面始终跟着他的几个护卫。

医生骄傲得简直要发狂;他向人群走回来。等他走到能让人们听见他说话时,就大声欢呼:"乌拉!乌拉!共和国全线胜利啦。"

人群中却没有丝毫激动的表示。

医生接着说:"人民自由了,你们自由了,独立了。为此而骄傲吧!"

村民们依然无精打采地看着他,眼里并没有丝毫的光荣感。

现在轮到他打量他们了。他对他们的无动于衷十分气愤,琢磨着说什么可以醍醐灌顶,鼓动起这冷漠的地方民众,完成他的启蒙者的使命。

他突然灵机一动,向珀梅尔转过身去:"中尉,快去镇议会议事厅找一座前皇帝的半身雕像和一把椅子,一起搬来。"

珀梅尔很快就右肩上扛着波拿巴的石膏像,左手里拎着一把麦秸坐垫的椅子回来。

马萨莱尔迎上去,接过椅子,放在地上,把白色半身雕像放在椅子上,然后向后退了几步,用响亮的声音拷问那雕像:

"暴君,暴君,你终于倒了,倒在污泥里,倒在臭水坑里。祖国曾在你的铁蹄下历经磨难,奄奄一息。复仇的命运之神把你打倒了。溃败和耻辱永远和你相连;你作为战败者,普鲁士人的俘虏,倒下了;而在你坍塌的帝国的废墟上,年轻的、光辉的共和国昂然屹立,捡起你折断的宝剑……"

他等待着喝彩。但没有一个人欢呼,没有一个人鼓掌。惊讶的农民们噤若寒蝉;那座带着两撇超出面颊的尖胡子的雕像,头发梳得像理发店招牌上那样光溜的一动不动的雕像,仿佛含着石膏固定下来的微笑,抹不掉的讥嘲的微笑,看着马萨莱尔先生。

他们就这样面面相觑,拿破仑在他的椅子上,医生站着,离他三步远。指挥官火透了。可是怎么办呢?怎么才能感动民众,最终取得这场舆论的胜利呢?

他的手偶然放到肚子上,触到了红腰带下面的手枪的枪把。

他再也没有什么灵感,再也找不到什么话可说。于是,他拔出手枪,向前走了两步,靠得很近,向从前的君主开了一枪。

子弹在额头上穿出一个小黑洞,像一个小脏点儿似的,几乎看不出来。这一炮没打响。马萨莱尔先生又开了第二枪,穿出第二个洞,接着是第三枪,一枪连一枪,直到把最后三粒子弹也打光了,拿破仑的额头就像白色尘土一样飞散,不过眼睛、鼻子和胡子的细尖儿依然完好无损。

医生气急败坏,一把掀翻椅子,一只脚踩在剩下的那部分雕像上,摆出胜利者的姿态,转身向着被震得昏头昏脑的群众大声喊叫:"让所有卖国贼都这样不得好死!"

可是仍然没有任何热情的表示,观众们都像被惊呆了似的。指挥官便向他的民兵队喊道:"你们现在可以回家了。"说完他自己就像逃跑似的,迈着大步向自己的家走去。

女仆一看见他就告诉他,病人们已经在他的诊室等了三个多钟头了。他急忙跑着进去。那两个患静脉曲张的乡下人天一亮就又来了,他们真是既执着又耐心。

那个年老的农民马上又解释起他的病情来:"一开始就好像有蚂蚁在我两条腿上爬……"

图　瓦*

1

方圆十法里以内的人都认识图瓦老爹。这胖子图瓦，"我的纯酒图瓦"，昂图瓦·马什布莱，绰号"甜烧酒①"，是旋风村小酒馆的老板。

这个缩在山谷深处的小村子，就是因为他才有了名气。这山谷直伸入大海。可怜的小乡村仅有十座圩沟和树木围绕着的诺曼底农舍。

这些农舍蜷缩在青草和荆豆覆盖的沟壑里，背靠一道弧

---

* 本篇首次发表于一八八五年一月六日的《吉尔·布拉斯报》，作者署名"莫弗里涅斯"；一八八六年收入马普隆－弗拉玛里庸出版社出版的莫泊桑小说集《图瓦》；一九〇三年收入保尔·奥朗道尔夫出版社出版的插图版莫泊桑全集《图瓦》卷。

① 甜烧酒：一种主要用咖啡和白兰地加糖制成的酒。

形的山梁,旋风村就由此得名。就像飞鸟在暴风雨来临时躲避到垄沟里一样,这些农舍也仿佛在这山坳里获得了荫蔽,可以抵御海上的大风,大洋上吹来的风,猛烈而又带着咸味的风。这风有着烈火般的腐蚀和灼伤力,也有着寒冬霜冻般的摧残和破坏力。

不过这小村子似乎整个儿都成了昂图瓦·马什布莱的产业。除了绰号"甜烧酒",人们还经常叫他"图瓦"和"我的纯酒图瓦",这后一个称呼来自他总挂在嘴边的口头禅:

"我的纯酒在法国数第一。"

当然啦,"我的纯酒",指的就是他的白兰地。

二十年来,他用他的"纯酒"和甜烧酒,让当地人过足了酒瘾。每当人们问他:

"咱们喝什么呀,图瓦老爹?"

他总是雷打不动地回答:

"一杯甜烧酒呗,我的姑爷,又暖肚子又清脑;对身体再好不过了。"

他还有这样一个习惯:管什么人都叫"我的姑爷",虽然他既没有已婚的也没有待嫁的女儿。

啊,对了!人们都认识他,还因为他是全乡甚至全区最胖的人。他那座小房子好像故意跟他开玩笑似的,那么狭窄,那么低矮,简直装不下他。他整天站在房门外,人们不禁纳闷:他怎么能进到屋子里去?每来一位酒客,他就得进去一次,因为不论客人在他这儿喝什么酒,"我的纯酒图瓦"都理所当然地受到邀请,抽个空儿,喝上一小杯。

他的酒馆招牌是"会友轩",而他,"图瓦老爹",也的确是这一方人的共同的朋友。甚至有人从费康①,从蒙蒂维利埃②专程来看他,听他神侃找乐子;这个胖汉子啊,一块墓碑也能让他逗得放声大笑。他有一套方法,能够拿人开涮而又不惹人生气,眨一眨眼就能表达出不可言传的意味,说到高兴处拍拍大腿就能让你不想笑也得捧腹大笑,而且每次都很成功。此外,光看他喝酒的那个样子就是一大乐趣。人家请他喝多少他都能喝下去,什么酒都喝,而且在他狡黠的目光里闪烁着欢乐,那由他的双重快感合成的欢乐:首先是享用美酒的快感,其次呢,是捞到自己喝的酒钱的快感。

当地那些爱开玩笑的人常问他:

"你干吗不把大海也喝了,图瓦老爹?"

他总是回答:

"有两件事让我不能这么做:第一,海水是咸的;第二,先得把海水灌到瓶子里,因为我的大肚子弯不下去,没法在那个大杯子里喝。"

还有他跟妻子吵架也很值得一听!那简直是一出花钱买票看也心甘情愿的喜剧。结婚三十年了,他们每天都要扯皮抬杠。只不过,图瓦总是闹着玩,而他老婆却是真动气。这是一个身材高大的农妇,走起路来迈着涉禽般的长腿,扛着老是怒目圆睁的猫头鹰似的脑袋。她在酒馆后面的小院子里养鸡

---

① 费康:法国西北部的一个港口城市,濒临拉芒什海峡,现属上诺曼底地区塞纳滨海省。莫泊桑的母亲的祖籍地。
② 蒙蒂维利埃:法国塞纳滨海省的一个城市。

消磨时间；尽人皆知，她有一套把鸡养得又肥又嫩的秘方。

费康的大户人家宴请宾客，为了给酒席增添风味，总得炖上一只图瓦大妈圈养的母鸡。

不过她天生就是个坏脾气，一切都看不顺眼。全世界都让她感到厌恶，而她最恼火的是自己的丈夫。她恨他总是那么乐呵呵的，名气那么大，身子骨那么硬朗，而且长得那么肥胖。她骂他是废物，因为他什么事也不干就赚了钱；她骂他是酒囊饭袋，因为他能吃能喝，一个人顶得上十个正常人。没有一天她不怒容满面地说：

"懒成这个样子，搁在猪圈里不更合适吗？肥成这个样子，真让人恶心。"

她还常常冲着他的脸大喊大叫：

"等着吧，等不了多久啦；咱们很快就会看到报应的，很快就会看到！你这个大肥仔，就跟装粮食的口袋一样，早晚会撑破！"

图瓦总是一面拍着肚子开怀大笑，一面回答：

"喂！母鸡大妈，我的薄板儿，试试把你的鸡都养得这么肥吧。你倒试试看。"

说着，他高高卷起袖子露出一只奇粗的胳膊：

"你瞧这只翅膀，大妈，这才叫翅膀呢。"

酒客们拳头敲打着桌子，个个笑得前仰后合，高兴得像发了疯似的，跺着脚，直往地上吐唾沫。

老太婆更加气急败坏，又诅咒起来：

"等不了多久啦……等不了多久啦……咱们很快就会看

到报应的……就跟装粮食的口袋一样,早晚会撑破……"

说着,她就在酒客们的哄堂大笑中,怒气冲冲地走开。

说实在的,图瓦那副尊容的确让人触目惊心,他变得那么肥胖,那么臃肿,面色通红而又气喘吁吁。死神似乎最爱利用诡计、戏谑和恶作剧的方式,跟那些大肥仔开玩笑,让它的慢性毁灭工作带上不可抗拒的喜剧色彩。而图瓦就是这些大肥仔中的一个。死神这坏蛋,在其他人身上表现为头发变白、形体消瘦、满脸皱纹、日甚一日的衰弱,以致让人大吃一惊:"天哪!他变得多厉害呀!"而对他,死神却乐于把他催肥,把他变得古怪可笑,给他涂上红色或蓝色的光彩,把他吹得鼓鼓的,让他外表看起来超乎常人地健康。它在别人身上引起的畸变看上去可悲而又可怜,而他的形体变异却显得可笑、滑稽、逗乐。

"等不了多久啦,"图瓦大妈不停地念叨着,"咱们很快就会看到报应的。"

2

图瓦终于中风了,瘫痪了。人们把这个大胖子安置在小屋里躺着,与小酒馆仅一墙之隔,这样他就可以听见隔壁客人们说话,并且跟朋友们聊聊天,因为他的身体,那硕大无朋的身体,虽然挪动不了,抬不起来,只好待着不动,但他的头脑还是非常灵便的。人们本来还希望他的两条粗大的腿能多少恢复一点活力,可这希望很快就破灭了。"我的纯酒图瓦"从此便日夜都在床上度过；只有每周一次整理床的时候，请来四位邻居帮忙，抓住四肢，把小酒馆老板拽起来，好扑打扑打垫在他身子下面的草褥子。

然而他欢快依旧，只是这欢快与以往有所不同，多了些腼腆，多了些谦恭，多了些在妻子面前像小孩子般的畏惧。妻子整天牢骚不断："我说得对吧，大饭桶！我说得对吧，大废物！大懒人！你这个大酒鬼！真丢脸，真丢脸！"

他不再回嘴。他只是在老太婆转过脸去的时候眨眨眼，然后就在被窝里翻个身，这是他还能做的唯一的动作了。他管这个动作叫"向北走"或"向南走"。

他现在最大的消遣就是听酒馆那边的人说话，或者在认出朋友的声音后隔墙聊会儿天。他会大声叫唤：

"喂，我的姑爷，是瑟莱斯坦吗？"

瑟莱斯坦·马卢阿赛尔就回答：

"是我呀，图瓦老爹。你又能跑了吗，胖兔子？"

"我的纯酒图瓦"说：

"跑嘛，现在还不行。不过我没见瘦，身子骨硬朗着呢。"

不久以后，他索性把几个最要好的请进他的卧室，虽然看着别人喝酒没有自己的份很难受，总算有人给他做伴儿了。只听他一个劲地唠叨：

"我的姑爷，最让我伤心的，就是再也不能喝我的纯酒了，他妈的！别的，我还能自己安慰自己，可就是不能喝酒让我伤心透了。"

这时候，图瓦大妈的猫头鹰似的脑袋就会出现在窗口。

她大声喊叫：

"瞧他呀，瞧他呀，这个好吃懒做的胖子，现在得像侍弄猪似的给他喂食，给他擦洗，给他收拾。"

老太婆走开以后，时而会有一只红羽毛的公鸡跳上窗台，睁着好奇的圆眼睛向屋里张望，然后发出一声洪亮的长鸣；有时候也会有一两只母鸡一直飞到床脚边，寻觅地上的面包屑。

再过不久，图瓦的朋友们甚至连酒馆的店堂也不去了，每天下午径直到胖子的床边跟他闲谈一会儿。图瓦这个喜欢说笑的人，尽管躺着动弹不得，仍然能让他们开心解闷儿。这个活宝，他能把恶魔都逗乐了。有三个人是每天都要到场的：瑟莱斯坦·马卢阿赛尔，一个瘦高个儿，背驼得像苹果树干；普罗斯佩尔·奥尔拉维尔，一个干瘪的小矮子，长着一个白鼬鼻子，机灵狡猾赛过狐狸；还有塞泽尔·包梅尔，他总是沉默寡言，不过照样玩得很开心。

他们从院子里搬来一块木板，搭在床边，就打起多米诺骨牌来，而且厮杀得很激烈，从两点一直打到六点。

但是图瓦大妈很快就让人无法忍受了。肥胖的懒丈夫躺在床上还照旧打骨牌开心取乐，这是她绝对不能容忍的；每当她看见他们又要开始牌局，就怒气冲天地跑过来，掀翻木板，没收骨牌，送回酒馆去，并且宣称养活这个无所事事的大肥仔已经够受的了，若再看着他娱乐玩耍，那简直是对终日干活的可怜人的嘲弄。

这时候，瑟莱斯坦·马卢阿赛尔和塞泽尔·包梅尔就低下了头,但是普罗斯佩尔·奥尔拉维尔却觉得她发火的样子很好玩,常常要逗弄她一番。

有一天,他见她比平日的火气更大,就对她说:

"喂,大妈,我要是你,你知道我会怎么办?"

她瞪着那双猫头鹰似的眼睛盯着他,等他说个明白。

他接着说:

"你的男人根本不下床,他的被窝热得跟烤炉似的,换了我,我就叫他孵鸡蛋。"

她大为惊愕,打量着这个乡下佬的精瘦而又狡黠的面孔,心想他又在嘲弄她。他接着说:

"哪一天我叫母鸡孵蛋,同一天也在他这只胳膊底下放五个,那只胳膊底下放五个。一样能孵出小鸡来。孵出来以后,我就把你男人孵的小鸡抱给你的老母鸡,让它去抚养。这样你就多了一窝小鸡了。大妈!"

老太婆听得目瞪口呆,问:

"这能行吗?"

男人回答:

"能行吗?为什么不行?既然暖箱里能孵出小鸡来,当然也可以放在被窝里孵啦。"

这一番道理深深打动了她;她心里思量着这件事,气也消了,走出门去。

一个星期以后,有一天,她兜着满满一围裙鸡蛋走进图瓦的卧室,说:

"我刚把黄母鸡和十个鸡蛋放进窝,这十个是给你的。

千万别压碎了。"

图瓦大惑不解,问:

"你要干什么?"

她回答:

"我要你孵这些鸡蛋,你这个废物。"

他先是讪笑,后来见她非要他孵不可,就生起气来,极力反抗,坚决拒绝把鸡蛋搁在他的胖胳膊底下,用他的体温孵小鸡。

老太婆火冒三丈,立刻宣布:

"要是你不肯孵小鸡,就别想吃烩肉。咱们走着瞧。"

图瓦有点不安了,不再开腔。

等听到钟打十二点以后,他叫道:

"喂!老婆子,浓汤烧好了没有?"

老太婆从厨房里嚷道:

"浓汤可没有你的份,懒胖子。"

他以为她是说着玩的,就等着;可是久等不来,他就央告、哀求、赌咒发誓,绝望地做着"向北走""向南走",拿拳头捶墙。他最后只好听凭老太婆把五个鸡蛋塞进被窝,紧贴身体左侧。然后他才吃上他那份浓汤。

朋友们来了,见他那副古怪、尴尬的神情,无不以为他得了重病。

他们像平日一样玩起骨牌来。不过图瓦似乎没有一点兴致,而且他伸手的时候也磨磨蹭蹭、小心翼翼。

"你的胳膊捆住了不成?"奥尔拉维尔问。

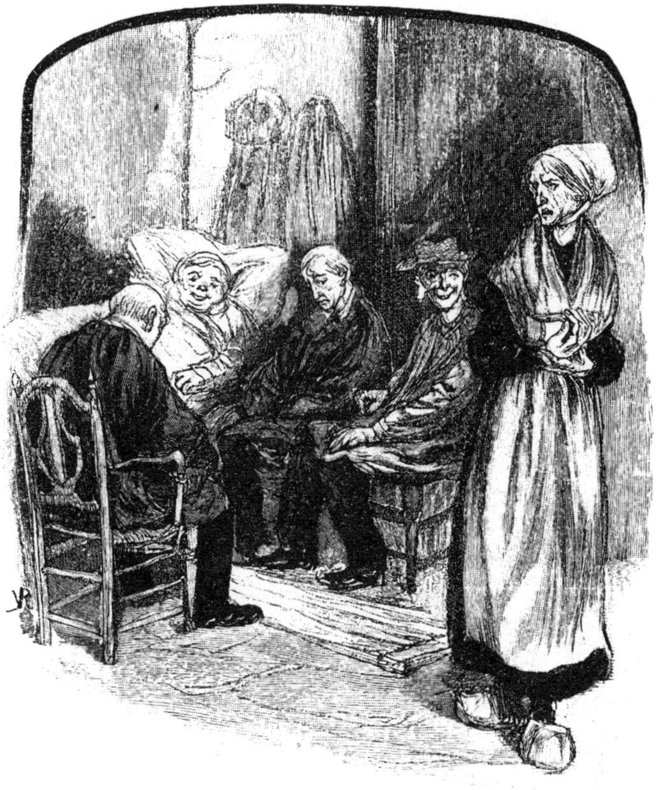

图瓦回答：

"我的肩膀有点儿沉。"

忽然,听见有人进了店堂。玩牌的人都静了下来。

原来是村长和他的助理。他们要了两杯纯酒,就谈起本地的事务来。他们说话的声音很低,"甜烧酒"想把耳朵贴着隔墙听,却忘记了鸡蛋,突然来了个"向北走",身子下面就压出了一碟摊鸡蛋。

图瓦大妈听到他的咒骂声赶了过来;她立刻猜出了这场灾难,猛的一下把被窝掀开。面对沾满她男人肋部的那一片黄色糨糊,她先是目瞪口呆,继而勃然大怒,气得连话也说不出来。

接着,她咬牙切齿地向瘫子扑过去,使劲捶打他的大肚子,就跟她在池塘边捶衣裳一样。她的两只手就像兔子击鼓时的两只前爪那样快捷,此起彼落,发出沉闷的响声。

图瓦的三个朋友笑得喘不过气来,又是咳嗽,又是流涕,又是喊叫。惊慌的大胖子一面抵挡着老婆的攻击,一面还得加个小心,生怕再压碎了那一边还夹着的五个鸡蛋。

3

图瓦被制服了。他不得不孵鸡蛋,不得不放弃玩牌、放弃所有的活动,因为只要他压碎一个鸡蛋,老太婆就残忍地断绝他的伙食。

他仰卧着,眼睛冲着天花板,一动也不敢动,两只胳膊像鸡翅膀似的微微抬起,用身子焐着白壳里的鸡胚胎。

他说话也压低了声音,好像他对声音跟对动作一样害怕。现在他也知道为那只孵蛋的黄母鸡担心了,因为它在鸡窝里干着和他一样的活计。

他常向老婆打听:

"黄母鸡夜里吃东西了吗?"

老太婆看完她的母鸡就去看她的男人,看完她的男人就去看她的母鸡,就像着了魔似的,脑子里想的尽是正在床上和鸡窝里成熟的小鸡。

当地知道这故事的人,出于好奇也好,真的关心也好,纷纷上门来打听图瓦的消息。他们仿佛进了病房似的,蹑手蹑脚地走进屋,关切地问:

"怎么样,还行吗?"

图瓦回答:

"行倒是行,就是热得痒得慌。好像有很多蚂蚁在我身上爬。"

一天早上,他老婆喜笑颜开地走了进来,宣布:

"黄母鸡孵出了七只。有三个蛋是坏的。"

图瓦觉得心怦怦直跳。——他呢,他能孵出几只?

他怀着将要做母亲的女人那种焦急的心情,问:

"是不是快了?"

老太婆生怕孵不出小鸡,凶狠狠地回答:

"沉住气!"

他们期待着。朋友们听说那时刻已经临近,不久也都来了,个个心情紧张。

家家户户都在谈论这件事。还有人到邻居家打探消息。

三点钟左右,图瓦正昏昏欲睡。他现在白天也要睡半天觉。忽然右臂底下一阵不寻常的瘙痒,把他弄醒了。他赶紧用左手去摸,竟摸到了一只遍体黄茸毛的小动物,在他手里乱动。

他激动得叫喊起来,手一松,小鸡就在他的胸脯上跑开了。店堂里原已聚满了人;这些喝酒的客人现在都拥进卧室来,就像看街头卖艺似的围成了一圈。老太婆来了,小心翼翼地抓住缩在她丈夫胡子底下的小动物。

谁都不再言语。那是四月的一个炎热的日子。从敞开的窗外传来黄母鸡召唤它刚出世的小鸡的咯咯声。

图瓦又是激动,又是紧张,又是不安,汗都出来了。他低声说:

"现在,我左胳膊底下又有了一只。"

他老婆把她那又大又瘦的手伸进被窝,用接生婆一般精细的动作抓出第二只小鸡。

邻居们都要看看。人们互相传着小鸡,聚精会神地端详着,就像看什么奇物似的。

随后的二十分钟里,没有再孵出来;后来,却有四只小鸡同时破壳而出。

在场的人发出一片喧哗。图瓦露出了微笑,他对自己的成绩颇感满意,并且开始为自己的奇特的父亲身份感到骄傲。无论怎么说,像他这样的人是不常见的。真的!他真是个奇人。

他宣布：

"一共六只。妈的,洗礼可就热闹了！"

围观者发出一阵哄然大笑。店堂里也挤满了人,还有人在门外等着进来。人们互相打听着：

"一共几只呀？"

"六只。"

图瓦大妈把这一窝新孵出来的小鸡送到母鸡那里去。老母鸡得意忘形地咯咯叫着,支棱起羽毛,把翅膀张得大大的,掩护着它逐渐壮大的子女队伍。

"瞧,又是一只！"图瓦喊道。

他弄错了,是三只！这简直是一次大捷！最后一只在晚上七点钟突破了蛋壳的包裹。十个蛋全部成功。图瓦欣喜若狂,不但获得了解放,还感到光荣,热烈亲吻着这脆弱的动物的脊背,险些用嘴唇把它闷死。他要把这一只留在床上,一直留到第二天；他已经对这个他赋予生命的小不点儿产生了慈母般的柔情。可是老太婆根本不理会丈夫的苦苦哀求,还是把它像其余小鸡一样抱走了。

在场的人都十分尽兴,谈论着这桩大事陆续离去。奥尔拉维尔留到最后,他问：

"喂,图瓦老爹,你得请我第一个来吃烩鸡块哟,是不是？"

一想到烩鸡块,图瓦容光焕发,这大胖子回答：

"一定请你,我的姑爷。"

一次挫折*

我取道科西嘉岛①去都灵②。

我在尼斯③登上前往巴斯蒂亚④的海轮,一到大海,我就发现甲板上坐着一个衣着相当朴素的可爱少妇,在望着远方。我心想:"嗨,这趟横渡就看我的了。"

我在她对面坐下,一面打量她,一面想着:她是什么人呀,

---

* 本篇首次发表于一八八五年六月十六日的《吉尔·布拉斯报》;一八八八年收入康坦出版社出版的莫泊桑小说集《于松太太的贞洁少男》;一九〇二年收入保尔·奥朗道尔夫出版社出版的莫泊桑全集《于松太太的贞洁少男》卷。
① 科西嘉岛:法国在地中海上的一个大岛,面积八六八〇平方公里,位于法国大陆东南,南隔博尼法乔海峡与意大利撒丁岛相望。原属意大利,一七六九年被法国武力获取,改属法国。岛上通行科西嘉方言。现分上科西嘉和南科西嘉两个行省。
② 都灵:意大利城市,皮埃蒙特大区的首府。
③ 尼斯:法国东南部濒地中海城市,普罗旺斯-阿尔卑斯-蓝色海岸大区阿尔卑斯滨海省省会。
④ 巴斯蒂亚:法国城市,位于现科西嘉岛的上科西嘉省,是该岛仅次于阿雅克肖的第二大城市。

她多大年龄呀,她性格怎样呀?人们遇见一个让人动心的陌生女人都会这么胡乱琢磨。接着,您就会透过自己之所见,猜测自己所不见:用眼睛和思想探测她胸衣的里面和连衣裙的下面。如果她坐着,您就衡量她上身的长度,设法看到她的脚踝,观察她的手的质量,因为手往往能透露出肢体所有连接部分的精致程度;还有耳朵的质量,这总比令人起疑的出生证明更能说明一个人的出身。您会想方设法让她说话,通过声音的抑扬顿挫参透她的精神的本质和心灵的倾向。说话的音色和每个细微的差别都能向富有经验的观察家显示出一个灵魂的神秘结构,因为思想和表达它的器官总是协调得十分完美,虽然这种协调是抓不住的。

于是我就这样全神贯注地观察这位女旅伴,寻找她的特征,分析她的动作,等候着她的每一个姿态给我的启示。

她打开一个小手提包,取出一份报纸。我搓搓手心,心想:"告诉我你读什么,我就能说出你想什么。"

她开始读那篇头条的文章,脸上微露高兴和喜悦的神情。那份报纸的名称跃入我的眼睛:《巴黎回声报》①。这让我困惑了好一会儿。她在读肖尔②的专栏文章。见鬼!她莫非是一个肖尔主义者——肖尔主义者?她微微一笑:一个高卢③

---

① 《巴黎回声报》:法国报纸,出版于一八八四年至一九四四年之间,属保守派。
② 奥雷利安·肖尔(1833—1902):时任《巴黎回声报》主编。
③ 高卢人是法国人的祖先,法国人认为自己从高卢人那里继承了放纵快活的性格,诙谐幽默,甚至有点儿色情。

女人。这么说她不是一个假装正经的女人;而是很随和。太好了。一个肖尔主义者——是的,这就是说她喜爱法兰西的机智,微妙和风趣,甚至刺激。测试良好。于是我想:再看看有什么反面的证据。

我走过去坐在她旁边,开始同样聚精会神地读我动身时买的一本诗集:菲利克斯·弗朗克①的《情歌》。

我发现她飞快地一瞥,就像一只鸟儿捕捉一只飞蝇似的,瞄了一下我的书封面上的名字。为了看她,几个旅客故意从我们面前经过。但她好像只关心她读的那篇文章。读完以后,她就把报纸放在我们两人之间。

我向她致意,然后问她:

"请问,太太,我可以看一眼这份报纸吗?"

"当然可以,先生。"

"趁这个时候,我可以把这本诗集奉献给您吗?"

"当然可以,先生;它有趣吗?"

我被这个问题弄得有点糊涂。人们一般不问一本诗集是不是有趣。——我回答:

"不但有趣,而且迷人,微妙,很有艺术性呢。"

"那就请给我吧。"

她接过书,打开,略带惊奇的神情浏览起来。这说明她不常读诗。

---

① 菲利克斯·弗朗克(1837—1899):法国诗人。他的诗集《情歌》(1885)由莫泊桑的出版家朋友沙尔庞吉埃出版。

她有时似乎受到感动,有时莞尔一笑,不过那笑容和她刚才读报时不同。

突然,我问她:"您喜欢这些诗吗?"

"是的,我喜欢愉快的东西,这些诗很愉快,我不是多愁善感的人。"

于是我们聊起来。我得知她是驻扎在阿雅克肖①的一个龙骑兵上尉的妻子,她是去和丈夫团聚的。

只交谈了几分钟,我就猜到她不怎么爱他,她的丈夫!即使她爱他,也有所保留,就像爱一个订婚时对他抱有很大希望,而他并没有兑现多少的男人。他把她从一个驻地拖到另一个驻地,去过许多凄惨的,十分凄惨的小城市!现在,他又叫她去那个想必也是很凄凉的岛上。不,生活并非对所有人都是有趣的。她本来更希望在里昂②,和父母待在一起。但是她现在不得不去科西嘉岛。说真的,尽管她丈夫服役的情况良好,部长对她丈夫却并不关照。

我们谈起她喜欢常住的地方。

我问:

"您喜欢巴黎吗?"

她惊呼:

"啊!先生,我当然喜欢巴黎!怎么可以提这样的问题?"接着她就跟我说起巴黎,带着那样的热情,那样的激

---

① 阿雅克肖:法国城市,科西嘉岛最大的城市,现为南科西嘉省省会。
② 里昂:法国东南部重镇,地处罗讷河和索恩河交汇处,现为奥维涅-罗讷-阿尔卑斯大区首府。

情,那样垂涎欲滴的狂热,以致我想:"这根弦要好好弹一弹。"

她远远地爱慕着巴黎,带着一种压抑着的贪婪的疯狂,一种外省女人的无望的热情,一种像挂在窗口笼子里整天望着树林的鸟儿一样强烈的无奈。

她急切得结结巴巴地盘问起我来,她想知道所有的情况,所有的,而且在五分钟里就要了解清楚。她知道所有的名人和其他很多我都没听说过的人的名字。

"古诺①先生怎么样?萨尔杜②呢?啊!先生,我多么喜欢萨尔杜先生写的戏!多么逗乐,多么风趣!每次看了他的戏,我都要做一个星期的梦!我也读过都德③先生的一本书,太让我喜欢了!《萨芙》,您知道吗?都德先生,是个小帅哥吧?您见过他吗?左拉先生呢,他怎么样?您不知道《萌芽》让我哭得多厉害!您还记得那个死在黑暗中的小男孩吗?多么可怕!我差一点生了一场病。这可不是开玩笑!我也读过布尔热④先生的一本书,《残酷的谜》!我有个表姐被这部小说弄得神魂颠倒,居然写信给布尔热先生。而我呢,我觉得它

---

① 夏尔·古诺(1818—1893):法国作曲家和剧作家。主要作品有歌剧《浮士德》《罗密欧与朱丽叶》等。
② 维克多利安·萨尔杜(1831—1908):法国剧作家。
③ 阿尔丰斯·都德(1840—1897):法国作家,作品有长篇小说《小东西》《达拉斯贡城的达达兰》,短篇小说集《星期一的故事》等。
④ 保尔·布尔热(1852—1935):法国作家,小说家,作品丰富,经历过观念小说、实验小说、心理小说等不同取向。长篇小说《残酷的谜》(1885)是其成名作。

太富有诗意了。我更喜欢逗乐的东西。您认识格雷万①先生吗?柯克兰②先生呢?达玛拉③先生呢?罗什福尔先生呢?听说他是那么风趣!德·卡萨尼亚克④先生呢?他是不是每天都跟人决斗?"

差不多一个小时以后,她的问题开始枯竭了;我已经以最富想象力的方式满足了她的好奇心,现在轮到我讲了。

我给她讲了些上流社会,巴黎上流社会,高贵社会的故事。她竖着耳朵,全神贯注地听着。啊!可以肯定,她对那些漂亮的贵妇,巴黎的贵妇名媛,留下了美好的印象。我讲的净是些风流韵事,幽会,迅雷不及掩耳的成功和令人痛心不已的失败。她时不时地问我:

"啊!上流社会,就是这样?"

我不怀好意地微笑着说:

"当然嘞。只有小市民阶层的女子才会为了尊重贞洁,尊重没有人会感谢她们这样尊重的贞洁,过那种平淡乏味的生活……"

---

① 阿尔弗莱德·格雷万(1827—1892):法国画家,剧作家,舞台服装设计师。

② 柯克兰:这时期巴黎文艺圈有柯克兰两兄弟——贡斯当(1841—1909)是话剧演员,以扮演西拉诺·贝尔日拉克著名;厄尔奈斯特(1848—1909)也是话剧演员。此处可能是指比较有名的贡斯当。

③ 雅克·达玛拉(1855—1889):真名阿里斯蒂德·达玛拉,法国话剧演员,饰演过唐璜等角色,其妻是著名演员莎拉·伯恩哈特(1844—1923)。

④ 保尔·德·卡萨尼亚克(1843—1904):法国记者,以其屡次决斗而闻名。

我开始极尽嘲讽、诡辩、调侃之能事,对美德刀砍斧刹。我放肆地讥笑那些可怜的女傻瓜,她们根本没有体验过美好的、温柔的、甜蜜的和风流的事,没有品味过偷偷的、深深的、热烈的吻就半截入土;而这只因为她们嫁给了一个笨蛋丈夫,她们在夫妻生活中的保守让她们至死对精妙的性欲和优雅的感情浑然无知。

接着,我又讲了一些秘事,单间密室里的秘事,一些我断言全宇宙都知道的男女私情。我还像唱副歌一样,总是伴以对突如其来的隐秘爱情的赞颂,对像果实一样信手拈来、尝一口就忘掉的性感的讴歌。

夜晚降临了,一个宁静的炎热的夜晚。被机器震撼着的巨轮,在海上,在无垠而又深邃、满是星火的紫色天空下滑行。

少妇不再说话。她慢慢地呼吸着,偶尔叹一口气。她突然站起来,说:

"我要去睡了,先生,晚安。"

我知道她要乘第二天晚上从巴斯蒂亚去阿雅克肖的驿车,须穿过崇山峻岭,在路上过一整夜。

我回答:

"晚安,太太。"

我也回到我的船舱的卧铺。

第二天一大早,我就租下四轮轿式马车仅有的三个座位,为我一个人包下三个座位。

夜幕降临,当我登上那辆将要离开巴斯蒂亚的老式驿车时,车夫问我是不是愿意让出一个角落给一位太太。

我好像感到突然似的问：

"哪位太太？"

"一位要去阿雅克肖的军官太太。"

"你去对这个太太说，我很乐意奉献一个座位给她。"

她到了，说她睡了一整天。她道了歉，表示了谢意，便上了车。

这辆驿车就像一个密封的匣子，只有两扇车门可以透进光线。我们在里面挨得很近。几匹马快步小跑，车子急速前行，不多时就进入山区。一股芳香植物的清新气息从车门放下玻璃的窗口涌进来。科西嘉岛向四周散发的这强烈的香味，传得那么远，连大海上的水手都能闻到。这香味像一个物体的气味一样沁人肺腑，像浸透了香水的绿色土地的汗水一样被烈日释放出来，随吹过的风飘散。

我又谈起巴黎，她又热情洋溢地听起我的讲述。我的故事讲得越来越大胆和放肆，充满隐讳而又阴险、会撩得人热血沸腾的词句。

夜已经深沉。我已经什么也看不见，连年轻女子的脸刚才还形成的白色斑点也看不见了。只有马车夫的风灯照着四匹正在慢步往山上爬的马。

时而传来在岩石间奔腾的激流的声响，夹杂着叮当的铃声，不久就远远地消失在我们身后。

我轻轻地把一只脚往前伸；我碰到了她的脚，她没缩回去。然后我就不再动弹，我等着。我忽然改变语调，谈了些柔情蜜意的事。我又把手伸出去，碰到她的手，她也没有缩回去。我一边说着,一边越来越靠近她的耳朵,靠近她的嘴。我已经感觉到她的心紧挨着我的胸脯突突跳。可以肯定,她的心跳得又快又剧烈——好兆头!——于是,我慢慢地把自己的嘴唇贴在她的脖子上。我确信已经得到她了,我是那么信心满满,有人要跟我打多大的赌我都会毫不迟疑。

可是,突然,她就像被惊醒了似的,身子猛的一震,我被甩到了车厢的另一头。接着,我还根本没来得及弄明白,没来得及反应和思索,就先吃了五六记凶狠的耳光;紧接着,又尖又硬的拳头像冰雹一样到处捶打,在包围着这场搏斗的深深黑暗中,我毫无招架之力。

我伸出两只手找她的胳膊,但是徒劳。我不知道如何是好,便猛地转过身,让后背对着她的疯狂的攻击,而把脑袋躲在车厢的犄角里。

也许她从拳头的击打声明白了我这番消极抵抗的操作,便突然停下,不再打我。

几秒钟以后,她回到她原来那个角落,放声哭起来,哭了至少一个小时。

我也回到原位坐下,内心忐忑不安,十分羞惭。我倒是想说话,可是说什么呢?我无话可说!道歉?太愚蠢!要是您,您能说什么?可以肯定,也是什么也不说。

她现在哭哭啼啼,时而发出一声长叹,让我又是同情,又是歉疚。我想抚慰她,像拥抱一个伤心的孩子一样拥抱她,跪在她面前请她原谅。但是我不敢。

这种局面,真让人难堪!

她终于平静下来。我们待在各自的角落里,一动不动,一言不发。马车始终在赶路,有时停下来更换驿马。每当马棚的风灯的强烈光线射进马车,我们两人都立刻闭上眼睛,因为彼此都不愿看到对方。接着,驿车重又上路;科西嘉岛山区清新甘美的空气轻抚着面颊和嘴唇,像美酒一样令我陶醉。

见鬼,这趟旅行该是多么美好,如果……如果我的旅伴不是那么傻!

阳光,初升黎明的灰白色的晨曦,慢慢地溜进车厢。我看了一眼我的旅伴。她假装睡着了。接着,山后升起的太阳很快就把光明洒满花岗岩高山环抱中的茫茫的湛蓝海湾。海湾的岸边,一座仍然安睡在阴影中的白色城市出现在我们前方。

我的邻座假装醒了,睁开眼(她的眼睛通红),张开嘴要打哈欠,仿佛她睡了很久似的。接着,她迟疑了一下,涨红着脸,结结巴巴地说:

"快到了吧?"

"是的,太太,再过差不多一个小时。"

她看着远方,又说:

"在车上过夜很让人疲倦。"

"噢!是的,腰都要折了。"

"尤其是在横渡大海以后。"

"噢!是的。"

"前面就是阿雅克肖吗?"

"是的,太太。"

"我真希望已经到了。"

"我能理解。"

她的声音有点儿慌乱,神态有点儿尴尬,目光有点儿躲躲闪闪。尽管如此,她好像什么都忘了。

我欣赏着她。这些坏女人,她们天性多么狡猾!手腕多么高明!

一小时以后,我们果然到了;一个高大的龙骑兵,身材像个大力士,站在驿站办公室前面,挥动着手帕,远远地望着马车。

我的旅伴激动地扑到他的怀抱里,吻了他至少有二十下,一迭连声地说着:"你好吗?我多么想赶快见到你!"

我的箱子已经从车顶上卸了下来;我正在悄然离去,只听她大喊:"先生,噢,您也不道个别就走。"

我吞吞吐吐地说:"太太,您那么高兴,我就不打扰您啦。"

于是她对丈夫说:"亲爱的,谢谢这位先生,他一路对我照顾得可好啦。他把为自己租下的驿车的一个座位献给了我。遇到这样好心的旅伴,真是太幸运了。"

丈夫跟我握手,真心实意地感谢我。

少妇满脸堆笑地看着我们……而我呢,我的表情一定是狼狈透顶。

我的二十五天[*]

我刚住进我的旅馆房间。这房间就像一个狭小的盒子,夹在两片纸一样薄的隔墙之间,隔壁的人有一点点声响都传得过来。我开始把自己的衣物放进带镜子的衣柜,打开中间的抽屉,一眼就看见一个卷了边的记事本。我把它摊平、打开,赫然看到这样一个标题:

我的二十五天

这是在我之前住这个房间的一位旅客,一个来洗温泉浴的人的日记,离开的时候遗忘在这里了。

这些笔记对那些从未离过家的聪明而又健康的人来说,可能不无裨益。我一字不改,抄录在下面供他们一读。

---

[*] 本篇首次发表于一八八五年八月二十五日的《吉尔·布拉斯报》;一九〇〇年收入保尔·奥朗道尔夫出版社出版的莫泊桑小说集《流动商贩》;一九〇三年收入同一出版社出版的插图版莫泊桑全集《图瓦》卷。

七月十五日于沙泰尔-吉庸①

这地方,第一眼看去就不招人喜欢。然而我却要在这里度过二十五天,治疗我的肝、我的胃,稍微减减肥。一个洗温泉浴的人的二十五天,很像一个预备役军人的二十八天②;他们得做各种杂役、各种艰苦的杂役。今天还没事,我只是安顿下来,认识一下环境和医生。沙泰尔-吉庸有一条小溪,在几个小山丘之间流淌,溪水是黄颜色的,小丘上有一个游乐场、一些房屋和一些石头的十字架。

在谷底的小溪边,可以看到一座方形建筑物,在一个小花园中间,那就是温泉浴室。一些愁眉苦脸的人在这房屋的周围蹒跚,这些人就是病人。浓荫遮蔽下的小路一片肃静,因为这里不是娱乐场,而是一个真正的疗养所;人们信心满满地在这里治疗,似乎也在这里恢复健康。

一些权威人士甚至言之凿凿,说这里的矿泉水能产生真正的奇迹。然而收费处的周围却没有挂一件 exvoto③。

不时有一位先生或者夫人走向一个石板瓦顶的亭子。亭子里有一个笑脸迎人的温柔的妇女,看守着一个水泥的小池子,矿泉水在池子里翻滚。病人和这看守治病泉水的女人之

---

① 沙泰尔-吉庸:法国市镇,位于奥维涅-罗讷-阿尔卑斯大区多姆山省,温泉浴胜地。
② 一八七二年法国军队重组,预备役为期四年,其间预备役军人须接受两次为期四周即二十八天的军事训练。
③ exvoto:拉丁文,感恩或还愿的奉献物或敬献牌,常见于教堂、神殿等可能有"神迹"的地方。

间没有搭讪一句话。后者递给前者一个小杯子,杯子里的透明液体冒着气泡。对方喝完水,便迈着庄重的步子离去,重又在树荫下开始中断了的散步。

这小花园里万籁俱静,树叶间没有一丝风,寂静中没有一点人声。入口处本应写明:"疗养重地,禁止言笑。"

谈话的人也都像为了模仿发声而动嘴的哑巴,其实他们是害怕发出嗓音。

旅馆里也是同样寂静。这是一家大旅馆,人们在餐厅里吃晚饭的时候都神情严肃;这都是些挺体面的人,他们之间却好像无话可谈。从他们的举止可以想见他们有良好的教养,他们的脸上透露出高人一等的自信,只恐怕某些人难以拿出确实优越的证明。

两点钟的时候,我上山去游乐场。那是坐落在小山丘上的一座木头小房子,由陡峭的羊肠小路可以攀登而至。不过从那里看到的景色却是美不胜收。沙泰尔-吉庸位于一个狭窄的谷地,正好在平原和丘陵之间。向左,我可以远眺奥维涅①山脉最近的一波巨浪般的峰峦,郁郁葱葱,间或露出一些硕大的灰色斑点——坚硬的熔岩的枯骨,因为我们就在古老火山的脚下;向右,越过山谷狭窄的 V 字形缺口,我可以驰目一望无际的平原,仿佛淹没在近乎蓝色的云海里,只能依稀窥见平原上的村庄、城市、成熟的黄色麦田和苹果树荫下的方形

---

① 奥维涅:法国中央高原中部的一个具有历史文化特点的地区,现为奥维涅-罗讷-阿尔卑斯大区的一部分。

的绿色草场。那就是辽阔、平坦、永远包裹在淡淡雾幕里的利马涅①。

夜晚来临。现在,我独自一人吃完了晚饭,正在敞开的窗前写下这几行字。我听到那边,对面的娱乐场,小乐队在演奏乐曲,就像一只疯狂的鸟儿孤孤单单在荒野里歌唱。

一条狗偶尔叫几声。这深沉的静谧对人很有好处。晚安。

七月十六日

什么情况也没有。洗了个温泉浴,又冲了个淋浴。喝了三杯水,每喝完一杯就在花园里的小路上走一刻钟,喝完最后一杯又走了半个小时。我的二十五天开始了。

七月十七日

发现两个神秘的漂亮女人,洗温泉浴和吃饭都在所有人之后。

七月十八日

什么情况也没有。

七月十九日

又看到那两个漂亮的女人。她们长得挺标致,而且有一

---

① 利马涅:奥维涅地区的一片土地肥沃的大平原。

种说不出的娇媚,很让我喜欢。

七月二十日

在一个林木茂盛的优美的山谷里游玩了很长时间,一直走到无忧隐修院。这一带景色宜人,虽然有些凄凉,但是非常幽静,非常温和,满眼绿色。在山路上遇见一些满载干草的狭长的大车,两头牛慢吞吞地拉着,或在下坡的时候,拴在一起的牛脑袋使出很大的力气,把车控制住。一个戴大黑礼帽的男人手里拿着一根细棍,时而敲敲它们的肋部,时而触触它们的额头,指挥着它们;在艰难的下坡路上,当过重的负荷迫使它们加快脚步的时候,他只用一个简单、有力而又严厉的手势,就能使它们戛然停住。

山谷里的空气呼吸起来很甜美。虽然天气很热,但是尘土带来一股股轻微、隐约的香草和牛圈的气味;因为从这些路上经过的牛很多,到处留下它们的痕迹。这气味闻起来挺香;如果是来自别的动物的气味,就会恶臭难闻。

七月二十一日

徒步游览昂瓦尔山谷①。它位于山脚下一个狭窄的咽喉地带,夹在嶙峋的巨岩之间。一条小溪在重重叠叠的石头中间湍流。

---

① 昂瓦尔山谷:法国多姆山省的一个市镇。莫泊桑的长篇小说《温泉》中的温泉站也在这里。

到达这细谷谷底的时候,我忽然听到女人的说话声,紧接着就看见和我住在同一旅馆的那两个神秘的女子,正坐在一块石头上聊天。

我觉得这是个好机会,就毫不犹豫地自我介绍。我的坦诚得到她们毫不尴尬的回应。我们一起走回来。我们一路走一路谈巴黎;好像她们认识很多我也认识的人。她们是什么人呢?

我明天还能和她们见面。再也没有比这种相遇更有趣的了。

七月二十二日

几乎整天都和那两个陌生女人一起度过。说真的,她们很漂亮,一个头发是褐色的,另一个头发是金黄色的。她们自己说是寡妇。哼!……

我提议明天带她们去鲁阿亚[①],她们接受了。

沙泰尔-吉庸并不像我初到时想的那样凄凉。

七月二十三日

全天在鲁阿亚度过。鲁阿亚是克莱蒙-费朗[②]郊外,一条峡谷谷底的一个市镇,到处是旅馆。人很多。大公园里很热闹。顺着山谷远远望去,尽头可见多姆山的壮丽景色。

---

① 鲁阿亚:法国多姆山省的一个市镇,在克莱蒙-费朗市西郊,尤以温泉浴著称。
② 克莱蒙-费朗:法国中部的一个重要城市,多姆山省省会。

人们都很注意我的两个女伴,这让我颇为得意。男人有一个漂亮女人相伴,就像戴上一顶桂冠,总是甚感荣耀;更何况这个男人在两个漂亮女人之间周旋。在一家顾客满堂的饭店,和一位众目瞩望的女友一起进餐,再也没有比这更让人高兴的事了,也再没有比这更让一个男人受到邻座人敬重的了。

乘一辆劣马拉的车去树林和挽一个丑女人去林荫大道,是最丢面子的两件事,会让一颗在乎他人看法的敏感心灵受到沉重打击。在所有的奢侈品中,女人是最稀有、最高雅,价值最昂贵,最让人羡慕我们的,因此也是我们最爱呈现在公众嫉妒的目光下的。

向世人展示挽着臂的漂亮女人,顿时就能引起所有人的羡慕;那就等于说:你们瞧,我很富有,因为我拥有这稀罕而又昂贵的物品;我很有品位,因为我能发现这珍珠;也许我还被爱,除非我被她欺骗,而被骗又恰恰证明别人也认为她迷人。

总之,和一个丑女人在城里散步,太丢面子了!

而且这还会令人联想到其他许多丢面子的事!

一般说来,人们会猜想她是您的合法妻子。怎能相信您会有一个丑陋的情妇呢?一个真正的妻子不但可能长得很丑陋,她的丑陋还可能意味着无数让您不愉快的东西。首先,人们会以为您是个公证人或者法官,因为这两个行业垄断了奇丑无比然而陪嫁丰厚的女人。可是,对一个男人来说,这岂不是太难堪了吗?而且,这仿佛就是在向公众大声招认,您有可耻的勇气甚至是法律义务抚摸那张古怪的脸和那个畸形的身躯。您大概还不知羞耻地让这个绝不会引起别人欲念的女人做了母亲,那就更是可笑之至。

七月二十四日

我和那两个陌生的寡妇已经形影不离,也已经开始了解她们。这地方真美,我们的旅馆好极了。气候非常适宜。治疗对我大有好处。

七月二十五日

乘双篷四轮马车在塔兹纳湖①游玩。这次美妙的出游是在吃午饭时决定的,可以说心血来潮。离开饭桌,我们立刻就出发,在山里走了很长的路以后,突然远远看见一个景色秀丽的小湖,圆圆的,碧蓝碧蓝的,像玻璃一样清澈,安卧在一个古老的火山口里。这个巨大水槽的一侧光秃秃的,另一侧树木繁茂。树林中间有一个小屋,里面住着一个聪明可爱的人,一个在这维吉尔②式的地方生活的智者。他向我们打开房门。我一时兴起,大声说,咱们游泳好吗?大家说:"好呀,不过……没有带游泳衣!"

"没关系!这里空旷无人。"

于是大家下湖游泳。……

如果我是诗人,我一定会吟唱赤裸的年轻肌体在透明的

---

① 塔兹纳湖:位于多姆山省,由火山口蓄水而成。
② 维吉尔(前70—前19):古罗马诗人。他在《牧歌集》里描写了他理想中的田园生活。

湖水中一览无余的难忘景象！前伸的陡岸封闭着纹丝不动、光闪熠熠、像一枚银币一样圆的湖面；太阳把它火热的光芒像下雨般倾泻在湖面上；金黄色的肉体在几乎看不见的湖水中顺着岩石滑动，游泳的女人们就像悬在空中；湖底的沙石上看得到她们移动的身影！

七月二十六日

有几个人似乎对我和两个寡妇这么快就如此亲昵有些反感和不满。

世上就是有这么一些别扭的人，认为人生就是为了自寻烦恼。所有开心的事在他们看来都是缺乏教养或道德。他们认为，义务有一些不可改变的、凄惨得要命的规定。

我谦恭地提请他们注意，摩门教①徒、阿拉伯人、祖鲁人②、土耳其人、英国人和法国人对义务③的观念是不同的。而每个民族都有正直的人。

我只举一个例子：关于妇女的义务，英国人定在九岁开始，法国人定在十五岁开始。而我呢，我从每一个民族的义务

---

① 摩门教：一八三〇年创立于美国的一个基督教派。
② 祖鲁人：南非、莱索托等地的居民。
③ 莫泊桑这里所说的"义务"，指妇女合法的婚姻。这段文字的写作和一件时事密切相连。莫泊桑说妇女的义务在合法婚姻的最低年龄在英国规定从九岁开始，实际是十三岁。当时有英国议员提议降至十一岁甚至九岁，这不仅在英国，也在法国引起争论。莫泊桑任撰稿人的《吉尔·布拉斯报》也加入了这场争论。

观中都借鉴一点,构成一套完整的、和神圣的所罗门国王①的道德类似的义务观。

七月二十七日

好消息。我瘦了六百二十克。这沙泰尔-吉庸的水,真神奇!我带两个寡妇去利翁吃晚饭。这个城镇很凄凉,它的名字 Riom 改变一下字母的次序就是 Mori②,对治病的温泉站来说,有这样一个邻居很令人沮丧。

七月二十八日

啪嗒!我的两个寡妇接待了两位来找她们的男士。——想必是两个鳏夫吧。她们今天晚上就走。她们给我写了一个小纸条。

七月二十九日

孤单一人!去纳舍尔③的古老火山口远足。景色壮丽。

七月三十日

什么情况也没有。治疗。

---

① 所罗门国王:古代以色列国王。在位时是以色列最强盛时期。《圣经·撒母耳记》记载他极富智慧。相传《圣经》中的《雅歌》《箴言》是他所写。
② Mori:拉丁文,意为"死亡"。
③ 纳舍尔:多姆山脉的一个火山口。莫泊桑早期长篇小说《温泉》也写到这处风景。

七月三十一日

同前。

这个美丽的地方密布着散发恶臭的溪流。我向掉以轻心的市政当局指出,那个可恶的臭水沟正在污染大旅馆前面的公路。这家旅馆的厨房垃圾全都倒进那沟里,简直成了霍乱病的温床。

八月一日

什么情况也没有。治疗。

八月二日

游览沙托纳夫①,很开心。这是一个风湿病疗养地,到这个温泉来的人都是为了喝水。到处都是拄拐杖的人,滑稽极了!

八月三日

什么情况也没有。治疗。

八月四日

同前。

---

① 沙托纳夫:此处指沙泰尔-吉庸北面的沙托纳夫温泉城。

八月五日

同前。

八月六日

令人绝望！我刚称了体重，肥了三百一十克。那又有什么办法？……

八月七日

乘马车在山里走了七十公里。出于对该处妇女的尊重，我不说出这地方的名字。

是别人建议我到这里一游的，说它很美，而且很少有人来。我赶了四个小时山路，来到一个相当别致的村庄，它位于一条河边，一片胡桃树林里。我在奥维涅地区还没有见过这么大片的胡桃树林。

其实这也是当地的全部财富了，因为树林是种在市镇公有的土地上的。这片土地，从前只是一片荆棘丛生的坡地，当局曾试图把它变为耕地但没有成功，只能勉强饲养几只羊。

多亏了该村的妇女，今天这里已经成了一片蔚为壮观的胡桃林，而且得了一个奇特的名字："本堂神父先生的赎罪林"。

应该说，与平原的妇女相比，这山区女人的轻浮是有名的。一个小伙子遇到女人，至少得吻她们一下；如果他不多吻几下，那只能说明他是傻瓜。平心而论，这种看事的方式是唯一合乎逻辑、合乎情理的。无论是城里的还是乡下的，既然女人的天然使命就是让男人高兴,男人总应该向她们证明她让他高兴了。如果他不做任何表示,那就意味着他觉得她丑;对女人来说那几乎就是屈辱。如果我是女人,一个男人第一次相遇时没有对我有任何尊敬的表示,我不会第二次接待他,因为我认为他对我的美、我的魅力和我作为女人的优点缺乏尊重。

既然 X 村的小伙子们经常向本村的女人证明,他们觉得她们很合自己的口味,而本堂神父也无法禁止这些多情而且自然的表示,他便决定利用这习俗来达到共同的繁荣。他要求失足的女人都在共有土地上种一棵胡桃树,作为赎罪的表示。于是每天夜里人们都可以看到提灯像磷火般在山丘上游荡,因为很少有人愿意在大白天去赎罪。

两年的时间,这片村有土地上已经没有空地了。今天,教堂周围密密麻麻足有三千多棵茂盛的胡桃树,只听教堂的钟声在绿叶丛中敲响。这就是本堂神父先生的赎罪林。

而今人们在法国想方设法要植树造林,管理树林的行政部门何不和这位神职人员商量一下,采用这位卑微的本堂神父发明的如此简单的方法?

八月七日
治疗。

八月八日
整理行李。向这个安逸、宁静的迷人的地方告别,向青山、幽谷、冷落的娱乐场告别。从娱乐场远眺,广阔的利马涅平原永远笼罩在淡蓝色的薄雾里。

我明天早晨动身。

笔记到这里为止。我不想再补充什么,我对这地方的印象跟我前面的这位旅客完全不同,因为我没有遇到那两个寡妇!

贝洛姆老板的虫子*

去勒阿弗尔的驿车就要离开克里克托①；所有旅客都在小马朗丹开的招商旅馆的院子里等待叫他们的名字。

这是一辆黄色的马车，架在以前是黄色、已经被积下的泥巴变成几乎是灰色的轮子上。前面的轮子非常小；后面的轮子很高很单薄，负担着走了形、像牲口肚子一样鼓胀的车厢。三匹白色的劣马，一眼看到的就是它们硕大的脑袋和又粗又圆的膝盖。这三匹马一前二后套在车上。就是它们，要拉这辆构造和形态都十分古怪的车。它们站在这辆古怪的马车前，似乎已经昏昏入睡。

车夫塞泽尔·奥尔拉威尔用手背揩着嘴，出现在旅馆门

---

* 本篇首次发表于一八八五年九月二十二日的《吉尔·布拉斯报》；一八八六年收入保尔·奥朗道尔夫出版社出版的莫泊桑小说集《帕朗先生》；一九〇三年收入同一出版社出版的插图版莫泊桑全集《帕朗先生》卷。

① 克里克托：法国诺曼底地区塞纳滨海省的一个城镇，离埃特尔塔约八公里。

口。这是个肚大腰圆的小矮子,由于经常爬轮子、攀车顶,练得挺灵活;长年野外活动,风吹雨打,再加上爱喝口小酒,弄得他脸色通红;眼睛受风和冰雹的刺激,老是眨么着。一些圆圆的大筐,装满惊魂未定的家禽,放在一动不动的农妇们面前等候着。塞泽尔·奥尔拉威尔先把筐一个接一个拎起来,放到车顶;他接着把装鸡蛋的篮子也放上去,不过动作轻一些;他再接着把几小包粮食和用毛巾、布片或纸包着的小包,直接从下面扔上去。然后,他打开后面的车门,从衣袋里掏出一张名单,点起名来:

"戈日维尔的本堂神父先生。"

教士走到前面来,这是一个大个子,膀大腰圆、脸颊发紫、十分强壮但是面容和善的人。就像妇女们撩起裙子,他撩起道袍抬起脚,爬上了老旧的马车。

"罗勒博斯克种子村的小学老师。"

那个人赶快站出来。他个子瘦长,很腼腆,礼服长及膝盖。他也消失在敞开的车门里。

"普瓦雷老板,两个座位。"

普瓦雷走上前。他原是高个儿,因为常年扶犁累得背驼腰弯,由于节减饮食而形体消瘦,瘦骨嶙峋,皮肤也因为常忘了用水洗而干巴巴的。他的妻子跟在他后面,她身材瘦小,像一只疲惫的老山羊,两只手抱着一把老大的绿布雨伞。

"拉波老板,两个座位。"

拉波迟疑了一会儿;他生性就懵里懵懂。

他问:

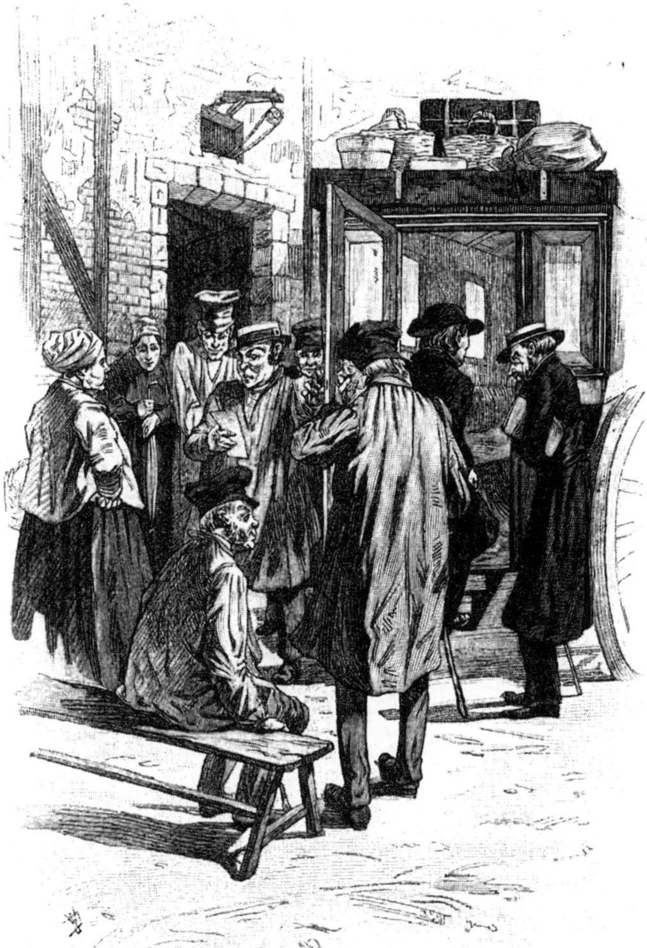

"您是喊我吗?"

车夫有个绰号叫"机灵鬼",他正想用一个戏谑回答他,这时他妻子往前搡了他一把,拉波一头冲向车门。这是个身高体宽壮实的女人,肚子像酒桶一样肥得滚圆,两只手像捣衣杵一般硕大。

拉波像回洞的老鼠一样钻进车厢。

"卡尼沃老板。"

一个肥胖的农民,比一头牛还重,进到黄匣子里,把车架的弹簧都压弯了。

"贝洛姆老板。"

贝洛姆,一个瘦高个子,走过来。他歪着脖子,一脸苦楚,拿手绢捂着耳朵,好像牙痛似的。

所有的人都在老式奇特的黑色或暗绿色呢子上衣外面穿一件蓝罩衫,呢子衣服是礼服,要到了勒阿弗尔市内才露出来;他们头上都戴着尖塔一样的绸鸭舌帽,在诺曼底农村这是最美的装饰了。

塞泽尔·奥尔拉威尔关上车门,就登上他的座位,甩响了马鞭。

三匹马好像如梦初醒,扭动着脖子,响起一阵紊乱低沉的铃声。

这时车夫扯着嗓子大吼一声:"驾!"他用两手轮换着执鞭抽打几匹马。它们骚动了一下,一使劲,一拐一瘸地慢步小跑起来。马后面,车子摇晃着它松动的玻璃窗和弹簧支架的所有铁部件,发出马口铁和玻璃的惊人的响声;而每一排被震动得摇晃不定的旅客,每当车子颠簸时,都会像潮起潮落一样前仰后合。

出于对本堂神父的尊重,人们起初都沉默不语,本堂神父在这儿,大家都很拘谨。但是神父先说起话来,因为他喜欢说话,又很随和。

他问:"喂,卡尼沃老板,还好吗?"

身材魁梧的乡下人,因为个子、脖子和肚子都与教士相仿,所以对教士颇有好感,微笑着回答:

"还好,本堂神父先生,还好,您呢?"

"啊!我嘛,一直都很好。"

"您呢,普瓦雷老板?"神父问。

"啊!我嘛,应该说还可以,只是看来油菜的收成不会太好;现在的生意就靠油菜补回来。"

"你要怎么办呢?日子就是很艰难。"

"是呀,很艰难。"拉波老板的大个子女人用宪兵般梆硬的语调表示同感。

她是邻村的人,本堂神父只听说过她娘家的姓。

"布隆戴尔家的姑娘,就是您吗?"他问。

"是呀,就是我,嫁给拉波了。"

拉波身体瘦弱,腼腆而又得意,微笑着向神父敬礼,把脑袋深深地前倾,鞠了一大躬,似乎在说:"正是我,娶了布隆戴尔家的女儿。"

一直用手绢捂着耳朵的贝洛姆老板,这时突然痛苦地呻吟起来。他一边跺着脚,一边哼着"哟……哟……哟……",

看来痛得厉害。

"您是不是牙痛?"本堂神父问。

为了回答,农民暂时停止呻吟:

"不是……本堂神父先生……不是牙痛……是耳朵,耳朵最里头。"

"您耳朵里是进什么了,还是有脓肿?"

"我不知道是不是有脓肿,但是我知道有个虫子,一个老大的虫子进到耳朵里了,因为我在仓房的麦秸堆上睡觉。"

"一个虫子? 您能肯定?"

"我能肯定? 能,就像肯定有天堂一样,本堂神父先生,因为它正在耳朵里啃我。肯定正在啃我的脑子! 在啃我的脑子! 啊! 哟……哟……哟……"他又跺起脚来。

一股强烈的治病救人的热情在人群中觉醒,每个人都各抒己见。普瓦雷认为是一个蜘蛛,小学教师认为是一条毛虫,他在奥恩省①的康普米雷已经见过一次,他在那里待了六年,甚至见过毛虫进到人的脑袋里,又从鼻孔里出来。不过那个人的这只耳朵也就聋了,因为鼓膜穿了孔。

"这更像是一条虫子。"本堂神父表示。

贝洛姆老板一直呻吟着,他头歪到一边,紧倚着车门,因为他是最后一个上车的。

"啊! 哟……哟……哟……我认为是个蚂蚁,一个大蚂蚁,它咬得那么痛……瞧,神父先生……它在跑……在跑……

---

① 奥恩省:法国诺曼底地区的一个省,省会在阿朗松。

啊！哟……哟……哟……好痛呀!"

"你没去看医生吗?"卡尼沃问。

"当然没有。"

"为啥当然?"

对医生的恐惧似乎治好了贝洛姆。

他挺起身子,不过并没有拿开手绢。

"为啥！你,你有钱给他们,给这些懒汉？他来一趟,两趟,三趟,四趟,五趟！这就得花两个一百苏的埃居,两个埃居,肯定……他能做什么呢,这个懒汉,他,他能做什么呢？你,你知道吗?"

卡尼沃笑了笑。

"不,我不知道。那你这是去干什么?"

"我去勒阿弗尔看尚布勒兰。"

"尚布勒兰是谁?"

"是个土郎中。"

"啥土郎中?"

"就是这个土郎中治好了我爸爸的病。"

"你爸爸?"

"是呀,我爸爸,很久以前。"

"你爸爸,他怎么啦?"

"他脊梁受了风,从脚到大腿都不能动弹了。"

"你那个尚布勒兰,他怎么治的?"

"他揉他的脊梁,就像做面包那样,两只手！就这样揉了两个钟头就好了！"

贝洛姆还想着尚布勒兰说的一些话，不过他没敢当着本堂神父的面说。

卡尼沃笑着又说：

"该不会是有个兔子钻进你耳朵里了吧？它也许会把你的耳朵眼当成它的窝了，看它四周长满了荆棘。等一会儿，我来把它赶跑。"

卡尼沃说着用两只手搭成喇叭筒的形状，开始模仿奔跑的猎狗的吠声。他大叫，大吼，吱吱叫，汪汪叫。车里所有人都笑起来，连从来都不苟言笑的小学教师在内。

本堂神父见贝洛姆被人们嘲笑，有些不满，连忙转移话题，问拉波的大个儿妻子：

"您家里人口多吗？"

"多，本堂神父先生……养活这么多孩子真难！"

拉波点头示意，像是在说："啊！真的，养活着这么多孩子真难。"

"你们有几个孩子？"

她用响亮而又坚定的声音，煞是权威地宣布：

"十六个孩子，本堂神父先生！十五个是我丈夫的！"

拉波开始有了笑容，不仅如此，还点头称是。他，拉波，他一个人就生了十五个！有他老婆证明！所以毫无疑问。当然，他为此而感到骄傲！

第十六个是谁的呢？她没说。大概是头一个男人的吧？人们可能知道，所以一点也不大惊小怪。连卡尼沃也毫无表示。

这时贝洛姆又呻吟起来：

"啊！哟……哟……哟……它在最里面翻腾……啊！好痛呀！……"

马车在波里尔咖啡馆前面停下。本堂神父说：

"要是往您耳朵里灌一点水，也许就能让它出来。您愿意试试吗？"

"当然，我很愿意。"

所有人都下车观看这场手术。

教士要来一个水盆、一条毛巾和一个水杯；他让小学教师扶着病人的脑袋，让它倾斜着，然后，等水一灌进耳道，猛地把脑袋翻转过来。

卡尼沃往贝洛姆的耳朵里细瞧，想看看肉眼能不能看见虫子，他叫道：

"他妈的，简直是一团糟！一定要疏通，我的老伙计。你的兔子陷在这团果酱里，永远也出不来。它的四个爪子都粘住了。"

本堂神父也查看了一下通道，觉得它太窄，虫子陷得太深，没法赶出来。小学教师用一根火柴和一块破布片清理了耳道。于是，在众人的担忧之中，教士往清理过的耳道里倒进半杯水，水流到贝洛姆的脸上、头发里和脖子上。然后小学教师把脑袋猛地扭向水盆，就好像要把它拧下来似的。几滴水落回白色的水盆里。所有的旅客都冲上前。什么虫子也没有出来。

不过贝洛姆表示："我一点也不觉得痛了。"本堂神父像得胜将军似的大喊:"它肯定被淹死了。"大家都很高兴,于是回到车里。

可是车子刚上路,贝洛姆又连连发出可怕的喊声。虫子又醒了,而且在发火了。他甚至肯定现在虫子已经钻进脑子,正在喝他的脑浆。他叫嚷的时候身体扭动得那么厉害,普瓦雷的妻子以为他魔鬼附体了,一边哭一边画十字。后来,痛苦略微减轻了,病人就描述虫子在他耳朵里如何转圈。他用手指模仿虫子的运动,仿佛正看着它、目光追随着它似的:"瞧,它又在往上爬……哟……哟……哟……好痛呀!"

卡尼沃有些不耐烦了:"是水惹这个虫子生气了。它也许已经习惯了喝酒。"

大家都笑了。他接着说:"等咱们到了布尔波咖啡馆,给它喝一点六号烧酒①,它就不会再动了,我敢担保。"

可是贝洛姆已经痛得无法忍受,就像有人在掏走他的灵魂似的,号叫起来。本堂神父不得不扶着他的头。人们要求塞泽尔·奥尔拉威尔遇到第一个人家就停下来。

到了公路边的一个农庄,贝洛姆被抬了进去;人们让他躺在一张厨案上,重新开始手术。卡尼沃还是建议往水里掺一点烧酒,让虫子喝醉、睡着,也许还能把它杀死。但是本堂神父更倾向于加醋。

这一次,人们把掺好的液体一滴一滴地往里灌,好灌到耳

---

① 六号烧酒:当时人们以数字标志烧酒,"三号烧酒""四号烧酒"……标号越高,表示烧酒的烈度越高。

朵最里面,然后让它在住着虫子的器官里留几分钟。

又拿来一个盆,本堂神父和卡尼沃两个大汉把贝洛姆整个儿翻转了一下,小学教师用手指敲打他那个好耳朵,好让另一个流空。

连塞泽尔·奥尔拉威尔也手拿着鞭子,进来观看。

忽然,人们发现盆底有一个褐色的小点儿,并不比洋葱籽大,然而这东西在蠕动。是个跳蚤!

响起一片惊叹声,接着是一阵响亮的笑声。一个跳蚤!啊!真好,真好!卡尼沃拍着大腿,塞泽尔·奥尔拉威尔甩着响鞭,本堂神父像驴叫一样大笑,小学教师笑得像打喷嚏,两个女人发出低而尖的开心的笑,就像咯咯叫的母鸡。

贝洛姆已经坐在厨案上,把水盆拿过来放在膝盖上,开心地怒目圆睁,严肃认真地观察着这个终于就范的小虫子,在它带下来的水滴里转。

他低声责骂:"你总算落网了,坏东西!"然后啐了一口唾沫。

车夫高兴极了,连声说:"一个跳蚤,一个跳蚤!啊!臭跳蚤,臭跳蚤,臭跳蚤,你终于被逮住了!"

他稍稍平静下来,便大叫:"走!赶路!耽误的时间够多了。"

旅客们始终笑着,向马车走去。

然而最后一个跟过来的贝洛姆宣布:"我呢,我回克里克托。我现在去勒阿弗尔没什么要做的了。"

车夫对他说:"不管怎么说,请付车票钱!"

"我还没走到半路,我只欠你一半的钱。"

"你得全交,你订的是到底的票。"

他们争吵起来,很快就吵得不可开交:贝洛姆发誓他只付二十苏,塞泽尔·奥尔拉威尔一定要收他四十苏。

他们鼻子冲鼻子,眼睛对眼睛,大声吼叫。

卡尼沃又下了马车。

"你听着,首先,你该给本堂神父四十苏,然后,你得请大家每人喝一杯,这就是五十五苏,然后,你给塞泽尔二十苏。这样行吗,机灵鬼?"

车夫见贝洛姆得付三法郎七十五生丁,十分开心,回答:"行!"

"喂,交钱吧。"

"我一个子儿也不交。首先,本堂神父不是医生。"

"要是你不交,我就把你抱回塞泽尔的车里,把你拉到勒阿弗尔。"

巨人卡尼沃抓住贝洛姆的腰,把他像个孩子似的提了起来。

对方看出自己必须让步。他掏出钱包,交了钱。

然后,马车继续向勒阿弗尔进发,而贝洛姆则返回克里克托。现在,所有的旅客都安静下来,目送着白茫茫的大路上那个农民的蓝罩衫,在他的两条长腿上摇晃。

健康旅行[*]

帕纳尔先生是个胆小怕事的人,生活里的一切他都怕。他怕瓦片掉下来砸着,怕摔跤,怕乘出租马车,怕坐火车,怕一切可能发生的意外,尤其是怕生病。

他非常有远见,认定我们周围的一切时刻都在威胁我们的生存。看到一个台阶,他就会联想到扭伤以及折断的胳膊和腿;看到一扇玻璃窗,他就会联想到可怕的玻璃划伤;看见一只猫,他就会联想到被抓瞎的眼睛。他在生活中是那么谨慎小心,事事都要三思而行,不慌不忙,务求万无一失。

他常对他的妻子说:"你想想呀,我亲爱的,一丁点儿小事就能把一个人弄残废甚至毁灭了。想到这里就让人胆战心惊。人出门的时候还是好好的,穿过一条街的时候,一辆马车

---

[*] 本篇首次发表于一八八六年四月十八日的《小报》的增刊;一九五六年收入阿尔班·米歇尔出版社出版的由阿尔贝-玛丽·施耐德编的《莫泊桑短篇小说集》;未曾收入保尔·奥朗道尔夫出版社出版的插图版莫泊桑全集。

过来，从他身上轧了过去；或者在一个过车的大门洞底下，跟一个朋友聊了五分钟，不知不觉中一小股穿堂风顺着你的脊背上去，就让你患上肺炎。这就够了。您就已经完蛋了。"他妻子是个善良的女人，对他的怪想法深信不疑。

他对报纸上"公共卫生"专栏的文章尤其关注；平时在不同季节的正常死亡人数，各种流行病的发展和变化，它们的症状，它们可能持续的时间，以及预防、阻止和医治的方法，他都一清二楚。他还有一批医学藏书，从事知识普及而又有实践经验的医生们为大众写的有关治疗的书，他应有尽有。

他相信过拉斯帕依①的理论，相信过顺势疗法②、剂量测定疗法③、金属敷贴疗法④、电疗法⑤、按摩疗法⑥，相信过所有据说可以在半年时间里包治百病的疗法。而今天，他对自

---

① 弗朗索瓦-万桑·拉斯帕依（1794—1878）：法国生物学家、医生和政治家，微生物的发现者。在其通俗的医学著作《健康与疾病的自然史》（1843）和《健康手册》（1845）中提倡大众保健，指出寄生虫是许多疾病的根源，主张使用以樟脑为主的药品。他的简单经济的治疗方法曾广受欢迎。

② 顺势疗法：由德国医生萨缪尔·哈内曼（1755—1843）创立的一种疗法，其理论基础是"同样的制剂治疗同类疾病"，意思是为了治疗某种疾病，需要使用一种能够在健康人中产生相同症状的药剂。

③ 剂量测定疗法：由比利时医生阿道尔夫·比尔格拉夫（1806—1902）在一八七〇年发明的治疗方法，次年传入法国，该方法主要在于使用活性物质，特别是生物碱性活性物质，并且严格地计算剂量。

④ 金属敷贴疗法：由法国医生维克多·比尔格（1822—1884）首次使用，将金属片贴在患者身上，并服用金属溶液，主要治疗神经官能症等。

⑤ 电疗法：一八八一年曾有一种直流电疗器推出。十九世纪八十年代电疗法在法国盛行一时。

⑥ 按摩疗法：这种治疗方法在当时已由土法按摩师的操作进入正式医生的科学运用阶段。

己的信念略有改变,他明智地想,避免疾病的最好方法还是逃避疾病。

去年初冬,帕纳尔先生从报上得知,巴黎遭到轻微的伤寒流行病的袭击,立刻大为不安,这种不安的情绪很快就变成了无法摆脱的心病。他每天早晨都要买两三份报纸,对其中互相矛盾的信息取个折中;他很快就深信他住的这个街区情况特别严重。

于是,他去找他的医生,请医生给他出主意。他该怎么办?留下还是离开?尽管医生给他的回答也是闪烁其词,帕纳尔先生还是得出确有危险的结论,决定马上出发。他回家便跟妻子商议。他们去哪儿呢?

他问:

"你看,亲爱的,咱们是不是最好到波城①去?"

她想去看看尼斯,便回答:

"听说那儿比较冷,因为离比利牛斯山近。戛纳想必更安全,既然奥尔良家族②的亲王们都去那儿?"

这番推理说服了她的丈夫。然而他还是犹豫了一会儿。

"对。不过地中海这两年都闹霍乱。"

"啊!亲爱的,冬季从来没有。你想呀,全世界的人都聚集到那个海岸。"

---

① 波城:法国城市,比利牛斯大西洋省省会,冬季疗养胜地。
② 奥尔良家族:法国波旁王族的一支。该家族的路易-菲利普公爵在一八三〇年七月革命后取得王位,建立七月王朝,也叫奥尔良王朝。

"这倒是真的。不过无论如何要带上消毒剂,别忘了把我的旅行药箱补充一下。"

一个星期一的早晨,他们出发了。到了火车站,帕纳尔太太就把她丈夫个人的箱子交给他。

"拿着,"她说,"里面都是你保健用的东西,全整理好了。"

"谢谢,亲爱的。"

他们上了火车。

帕纳尔先生读过许多有关地中海疗养场所的著作,都是沿岸各城市的医生们写的,对本地的海滩都极口称赞,对别处都嗤之以鼻。他先是莫衷一是,最后决定去圣拉斐尔①,唯一的原因就是:他在该地拥有房产的重要人物的名单里,发现了巴黎大学医学院好几位教授的大名。

如果连他们都住在那儿,那地方肯定安全。

他们在圣拉斐尔下了车,就直接前往他在萨尔蒂指南②里看到名字的一家旅馆,这本指南是这一带冬季疗养场所的孔蒂③。

可是新的忧虑已经在困扰着他。还有什么比旅馆更不安

---

① 圣拉斐尔:法国南部瓦尔省一城市,濒地中海,是冬季疗养胜地。
② 萨尔蒂指南:一种旅行指南,作者圣克莱芒夫人,署名莱翁·萨尔蒂。全称《地中海沿岸的疗养地及邻近地区》,分六卷,分别为:"马赛""从马赛到戛纳""从戛纳到尼斯""昂蒂布""从尼斯到摩纳哥""从摩纳哥到圣雷莫"。
③ 孔蒂:指法国文人阿莱克西-亨利·德·孔蒂编写的一系列旅行指南,分"实用指南""通俗指南"和"环游指南"。

全的呢?尤其在一个肺病患者向往的地方。有多少病人,是什么样的病人,在这些床垫上、被窝里、枕头上睡过呢?他们的皮肤,他们的气味,他们的热病,一定在毛毯上,在鸭绒里,在床单上留下千千万万肉眼看不见的细菌。他怎么敢躺在这些可疑的床上呢?想到几天前有个人在同一张床上奄奄一息,他就要做噩梦,他怎么能睡得安呢?

这时他突然来了一个主意。他要了一个朝北的房间,完全朝北的房间,见不到一点阳光,肯定没有一个病人会在那儿住过。

人家给他打开了一个很大的冰冷的套房,一望可知绝对安全,因为看上去那么冷,根本没法住人。

他让人点着了炉火。接着,人家把他的行李也搬了上来。

他快步地来回踱了几趟,想到有着凉患感冒的危险,不免有点不安。他对妻子说:

"你看,亲爱的,住这种地方的危险,就是很少有人住,房间很清冷。在这种房间里会生病。麻烦你把我们的箱子都打开。"

她开始把箱子里的东西都拿出来,放进衣橱和五斗柜,这时正在踱步的帕纳尔先生戛然止步,像一条狗嗅出猎物的气味一样使劲地闻起来。

他突然神色慌乱,又说:

"这里……闻得到……闻得到病人的气味……闻得到药味……我可以肯定闻到了药味……毫无疑问,这房间里住过一个……一个……一个患肺病的人。你没闻到吗?说呀,亲爱的?"

帕纳尔太太也闻了起来。她回答:

"是的,闻到了一点……一点……我辨不出是什么气味,总之是药的气味。"

他冲向铃绳,拉响了铃。侍者来了:

"麻烦您,马上请老板来一下。"

老板几乎立刻就来了,嘴角挂着笑容,热情致礼。

帕纳尔先生盯着他的脸看着,语调生硬地问他:

"最后在这儿住过的那个旅客是什么人?"

旅馆老板起初有些莫名其妙,琢磨着这位客人的意图、想法和疑问;但总归还是要回答,而且几个月来这个房间的确没有住过别人,他回答:

"是德·拉罗什-利莫尼埃尔伯爵先生。"

"啊! 一个法国人啰?"

"不,先生,一个……一个……一个比利时人。"

"啊! 他身体好吗?"

"好,也可以说不好,他到这里的时候病得很重;不过他离开的时候完全治好了。"

"啊! 他得的什么病?"

"身上疼。"

"哪儿疼?"

"嗯……是肝疼。"

"很好,先生,我谢谢您。我本打算在这儿住一段时间,不过我现在改主意了。我和帕纳尔太太一会儿就走。"

"可是……先生……"

"不必多说了,先生,我们走定了。请把账单送来:马车费,客房费和服务费全算上。"

老板不知所措,只得走了。帕纳尔先生对妻子说:

"哎,亲爱的,我揭穿他了吧?你看见他说话多么吞吞吐吐……疼……疼……是肝疼……让你的肝疼见鬼去吧!"

帕纳尔夫妇夜里到达戛纳,吃过晚饭就立刻睡下。

不过,他们刚躺到床上,帕纳尔先生就惊呼起来:

"哎,气味,这一次,你闻到了吧?不过……不过这次是石炭酸的气味,亲爱的……这套房间消过毒。"

他从被窝里蹿出来,迅速穿上衣服;这时叫人来时间已经太晚了,他当即决定在一张扶手椅上过夜。帕纳尔太太,尽管丈夫一再求她,就是不肯照他的样做,她留在被窝里睡得很香,而他却一直咕哝抱怨腰酸背痛:

"什么地方呀!多可怕的地方!所有这些旅馆里都只有病人。"

天一亮,老板就被找来。

"最后一个住过这个套房的是什么人?"

"是巴登和马格德堡大公,是……是……俄国皇帝的一个表兄弟,先生。"

"啊!他身体好吗?"

"很好,先生。"

"非常好?"

"非常好。"

"这就够了,老板先生;我和太太中午就动身去尼斯。"

"随您的便,先生。"

老板气嘟嘟地退去。帕纳尔先生对帕纳尔太太说:

"哎!这个人真会演戏!他甚至不愿意承认他那个房客有病!有病!啊,对!有病!我可以肯定地跟你说,他已经死了,这个家伙!你说,你闻到石炭酸的气味了吗?闻到了吗?"

"闻到了,亲爱的。"

"这些旅馆老板,真是无赖!他的那具死尸,甚至没有病!甚至没有病!真是无赖!"

他们坐上一点半的火车。气味一直跟到他们车厢里。

帕纳尔先生十分惶恐,一直嘀咕着:"还是能闻到。想必是当地采取的一种公共卫生措施。很可能是根据医生们和市政当局的要求,正在用石炭酸调的水喷洒街道、地板和车厢。"

但是当他们到达尼斯的旅馆时,气味强烈得简直让人无法忍受了。

帕纳尔惊慌极了,他在房间里转来转去,打开所有的抽屉,查看每一个阴暗的角落,在每一件家具里搜寻。他在带镜的衣橱里发现一张旧报纸,随意看到一段,就读起来:"有人就我市卫生状况散布的一些恶意传言是毫无根据的。尼斯及其市郊均未发生过任何一起霍乱病例……"

他吓了一大跳,嚷道:

"帕纳尔太太……帕纳尔太太……是霍乱……霍乱……我早就料到了……别打开箱子……我们立刻就回巴黎……立刻。"

一个小时以后,他们在令人窒息的石炭酸气味的包围中,又坐上快车。

一回到家,帕纳尔认为最好服几滴强力抗霍乱药水,于是他打开那个装着药品的箱子。一股呛人的气味从里面散发出来。他的装石炭酸的小药瓶碎了,洒出的液体把箱子里的东西全烧坏了。

他妻子见状,疯狂大笑,喊叫道:"哈!……哈!……哈!……亲爱的……在这里……你的霍乱在这里!……"

魔　鬼*

庄稼汉站在重病垂危的母亲床前，面对着医生。老太婆很平静，头脑十分清醒，已经准备好顺从天意。她看着两个男人，听着他们谈话。她就要死了；她并不抗拒，因为她已经九十二岁了，大限已到。

七月的阳光从敞开的门窗涌进来，将它炽热的火焰投射在四代庄稼人的木屐踩实了的高低不平的褐色泥土地面上。田野的气息，正午的骄阳烤煳了的青草、小麦和树叶的气味，也被炙人的风吹了进来。蚱蜢连续不断的清脆的嘶鸣，就像集市上卖给孩子们的木制蝗虫的叽叽嘎嘎的叫声，充溢了田野。

医生提高了嗓门，说：

"奥诺雷，您母亲病到这样，您不能让她一个人待在家

---

* 本篇首次发表于一八八六年八月五日的《高卢人报》；一八八七年收入保尔·奥朗道尔夫出版社出版的莫泊桑小说集《奥尔拉》；一九〇三年收入同一出版社出版的插图版莫泊桑全集《奥尔拉》卷。

里。她随时都会过去的!"

庄稼汉虽然不无歉疚,可是他反复说:

"我总得把麦子运回来吧;搁在地里的时间已经太长了。赶巧,今天天气又好。你说呢,老妈?"

老太太气息奄奄,可是依然不改诺曼底人斤斤计较的禀性,她眨眨眼睛,皱皱眉头,做了个"对"的表示,鼓励儿子:即便让她一个人孤零零地死在这里,也要去把麦子运回来。

但是医生发火了,他跺着脚说:

"听着,您简直是个畜生,您听着,我绝不会容许您这么做!您要是非得今天去运麦子不可,那就去把拉佩太太找来吧,当然啰! 就是请她来看护您母亲。我坚持要求您这样做,听见了吗? 如果您不照我的话办,轮到您生病的时候,我就让您像野狗一样死掉,听见了吗?"

庄稼汉是个干瘦的大个子,动作慢吞吞的。他犹豫不定,既害怕医生,又希望节省,左右为难。他迟疑着,盘算着,咕哝道:

"请拉佩太太来看护,得花多少钱?"

医生嚷道:

"我,我怎么知道? 那要看您请她看护多长时间。您去跟她商量吧,见鬼! 不过我希望一个小时以后她就能到这里,听见了吗?"

庄稼汉终于下了决心:

"我这就去,我这就去;千万别生气,医生先生。"

医生走了,临走又打招呼:

"您要知道,您要知道,您得当心,因为我这个人,生起气来是不开玩笑的!"

等只剩下他一个人的时候,庄稼汉转过身去面向母亲,忍气吞声地说:

"我去找拉佩太太;这个医生,他非要我这样。别担心,我就回来。"

说罢他也走了出去。

拉佩大妈是给人熨烫衣服的,也捎带着为本镇和附近村镇的人家照看死人和临终的人。她经常是:刚把顾客缝进他们再也钻不出来的寿衣,就回家拿起熨斗熨烫活人的内衣。她的脸像隔了年的苹果一样皱纹累累;她脾气暴,好嫉妒,出了格地小气,背驼得几乎一叠两折,仿佛是无休止地拿着烙铁在布上运动累断了腰似的。她似乎对人的垂危状态有一种令人胆寒和恬不知耻的癖好。她别的不谈,只爱谈她亲眼看着死去的人和亲身见证过的五花八门的死亡场面;她讲起这些来细致入微,不过千篇一律,就像猎手讲述他一次次如何开枪一样。

奥诺雷·彭当走进拉佩太太家时,她正在调配替乡下妇女染细布绉领的蓝靛液。

他说:

"喂,晚上好呀;一切如意吗,拉佩大妈?"

她回过头来对他说:

"老样子,老样子。您呢?"

"哦！我嘛,还可以,只是我母亲不行了。"

"您母亲?"

"是呀,我母亲。"

"您母亲怎么啦?"

"她快闭眼了!"

老妇人把她的手从蓝靛液里抽出来,青蓝透明的染液滑到她的手指尖,再一滴滴落到小木桶里。

她突然关切地问:

"有这么糟吗?"

"医生说她过不了午后。"

"这么说情况一定很糟了!"

奥诺雷犹豫了一下。在提出准备好的建议以前,他本应该有个铺垫。但是他找不出什么话说,就毅然下定决心说:

"要是请您看到最后,得多少钱?您知道我不是有钱人。我连一个女用人也雇不起。就因为这个,她才累倒了,我可怜的母亲,她太操劳、太辛苦了! 她一个人顶十个人干活,也没碍着她活到九十二岁。谁也不能像她这么干!……"

拉佩太太一本正经地说:

"有两种价钱:有钱人,白天四十苏,夜间三法郎;其他人,白天二十苏,夜间四十苏。您就给我二十苏和四十苏吧。"

可是庄稼汉心里还在合计。他太了解他母亲了。他知道她多么有耐力,多么顽强,多么能死撑硬顶。尽管医生说她快完了,也许还能再拖一个星期呢。

他坚定地说：

"不行。我宁愿您给我开个价，一直看到完事多少钱。咱们双方都碰碰运气。医生说她很快就要死了。要真是这样，算您走运，我倒霉。要是她拖到明天，甚至更久一些，算我走运，您倒霉！"

拉佩太太颇感意外，用眼睛打量着庄稼汉。她还从来没有跟人谈判过包到死的。她迟疑着，显然已经被这个碰运气的想法打动了。可是她很快就怀疑对方想坑她。

"我现在不好说，我得先看看您母亲。"她回答。

"那么现在就去看吧。"

她擦干了手，就随他出去。

他们一路上没有搭腔。她急忙地捯着小碎步；他呢，两腿跨距大大的，好像每一步都要迈过一条小溪。

散卧在田野里热得气喘吁吁的母牛，费劲地抬起脑袋，朝这两个过路人发出一声无力的哞叫，向他们讨一口新鲜的青草。

快走到家门口时，奥诺雷·彭当低声说：

"会不会已经完了呢？"

这无意识的愿望也表现在他的声音里。

但是老太太根本没有死。她仍然仰面躺在简陋的床上，两手搭在紫色印花布的被面上；那两只手，枯瘦如柴，青筋暴露，就像古里古怪的动物，就像螃蟹，因为风湿病、劳累和干了近百年的粗活而僵直。

拉佩太太走到床边，仔细观察垂死的病人。她摸摸老太太的脉,敲敲她的胸脯,听听她的呼吸,问了她几个问题,以便听听她说话的情况;然后她又察言观色了好一会儿,这才跟奥诺雷走了出去。她已经有了定见:老太太今晚走不了。奥诺雷问:

"怎么样?"

拉佩太太回答:

"这个嘛,还会拖两天,也许三天。全包了,您给我六法郎吧。"

他大呼起来:

"六法郎!六法郎!您是不是昏了头?我跟您说了,我母亲也就只有五六个钟头的活头儿,不会再长了!"

他们讨价还价了好一会儿,两个人都争得面红耳赤。由于拉佩太太要走了,由于时间过得很快,由于田里的麦子不会自己回家,他终于同意了:

"好吧,就这么说,六法郎,全包了。直到把尸体抬走。"

"一言为定,六法郎。"

说罢,他就迈开大步,向躺在地里的麦子走去。烈日当空,收获的庄稼正在加速成熟。

拉佩太太回来了。

她把她的活计也带了来。无论看将死的人还是已死的人,她的工作是不会撂下的,有时替她自己做,有时替雇她的人家做些另外的活儿,可以得一份额外的报酬。

她突然问:

"彭当大妈,您总该行过圣事了吧?"

老农妇摇摇头表示"没有"。拉佩太太是虔诚的教徒,她猛地站起身。

"天主啊,这怎么可以呢?我这就去找本堂神父先生。"

于是她匆匆向本堂神父的住宅走去。她走得那么急急忙忙,在外面玩耍的孩子们见她一路小跑,还以为又发生了不幸的事呢。

教士很快就来了。他身穿法衣,由一个唱诗班童子开道;那童子边走边摇着小铃,宣告天主在这炙热而又宁静的田野里经过。远处干活的男人们,摘下大帽子,伫立不动,直到那白色的法衣消失在一个农庄的背后;拾麦穗的妇女们,抬起身子,在胸前画一个十字。受了惊吓的黑毛母鸡,一颠一颠的,沿着圩沟左右摇摆着仓皇逃跑,到了一个显然熟悉的窟窿,便钻进去突然失踪。拴在草场上的一头小马驹,见了法衣大为惶恐,在缰绳长度的范围内转起圈来,一边连连尥着蹶子。那个身披红色罩衣的唱诗班童子走得很快;教士的头歪向一个肩膀,头上戴着一顶黑色四角帽,口里轻声念着经文,紧跟着他。拉佩太太走在最后,像在教堂里一样双手合十,腰向前弯得低低的,几乎折成两截,仿佛在匍匐前行。

奥诺雷远远地看着他们走过。他问:

"他去哪儿,咱们的本堂神父?"

他的雇工比他机敏,回答:

"他带着慈悲的天主去您母亲那儿呗,当然啰!"

庄稼汉毫无异样感觉似的:

"很可能是这么回事,没错!"

说完他又干起活儿来。

彭当大妈做了忏悔,接受了赦罪,领了圣体。教士回去了,只有两个女人留在令人气闷的茅屋里。

这时拉佩太太开始观察快死的老太太,自问她是否还能拖很久。

太阳西垂。空气清凉了一些,一阵阵更强劲地吹进来;一幅用两枚大头针钉在墙上的埃皮纳尔①画片被风吹舞着;以前是白色的,现在已经泛黄而且布满苍蝇斑迹的小窗帘,像老太太的灵魂一样,仿佛在挣扎,要飞起来,想飘走似的。

老太太呢,一动不动,大睁着两眼,似乎在等待那近在咫尺却又迟迟不到的死神。她呼吸急促,在紧绷的嗓子里发出轻微的哨声。如果她待会儿停止呼吸了,世上就少了一个谁也不会惋惜的女人。

夜幕降临的时候,奥诺雷回家了。他走到床前,见母亲还活着,便问:"怎么样?"

往常母亲不舒服的时候,他总是这么问的。

然后他就让拉佩太太回去,并且嘱咐她:

"明天,五点钟,别晚了。"

她回答:

"明天,五点钟见。"

果然,第二天天一亮,她就来了。

---

① 埃皮纳尔:法国市镇,孚日省省会,当地民间版画素负盛名。

奥诺雷正吃着自己做的浓汤,吃完早饭好下地干活。

拉佩太太问:

"怎么样,您母亲过去了吗?"

他眼角调皮地眨了一下,回答:

"她反倒好了一些呢。"

说完他就走了。

拉佩太太顿时着急起来,她走近垂危的老太太,见她还是老样子,呼吸困难,但面无表情,眼睛睁着,两只痉挛的手放在被面上。

女看护立刻明白了:照这样下去,老太太可能还要再拖两天,四天,一个星期;一阵恐惧令她那吝啬的心万分痛苦,同时一股无名怒火升起,她对那个耍弄了她的狡猾的家伙和这个赖着不死的女人恨得咬牙切齿。

不过她还是做起活儿来,眼睛紧盯着彭当大妈的满是皱纹的脸,等待着。

奥诺雷回来吃午饭;他像是很高兴,几乎还带着嘲弄的神色。他吃完饭又走了。他一趟趟往回运着麦子,显然,时机再好不过了。

拉佩太太却越来越恼火;现在,流逝的每一分钟在她看来都是从她那儿偷走的时间,也就是从她那儿偷走的钱。于是她生出一种欲望,一种疯狂的欲望:掐住这头老母驴、这个老顽固、这个老赖皮的脖子,稍微掐紧一点,掐断这一丝偷走她的时间和金钱的轻微急促的气息。

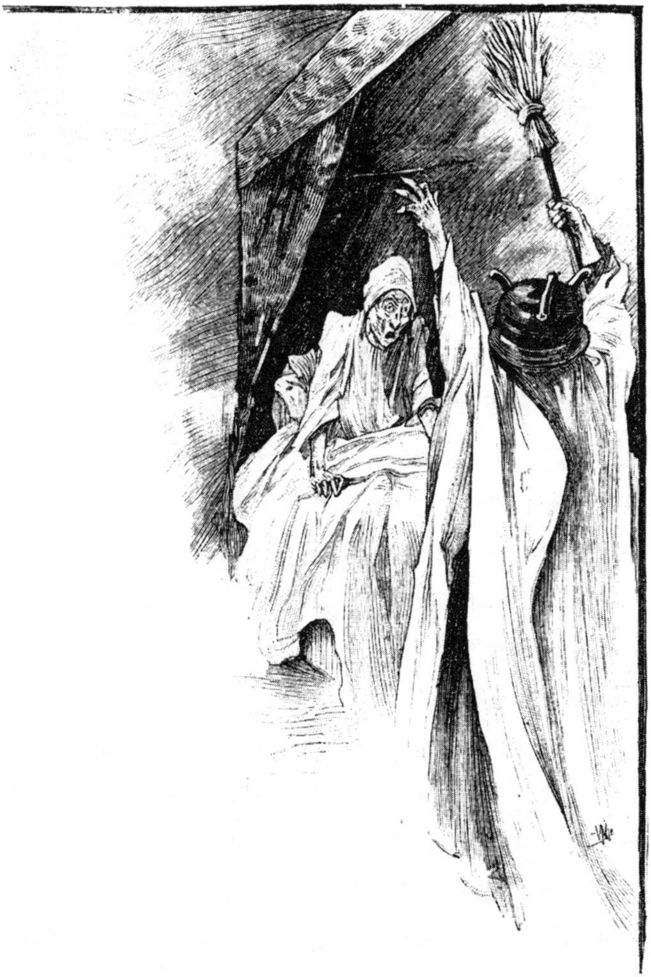

不过后来她考虑到这样干太危险,于是她脑海里又出现了另一个计策。她走到床边。

她问:

"您见过魔鬼吗?"

彭当大妈低声说:

"没有呀。"

于是女看护就打开话匣子,给她讲了一些恐怖故事,故意吓唬垂死者那已经十分脆弱的心灵。

她说:人咽气以前几分钟,魔鬼就会出现在将死者的眼前;它手拿一把扫帚,头上套着一口锅,高声喊叫;人只要见到魔鬼,那就完了,马上就死。她还举出当年所有亲眼所见的魔鬼现身的人的名字:约瑟凡·洛瓦塞尔、欧拉莉·拉季埃、索菲·帕达纽、塞拉芬娜·格洛斯皮埃。

彭当大妈终于紧张起来,惊恐万状,两手颤抖,试图扭过头去看看房间深处。

拉佩太太突然在床尾消失了。她从衣柜里拿出一条被单,把自己裹起来;她将一口烧锅套在头上,烧锅的三个短而弯曲的腿像三只角一样竖着;她右手抓起一把扫帚,左手抄起一个白铁桶,把桶猛地高高抛起,好让它落地有声。

白铁桶摔到地上,果然发出巨大的响声。女看护连忙爬到一把椅子上,掀起挂在床尾的帐子,现身了。她张牙舞爪;用白铁桶遮住脸,向铁桶里尖声嘶喊;像布袋木偶戏里的魔鬼一样挥动扫帚,吓唬奄奄一息的老农妇。

垂死的病人失魂丧胆,满眼惊恐,使出超人的力气,想起身逃跑。她的肩膀和胸部甚至已经钻出被窝；不过紧接着她就吁了一口长气，倒了下去。完了。

拉佩太太不慌不忙，把道具都物归原处：扫帚放在大衣柜旁的一个角落里，被单放进大衣柜，烧锅搁到灶台上，白铁桶放到地上，椅子靠着墙。诸事停当，她用十分专业的动作，合上死者瞪得老大的眼睛；把一个盘子放在床头，往里面倒些圣水，又把钉在五斗柜上的黄杨木圣枝取下浸在圣水里；然后她便跪下来，满怀虔诚地念诵起追思亡人的经文来。由于职业的需要，这些经文她能倒背如流。

到了晚上，奥诺雷回来了。见她在祈祷，他立刻就计算出她多赚了他二十苏，因为她只花了三天一晚的时间，一共只该付她五法郎，而不是六法郎。

坑[*]

"殴打与伤害,导致死亡。"这是地毯商莱奥波德·勒纳尔被刑事法庭传唤出庭的主要罪名。

在他周围的是几位主要证人:受害人的未亡人弗拉麦什太太,一个名叫路易·拉杜罗的细木工人,还有一个名叫让·杜尔当的管子工。

在罪犯旁边的,是他的妻子;她穿一身黑衣服,个子矮小,长相丑陋,活像一只装扮成贵夫人的猴子。

下面就是莱奥波德·勒纳尔对这出悲剧的陈述:

我的天主啊,这的确是一件不幸的事;不过自始至终,我才是这件事的第一个受害者,而且这件事的发生,绝不是出于我的本意。事实是最能说明问题的,庭长先生。我是一个诚

---

[*] 本篇首次发表于一八八六年十一月九日的《吉尔·布拉斯报》;一八八七年收入保尔·奥朗道尔夫出版社出版的莫泊桑小说集《奥尔拉》;一九〇三年收入同一出版社出版的插图版莫泊桑全集《奥尔拉》卷。

实的人,一个勤劳的人,在我那条街上做地毯生意十六年如一日;大家都认识我,所有的人都喜欢我、尊敬我、器重我,就像我的街坊邻居,甚至女门房所证明的那样,她可不是一个每天都爱开玩笑的人。我喜欢工作,喜欢节俭,喜欢诚实的人和正当的娱乐。正是这一点害了我,该我倒霉;不过我完全不是故意的,我还是像过去一样尊重我自己。

说话有五年啦,我妻子跟我,我们每逢星期日都到普瓦西①去消磨一天的时间。到那里可以呼吸到新鲜空气,且不说我们还喜欢钓鱼,唉,啊!我们打心眼里喜欢钓鱼。这个爱好还是梅莉②传给我的;这个恶婆娘,她比我还热衷钓鱼。这个泼妇哟,这件事带来的不幸全是她引起的,您下面就会看到。

我呢,别看我很强壮,我可是个性情温和的人,不会因为两个苏就翻脸。而她!哎呀呀!她呀,外表上一点儿也看不出,因为她长得又小又瘦;嘿,其实她比黄鼠狼还要鬼呢。我不否认她有不少长处;做商人,她的确是一块好料。至于她的脾气,请您去跟左邻右舍,甚至可以去跟刚才为我辩白的女门房打听……她会告诉您一些闻所未闻的事儿。

她每天都责怪我太温和:"换了我,这件事上我可不会任人摆布,那件事上我可不会任人摆布!"要是听她的,我一个月至少要打三次架……

---

① 普瓦西:巴黎西面的一个城市,位于塞纳河畔。
② 梅莉:勒纳尔太太的爱称。

勒纳尔太太打断他的话说:"你就嚼舌头吧;谁笑到最后算谁有能耐。"

他向她回过头去,毫不掩饰地说:

"喂,我只能把责任往你身上推;反正你……你跟此案无关。"

然后,他又把脸转向庭长:

我再接着说。我们就这样每星期六晚上到普瓦西,为的是第二天一清早就可以在那儿钓鱼。对我们来说,这已经成了一种习惯,就像人们常说的,这已经成了我们的第二天性。到今年夏天已经有三年了,我发现了一个地方,那真是一个奇妙的地方!哎哟哟!那地方在树荫下面,水深至少有八尺,甚至可能有十尺,是一个深坑,嘿,岸边下面还有回流;那可是一个不折不扣的鱼窝,一个钓鱼人的天堂。这个坑,庭长先生,可以说是属于我的,因为我是它的克里斯托福·哥伦布①。当地所有人都知道这件事,所有人对这件事都没有异议。而且人们一提起来就说:"那里,是勒纳尔先生的位子。"所以谁也不会去占那个地方,连普吕莫先生也不会去,虽说他抢别人的位子是出了名的;我这么说可绝没有冒犯他的意思。

所以呀,就因为我对那个位子非常有把握,我每次去的时候都像业主一样理所当然。每个星期六,我一到普瓦西,就跟

---

① 克里斯托福·哥伦布(约1451—1506):意大利航海家。

我妻子登上"达利拉"。"达利拉",也就是我们的挪威式小船①。这艘船是我们在富尔内斯船厂定造的,这家伙既轻巧又坚固。我说到我们上了"达利拉",然后我们就去下饵。在下饵方面,谁也比不过我,那些伙伴们,他们都知道。——您要是问我下的是什么饵,我可不能回答。这跟这回出事没有半点关系;我不能回答,这是我的秘密。——问过我的人不下二百号呢。还有人请我喝烧酒、吃油煎鱼,甚至吃水手鱼②,就想引我说这个!! 不过还是去看看,雅罗鱼来了没有。啊!是呀,有人跟我拍肚皮拉近乎,其实就是想知道我的秘方……只有我妻子知道……不过她也跟我一样不会说出来的!……不是吗,梅莉?……

庭长打断了他的话:
"快说正题。"
被告接着说:

我这就说到,我这就说到。七月八号星期六那一天,我们是搭五点二十五分的火车出发的。照每个星期六的老规矩,我们在晚饭前就去下了饵。看样子会有个好天气。我连声对梅莉说:"太棒了,太棒了,明天会大有收获!"她也回答:"很有希望。"我们俩在一块儿,不谈别的,只谈钓鱼。

----

① 挪威式小船:一种船首呈圆弧形且翘起,便于靠岸的船。
② 水手鱼:加酒和洋葱烹调的鱼。

下了饵,我们就回去吃晚饭。我很高兴,我感到口渴。一切都由这引起,庭长先生。我于是对梅莉说:"喂,梅莉,天气真好,我喝一瓶'帽盔'好吗?"那是一种一般的白葡萄酒;我们这么称呼它,因为这种酒要是喝得太多了,它就会像帽盔一样箍在你头上,会让您睡不着觉。您一定懂得。

她回答我:"你要喝随你的便,不过你又会生病的;你明天怕是起不来了。"

的确,她说得很有道理,很明智,很谨慎,很有先见之明,我承认。可是,我没能控制住自己,我喝了一整瓶。一切问题都是打这儿来的。

就这样,我迟迟未能睡着。见鬼!这顶葡萄酒做的帽盔,我一直戴到凌晨两点钟。后来,扑腾,一下子睡着了;可是一睡不醒,就是天使大声宣布最后的审判我也听不见。

总之,我妻子早上六点钟摇醒我。我一骨碌跳下床,急急忙忙穿上短裤和上衣,胡乱地洗了一把脸,我们就跳上"达利拉"。可是太晚了!当我到那坑边的时候,它已经被人占据了!这种事还从来没有发生过,庭长先生,三年以来从来没有发生过!这件事对我的刺激,简直就像有人在我眼皮底下抢劫了我。我说:"他妈的,妈的,妈的!"我妻子开始跟我啰唆了:"怎么样,叫你喝'帽盔'呀!喝呀,酒鬼!大傻瓜,高兴了吧?"

我无言以对;这一切,都是真的。

可我还是在那个位子的旁边上了岸,想尽量分一点剩菜残羹。那个人,也许他一无所获呢?那么他很快就会走了。

那是个又矮又瘦的家伙,穿一身白色亚麻布衣裳,戴着一顶大草帽。他妻子也在那儿,是个胖子,像挂毯一样站在他身后。

见我们在那个地方的附近安顿下来,那女人嘀嘀咕咕地说:"难道这条河边就没有别的地方了吗?"

我妻子气坏了,回敬了一句:

"要是懂事,在占别人保留的地盘以前,就应该先打听一下当地的习惯。"

我不想生出是非来,便对妻子说:

"别说了,梅莉。随他们去吧,随他们去吧。咱们等着瞧。"

我们把"达利拉"停在柳树下面,便上了岸;梅莉和我并排坐着,在紧靠那两口子的地方,钓起鱼来。

说到这里,庭长先生,我得讲得细些了。

我们到那儿还不到五分钟,我旁边的那位的鱼线就开始下沉了,两次,三次;然后他就钓起了一条,一条有我大腿这么粗的雅罗鱼;也许没那么粗,反正差不离!我呢,我的心怦怦直跳,两鬓都渗出汗来;只听梅莉冲我说:"喂,醉鬼,看见了吧,那个家伙!"

这当儿,布吕先生,普瓦西的食品杂货商,他专钓鲍鱼,划着船打这里经过,对我嚷道:"有人占了您的地盘儿,是不是,勒纳尔先生?"我回答他:"是啊,布吕先生,这世上就是有些不文明的人,连起码的规矩都不懂。"

我身旁那个穿亚麻服的小矮子装作没听见;他老婆也装

聋作哑。他那个胖老婆,简直像一头牛犊。

庭长第二次打断他的话,说:"注意!您在侮辱在场的未亡人弗拉麦什太太。"

勒纳尔连忙道歉:"对不起,对不起,我有些感情冲动。"

后来,过了一刻钟的工夫,穿亚麻服的小矮子又钓上来一条,一条雅罗鱼;接着几乎马上又是一条;五分钟以后,又是一条。

我呢,我的眼泪都出来了。而且我感到勒纳尔太太也是情绪激动;她不停地跟我唠叨:"啊!不幸啊!那是你的鱼,你不觉得他在偷你的鱼吗?你不觉得吗?你在这儿什么也钓不到,你,一只青蛙也钓不到,什么也钓不到,钓不到。噢,一想到这儿,我就恨得手心冒火。"

我呢,心里想:咱们等到中午吧。这个偷渔者,他总要去吃午饭,那时我就把我的位子收回来。因为我,庭长先生,我每个星期日都是在现场吃午饭的。我们带的食物就放在"达利拉"上。

啊!妈的!到十二点了!这坏蛋,他居然在报纸里包着一只烤鸡,而且就在他吃的时候,他又钓上来一条,一条雅罗鱼!

梅莉和我,我们也随便吃了一点东西,就那么一丁点,几乎等于没吃,没心思吃。

接着,为了帮助消化,我拿起我带来的报纸。每个星期日,我都像这样,在河边,树荫下面,读《吉尔·布拉斯报》。这是有科隆比娜专栏文章的日子。您肯定知道,科隆比娜,给《吉尔·布拉斯报》写文章的。我平常总爱自称认识她,这个科隆比娜,让勒纳尔太太急得直跳脚。其实不是真的,我并不认识她,甚至从来没有见过她,不过这也没有什么关系,她的文章写得确实很好;另外,她讲的那些事儿,对于一个女人来说算是很大胆的。我觉得她很对我的胃口,像她这样的女人不多见。①

我又开始逗我太太,可是她立刻就火了,而且态度还那么生硬。于是我不再言语。

就在这时,今天在场的我们的两位证人,拉杜罗先生和杜尔当先生,从河对岸过来了。那时候我们还只是面熟而已。

小矮子又钓起鱼来。他钓得越多,我战栗得越厉害。他的老婆又开腔了:"这个位子真是好极了,我们以后就到这儿来,戴西菜!"

我呀,只觉得一股凉气蹿上我的脊背。勒纳尔太太在一旁唠叨着:"你不像个男子汉,你不像个男子汉。你血管里流的是鸡血。"

我突然对她说:"喂,我还是走开吧,不然我怕会干出什么蠢事来。"

可她却一个劲地给我煽风点火,就好像把一块烧红的烙

---

① 《吉尔·布拉斯报》是莫泊桑经常为之撰稿的一家报纸。有两个署名"科隆比娜"的作者曾为该报撰稿人,但均非女性。

铁放在我鼻子底下:"你不是个男子汉。瞧呀,你逃跑啦,现在,快把位子让出来吧!走呀,巴赞①!"

这一下,我感到被触痛了,可是我并没有动摇。

可是那边的一位呢,他这时钓上了一条欧鳊鱼。噢!我还从来没见过这么大的欧鳊鱼,从来没见过!

这时候我妻子又高声讲起话来,她怎么想的就怎么说。您看从这儿开始就撕破脸皮了。我妻子高声说:"这个嘛,就可以叫作偷鱼,因为那地方是我们下的饵。至少也应该把我们下饵花的钱还给我们吧。"

现在轮到穿亚麻服的小矮子的胖女人说话了:"您这是在骂我们吗,太太?"

"我是在骂偷鱼贼,别人花的钱,他们捞好处。"

"您是叫我们偷鱼贼吗?"

就这样她们争执起来,进而又互相责骂起来。妈的!这些骚女人,唇枪舌剑在行着呢,很会恶语伤人。她们争吵得那么凶,连对岸我们的两个证人也跟着开玩笑地大声叫嚷:"哎!那边的,安静点儿。你们要妨碍你们的老公钓鱼啦!"

事实上,穿亚麻服的小矮子和我都像树桩一样原地没动。我们待在那儿,脸还是冲着水面,就好像没听见似的。

真他妈的,其实我们什么都听见了:"你是个撒谎精。""你是个骚货。""你是个臭婊子。""你是个娼妇。"再接着骂

---

① 弗朗索瓦·阿希尔·巴赞(1811—1888):法国将军。在1870—1871年的普法战争中战败投降,被判死刑,后改判无期徒刑,一八七四年越狱潜逃到意大利,一八八八年死于意大利。

呀,再接着骂呀。一个水手也不见得有那么多的脏话。

突然,我听见身后有响声。我回过头去,只见那个女的,那个胖女人,正冲过来用阳伞打我妻子。砰!砰!梅莉已经挨了两下。这一来她动怒了,梅莉,她一动怒,是要打人的。她揪住胖女人的头发,啪!啪!啪!耳刮子就像熟透的李子落地一样,连连落在那女人的脸上。

我呢,我本来是想让她们自己闹去。女人对女人,男人对男人嘛。要打,也得男女有别。不料,那个穿亚麻服的小矮子像凶神恶煞似的站了起来,要向我妻子扑过去。啊,这可不行!啊,这可不行!不能这样,伙计。于是我挥动老拳迎接这个家伙。嘣!嘣!一拳打中他的鼻梁,一拳击中他的肚子。他手脚朝天,跌到河里,而且正好跌到那个坑里。

我本来肯定会把他救起来的,要是我能马上腾出手来。可是糟糕的是,胖女人现在占了上风,她正狠狠地在梅莉身上又掐又拧。我当然知道,当那一位喝着水的时候,我不该去营救我妻子。但是我没有想到他会淹死。我还心想:"哼,这样可以让他清醒清醒。"

所以我就跑过去,试图拉开两个婆娘。但是我却遭到一顿痛击,又是拳头捶,又是指甲抓,又是牙齿咬。妈的,这些女人多么凶恶!

总之,我足足用了五分钟,也许十分钟,才拉开这两个打得不可开交的女人。

这时,我再回过头,什么也没有了。河水平静得像湖面一样。只听对岸的人呼叫:"捞起他来,捞起他来。"

这话,说起来容易;可是我,我不会游泳,更不会潜水呀!

最后水坝管理员来了,还有两位带着挠钩的先生,就这还用了一刻多钟的时间。他们在那个坑的底部,就像我前面说的,在八尺深的水底下,找到了他;穿亚麻服的小矮子就在那里!

我可以发誓,事实就是这样。我以名誉担保,我是无辜的。

证人们的陈述大同小异;被告被宣判无罪。

于松太太的贞洁少男*

我们刚过了吉索尔①。听到列车员报这个城市的名字时,我醒了,正要重新入睡,列车剧烈地震动了一下,把我抛到对面那位胖太太的怀里。

火车头的一个轮子断裂了,横卧在铁轨上。煤水车和行李车厢也脱了轨,倒在它旁边。奄奄一息的火车头喘着气,呻吟着,哀鸣着,呼着气,吐着烟,很像那些累倒在街道上的马,它们的腹部还在跳动,胸部还在抽搐,鼻孔冒着热气,整个身体都在战栗,但它们却再也不能做出一点点努力,重新站起来继续走路。

既没有人死亡也没有人受伤,只有几个人被挫伤,因为列

---

* 本篇首次发表于一八八七年六月十五日的《新杂志》;一八八八年收入由康坦出版社出版的莫泊桑小说集《于松太太的贞洁少男》;一九〇二年收入保尔·奥朗道尔夫出版社出版的插图版莫泊桑全集《于松太太的贞洁少男》卷。

① 吉索尔:法国厄尔省的一个古城,位于埃普特河畔。

车当时还没有加足马力。我们望着那头残废的钢铁巨兽,有些苦恼。它不能再拖着我们往前走,还可能把铁路阻断很久,看来需要从巴黎调来一列救援车。

这时是上午十点钟,我决定立刻往回走到吉索尔吃午饭。

我一边在铁路上走,一边寻思:"吉索尔,吉索尔,我在这儿认识什么人。谁呢?在吉索尔?等着瞧吧,反正我有一个朋友在这个城市。"一个名字突然在我的记忆中冒出来:"阿尔贝·马朗波"。这是我初中时的一个老同学,我至少有十二年没见过他了,他在吉索尔从事医生的职业。他经常写信邀请我,我总是答应,可是从未践约。这一次,我终于可以利用一下这个机会了。

我遇见一个行人就打听:"您知道马朗波医生住哪儿吗?"他用诺曼底人慢吞吞的语调,不假思索地回答:"王太子妃街。"果然,在他告诉我的那座房子的大门上,我看到一个大铜牌子,上面刻着我这位老同学的大名。我拉响了门铃。但是女仆,一个黄头发、动作迟缓的女孩,呆头呆脑地连声说:"他不在。他不在。"

我听见了刀叉和酒杯的磕碰声,于是大喊:"嗨!马朗波。"一扇门开了,一个留着颊髯的肥胖的男人走出来,样子挺不高兴,手里还拿着一条餐巾。

真的,我几乎认不出他了。看上去他至少有四十五岁。在短短一秒钟的时间里,让人迟钝、肥胖、苍老的整个外省生活呈现在我眼前。我向他伸出手。就在比这个动作还要迅速的瞬间,思想霍然一动,我洞悉了他的生活,他的行为方式,他的思想风格以及他关于世事的看法。我猜得到那把他的肚子撑得滚圆、时间拖得老长的三餐,猜得到他饭后灌着白兰地、艰难消化食物时打瞌睡的懒样儿,以及他惦记着炉火上转动的烤鸡、心不在焉地给病人看病的目光。只要看一眼他通红而又臃肿的面颊、肥厚的嘴唇、黯淡无神的眼睛,我就仿佛听见了他关于烹调、苹果酒、烧酒和葡萄酒,关于做某些菜肴以及配用某些调料的秘方的高谈阔论。

我对他说:"你不认识我了?我是拉乌尔·奥贝尔坦呀。"

他张开双臂紧紧搂着我,差点儿把我闷死,他的第一句话就是:

"你起码还没有吃午饭吧?"

"没有。"

"你运气太好了!我刚坐下来要吃饭,今天有一条上好的鳟鱼。"

五分钟以后,我已经坐在他对面吃起午饭来。

我问他:

"你还是单身?"

"当然!"

"你在这儿快活吗?"

"我不感到烦闷,我很忙。我有病人,有朋友。我吃得好,身体好,喜欢乐呵,喜欢打猎。还行。"

"在这个小城里,生活不太单调吗?"

"不,我亲爱的,只要你自己会找些事干。总的来看,一座小城市,也和大城市一样。大的活动,娱乐消遣,这儿没有那么丰富,但是这里的人对它们更加重视;结交的人少一些,但是大家见面的机会更多。你认识一条街上的所有窗户以后,其中的每一扇窗户都会让你挂念和关心,而你对巴黎一整条街的感情也不会这样亲近。

"一个小城市是非常有趣的,你要知道,非常有趣,非常有趣。瞧,吉索尔这座小城,从它的起源直到今天,我对它了如指掌。你想象不到它的历史有多么滑稽。"

"你是吉索尔人吗?"

"我?不是。我是古尔奈①人,古尔奈是它的近邻,也是它的对头。古尔奈和吉索尔的关系,就好比卢库鲁斯②和西塞罗③。在这儿,一切都为了荣誉,人们说:'骄傲的吉索尔人。'在古尔奈,一切都为了肚子,人们说:'贪吃的古尔奈人。'吉索尔人瞧不起古尔奈人,可是古尔奈人也嘲笑吉索尔人。这地方,很逗乐。"

我发现自己正在吃一种真是好吃极了的东西,那是几个裹了一层肉冻的溏心鸡蛋,肉冻里加点调味的香草,稍稍冰镇了一下。

我一边响亮地咂着舌头,一边恭维马朗波:"这个,真好吃。"

---

① 古尔奈:又称布莱河畔的古尔奈,法国塞纳滨海省的一个古城,在吉索尔以北约二十六公里。
② 卢库鲁斯(约前109—约前57):古罗马统帅,擅长演说,传说曾以希腊文写过马尔西人战史。
③ 西塞罗(前106—前43):古罗马政治家、演说家和哲学家。今存演说词五十余篇。

他喜形于色。"必须要有两种东西,好的肉冻,这很难得;以及好的鸡蛋。啊!好的鸡蛋,那太少见了。蛋黄要带点红色,味道要鲜美!我呢,有两个养鸡场,一个供我鸡蛋,一个供我鸡肉。我用一种特殊的方法饲养我的那些下蛋的鸡。我有我自己的看法。在鸡蛋里,就像在鸡肉里,在牛肉或者羊肉里,在牛奶里,在一切食品里一样,都能找到而且应该品味到动物以前吃过的食物的精华、精髓。人们如果能更多地注意到这一点,就能吃得更有滋有味!"

我笑了。

"这么说你是个美食家了?"

"当然啰!只有傻瓜才不是美食家。是美食家,就如同是艺术家,就如同是学者,是诗人。味觉,我亲爱的,是一种灵敏的器官,就像眼睛和耳朵一样,可以让它不断完善,理应受到尊重。缺乏味觉,就是少了一种美妙的能力,辨别食物质量的能力,就像人们可能失去辨别一本书或者一件艺术品的质量的能力;也就是缺少了一种基本官能,人类优势的一部分;也就是沦为人类中无数个残疾人、畸形人和愚人群体中的一分子;一句话,也就是像有些人头脑愚蠢一样,这种人嘴巴愚蠢。一个人若分辨不出龙虾和螯虾,分辨不出鲱鱼这种集海中所有美滋美味于一身的鲜美的鱼和鲭鱼或者牙鳕,分辨不出蜜梨和酥梨,那就好比把巴尔扎克和欧仁·苏①,把贝多芬

---

① 欧仁·苏(1804—1857):法国小说家。著有长篇小说《巴黎的秘密》《流浪的犹太人》等。

的交响乐和一支部队的乐队指挥作的进行曲,把望楼上的阿波罗雕像①和德·布朗蒙②将军的雕像混为一谈!"

"德·布朗蒙将军是什么人?"

"啊!你当然不知道。显而易见,你不是吉索尔人!我亲爱的,我刚才对你说过,人们都称这座城市的居民为'骄傲的吉索尔人',这个称号真是再名副其实不过了。不过咱们还是先吃完午饭,然后我再一边领着你参观,一边跟你讲讲我们的城市。"

他不时地停下来,沉默一会儿,不慌不忙地喝着半杯葡萄酒;喝完了,把酒杯放回桌子上的时候还恋恋不舍地看着它。

他脖子上系着一条餐巾,颧颊通红,目光兴奋,颊髯围着忙碌的嘴就像花儿绽放,那样子看上去真好笑。

他让我一直吃到连呼吸都困难。然后,见我想回车站,他硬拽住我的胳膊,拖着我走了一条街又一条街。这城市具有优美的外省特点,它的堡垒俯瞰全城,那是七世纪法国军事建筑的最奇特的遗迹。而城市又俯视着一道长长的绿色山谷,笨重的诺曼底母牛在山谷的牧场上吃草和反刍。

医生对我说:"吉索尔,四千个居民的城市,位于厄尔省

---

① 望楼上的阿波罗雕像:阿波罗是希腊神话中的太阳神。该大理石雕像是十五世纪末的一件复制品,原作据传是公元前四世纪下半叶的古希腊雕刻家莱奥恰莱斯所做的铜雕,这件复制品曾被教皇尤利乌二世(1503—1513年在位)置于他的花园的望楼上,因此得名。该复制品现存展于梵蒂冈博物馆。

② 德·布朗蒙(1770—1846):法国将军,出生于吉索尔,他的大理石雕像建于一八五一年。

边缘地区,早在恺撒的《战记》中就已提到:Cœsaris ostium①,后来叫 Cœsartium,Cœsortium,Gisortium,吉索尔。古罗马军队的营地,痕迹至今还清晰可见,我就不带你去参观了。"

我笑着回答:"我的朋友,在我看来,你好像得了一种特殊的病,你倒应该研究研究,你,既然是医生,这种病就叫乡土观念。"

他一下子停住脚步:"乡土观念,我的朋友,不是别的,正是天然的爱国情感。我爱我的家,大而言之,我爱我的城市和我的省,因为我在这里还能找到我村子的习俗;如果我也爱国界,如果我捍卫国界,如果邻国把脚伸进来时我会气愤,那是因为我在我的家里感觉受到了威胁,因为我虽然不认识国界,但它是通到我的省的道路。此外,我是诺曼底人,一个真正的诺曼底人;可是,虽说我怨恨德国人,我希望报仇,但是本能上我并不像憎恨英国人那样憎恨他们;英国人才是真正的敌人,世世代代的敌人,诺曼底人的天然的敌人,因为英国人来过我们祖先居住的这片土地,烧杀抢掠不下二十次,对这个背信弃义的民族的反感,我是一出生就从父亲那里传下来的……你看,这就是将军的雕像。"

"哪个将军?"

"德·布朗蒙将军呀!我们需要一座雕像。我们是骄傲的吉索尔人,不是无缘无故的!于是我们发现了德·布朗蒙

---

① 拉丁文,意思是"恺撒门"。句中接下来的三个词,表现了由这个拉丁词逐渐演变成法文"吉索尔"的过程。

将军。你再来看看这家书店的橱窗。"

他把我拖到一家书店的橱窗前,里面大约陈列着十五本书,黄色、红色或者蓝色的封面令人瞩目。

一读那些书名,我就忍不住大笑起来。这些书中有:

《吉索尔,它的起源,它的未来》,作者:X……先生,是好几个学会的会员;

《吉索尔历史》,作者:A……神父;

《吉索尔,从恺撒到今天》,作者:B……先生,业主;

《吉索尔及其近郊》,作者:C.D……医生;

《吉索尔的名人》,作者:一位研究者。

"我亲爱的,"马朗波又说,"没有一年,你听清楚,没有一年不出一部新的吉索尔的历史:我们现在已经有二十三部。"

"吉索尔的名人又有哪些呢?"我问他。

"噢!这我就不能全向你一一列举了,只能说些主要的。我们首先有德·布朗蒙将军,然后是达维利埃男爵①,著名的陶瓷艺术家,他考察过西班牙和巴利阿里群岛②,而且让收藏家们认识了精美的西班牙-阿拉伯陶瓷器。在文学方面,有一位如今已去世的很有才华的记者,名叫夏尔·布莱纳③;仍在活跃的人中有非常杰出的《鲁昂新闻报》社长夏尔·拉皮

---

① 达维利埃男爵(1823—1883):法国陶瓷艺术家、艺术品收藏家。
② 巴列阿里群岛:地中海西部的一个群岛,属西班牙。
③ 夏尔·布莱纳(1825—1864):法国新闻记者、作家,出生于吉索尔,福楼拜的朋友。

埃尔①……此外还有其他很多人，其他很多人……"

我们正沿着一条很长的街道走，这条街道有点坡度，从这头到那头都被六月的太阳烘烤着，居民都已躲进自己家里。

突然，在这条街的另一头，出现了一个人，一个走路摇摇晃晃的醉鬼。

他正在走过来，头向前倾着，两条胳膊晃悠着，腿软软的，往前快速冲三步、六步或者十步，接着总是要歇一会儿。当这一次次有力但是短促的猛冲把他带到街道中间时，他一下子停住，摇晃着身子，在摔倒还是再挣扎一下之间犹豫不定。后来他突然又随便朝一个方向走起来。他撞到了一座房子，就像粘上了似的，就像他要钻进墙里似的。后来他一使劲，扭过身来，向前看着，张着嘴，眼睛被太阳照得眨巴着。接着他一挺腰，背部离开了墙，又上路了。

一条小黄狗，一条饥饿的小野狗，汪汪地叫着跟着他，他停它也停，他走它也走。

"瞧，"马朗波说，"那是于松太太的贞洁少男。"

我很惊奇，问道："于松太太的贞洁少男，你这话是什么意思？"

医生笑了起来。

"噢！这是我们这儿对酒鬼的一种叫法。它来自一个古老的故事，这故事现在已经成为传奇了，虽然它在每一点上都

---

① 夏尔·拉皮埃尔（1828—1893）：法国新闻记者、作家，出生于吉索尔，福楼拜的朋友。

是真实的。"

"这个故事有趣吗？"

"很有趣。"

"那么你就讲讲。"

"非常乐意。"

从前这个城市里有一个老妇人叫于松太太，品德高尚，而且是道德的维护者。你要知道，我跟你说的都是真名实姓，而不是虚构的名字。于松太太特别热心做善事，她救助穷苦人，鼓励有功绩的人。她个子矮小，走起路来很快地捯着小碎步，戴着黑丝假发，神情庄重，彬彬有礼，和本堂神父马鲁代表的善良天主的关系非常融洽。她对邪恶，特别是教会称为淫乱的邪恶，怀有深深的厌恶，一种天生的厌恶。未婚受孕更会让她怒不可遏，气急败坏，暴跳如雷。

那个年代，巴黎近郊时兴给贞洁少女①戴花冠，于松太太便产生了一个念头，要在吉索尔也选一个贞洁少女。

她把这个心愿告诉了马鲁神父，神父立刻拟了一个候选人的名单。

于松太太有一个女仆，一个名叫弗朗索瓦丝的老女仆，跟她的女主人一样刚正不阿。

教士一走，女主人就把女仆叫了来，对她说：

---

① 贞洁少女：当时在巴黎近郊兴起选拔具有贞洁美德的少女的活动，当选者获贞洁少女的美称，佩戴橙花作为标志。

"你瞧,弗朗索瓦丝,这是本堂神父先生向我推荐的能够得道德奖的女孩的名单;你设法去了解了解本地人对她们的看法。"

弗朗索瓦丝便雷厉风行地行动起来。她搜集了所有的闲话,所有的传闻,所有的议论,所有的猜疑。她怕忘了什么内容,还把这些连同支出一起写在她买菜的账本上,每天上午交给于松太太。于松太太正一正戴在她细小的鼻子上的眼镜,就可以读到:

面包...................四苏

牛奶...................二苏

黄油...................八苏

玛尔维娜·勒维斯克去年跟马迪兰·普瓦吕乱搞。

一只羊腿...............二十五苏

盐.....................一苏

罗萨丽·瓦迪奈尔跟塞泽尔·皮埃努瓦七月二十日傍晚在利布代树林里约会,熨衣工奥内希姆太太亲眼看见。

萝卜...................一苏

醋.....................二苏

草酸氢钾...............二苏

约瑟芬·迪尔当,没人会相信她失过身,不过她跟在鲁昂服兵役的小奥波尔顿通信,小奥波尔顿还让驿车给她送过一顶无边软帽当礼物。

这次一丝不苟的调查的结果表明,没有一个女孩纯洁无瑕。弗朗索瓦丝询问了所有的人:邻居,商人,教师,学校的修女,一点点闲言碎语都搜集来了。

正如天下没有一个女孩子免遭长舌妇嚼舌,在本地也同样找不到一个年轻姑娘不受恶言中伤。

可是于松太太希望吉索尔的贞洁少女像恺撒的妻子一样,甚至不曾受到过怀疑①;面对女仆的买菜账本,她又是惊讶,又是难过,又是绝望。

于是把搜索的范围扩大到附近的村庄;无奈还是找不到一个贞洁少女。

她跟市长商量,市长保举的女孩们也都败下阵来。巴尔博索尔医生提名的女孩们也同样没有成功,尽管他的科学认证具有高度的准确性。

然而一天早上,弗朗索瓦丝买菜回来,对女主人说:

"您看见了没有,您要是一定想给什么人戴花冠,本地只有伊西多尔了。"

于松太太沉思了好一会儿。

她很了解他,伊西多尔,卖水果的女商贩维尔吉妮的儿子。他的尽人皆知的贞洁给吉索尔带来欢乐已经好几年了,

---

① 古罗马统帅恺撒任大法官期间,淫逸放荡的贵族克劳狄乌斯趁妇女们集会庆祝玻娜女神节、男人们需要回避的机会,乔装成女人进入他家。恺撒虽相信妻子庞蓓亚清白无辜,仍将她休弃,他说:"恺撒的妻子甚至不应该受到怀疑。"

成了全城人谈话时开心的话题,也是姑娘们消遣的话题,她们经常逗弄他,拿他取乐。他已经二十多岁,高高的个子,动作笨拙、迟钝而又胆小。他帮母亲做生意,一整天一整天地坐在门前的一张椅子上拣水果和蔬菜。

他对裙子有一种病态的恐惧。一个女顾客微笑着看他一眼,他就羞得低下了头,他这众所周知的羞怯,成为本地所有淘气鬼取笑的对象。

猥亵的话,放肆的玩笑,下流的暗示,会那么迅速地让他脸红,以至巴尔博索尔医生给他起了个绰号,叫羞耻温度计。那些邻居,狡猾的邻居,不禁这样寻思:他究竟明白呢还是不明白呢?让卖水果的女商贩维尔吉妮的儿子那么激动的,仅仅是他对那些不知道而又羞耻的神秘事的预感呢,还是他对爱情驱使下的那些无耻接触的愤怒呢?本地的小淘气们,经常喊叫着满口的脏话,从他家店铺前跑过,为的就是看看他垂下眼睛;姑娘们闹着玩,说着淫词秽语从他面前走过来又走过去,把他羞得马上钻进屋里。那些最大胆的女孩子公然戏弄他,为了逗趣儿,为了寻开心,约他幽会,向他提出一些很可恶的事。

所以于松太太思索了很久。

诚然,伊西多尔是一个罕见的、人所共知的、无可指责的美德范例。在最多疑的人中,在最不轻信的人中,也没有任何人能够或者敢于怀疑伊西多尔对任何一条道德法则有过一丁点儿违犯。从来没有人在咖啡馆里见到过他,也从来没有人晚上在大街上遇见过他。他晚上八点就睡觉,早上四点就起床。他是完美的化身,无瑕的珍珠。

尽管如此,于松太太仍然犹豫不决。一想到用贞洁少男来代替贞洁少女,她就有些心乱,有些不安。她决定去请教马鲁神父。

马鲁神父回答:"太太,您要嘉奖的是什么?是美德,对不对,仅仅是美德。

"那么,是男人的美德还是女人的美德,对您有什么关系!美德是永恒的,它既没有国界也没有性别之分:美德就是美德。"

于松太太受到这番鼓舞,又去找市长。

市长表示完全赞同,他说:"我们将会举行一次隆重的仪式。来年,如果我们找到一个像伊西多尔一样完美的女人,我们就给一个女人戴花冠。我们这样做,甚至是给南泰尔①做出了一个好榜样。我们可不要厚此薄彼,我们要欢迎一切有美德的人。"

伊西多尔得到通知,脸涨得通红,似乎很高兴。

戴花冠的仪式定在八月十五日举行,那是童贞女马利亚和拿破仑皇帝的节日②。

市政府决定把这个庄严的仪式办得光彩气派,在库洛诺上面搭了一个台子。库洛诺是古老堡垒围墙优美迷人的延伸

---

① 南泰尔:巴黎西边的一座城市,选拔贞洁少女的活动最著名的地方。
② 基督教《圣经》中耶稣的母亲马利亚是童贞女,每年八月十五日天主教都举行圣母升天节。法兰西第一帝国的皇帝拿破仑的生日也是八月十五日,第一帝国期间曾把这一天定为国庆节日。

部分,我待会儿带你去看。

公众的思想发生了一次自然的革命,在这天以前一直备受讥讽的伊西多尔的美德,自从人们知道它能带来五百法郎,外加一个银行存折、一大堆也能生财的尊重和荣耀后,突然变得值得敬佩和羡慕了。姑娘们都为自己的轻浮、讥笑和放肆的举止后悔不迭。而伊西多尔呢,虽然依旧谦虚和腼腆,但是脸上露出的一点得意神色,透露出他内心的高兴。

从八月十五日的前一天起,整个王太子妃街就挂满了彩旗。啊!我忘了跟你说,这条大街是发生了什么大事以后才叫王太子妃街的。

从前有一位王太子妃,我也闹不清是哪一位王太子妃了。有一次,她来吉索尔访问,当局安排她公开露面的时间太长了些,在一次穿过全城的盛大巡游途中,她让游行队伍在这条街的一所房子前面停下,大呼:"啊!这漂亮的住宅,我多么想参观参观!这是谁的房子?"人们告诉她房主的名字,并且去找他,找到了他,把他带了来。面见王太子妃,他惶恐而又荣幸。

她下了车,走进那所房子,声称要从上到下仔细看看,甚至还独自一人在一间卧室里关起门来待了一会儿。

当她又从那所房子出来的时候,民众见她居然给予一个吉索尔公民这样的荣幸,受宠若惊,便高呼:"王太子妃万岁!"但是一个爱恶作剧的人编了一段押韵的滑稽小调,这条街从此就把王太子妃殿下的称号保留下来,因为:

　　王太子妃,很是着急,

无须钟、教士和执事,

用了一点水,就给它

行了洗礼,起了名字①。

我还是回头来讲伊西多尔。

仪仗队经过的路线全都撒满了鲜花,就好像圣体瞻礼节游行队伍经过时一样。在他们的长官德巴尔少校指挥下,国民自卫军已全体出动。德巴尔是一名大军②的老战士,他站在放着皇帝亲自颁发的十字荣誉勋章的镜框旁边,骄傲地让人们观赏一把大胡子,那是一个哥萨克人的胡子,是在俄国大撤退时,少校一马刀从它的主人的下巴上割下来的。

他当时指挥的那支部队是一支全省闻名的精锐部队。吉索尔的掷弹兵连,在十五到二十法里方圆内,每逢纪念性的节日都被召去。据说路易-菲利普国王检阅厄尔省自卫军时,走到吉索尔连的前面大为惊奇,戛然止步,大呼:"啊!多么威武的掷弹兵,是哪儿的?"

"吉索尔的。"将军回答。

"我早该想到。"国王低声说。

德巴尔少校带领着他的人,由乐队打头,来到伊西多尔母亲的店里接他。

乐队在窗户底下演奏了一小段乐曲以后,贞洁少男本人出现在门口。

----

① 洗礼是天主教的基本礼仪之一,施洗和命名同时进行。
② 大军:指拿破仑的军队。

他穿一身白色斜纹布衣服，戴一顶草帽，草帽上像帽徽似的镶着一小束橙花。

这个服装问题曾经让于松太太十分头痛，是像初领圣体者一样穿黑上衣还是穿一身白衣服，她犹豫不决。但是她的参谋弗朗索瓦丝让她下定了决心，穿全套的白衣服，因为这位女参谋让她明白，这样，贞洁少男看上去就像一只天鹅。

在他后面出现的是他的保护人，他的教母，得意扬扬的于松太太。她挽着他的胳膊走出来，市长走在贞洁少男的另一边。鼓声大作。德巴尔少校下令："举枪致敬！"队伍在无数来自周围村镇的民众簇拥下又向教堂进发。

在简短的弥撒和马鲁神父的感人讲演以后，人们再次动身，前往库洛诺，宴席已经在一座帐篷下摆好。

入席以前，市长发表了讲话。以下是他讲话的全文。我把它记在了心里，因为它很精彩：

"年轻人，一个乐善好施的女人，穷人喜爱、富人尊敬的女人，全城人通过我的声音在这里表示感谢的于松太太，提出了一个想法，一个美好、有益的想法，在本城设立一项美德奖。对我们这个美丽的地方的居民来说，这将是一个珍贵的激励。

"年轻人，您是这个智慧和贞洁的王朝的第一个加冕者。您的名字将留在这份最值得褒奖者的名单之首；您的一生，您要明白这一点，您的整个一生，都应该和这个幸运的开端相称。今天，面对奖赏您的操行的这个高尚的女人，面对这些向您举枪致敬的公民战士，面对聚集在这里向您欢呼，更确切地说通过您向美德欢呼的激动的民众,您对我们的城市,对我们所有人,立下庄严的誓约,至死都要做您年轻时做出的杰出的榜样。

"年轻人,绝不要忘记,您是播在这希望的田野上的第一粒种子,请给我们结出我们期待于您的果实吧。"

市长向前走了三步,张开双臂把啜泣着的伊西多尔搂在心口上。

贞洁少男呜咽着,他也不知为什么,只是由于本能的激动,由于骄傲,由于模糊然而愉悦的共鸣。

然后市长就把一个丝绸的钱袋交到他的一只手里,里面的金币发出清脆的响声,五百法郎金币!……又把一个银行存折放在他的另一只手里。然后他用庄严的语调宣布:"尊敬、光荣和财富属于美德。"

德巴尔少校高喊:"太好了!"掷弹兵们齐声欢呼,民众鼓掌喝彩。

于松太太也在擦眼泪。

然后大家围着摆好了酒菜的桌子坐下。

这顿饭吃得没完没了,而且丰盛极了。一道菜接着一道菜:黄苹果酒和红葡萄酒在相邻的杯子里友好示意,进到胃里更是亲密无间。盘子的磕碰声,人们的说话声和低声演奏的音乐汇成持续不断的深沉的嘈杂声,消散在燕子纷飞的晴朗的天空。于松太太和马鲁神父在交谈,不时地正一正歪到一边耳朵上的黑丝假发。市长很兴奋,和德巴尔少校谈论着时政。而伊西多尔在不停地吃,伊西多尔在不停地喝,就像他从来也没有吃过喝过！他什么都吃，什么都喝，吃喝光了又添。他第一次发现，那些好东西起初经过嘴里时就已经让人舒服，肚子填饱了这些好东西更是无比甜蜜。在不断膨胀的肚子的挤压下，裤子勒得他难受，他灵巧地松了松裤腰。他一言不发，不过他的白色斜纹布上装弄上了一块葡萄酒渍，这让他有点不安；他停止嚼食，为了把酒杯贴到嘴边，而且尽可能地留在那儿，因为他要慢慢地品尝。

祝酒的时刻到了。祝酒的次数很多，每次都获得热烈的掌声。傍晚了；盛宴是从中午十二点开始的。山谷里已经浮起乳白色的薄雾，那是溪流和草地的轻柔的夜装；太阳已经触到了天际；牛在远处牧场的轻雾中哞哞地叫着。宴会结束了：人们下坡朝吉索尔城里走去。现在队伍也散了，人们各奔东西。于松太太挽住伊西多尔的胳膊，给了他很多殷切的忠告。

他们在水果店门前停下，让贞洁少男进了母亲家。

母亲还没有回来。家里人邀请她去，也是为了庆贺她儿子的胜利；她跟着队伍一直走到举行宴会的地方，然后到姐姐家去吃午饭。

所以伊西多尔就独自一人待在夜色正在侵入的店铺里。

他坐在一张椅子上，美酒和骄傲还搅得他兴奋不已。他向四周张望。胡萝卜、卷心菜、洋葱在关着的屋子里发出强烈的蔬菜的气味，菜园里的带着土腥的香味，还夹杂着一种沁人肺腑的柔和的草莓气味和一筐桃子溢出的淡淡的芳香。

贞洁少男拿了一个桃子，大口啃了起来，尽管他的肚子已经撑得像南瓜一样圆。接着,他突然间欣喜若狂,跳起舞来;有什么东西在他的上装里叮当响起来。

他吃了一惊,把手伸进口袋里一摸,掏出那个装有五百法郎的钱袋来,原来他喝醉了,已经把它忘得一干二净!五百法郎!多大的一笔财富啊!他把金路易倒在柜台上,用一只张得大大的手,用一种慢慢爱抚的动作把它们摊开,好同时把它们尽收眼底。共有二十五枚,圆圆的二十五枚,金币啊!全是纯金的!在越来越浓厚的黑暗中,它们在木质台面上熠熠闪耀,他用手指头一个一个地点着,还小声念叨着,把它们数了一遍又一遍:"一个,两个,三个,四个,五个,——一百法郎;——六个,七个,八个,九个,十个,——二百法郎"……数完了,他把金币重新装进钱袋,又放回衣兜里。

谁能知道,谁能说得出,在贞洁少男的心灵深处,善与恶进行的可怕搏斗,撒旦的凶猛攻势,它的种种诡计,以及它向这颗羞怯、纯贞的心施加的种种诱惑呢?为了打动和毁掉这个选中的人,恶魔发明出了什么样的暗示,什么样的形象,什么样的欲望呢?他,于松太太选中的人,抓起他的帽子,他那顶还戴着一小束橙花的帽子,从屋后的一条小巷走出去,消失在黑夜里。

卖水果的女商贩维尔吉妮听人说她的儿子已经回去了,几乎马上就赶回家,却发现屋子里空无一人。她等着,起初并不感到意外;后来,一刻钟过去了,她就出去打听。王太子妃街的邻居们看见伊西多尔进去,却没有看见他又出来。于是人们开始找他;可是没有找到他。卖水果的女商贩不安了,跑到市政府:市长一无所知,只知道他把贞洁少男留在他家门前了。于松太太刚睡下,就有人来告诉她,她的被保护人不见了。她立刻又戴上假发,起身下床,亲自来到维尔吉妮家。维尔吉妮那市井妇女的心很容易激动,马上就在卷心菜、胡萝卜和洋葱头中间涕泗横流地哭起来。

人们怕发生了什么意外事故。会发生什么意外事故呢?德巴尔少校通知了宪兵队,宪兵队在城市周围搜索了一圈,在通往蓬图瓦兹①的大路上找到了那一小束橙花。那束橙花现在被放在一张桌子上,有关当局的人士围着桌子展开了讨论。贞洁少男想必成了一个奸计、一个阴谋、一些妒忌的人的受害者;可是怎么弄的呢?他们用什么办法把这个纯真无邪的人弄走的,目的又何在呢?

官方人士遍寻无获,已经感到厌倦,都去睡觉了。只有维尔吉妮一个人流着眼泪通宵守候着。

然而,第二天晚上,去巴黎的驿车在回程中经过此地时,吉索尔的人们惊讶地得知,他们的贞洁少男曾在城外二百米的地方拦住这辆车,登上了车,给了一个金路易付车钱,人家找了他零钱;后来他在这座大都市的中心泰然自若地下了车。

这件事在本地引起了很大的震动。市长和巴黎市警察局

---

① 蓬图瓦兹:巴黎西边的一个城市,今瓦尔德瓦兹专区首府。

互通了多封信件,但并没有任何新的发现。

时间日复一日,一个星期过去了。

忽然,一天早上,巴尔博索尔医生一大早出门,看见一个人坐在一扇门旁,穿一身灰色粗布衣裳,头靠墙睡着。他走近一看,认出是伊西多尔。他想唤醒他,可是唤不醒。前贞洁少男睡得很沉,他那无法克制的睡意令人不安;大为吃惊的医生就去找人帮忙,把这年轻人架到邦舍瓦尔药房去。就在他们把他扶起来的时候,一个空瓶子露了出来,躺在他的身子下面。医生闻了一下,肯定那瓶子里盛过烧酒。这成了对他进行治疗的依据。他们成功了。伊西多尔喝醉了,一周的酗酒让他烂醉如泥,醉得让人恶心,连一个捡破烂的都不屑碰他一下。他那套漂亮的白色斜纹布的衣服变成了一身破烂,灰突突、黄不唧、油腻腻、污迹斑斑,这里破一块那里撕一条,简直不堪入目;他的身上散发出阴沟、阳沟和邪恶的各种臭味。

人们给他洗了澡,训斥了他一顿,把他关起来,整整四天不让他出门。看起来他好像觉得很可耻,很后悔。人们在他身上既没有找到那个钱袋,没有找到那五百法郎,也没有找到银行存折,甚至连他常戴的银表也没有找到,那是他的水果商父亲留给他的神圣的遗产。

第五天,他壮着胆子走在王太子妃街上。好奇的目光紧随着他,他低着头、目光躲躲闪闪地贴着一座座房子走。等他走出从城里通向谷地的路口,人们就看不见他了;不过两小时以后他又出现了,一路傻笑着,不时地撞到墙上。他喝醉了,喝得酩酊大醉。

什么也不能让他改邪归正。

他被母亲赶出门,成了马车夫,给普格里塞尔家族赶运煤车,这个家族今天还在。

他的酒鬼的名声变得那么大,传得那么远,连埃夫勒①的人也在谈论于松太太的贞洁少男,而本地的酒鬼们从此便保留下这个绰号。

一桩善事永远不会白做。

马朗波医生搓着手结束了他的故事。我问他:
"你认识贞洁少男吗?"
"认识,我还有幸给他合上眼皮呢。"
"他是怎么死的?"
"自然啰,是死于一次 delirium tremens② 发作。"

我们来到了古老的堡垒旁边,围墙已经只剩下残垣颓壁,但巨大的圣托马斯·德·坎特伯雷③塔楼和俗称俘虏塔的塔楼依然高高耸立。

马朗波给我讲了那个俘虏的故事,此人循着从一个枪眼的窄缝里射进来的阳光的移动,用一根钉子把囚室的墙壁覆

---

① 埃夫勒:法国诺曼底大区一个城市,厄尔省省会。
② 拉丁文,意思是:"震颤性谵妄"。
③ 圣托马斯·德·坎特伯雷:此处显然是指托马斯·贝克特(1118—1170),他是英国坎特伯雷大主教,为神职人员辩护,与英王亨利二世发生争执,被宣布为不忠分子,曾一度逃到法国。

满了雕刻。

接着我又得知克洛泰尔二世①把在吉索尔的产业给了他的表兄弟,鲁昂的主教圣罗曼②;自签订了埃普特河上的圣克莱尔条约③以后,吉索尔不再是整个维克森④的首府;这座城市是法国整个这一部分的战略重地;由于这一优点,它被攻陷又被光复了不知有多少次。根据红发威廉⑤的命令,著名的工程师罗贝尔·德·贝勒姆⑥修建了一个强大的堡垒,这堡垒后来相继受到胖子路易⑦和诺曼底的爵爷们的攻击,但受到罗贝尔·德·康多⑧的保卫,最终由金雀花高弗黎⑨让给了胖子路易;由于圣殿骑士团⑩的一次背叛而又再次被英国人占领,在菲利普-奥古斯

---

① 克洛泰尔二世(584—629):法兰克国王。
② 圣罗曼:曾任鲁昂主教,关于其生平只有一些传说,他生活于七世纪的法国墨洛温王朝,生卒年不详。鲁昂圣母院有他的雕像。
③ 埃普特河上的圣克莱尔条约:公元九一一年,西法兰克国王查理三世在埃普特河上的圣克莱尔小城签订条约,把诺曼底封给诺曼人的首领罗伦,建立了诺曼底公国。
④ 维克森:法国古省名,在塞纳河和瓦兹河之间,后以埃普特河为界一划为二:一为诺曼底维克森,吉索尔为首府;一为法兰西维克森,蓬图瓦兹为首府。
⑤ 红发威廉:即英国国王威廉二世,一〇八七年至一一〇〇年在位。
⑥ 罗贝尔·德·贝勒姆(约1056—1130后):英国圣殿骑士团首领罗杰·德·蒙哥马利(？—1094)的儿子,他于一〇九七年建筑了吉索尔的堡垒。
⑦ 胖子路易:即法国国王路易六世,一一〇八年至一一三七年在位。
⑧ 罗贝尔·德·康多(约1102—约1193):法国国王和英国国王于一一一六年再次开战。为了不让吉索尔城落入胖子路易手中,时任该城军事长官的罗贝尔·德·康多于一一二三年放火焚毁城堡。
⑨ 金雀花高弗黎(1113—1151):英国安茹公爵,帽子上常插金雀花。其子亨利二世后来创建了英国的金雀花王朝。
⑩ 圣殿骑士团:十字军东侵时西欧封建主建立的军事僧侣骑士团的一支,建立于十二世纪初。

特①和狮心王理查②之间争夺,被无法拿下城堡的英国爱德华三世③焚毁;一四一九年重新被英国人夺去,后来由理查·德·马尔伯里④还给查理七世⑤,被卡拉布尔公爵⑥攻取,又被神圣联盟⑦占领,亨利四世⑧也住过,等等。

马朗波抱着坚定的信念,近乎雄辩地连声说:

"这些英国人,是怎样的无赖啊!!! 这又是些怎样的醉鬼啊,我亲爱的;这些伪君子,全都是贞洁少男!"

他沉默了一会儿,接着伸手指着在草地里熠熠闪亮的那条狭窄的河,说:

"您知道吗,昂利·莫尼埃⑨曾经是埃普特河边最勤奋的

---

① 菲利普-奥古斯特(1165—1223):即法国国王菲利普二世。
② 狮心王理查(1157—1199):即英国国王理查一世,他曾与法国国王菲利普二世开战,争夺法国境内金雀花王朝的领地。
③ 爱德华三世(1312—1377):英国金雀花王朝国王。一三三七年挑起英法之间旷日持久的"百年战争"。
④ 理查·德·马尔伯里:吉索尔的守城队长,原本效忠英王,后归顺法王查理七世,以换取两个被俘的儿子的自由。
⑤ 查理七世(1403—1461):法国国王。他一四二一年即位时,几乎整个法国都为英国占领;经过二十年苦战,终于将英国人逐出法国。
⑥ 卡拉布尔公爵(1424—1470):又称安茹的约翰二世,洛林公爵。一四六五年,他参加了反对国王路易十一的公益联盟(1464—1465),率军攻占了吉索尔。
⑦ 神圣联盟:法国的天主教联盟,由德·吉兹(1550—1588)公爵组建,表面上是反对新教,保卫天主教,实则企图推翻法国国王亨利三世,取而代之。
⑧ 亨利四世(1553—1610):法国波旁王朝国王,一五八九年至一六一〇年在位。
⑨ 昂利·莫尼埃(1799—1877):法国漫画家、插图画家、剧作家和演员。他创造的漫画式人物普吕多姆先生胖墩墩的,平庸而又自负,被巴尔扎克称为"巴黎市民的杰出典型"。

钓鱼人之一?"

"不,我不知道。"

"布菲①,我亲爱的,布菲,曾经在这里画过彩绘玻璃?"

"去你的吧!"

"千真万确。这些事你怎么会都不知道?"

---

① 布菲:当时法国最出名的叫布菲的人是演员布菲(1800—1888)。吉索尔人把这位名不见经传的彩绘玻璃画家视为名人,只因他是吉索尔人。

兔　子[*]

勒卡舍老板在惯常的钟点,早晨五点到五点一刻之间,出现在房门口,他要去监督正在开始工作的手下人。

他的脸红红的,半醒未醒,右眼睁着,左眼还几乎闭着。他一面吃力地扣着大肚子上的背带,一面用精明的目光四处张望,巡视着他熟悉的农庄的每一个角落。斜射的阳光穿过圩沟边的山毛榉树和院子里圆圆的苹果树,让公鸡在肥堆上高唱,鸽子在屋顶上咕咕叫。牛棚的气味从敞开的门里飘出来,在清晨的新鲜空气里和马厩的酸味掺和在一起。马厩里,马儿把头转向阳光,连声嘶鸣。

勒卡舍老板系牢了裤子就上路了。他首先向鸡舍走去,清点早上这批鸡蛋;一些日子以来他就在提防着小偷。

不料女雇工举着两手跑来,惊呼着:"勒卡舍老板,勒卡

---

[*] 本篇首次发表于一八八七年七月十九日的《吉尔·布拉斯报》;一八八九年收入保尔·奥朗道尔夫出版社出版的莫泊桑小说集《左手》;一九〇三年收入同一出版社出版的插图版莫泊桑全集《左手》卷。

舍老板,今天夜里,让人偷走了一只兔子。"

"一只兔子?"

"是呀,勒卡舍老板,那只大灰兔,右边那个笼子里的。"

农庄主的左眼也完全睁开了,简练地说:

"这得去看看。"

他立刻前去查看。

兔笼已经被毁坏;那只兔子不见了。

农庄主不安起来,又闭上他的右眼,挠挠鼻子。思索片刻以后,他命令神色惊慌、在主人面前不知所措的女用人:

"去叫宪兵。就说我在等他们。"

勒卡舍老板是帕维尼-勒格拉村的村长,凭着有钱有势,他在这里颐指气使。

女雇工向半公里远的村子跑去。她一走,农庄主就回家,喝一杯咖啡,并且把发生的事告诉妻子。

她正跪在炉灶前,用嘴吹着炉火。

他一进门就说:

"一只兔子,那只灰兔子,被人偷走了。"

她转身的动作那么迅猛,一屁股坐到地上,用懊恼的目光看着丈夫。

"你说什么,勒卡舍!一只兔子让人偷走了?"

"那只大灰兔。"

"那只大灰兔?"

她发出一声悲叹。

"真倒霉!会是谁偷了这只兔子呢?"

这是个小个子女人，精瘦，机灵，利索，什么农活儿都会干。

"想必是珀利特那小子。"

农妇猛地站起来，气汹汹地说：

"准是他！准是他！用不着再找别人，准是他！你说得没错，勒卡舍。"

在她愤怒的瘦脸上，农妇的全部气恼，全部吝啬，总在怀疑雇工、猜疑女用人的精打细算的女人的全部愤懑，在嘴的开合、面颊和脑门的皱纹里表露无遗。

"你怎么办了？"她问。

"我派人去找宪兵了。"

这珀利特是个干粗活的人，曾经受雇于这个农庄，只干过几天就因为说话粗暴无礼被勒卡舍辞退了。他当过兵，据说去非洲打过仗，留下了偷鸡摸狗、伤风败俗的恶习。为了糊口，他什么活儿都干过：泥瓦工、挖土工、赶车、收庄稼、砸石头、剪树枝，不过他主要还是好逸恶劳，因此谁也不愿意雇用他，他有时不得不到别的地方去找点工做。

从他第一天来农庄干活，勒卡舍的妻子就厌恶他，现在她十拿九稳，偷兔子的事是他干的。

大约半小时以后，两个宪兵到了。班长塞纳特尔又高又瘦，宪兵勒尼昂又矮又胖。

勒卡舍请他们坐下，向他们讲述了事情的经过。然后，众人就去事发现场，确认兔笼被破坏的情况，收集各种证据。等他们回到厨房，女主人端上葡萄酒，斟满了酒杯，带着挑衅的眼神问：

"这个小偷，你们抓不抓？"

班长，军刀夹在两条腿之间，仿佛有些为难。当然，要是有人愿意告诉他谁是小偷，他肯定会抓。在相反的情况下，他绝不能保证自己发现得了那个小偷。他寻思了很久，提出这样一个简单的问题：

"你们认识这个小偷吗？"

勒卡舍的大嘴上露出一道诺曼底人狡黠的皱褶。他回答：

"要说认识，不，我不认识，既然我并没有看见他偷。要是我看见他，我早就让他把兔子生吞下去了，连毛带肉，连一口就着吃的苹果酒也不给他喝。可现在，要我说是谁，我还真说不出，虽然我怕是那个无赖珀利特。"

于是他不厌其烦地叙说起他和珀利特的那些故事来：为什么辞退这个雇工、他凶恶的眼神、他放肆的言语，并且加上一些琐碎和无关紧要的证据。

班长一面聚精会神地听着，一面喝干杯中的酒，又不动声色地斟满了一杯，然后转身对宪兵说：

"得去牧羊人赛弗兰老婆那儿看看。"

宪兵微笑着，点了三下头。

这时，勒卡舍太太走过来，怀着农妇特有的鬼心眼，反而轻声细语地向班长打听。这个牧羊人赛弗兰，一个普通人，一个大老粗，在羊栏里养大，在草坡上小跑的咩咩叫的羊群里成长，在这世界上只认识羊，然而在他灵魂深处却保存着农民节俭的本能。毫无疑问,在漫长的岁月里,他把放羊或者给羊治病挣的钱藏在树干的窟窿里或者岩石的洞里。他会用触摸和说话治好伤筋动骨的牲畜,是他替代的那个老牧羊人把土法接骨的秘密传授给他的。就这样,有一天,他买下了公开拍卖的一处价值三千法郎的小产业,包括一处老房子和一片耕地。

几个月以后,人们就听说他结婚了。他娶了一个尽人皆知的品行不端的女仆,小酒馆老板的女用人。小伙子们传说她知道赛弗兰富裕,每天晚上去他窝棚里找他,抓住了他,征服了他,一点点,一个晚上又一个晚上,勾引他直到结婚。

两人在村公所和教堂举行了仪式以后,她现在就住在她男人买的房子里,而他继续没日没夜地在草地上放羊。

班长补充道:

"说话有三个星期了,珀利特一直跟她睡觉,这个偷鸡摸狗的家伙自己没有住处。"

宪兵贸然插话:

"他偷偷盖上了牧羊人的被子。"

勒卡舍太太是个与放荡行为势不两立的已婚女子,她的愤慨有增无已,再一次火冒三丈,大喊:

"是他,我敢肯定。快去。啊!这对男盗女娼的!"

不过班长并不为所动:

"别急。咱们等到中午十二点。珀利特每天都要来吃午饭。我要正好在他们吃饭的时候逮个正着。"

宪兵扑哧一笑,他觉得上司的主意很妙;勒卡舍现在也笑开了颜,因为牧羊人的遭遇在他看来很滑稽,被骗的丈夫总是很逗乐的。

中午十二点的钟声刚刚敲响,塞纳特尔班长就带领他的下属,在一座小屋的门上轻轻敲了三下。那小屋孤零零的,坐落在一个树林的角上,距离村子有五百米远。

他们躲到墙边,免得屋子里的人看到他们;然后就等着。过了一两分钟,没有人回答,班长再次敲门。房子里那么静,好像没有人住似的。不过宪兵勒尼昂耳朵特灵,他说里面有动静。

塞纳特尔班长动怒了。他不容许有人抗拒权力部门,哪怕是一秒钟。他用军刀的把柄撞着墙,高喊:

"开门,以法律的名义!"

这命令也没用,他又吼道:

"如果不服从,我就砸掉门锁。我是宪兵班长,他妈的!准备,勒尼昂。"

他的话还没落音,门开了,塞纳特尔班长面前出现了一个胖女子,脸色通红,面颊丰满,胸脯袒露,肚子鼓胀,臀部肥大,一个多血质、愚钝的女人,这正是牧羊人赛弗兰的老婆。

塞纳特尔班长走进屋。

"我来您这儿看看,事关一桩小案子。"他说。

他向四周打量着。桌子上放着一个盘子、一个盛苹果酒的罐子、一个半满的杯子,说明午饭刚开始吃。两把餐刀并排放着。狡黠的宪兵向上司眨了眨眼。

"好香呀。"班长说。

"大概是烧兔子肉。"宪兵得意地补充道。

"您要喝一杯烧酒吗?"农妇问。

"不,谢谢。我只想要您吃的这只兔子的皮。"

她装傻,但她在颤抖。

"什么兔子?"

队长坐下,若无其事地擦擦脑门。

"好啦,好啦,老板娘,您总不会让我们相信您是在吃绊脚草吧。您一个人在这儿吃午饭?吃的什么?"

"我,什么也没吃,我跟您发誓。就是面包上抹一点黄油。"

"好家伙,有钱人,就是面包上抹一点黄油……您搞错了。您应该说:兔子肉上抹一点黄油。见鬼!您的黄油很香嘛,他妈的!这是一种精制黄油,特种黄油,婚礼专用的黄油,带毛的黄油,肯定,这黄油,不是家常的黄油!"

宪兵捧腹大笑,学舌道:

"肯定,不是家常的黄油。"

塞纳特尔班长喜欢搞笑,整个宪兵班都变得爱开玩笑。

班长接着问:

"您的黄油在哪儿?"

"我的黄油?"

"是呀,您的黄油。"

"在罐子里。"

"那么,罐子在哪儿?"

"什么罐子?"

"盛黄油的罐子,当然啰!"

"在那儿。"

她走去找来一个旧杯子,杯子里有一点发出哈喇味的咸味黄油。

班长闻了闻,摇摇头:

"不一样。我要看的是有烧兔子肉味的黄油。喂,勒尼昂,睁大了眼睛,看看她的碗橱,小伙子;我去查查床底下。"

他关上门,走到床边,想把床拉出来;可是床是固定在墙上的,显然半个多世纪都没有挪动过。于是班长弯下身子,军装咯咯作响,一颗纽扣也脱落了。

"勒尼昂。"他唤道。

"班长,什么吩咐?"

"来,小伙子,到床这边来,我个子太高了,看不到床底下。碗橱我来查看。"

说完,他直起身子,站在那儿,等他的下属执行命令。

个矮身圆的勒尼昂摘掉军帽,弯下腰,脑门贴着地皮,往床垫下面的黑洞里看了好一会儿。他大喊:

"我抓到他了!我抓到他了!"

塞纳特尔班长身子弯到他下属的上方:

"你抓到什么了,兔子?"

"不,小偷!"

"小偷?拖出来,拖出来!"

宪兵伸到床底下的两条胳膊已经抓住什么东西,他使出全身的力气往外拖。他用右手捉住的一只脚,穿着大皮鞋,终于露了出来。

班长抓住这只脚:"使劲!使劲!使劲拖!"

勒尼昂现在跪在地上,在拖另一条腿。可这活儿很艰巨,因为俘虏的两条腿拼命地又蹬又踹,脊背拱着床板,屁股抵着床帮。

"使劲!使劲!使劲拖!"塞纳特尔叫喊。

他们使出全身的力气往外拖,床帮都断了。那人连身子带脑袋都露了出来;但他还在用这个脑袋钩住床。

脸也终于露出来了,是珀利特的愤怒而且懊丧的脸;他的两条胳膊还伸在床下面。

"拖!"班长仍然在叫喊。

这时传来一个奇怪的响声;肩膀之后出现两条胳膊,胳膊之后又露出了手,手里有一个锅把,锅把之后是个平底锅,锅里是烧兔肉。

"他妈的!妈的,妈的,妈的!"班长高兴得发狂,连声喊叫,而勒尼昂控制住那个人。

兔子的皮,这压倒性的证据,最后的可怕物证,是在草垫子里发现的。

两个宪兵得胜而归,带着犯人和赃物回到村里。

一个星期以后,这件事已经传得沸沸扬扬。勒卡舍老板走进村公所,跟小学教师谈事,听说牧羊人赛弗兰在那儿等他已经有一个小时了。

牧羊人坐在屋角的一把椅子上,赶羊的木棍夹在两条腿之间。一看见村长,他站起来,脱掉软帽,说了声"您好,勒卡舍老板",就站在那里,怯生生的,十分局促。

"您有什么事?"农庄主问。

"是这么回事,勒卡舍老板,上个星期,有人在您家偷了一只兔子,是真的吗?"

"是呀,没错,赛弗兰。"

"啊!这么说,是真的了?"

"是真的,我尊敬的先生。"

"是谁偷了您的兔子呢?"

"是珀利特·昂卡,那个打短工的。"

"那么,那么,真的是在我的床底下抓到的吗?"

"抓到什么?兔子?"

"兔子,还有珀利特,两样是在一起的。"

"是的,我可怜的赛弗兰。真是这样。"

"那么,这是千真万确的了?"

"是的。是谁告诉您这件事的?"

"几乎大家都知道。我现在也明白了。另外,另外,既然您是村长,您主持结婚,您对婚姻的事一定了解得多。"

"婚姻的事,怎么啦?"

"我是说,关于权利。"

"关于权利,怎么啦?"

"关于男人的权利,然后是关于女人的权利。"

"当然了解。"

"那么,您告诉我,勒卡舍老板,我老婆有权跟珀利特睡觉吗?"

"怎么,跟珀利特睡觉?"

"是的,根据法律,既然她是我的老婆,她有权跟珀利特睡觉吗?"

"当然没有,当然没有,她没有这个权利。"

"如果我再抓到她,我有权抽她鞭子,抽她,然后抽他吗?"

"当……当……当然啰。"

"那就好,现在明白了。我对您说吧,上个星期,有一天夜里,我灵机一动,回家去,发现他们俩睡在一起,当然不是背对背。我把珀利特赶到外间屋去睡;不过仅此而已,因为我根本不知道自己有什么权利。这一次,我没有亲眼看见,我是听人说的,就不谈了。但是如果我再抓到他们……他妈的,如果我再抓到他们,我决不轻饶!勒卡舍老板,我要让他们尝尝这么闹的味道,不然我就不叫赛弗兰……"

院长嬷嬷的二十五法郎[*]

啊!的确,帕维利大叔,他真逗乐,生着一双蜘蛛般的长腿,一个小小的身子,两条长长的胳膊,还有一个尖尖的脑袋,脑袋顶上长着一簇火红的头发。

他是个小丑,一个天生的农民小丑,生下来就是为了搞笑,为了逗人乐,为了演一些角色,一些普通的角色,因为他是农民的儿子,本人也是农民,几乎不识字。啊!对了,仁慈的天主创造出他来,就是为了让别人,让既没有剧场,也没有节日的乡下穷鬼们开心,而且他也心甘情愿让他们开心。在咖啡馆里,人们经常请他喝点酒,好留下他表演。他便泰然自若地喝,一边喝一边嬉笑、打趣,拿所有的人开涮,而又不得罪任何一个人,逗得人们围着他捧腹大笑。

---

[*] 本篇首次发表于一八八八年三月二十八日的《吉尔·布拉斯报》;一八九〇年收入维克多·阿瓦尔出版社出版的莫泊桑小说集《无用的美貌》;一九〇四年收入保尔·奥朗道尔夫出版社出版的插图版莫泊桑全集《无用的美貌》卷。

他是那么滑稽,连姑娘们也抗拒不了他,她们经常笑得前仰后合,尽管他长得很丑。他一边开玩笑,一边把她们拖到墙后面,沟坎里,牲口棚里,然后胳肢她们,紧紧地搂她们,说的话那么有趣,逗得她们一边推搡他,一边笑个不停。这时他便欢蹦乱跳,做出要上吊的鬼脸;而她们则笑弯了腰,眼泪都笑出来了。他善于挑选时机,总在最恰当的时候把她们推倒。她们全都有过这样的经历,连那些为了开心而嘲弄他的女孩也不例外。

将近六月底的时候,他被卢维尔附近的勒阿利沃老板雇去收庄稼。在整整三个星期的时间里,他没日没夜地搞笑逗乐,哄得收割庄稼的男男女女乐乐陶陶。白天,人们见他在田里,在割下来的麦穗中间,头上戴一顶旧草帽遮住他那簇红棕色的头发,用他那双精瘦的长胳膊把金黄的麦穗聚拢来,扎成一束束;然后停下来,做一个搞笑的动作,把那些眼睛就没离开过他的田间干活的人逗得哈哈大笑。夜里,他就像一个爬行动物,溜进妇女们睡觉的仓房的麦秸堆里,两只手到处摸索,惊起一片叫声,掀起一阵混乱。妇女们挥动着木鞋驱赶他;在全仓房的人迸发出的欢呼声中,他就像一个神奇的猴子,四肢并用地逃窜。

最后一天,送收获者的马车,飘着饰带,响着风笛,满载着呐喊、歌声、欢乐和陶醉,由一个穿工作服、戴饰有帽徽的鸭舌帽的小伙子驾着,六匹迈着慢步的灰斑的马拉着,行驶在白色的大路上。帕维利在悠闲地躺着的妇女们中间跳起醉酒的林神①之舞,引得站在农庄斜坡上的流鼻涕的男孩们和对他的怪相感到惊讶的农夫们目瞪口呆。

马车到了勒阿利沃老板的农庄的栅栏门前,帕维利举起双臂猛地往下跳,不幸,落下来的时候撞在长长的马车的车帮上,栽了个跟头,落在一个车轮上,反弹到地面。

伙伴们连忙冲过来,他已经一动不动,一只眼闭着,一只眼睁着,吓得脸色惨白,长长的四肢伸展在尘土里。

有人碰了一下他的右腿,他立刻哇哇大叫;有人想扶他站起来,他马上又跌倒。

一个人说:"我怕是他的一个爪子断了。"

果然,他的一条腿断了。

勒阿利沃老板让他躺在桌子上,有人骑马赶往卢维尔找医生,一小时以后医生到了。

庄园主很慷慨,他宣布承担医院的治疗费。

医生用自己的马车把帕维利带走了,把他安排在一间石灰粉刷的病房里,把他折断的骨头接上了。

帕维利一明白自己死不了,而且还能得到治疗,能治好,能受到悉心照料,有吃有喝,什么也不用干,只需仰面躺在被窝里,真是欣喜若狂;他悄不出声地笑呀,笑个不停,露出一口蛀牙。

---

① 林神:希腊神话中的森林之神,半人半兽,沉湎于淫欲且好酒;俗指色情狂。

每当一个嬷嬷向他的床走过来,他就做出种种高兴的怪相,眨眨眼睛,歪歪嘴,动动他那能随意活动的长鼻子。邻床的病友,不管病得多么厉害,都忍不住大笑。院长嬷嬷也经常来他的床边待一会儿,开开心。他总能为她找到一些更滑稽的笑料和没开过的玩笑。由于他生来就带着各种各样哗众取宠的本能,为了博取院长嬷嬷的喜欢,他假装虔诚,像深知什么时候开不得玩笑的男人一样,一本正经地谈论善良的天主。

有一天,他灵机一动给院长嬷嬷唱了几首歌。她非常高兴,来得更勤了;后来,为了利用他的好嗓子,她给他带来一本圣歌集。这时候他已经开始能动换了,只见他坐在床上,用假声唱起永恒的天主、马利亚和圣灵的赞歌来,而肥胖的好嬷嬷就站在他的脚边,一面用手指打着拍子,一面给他起音。看他能下床走路了,院长提议他多留一段时间,为医院里的小礼拜堂唱祭礼,同时辅理弥撒,也干些管理圣器的事。他接受了。在整整一个月的时间里,只见他穿着白色宽袖法衣,一拐一瘸,摇头晃脑地唱着颂歌和《诗篇》,那么有趣,以致信徒的人数越来越多,人们都不去教区礼拜堂,而是来医院祈祷了。

可是这世上万事都有结束的时候,他痊愈了,不得不放他走了。为了对他表示感谢,院长嬷嬷送给他二十五法郎。

帕维利口袋里揣着这笔钱,一走上大街,就寻思自己要去做什么。回村里?肯定先得喝一杯,他很久没有沾酒了,于是他走进一家咖啡馆。他一年也不过进一两次城。他尤其对其中一次在城里狂饮留下模糊然而令人陶醉的记忆。

Maurice de Lambert

他要了一杯优质烧酒,一咕嘟喝下去,润一润嗓子;他接着又要了第二杯,品一品滋味。

他已经很长时间滴酒未进,辛辣的烈性烧酒一碰到上颚和舌头,他对酒精的喜爱和渴求的感觉顿时被唤醒,而且更加强烈。酒精撩拨、刺激、滋润、灼烧着他的嘴,他明白自己非得把这一瓶都喝光不可,于是问店家这瓶酒卖多少钱。整瓶比零喝便宜点。整瓶要三法郎,他当即付了;然后他就消消停停地喝起来。

不过他还是有所节制;他要保留一点清醒的意识,去找其他的乐子。等他感觉到壁炉就要向他鞠躬敬礼的时候,他就站起来,胳膊下面夹着那个酒瓶,步履蹒跚地走出去,想找一家妓院消遣。

他终于找到了,不过费了不少周折。他先向一个赶马车的人打听,那人不知道;他问一个邮差,那人也说得稀里糊涂;他问一个面包铺老板,那人破口大骂,把他当作老色鬼;他最后问一个军人,这军人非常助人为乐,不但把他领了去,还叮嘱他选一个叫"王后"的姑娘。

尽管刚到中午,帕维利还是走进了这个逍遥窟。接待他的女仆本来想把他赶出门。但他做出一个怪相逗得她转嗔为笑;他又掏出三法郎,这是这地方特别消费的正常价格。然后,他就跟在这个女仆后面,沿着一个通往二楼的黑灯瞎火的楼梯吃力地往上爬。

他走进一个房间,指名要"王后",接着就一面对着带来的酒瓶的瓶嘴又嘬了一口,一面等待。

门开了,一个妓女走进来。她身材高大,满身肥肉,一头红发,可谓魁梧。她用敏锐的目光,行家里手的目光,扫了一眼瘫倒在座椅上的酒鬼,就对他说:

"你这时候来不害臊吗?"

他结结巴巴地说:

"害什么臊,公主?"

"打扰一位贵妇呀,她连浓汤还没来得及喝呢。"

他几乎要笑出声来。

"好汉是不分什么钟点的。"

"把自己灌醉也不分个钟点,老罐子。"

帕维利生气了:

"首先,我不是罐子;再说,我也没有喝醉。"

"没喝醉?"

"没喝醉,我没喝醉。"

"没喝醉,你怎么不能至少站着呀?"

她怒气冲冲地看着他。一个女人看着同伴们都在吃饭,而自己却不能吃,就是这么恼火。

他站起来。

"我,我,我还能跳个波尔卡①。"

为了证明自己能站得稳当,他登上椅子,做了一个单足原地旋转,然后跳到床上,沾满淤泥的大皮鞋在床上留下两个可怕的鞋印。

---

① 波尔卡:波兰和捷克流行的一种轻快的民间舞蹈。

"啊！下流坯！"那姑娘嚷道。

她冲上去，往他肚子上捅了一拳，用力那么大，帕维利的身体失去平衡，在床上摇晃了一下，一个跟头栽倒在五斗橱上，带翻了一个脸盆和一个水罐，然后吱哇喊叫地瘫倒在地上。

他弄出的响声惊天动地，他号叫得又是那么刺耳，整个妓院的人，老板，老板娘，女仆和雇员，都跑了过来。

老板先把这农夫拉起来。可是他一站起来马上又失去平衡，接着大叫大嚷起来，说他跌断了一条腿，另一条，那条好的，那条好的！

这是真的。马上有人跑去找医生。恰巧又是在勒阿利沃老板那儿给帕维利治伤的那个医生。

"怎么，又是您？"医生说。

"是呀，先生。"

"您怎么啦？"

"另一条腿又让人弄断了，医生先生。"

"谁把你的腿弄断的，我的老伙计？"

"一个小娘们。"

大家都在听他说。姑娘们穿着罩衫，嘴上都还带着被打断的饭的油渍。老板娘非常气恼。老板惴惴不安。

"这会闹出大麻烦的，"医生说，"你们知道，市政当局对你们的看法本来就很不好。一定要尽量不让人们议论这件事。"

"那怎么办？"老板问。

"把这个人送到医院去,最好是他刚出来的那个医院;并且替他付医疗费。"

老板回答:

"我宁可这么做,而不要生出麻烦来。"

就这样,半小时以后,醉醺醺的帕维利呻吟着回到他一小时以前出来的那个病房。

院长嬷嬷心疼地张开双臂,因为她喜欢他;可又面带笑容,因为又见到他也没有什么让她不高兴的。

"哦!我的朋友,您怎么啦?"

"另一条腿也断了,嬷嬷太太。"

"啊!您难道又爬到一辆装麦秸的大车上了,老滑稽?"

帕维利有些惭愧,也有些忧伤,结结巴巴地说:

"不……不……这一次不是……这一次不是……不……不……这一次不是我的错,不是我的错……这一次是一张草垫子①引起的。"

她得不到另外的解释;她绝不会知道,这一次跌倒的祸根是她的二十五法郎。

---

① 草垫子(la paillasse):也有"妓女"之意。这里用作双关语。